Florence Winter
Die Sturmtochter

PIPER

Florence Winter

Die *Sturm-*
tochter

Roman

PIPER

Mehr über unsere Autorinnen, Autoren und Bücher:
www.piper.de

Wenn Ihnen dieser Roman gefallen hat, schreiben Sie uns unter Nennung des Titels »Die Sturmtochter« an *empfehlungen@piper.de*, und wir empfehlen Ihnen gerne vergleichbare Bücher.

MIX
Papier | Fördert gute Waldnutzung
FSC® C083411
FSC www.fsc.org

PRODUZIERT MIT VERANTWORTUNG

Originalausgabe
ISBN 978-3-492-32165-5
1. Auflage August 2025
3. Auflage August 2025

Für direkten Kontakt und Fragen zum
Produkt wenden Sie sich bitte an: *info@piper.de*
Redaktion: Ulrike Schuldes
Satz: psb, Berlin
Gesetzt aus der Stempel Garamond
Druck und Bindung: CPI books GmbH, Leck
Printed in the EU

PROLOG

London

Februar 1887

Sir Charles lehnte sich in dem Ledersessel zurück und betrachtete deprimiert zwei ältere Herren, die sich angeregt unterhielten. Die ehrwürdigen Räume des *Club for Gentlemen* in Mayfair waren in dämmriges Licht getaucht. Gaslampen verbreiteten gerade so viel Helligkeit, dass man sich, ohne an Sessel und Tische zu stoßen, einigermaßen sicher durch den Raum bewegen konnte. Die Rauchschwaden der vielen Zigarren, die im Laufe des Tages geraucht worden waren, hingen in der Luft. Der Duft von Brandy und Kerzenwachs mischte sich unter den Qualm. Obwohl Sir Charles vorgestern erst das sechsundzwanzigste Lebensjahr vollendet hatte, wirkte er mit seiner gebeugten Haltung, dem schütteren Haar, dem schwerfälligen Gang und der rundlichen Figur deutlich älter. Das wusste er, und es war ihm gleichgültig, so wie ihm alles gleichgültig war.

Er seufzte und nippte an seinem Port. Er sollte längst in seinem Anwesen am Hyde Park sein, in seinem Arbeitszimmer, wo geschäftliche Briefe auf ihn warteten. Er hatte von seinem Vater, der letztes Jahr unter unglücklichen Umständen aus dem Leben geschieden war, zwei Landgüter und das Londoner Stadthaus geerbt. Die Verwaltung der Anwesen hatte Charles in die Hände fachkundiger Männer gelegt, aber sein Anwalt war der Meinung, dass zumindest zwei der drei Herren ihn betrogen. Daher hatte er heute ein unerfreuliches Gespräch mit seinem Juristen geführt, der insistierte, Charles möge dringend seine Ländereien aufsuchen und einen Blick in die Bücher werfen. Doch es war Charles schlichtweg egal, was die Männer mit seinem Besitz anstellten. Wenn er nur an die Unannehmlichkeiten dachte, an die Reisen, die er dafür unternehmen müsste, fühlte er sich wie gelähmt. Mit letzter Kraft hatte er es vom Büro des Advokaten bis in seinen Club geschafft, wo er nun versuchte, die Energie aufzubringen, seinen Kutscher zu rufen, damit er ihn nach Hause brachte.

»Darf ich?«, riss ihn in diesem Moment eine freundliche Stimme aus seinen trüben Gedanken.

Charles sah auf, und vor ihm stand ein Mann mittleren Alters, der auf den Sessel neben Charles deutete. Er hatte ihn noch nie zuvor im Club gesehen, allerdings kam Charles auch immer weniger hierher, weil es bequemer war, den Portwein in seinem Stadthaus zu trinken, wo ihn niemand störte und er den ganzen Tag in einem der Sessel in der Bibliothek sitzen und vor sich hin starren konnte.

Mit einer müden Handbewegung bedeutete Charles dem Herrn, dass es ihn nicht störte, wenn er sich niederließ. Dann wandte er sich wieder seinem Getränk zu.

»Ich bin George Fraser aus Schottland«, stellte sich der Fremde nun eifrig vor. »Ich bin erst im letzten Monat Mitglied dieses exquisiten Herrenclubs geworden.«

Mehr als ein schwaches Nicken brachte Charles nicht zustande.

»Und wie lautet Ihr werter Name, wenn ich fragen darf?«

Charles konnte ein Seufzen nicht unterdrücken, auch wenn er wusste, wie unhöflich das war. »Sir Charles, elfter Baronet of Greenton Hall«, nuschelte er und sah dann wieder in sein Glas, in der Hoffnung, das Gespräch damit beendet zu haben.

Doch so einfach ließ sich Mr Fraser aus Schottland nicht abschütteln. »Schlechter Tag? Sie wirken unerfreut.«

Ja, dachte Charles. Ich bin grundsätzlich unerfreut und habe nur schlechte Tage. Besonders wenn man mir eine Unterhaltung aufzwingen will. Laut sagte er: »Nein, nein.«

»Vielleicht wollen Sie mir, einem für Sie völlig Fremden, Ihr Herz ausschütten? Manchmal hilft es ungemein, wenn man sich alle Sorgen von der Seele reden kann.« Der Mann sah ihn mit seinen, selbst im Halbdunkel des Clubs erkennbar, leuchtenden Augen an, die Charles auf angenehme Weise durchdrangen. Dieser Fremde war seit Langem der erste Mensch auf der Welt, der sich für ihn interessierte. Normalerweise wurde Charles übersehen, wenn man von den wenigen hartnäckigen Müttern absah, die ihre Bemühungen nicht unterlassen konnten, ihn mit ihren Töchtern verheiraten zu wollen.

Jetzt strich sich Mr Fraser über den gepflegten Backenbart und lehnte sich mit übereinandergeschlagenen Beinen im Sessel zurück. »Ist es Herzschmerz?«

Die Gedanken, die sich dieser Mann um ihn machte, waren rührend. Charles schüttelte den Kopf.

Nach einer Weile fragte der Schotte: »Finanzielle Sorgen?«

Beinahe wäre etwas passiert, von dem Charles gedacht hatte, gar nicht dazu befähigt zu sein: Er hätte um ein

Haar gelacht. Irritiert von dieser Gefühlsregung, sagte er zu Mr Fraser: »Nein, ich bin sehr vermögend.«

Der Schotte nickte lächelnd. »Dann ist es Weltschmerz? Sie sind des Lebens überdrüssig?«

Charles atmete tief durch. Er strich sich mit seinen immer kaltfeuchten Handflächen über beide Oberschenkel bis zum Knie. »Das schon eher. Ja, so kann man sagen.«

»Ah.« Mr Fraser gab dem Steward ein Zeichen und bestellte noch zwei Gläser Port. »Ich verstehe.«

Charles betrachtete den Fremden. Wie konnte er wissen, was in seinem Kopf vor sich ging?

Mr Fraser hob die Hand. »Das tue ich wirklich. Sie fühlen sich unbedeutend in dieser Welt. Ihr Leben erscheint Ihnen sinnlos, habe ich recht?«

Charles dachte nach. Ja, vermutlich war es wohl so.

»Ich empfinde das Leben als sehr anstrengend«, gab er schließlich zu, entsetzt über sich selbst, eine so intime Angelegenheit mit einem Fremden zu erörtern.

Wieder nickte Mr Fraser langsam und bedächtig. »Mein junger Freund, ich bin froh, dass wir uns kennengelernt haben. Denn mir ging es vor langer Zeit ganz genauso wie Ihnen jetzt.«

»Wirklich?«, fragte Charles überrascht, der es bislang niemals für möglich gehalten hätte, dass es Menschen gab, die ebenso litten wie er.

»Wenn ich es Ihnen doch sage.« Mr Fraser lächelte dem Steward zu, der gerade die beiden Gläser Wein brachte. Er prostete Charles zu, der daraufhin sein Glas nahm und mit dem Schotten anstieß.

»Ich war gerade zwanzig Jahre alt, als mir alles bedeutungslos erschien«, sagte Mr Fraser, nachdem er das Glas auf dem kleinen Tisch zwischen ihnen abgestellt hatte. »Wozu morgens überhaupt aufstehen?, habe ich damals gedacht.«

Charles nickte eine Spur enthusiastischer, als er es sonst tat. Genau so erging es ihm jeden Tag.

»Wir kommen zur Welt, wir leben unser Leben, und dann sterben wir. Und dazwischen liegt so viel Mühe, so viel Anstrengung. Es ergab für mich schlichtweg keinen Sinn.«

»Dann wissen Sie genau, wie es in meinem Kopf zugeht«, sagte Charles und stellte fest, dass er wohl seit Jahren nicht mehr so viele Worte aneinandergereiht hatte.

Einen Moment lang schwieg Mr Fraser und sah in den Raum hinein. Er wirkte erstaunlich entspannt, wenn man bedachte, was für eine Last auch er damals getragen haben musste.

»Aber dann«, sagte der Schotte nach einer Weile, »habe ich es überwunden. Es war ganz einfach. Seitdem erscheint mir das Leben so viel reicher. Jeder Tag ist eine Freude.«

»Und wie haben Sie das geschafft? Bitte sagen Sie nicht, durch Gottes Hilfe. Ich habe ihn schon oft gebeten, mir einen Hinweis zu geben, wie ich meine Trübsal überwinden kann, aber der Herr schweigt. Ich zweifle mittlerweile an ihm.« Charles hielt inne, atemlos von seinem ungewöhnlichen Redeschwall, und rechnete mit einem verdienten Tadel wegen seiner Ketzerei.

Doch stattdessen sagte Mr Fraser: »Zu Recht, Sir Charles, zu Recht!« Er trank einen Schluck Port und senkte dann die Stimme. »Ganz im Gegenteil, ich vertraue der Wissenschaft, nicht der Religion. Und ich würde Ihnen gern helfen, aus Ihren momentanen Schwierigkeiten herauszufinden. Haben Sie Interesse?«

Charles zuckte mit den Schultern. Er mochte diesen seltsamen Schotten irgendwie, besonders gefiel ihm, dass er ihn ernst nahm. Aber noch konnte er nicht einschätzen, was der Mann eigentlich wollte. Ob er nur auf ein Geschäft aus war?

»Was halten Sie davon, wenn wir zwei uns in eines der Zimmer des Clubs zurückziehen, wo wir ungestört sind und uns niemand belauschen kann? Ich möchte Ihnen gern helfen und weiß, dass ich die Mittel dazu besitze. Sie brauchen Abenteuer, einen Sinn. Und ich habe eine famose Methode, mit der ich Ihnen beides verschaffen kann.«

Charles dachte nach. Einerseits hatte er Sorge, dass die Sache zu anstrengend werden könnte, andererseits hatte er nichts zu verlieren. Und sein Zustand war unerträglich. So konnte es auf Dauer nicht weitergehen. Also nickte er.

»Wunderbar!« Mr Fraser trank sein Glas aus und rieb sich die Hände. »Übrigens, einen Mann wie Sie könnte ich auch als Schwiegersohn gebrauchen. Ich habe eine ganz entzückende Tochter, ihr Name ist Rosa.«

Charles sah ihn entsetzt an.

Mr Fraser lachte unanständig laut, wenn man die Gesellschaft bedachte, in der sie sich befanden. »Keine Sorge, ich werde Sie nicht verkuppeln. Aber ich werde mich auch nicht davon abhalten lassen, Ihnen meine Tochter vorzustellen. Kommen Sie!«

Jetzt konnte Charles ein Lächeln nicht unterdrücken. Abenteuer konnten ihn vielleicht aus seiner Schwermut reißen, außerdem versprach Mr Fraser, einen Sinn im Leben gefunden zu haben, den er mit Charles zu teilen bereit war. Und dann noch eine entzückende Tochter, die vielleicht als Ehefrau infrage kam? Wieso eigentlich nicht? Charles konnte sich schlimmere Schwiegerväter vorstellen als George Fraser.

Eine Stunde später, nachdem der Schotte ihm seine Gedanken dargelegt hatte, war Sir Charles, der elfte Baronet of Greenton Hall, ein anderer Mensch. Da, wo vorher nur Sinnlosigkeit gewesen war, war plötzlich Hoffnung. Und dort, wo er sich allein und verloren wähnte, waren nun George Fraser und dessen Sache. Eine Sache, die Charles' Leben für immer verändern sollte.

ISLA

London

Juni 2023

Isla wurde übel. Sie ließ sich auf den nächstbesten Stuhl fallen, der an der Wand der Autowerkstatt stand. »Absichtlich?«

Der Mechaniker nickte und wischte sich die Hände an einem ölbeschmierten Tuch ab. »Jemand hat Löcher in den Benzinschlauch gestochen. Es war nur eine Frage der Zeit, bis sich der Motor beim Fahren so weit erhitzen würde, dass sich das austretende Benzin an den heißen Motorteilen entzündet.«

»Ich habe mir extra kein E-Auto gekauft, weil ich Angst vor einem Batteriebrand habe.« Isla zitterte immer noch, obwohl der Vorfall auf der M 20 inzwischen mehr als drei Stunden zurücklag. »Ich verstehe das nicht. Wieso sollte jemand meinen Mini sabotieren?«

Der Automechaniker zuckte mit den Schultern. »Das Feuer hat den Motor komplett zerstört. Das Fahrzeug hat einen Totalschaden.«

Isla atmete tief durch. Der Wagen war neu, sie hatte ihn erst vor wenigen Monaten von ihren Eltern zum Studienabschluss geschenkt bekommen.

»Erstatten Sie auf jeden Fall Anzeige, da hat es jemand

auf Sie abgesehen.« Der Mann rieb sich immer noch gründlich die Hände an dem schmutzigen Lappen ab. »Ich nehme an, dass sich die Experten von der Polizei den Wagen noch einmal ansehen wollen. Und Ihre Versicherung vermutlich auch.« Er seufzte, als wäre ihm der Aufwand schon jetzt ein Graus.

»Ich kümmere mich darum, dass er abgeholt wird.« Isla stand auf und zog ihr Handy aus der Tasche. Es war vollkommen unmöglich, dass irgendjemand absichtlich ihren Mini Cooper sabotiert hatte. Es musste eine andere Erklärung dafür geben. »Könnte vielleicht auch ein Marder für die Löcher verantwortlich sein? Oder irgendein anderes Tier?«

Der Mechaniker schüttelte den Kopf. »Das sind glatte Schnitte. Da war jemand mit einem Messer dran.«

Isla schluckte. Ihr Mund war so trocken, dass sie husten musste. Sie suchte nach der Nummer ihrer Mutter und tippte auf das Anrufsymbol. Dann wandte sie sich noch einmal an den Mechaniker. »Danke.«

Der Mann nickte.

Beinahe fluchtartig verließ sie das Gebäude.

Gerade als sie vor der schmuddeligen Werkstatt in der Sonne stand, meldete sich ihre Mutter: »Hi, Isla, schön, dass du anrufst. Ist alles in Ordnung?«

»Ich hatte einen … eine Panne auf der M 20.«

»O mein Gott! Geht es dir gut? Hast du deine Warnweste angezogen?« Die Stimme ihrer Mutter klang selbst in dieser Situation eher gelangweilt. Das tat sie immer, und Isla war sich bis heute nicht sicher, ob ihre Mutter wirklich gelangweilt war oder ob diese energielose Art zu sprechen ein Zeichen für Würde sein sollte.

»Ja, alles gut«, antwortete sie. »Ich stehe hier vor der Autowerkstatt, mein Mini hat einen Totalschaden.« Sie berichtete so knapp wie möglich, wie der Motor bei voller Fahrt begonnen hatte zu rauchen und kaum eine Minute später, sie war gerade links rangefahren, die ersten Flammen aus der Motorhaube geschlagen hatten.

»Isla!« Sie hörte das Entsetzen in der Stimme ihrer Mutter, das sich unter die Langeweile mischte. »Das hätte übel ausgehen können. Geht es dir wirklich gut?«

»Ja, das tut es. Ich frage mich nur, ob du zufällig in der Nähe bist. Ich bin bei Maidstone. Sonst muss ich entweder ein Taxi rufen oder nach einem Bahnhof suchen.« Für das Taxi hatte sie kein Geld, und ein Bahnhof war weit und breit nicht in Sicht.

»Ich habe gleich einen Termin bei Janice, aber ich frage mal deinen Vater. Sonst nimm eben ein Taxi.« Es klickte in der Leitung, noch bevor Isla widersprechen konnte.

Isla wollte nicht von ihrem Vater abgeholt werden, dem sie erst vor wenigen Wochen erklärt hatte, dass sie auch ohne seine Hilfe ganz wunderbar zurechtkäme. Sie steckte das Handy wieder ein und bemerkte, dass ihre Beine noch immer weich waren. Sie setzte sich in die Sonne auf eine Mauer, die den Hof der Werkstatt umgab. Für ihre Mutter war immer alles einfach. Natürlich könnte Isla sich ein Taxi nehmen, wenn sie, wie ihre Mutter, über das Vermögen eines Ehemanns verfügen würde. Oder über das ihres Vaters. Aber sie hatte sämtliche finanzielle Hilfe ihrer Eltern abgelehnt, nachdem es zu einer Auseinandersetzung über ihre berufliche Karriere gekommen war. Ihr Vater wollte ihr einen Job bei einem großen Fernsehsender besorgen, nachdem Isla Anfang des Jahres mit ihrem Journalistikstudium fertig geworden war. Er konnte nicht verstehen, dass sie keine Stelle haben wollte, die ihr aufgrund von Mauscheleien und großzügigen Geldspenden ihrer Familie oder der Position ihres Onkels, der Mitglied des Unterhauses war, zugeschanzt worden war. Außerdem wäre sie bei diesem Sender nicht unabhängig gewesen, die Redaktion stand den konservativen Torys nahe, das war kein Geheimnis. Als sie sich durchgesetzt und als freie Journalistin selbstständig gemacht hatte, war ihr Vater derart empört gewesen, dass er ihr sämtliche Unterstützung gestrichen hatte. Deshalb war der Mini so wichtig für Isla: Es war das letzte Geschenk, das ihr Vater ihr vor dem großen Streit gemacht hatte, und sie hatte kein Geld, um sich einen neuen Wagen anzuschaffen.

Das Klingeln des Telefons riss sie aus ihren Gedanken. Es war ihre Mutter, die ihr mitteilte, dass ihr Vater in der Nähe sei und sie in etwa einer halben Stunde abholen werde. Na wunderbar! Das hatte Isla heute noch gefehlt. Sie seufzte und schickte David Fraser ihren Standort. Ganz kurz überlegte sie, stattdessen mit der Bahn zu fahren, aber sie kannte sich in der Gegend nicht aus, und der Schreck saß ihr noch in den Gliedern. Sie hatte keine Lust, auf der Suche nach dem nächsten Bahnhof durch die Gegend zu irren. Außerdem war es vielleicht auch langsam Zeit, dass sie und ihr Vater sich wieder vertrugen. Eigentlich war sie froh, dass sie aufgrund dieses merkwürdigen Brandes wieder miteinander sprechen würden. Inzwischen war sie davon überzeugt, dass sie beide überreagiert hatten, als es um Islas Job gegangen war. Dieses Zerwürfnis war mehr als drei Monate her, und die Wogen hatten sich hoffentlich auch bei ihm geglättet. Isla hatte bewiesen, dass sie allein zurechtkam, auch wenn die Zeitspanne überschaubar war. Sie hatte sich ein Einzimmerapartment gesucht und für verschiedene Zeitungen Berichte und kleinere Reportagen geschrieben. So konnte sie sich einigermaßen über Wasser halten.

Und sie hatte gerade einen lukrativen Auftrag angenommen, sie sollte über Auswanderer berichten. Ein weiterer Grund, warum das Treffen mit ihrem Vater gut passte. Sie wollte ihre Tante Shelley als Aufhänger für diese Story verwenden. Die Schwester ihres Vaters war schon vor Jahren nach Australien ausgewandert, aber scheinbar dort verschollen. Angeblich kannte niemand in der Familie den Aufenthaltsort dieser Frau, doch Isla war sicher, dass ihr Vater mehr über sie wusste, als er zugeben wollte. Warum sprach er nicht über seine Schwester? Isla würde nach all den Jahren gern mit Shelley Kontakt aufnehmen, sie könnte ihr sicher wertvolle Informationen für ihren Artikel liefern.

Wie aufs Stichwort bog in diesem Moment die Limousine ihres Vaters auf den Hof der Autowerkstatt ein.

Isla öffnete die Beifahrertür, und der Geruch der teuren Ledersitze schlug ihr entgegen.

»Danke, dass du mich mitnehmen kannst«, sagte sie statt einer Begrüßung.

»Was ist passiert?« Ihr Vater trug seine Ray-Ban-Sonnenbrille. Er war wie immer sonnengebräunt und glatt rasiert, die eigentlich roten Haare waren seit Ewigkeiten dunkelbraun gefärbt. Seine einundsechzig Jahre sah man ihm nicht an.

Noch einmal berichtete Isla von dem traumatischen Brand mitten auf der Autobahn.

»Aber wie kann denn so etwas passieren?«, fragte ihr

Vater, der noch keine Anstalten machte loszufahren. »Der Wagen war neu.«

»Der Mechaniker sagt, dass Löcher in den Benzinschlauch geschnitten wurden.«

»Unsinn!« Ihr Vater schüttelte den Kopf. »Warum sollte jemand das tun?«

»Ich habe keine Ahnung. Aber der Mechaniker war absolut überzeugt davon und hat mir geraten, Anzeige zu erstatten.«

»Warte hier.« Ihr Vater stieg aus dem Wagen und ging mit energischen Schritten auf die Werkstatt zu.

Isla lehnte sich in dem weichen Sitz zurück und schloss die Augen. Sollte er sich doch selbst davon überzeugen, im Grunde konnte Isla seine Skepsis ja verstehen. Es ergab keinen Sinn, dass jemand den Schlauch absichtlich beschädigt hatte, sie hatte es selbst kaum glauben können, als sie davon erfuhr.

Zehn Minuten später kam ihr Vater zurück.

»Unglaublich«, sagte er, nachdem er sich angeschnallt hatte. »Ich habe es mir angesehen. Wir fahren sofort zur Polizei, sobald wir in London sind. Die können sich den Mini dann kommen lassen. Das ist doch krank! Warum macht jemand so was?«

Darauf hatte Isla auch keine Antwort.

»Hast du dich mit irgendjemandem gestritten? Einem Ex-Freund vielleicht? Was ist mit diesem Jeff, den du mal erwähnt hast?« Ihr Vater fuhr langsam vom Hof.

»Nein«, rief Isla entsetzt. »Jeff ist ein netter Kerl, es hat nur nicht gepasst, weil er pedantisch und ein Langweiler ist. Aber er würde niemals … nein, ausgeschlossen. Und gestritten habe ich mich auch nicht.«

»Oder hast du dich bei deiner Arbeit mit jemandem angelegt? Vielleicht einen Artikel geschrieben, bei dem du jemandem auf die Füße getreten bist?«

Isla dachte einen Moment lang nach. »Nein«, sagte sie schließlich. »Ich hatte bisher nur kleinere Berichte über langweilige Veranstaltungen. Da gab es gar keine Möglichkeit, jemanden gegen mich aufzubringen.«

»Manchmal weiß man nicht, was in den Köpfen der Menschen vor sich geht«, stellte ihr Vater fest.

Isla schwieg. Sie kannte niemanden, dem sie eine solche Tat zutrauen würde. Außerdem musste man sich auskennen, Isla hätte beispielsweise nicht gewusst, wo sich der Benzinschlauch überhaupt befand. Und vermutlich ging es den meisten ihrer Freunde und Freundinnen ebenso.

»Es muss sich um eine Verwechslung handeln«, stellte sie schließlich fest. »Bestimmt hat da irgendein Idiot meinen Mini mit dem seiner Ex verwechselt, und statt ihr die Schläuche durchzustechen, hat er es dann bei mir getan.«

»Die Menschen sind seltsam«, sagte ihr Vater, und damit schien das Thema für ihn abgeschlossen zu sein.

Eine Weile starrte Isla aus dem Fenster. Ihre Gedanken kehrten zu ihrem Onkel zurück, mit dem sie sich letzte Woche in der Nähe des Parlaments getroffen hatte. Ihr Blick wanderte zu ihrem Vater. David und Donald Fraser sahen sich sehr ähnlich, und sie verhielten sich auch so. Ihr Onkel, Mitglied des Unterhauses und der Torys, hatte Isla letzte Woche in bester Politiker-Manier abblitzen lassen. Sie hatte sich nach ihrer Tante Shelley erkundigt, Donald hatte ihre Frage jedoch abgetan und erklärt, er wisse gar nichts über sie und erst recht nicht, wo sie sich zurzeit aufhalte. Isla glaubte ihm kein Wort, genauso wenig wie ihrem Vater.

»Hast du eigentlich die Kontaktdaten von deiner Schwester?«, fragte Isla jetzt ihren Vater.

»Von welcher Schwester?« Er warf ihr einen kurzen Blick zu, und eine steile Falte bildete sich zwischen seinen Augenbrauen.

»Shelley«, antwortete Isla. »Du hast doch nur eine, oder?«

»Ach, Isla!« Ihr Vater seufzte. »Wir haben schon mehrmals darüber gesprochen. Vergiss die Geschichte. Ich habe eigentlich gar keine Schwester mehr. Seit Shelley nach Australien gegangen ist, habe ich keinen Kontakt zu ihr.«

»Ich weiß, aber jetzt will ich unbedingt nach ihr suchen. Ich schreibe eine Reportage über Auswanderer, und das wäre der perfekte Einstieg für die Story«, antwortete Isla. Tatsächlich hatte sie ihren Vater und auch ihren Onkel nicht zum ersten Mal nach Shelley gefragt, aber dann hatte sie das Thema immer wieder ruhen lassen. Doch je länger sie darüber nachdachte, umso seltsamer schien ihr die Angelegenheit. »Du hast seit mehr als zwanzig Jahren nichts mehr von ihr gehört? Hast du denn nicht irgendeine alte Telefonnummer, eine Adresse oder wenigstens den Namen der Stadt, in die sie ziehen wollte?« Isla konnte nicht glauben, dass sich ihre Tante, die sie selbst nie kennengelernt hatte, weil sie kurz nach Islas Geburt ausgewandert war, nie mehr bei ihrer Familie gemeldet hatte.

Ihr Vater schüttelte stumm den Kopf.

»Gab es einen Streit?« Isla sah wieder aus dem Fenster. Sie hatten gleich die Autobahnzufahrt erreicht.

»Nein, natürlich nicht«, antwortete ihr Vater.

»Warum hat dann nie jemand von euch versucht, mit ihr Kontakt aufzunehmen?«

»Isla.« Ihr Vater warf ihr einen kurzen, warnenden Blick zu, den Isla gut aus ihrer Kindheit kannte. Aber inzwischen war sie erwachsen und würde sich nicht mehr einschüchtern lassen. »Manchmal muss man eben akzeptieren, dass jemand sein eigenes Leben führen will. Gerade du solltest das doch verstehen.«

Isla strich sich ihre langen roten Haare nachdenklich hinter die Ohren. »Auch wenn jemand ein eigenes Leben führt, heißt das nicht, dass man sich nicht weiterhin nahestehen kann.« Als ihr Vater nichts dazu sagte, fuhr sie fort: »Ich habe letzte Woche Onkel Donald nach Shelley gefragt, und er meinte, dass er sich kaum noch an sie erinnern kann. Ich werde auch Grandma und Granddad dazu anrufen. Es kann doch nicht sein, dass niemand aus der Familie jemals wieder Kontakt zu Shelley hatte.«

»Lass deine Großeltern damit in Ruhe. Das würde die beiden nur aufregen, und das möchte ich nicht. Ich kann dir sagen, dass sie genauso wenig über Shelley wissen wie Donald und ich.«

Isla schwieg. Sie wusste, dass ihr Vater an diesem Punkt nicht weiter mit sich reden lassen würde. Sie kannte ihn gut genug. Aber sie konnte einfach nicht glauben, dass es tatsächlich keinen Menschen in der Familie gab, der ihr Auskunft über ihre Tante Shelley geben konnte.

»Gibt es jemanden, der wissen könnte, wo sie heute wohnt?«, fragte sie.

Ihr Vater schüttelte vehement den Kopf.

»Hat sie nichts gesagt, bevor sie weggegangen ist?«

»Nicht, dass ich wüsste«, antwortete er knapp.

»Findest du es denn gar nicht merkwürdig, dass sie sich nie wieder bei euch gemeldet hat?«

»Eigentlich nicht.« Ihr Vater setzte den Blinker und bog auf die M 20 ab. Dann wiederholte er energisch: »Sie wollte neu anfangen, alles hinter sich lassen.«

Es klang wie ein Glaubenssatz. Und zum ersten Mal kam Isla der Verdacht, dass ihr Vater vielleicht gar nicht so gleichgültig war, wie er vorgab, sondern seine Schwester insgeheim vermisste, das aber nicht zugeben wollte. Er zeigte ohnehin kaum Gefühle.

Isla vermied es, zu der Stelle auf der anderen Seite der Autobahn zu sehen, an der vor einigen Stunden ihr Mini in Flammen aufgegangen war. Stattdessen konzentrierte sie sich auf die Aussage ihres Vaters. »Und das habt ihr alle so hingenommen?«

»Warum nicht?« David Fraser stellte das Autoradio lauter. »Wir haben es akzeptiert, es blieb uns ja nichts anderes übrig, sie war erwachsen.«

»Und eure Eltern? Die müssen sich doch gefragt haben, ob es ihr gut geht. Ich meine, sie wollten doch sicher wissen, ob sie gut gelandet ist, ob alles mit der Unterkunft funktioniert hat und solche Sachen«, rief Isla über die laute Popmusik hinweg, die jetzt den Innenraum des Wagens erfüllte.

»Keine Ahnung, kann gut sein, dass sie mit ihr telefoniert haben.«

»Dann frage ich sie danach.«

»Nein!« Abrupt stellte ihr Vater das Radio aus. »Isla, hör mir gut zu, ich sage das jetzt nur noch einmal: Du wirst deine Großeltern nicht nach deiner Tante fragen. Es war ein traumatisches Erlebnis, sie haben ihre Tochter durch diese Auswanderung im Grunde verloren. Und ich möchte nicht, dass alte Wunden aufgerissen werden. Ist das klar?«

»Okay«, sagte Isla, um dieses unangenehme Gespräch zu beenden. Insgeheim nahm sie sich aber vor, ihre Großmutter dennoch zu fragen, sobald sich eine Gelegenheit ergab. Vielleicht sollte sie in den nächsten Wochen einmal nach Taigh-Mòr-Fraser fahren, den Stammsitz der Frasers in den Highlands. Auch wenn momentan niemand aus der Familie mehr dauerhaft in dem Anwesen wohnte, befanden sich doch sämtliche Kindheitserinnerungen in dem alten Gemäuer. Denn dort waren die drei Fraser-Geschwister David, Donald und Shelley aufgewachsen, und von dort aus war Shelley ausgewandert. Wenn es eine Adresse von ihr in Australien gab, dann würde sie vermutlich in diesem Herrenhaus in Schottland zu finden sein.

»Schreib deine Story über Auswanderer, aber such dir andere Interviewpartner, nicht deine Tante.«

Isla schüttelte stumm den Kopf. Warum war ihr Vater so kompromisslos, was dieses Thema betraf? Interessierte es ihn denn gar nicht, was aus seiner Schwester geworden war?

»Es tut mir übrigens leid, dass ich den Job nicht annehmen konnte, den du für mich besorgt hast«, wechselte sie das Thema, weil sie wusste, dass sie es ansprechen musste, bevor sie bei der Polizeiwache ankamen. Sie wollte es aus der Welt schaffen, auch wenn die Stimmung schon wieder angespannt war. »Ich weiß es zu schätzen, nur war es nicht das, was ich mir vorgestellt habe.«

»Vergessen wir das«, sagte ihr Vater, und es schien beinahe so, als wäre er erleichtert darüber, nicht weiter über seine Schwester sprechen zu müssen. »Du willst deinen eigenen Weg gehen, und das ist ja auch richtig so.«

Isla war erstaunt über die einsichtigen Worte ihres Vaters, der sonst nicht so schnell zu überzeugen war. Sie war müde von all den Fragen: Wer hatte den Benzinschlauch beschädigt, warum hatte niemand in ihrer Familie die Verbindung zu Shelley gehalten, und wieso verhielt sich ihr Vater plötzlich so verständnisvoll?

»Ich denke, wir müssen jetzt nicht zur Polizei fahren«, riss ihr Vater sie aus ihren Gedanken. »Ich kümmere mich um den Wagen und kläre alles mit der Versicherung. Morgen früh steht ein Leihwagen vor deiner Tür.«

»Wie bitte?« Isla sah ihren Vater irritiert an. »Wieso willst du nicht zur Polizei? Es hat sich doch offensichtlich jemand an dem Wagen zu schaffen gemacht.«

Ihr Vater trommelte mit der rechten Hand auf das beigefarbene Leder des Lenkrads. »Die Wahrscheinlichkeit, den Täter zu finden, ist gleich null. Eine Untersuchung würde die Auszahlung der Versicherungssumme nur verzögern und unnötig Aufmerksamkeit erregen. Dein Onkel muss sich auf die Parlamentswahlen nächstes Jahr konzentrieren, und wenn seine Nichte jetzt im Zusammenhang mit einem Sabotageakt in der Presse auftaucht, wäre das nur kontraproduktiv. Wir müssen Rücksicht nehmen.«

»Okay«, sagte Isla, konnte aber nicht ganz nachvollziehen, warum es ihrem Onkel schaden sollte, wenn seine Nichte Opfer eines Anschlags geworden war. Es war nicht ihre Schuld, dass jemand ihren Wagen beschädigt hatte.

»Morgen hast du den Leihwagen, und ich wickle die Sache mit der Versicherung ab. Überlass also alles mir, einverstanden?« David Fraser hielt in einer Einfahrt. Islas

Apartment lag in der Portobello Road in Notting Hill, wo das ganze Jahr über Marktstände aufgebaut waren, sodass der Bereich für den Durchgangsverkehr gesperrt war.

Sie öffnete den Sicherheitsgurt. »Danke.«

»Komm doch bald mal zum Essen vorbei. Wir sind noch zwei Wochen in der Stadt.«

Isla nickte und stieg aus. Halb frustriert und halb zufrieden sah sie dem Wagen ihres Vaters nach, der sich wieder in den dichten Stadtverkehr einfädelte. Sie war erleichtert, dass sich die Spannungen zwischen ihnen etwas gelöst hatten. Zugleich schwand ihre Hoffnung immer mehr, jemals die Adresse ihrer Tante herauszufinden. Sie musste sich wohl einen anderen Einstieg für ihre Story überlegen.

Nachdenklich ging sie zur Kreuzung der Portobello und Westbourne Park Road, machte einen großen Bogen um eine Menschentraube, die sich vor der Blue Door versammelt hatte, der berühmten Tür aus dem Film mit Hugh Grant und Julia Roberts. Sie hatte das Angebot ihres Vaters, sich um die Versicherung zu kümmern, gern angenommen, weil sie sich darüber freute, dass wieder Normalität zwischen ihnen herrschte. Allerdings widersprach das ihrem Vorsatz, sich künftig deutlicher von ihren Eltern abzugrenzen.

Isla bog in die Portobello Road ein und schlängelte sich zwischen den Menschen hindurch. Normalerweise liebte sie den Trubel in der Straße, in der ein Marktstand neben dem anderen stand und Touristen neben Anwohnern ihre Einkäufe erledigten. Aber heute störte sie das Gedränge, sie brauchte Ruhe, um nachzudenken. Daher war sie froh, als sie wenig später die Einfahrt zu dem großen Hinterhof erreichte, der zum Eingang ihres Apartments führte. Eine alte Kastanie stand in der Mitte des Hofes, die den Ausschlag dafür gegeben hatte, dass Isla die Wohnung gekauft hatte. Hier hinten befanden sich die Eingänge zu sechs verschiedenen Häusern, die an drei unterschiedlichen Straßen lagen. Gerade als Isla ihre Haustür aufschließen wollte, hörte sie ein seltsames Zischen über sich. Geistesgegenwärtig sprang sie zur Seite. Kaum eine Sekunde später landete ein voller Farbeimer genau an der Stelle, an der sie gestanden hatte. Er platzte auf, und literweise weiße Farbe ergoss sich über Isla, die Hauswand und den Hof.

Starr vor Schreck betrachtete sie die Sauerei.

»Ist alles in Ordnung?« Eine Frau mittleren Alters, in einer ausgeleierten Strickjacke und Jogginghose, kam aus dem Haus schräg gegenüber. »Ich war zufällig in der Küche und hab aus dem Augenwinkel was fallen sehen. Ist dir etwas passiert?«

Isla atmete tief durch. »Ich … nein, alles gut.«

»Wo kam der Eimer denn her?« Die Frau legte den Kopf in den Nacken, um nach oben zu schauen.

»Ich hab keine Ahnung«, antwortete Isla, noch immer benommen. »Hier sind ja nicht einmal irgendwelche Bauarbeiten.«

»Du wohnst im zweiten Stock, nicht wahr? Ich habe dich schon öfter auf dem Balkon gesehen. Ich bin übrigens Heather.«

»Isla.« Sie wollte der freundlichen Nachbarin die Hand reichen, zog sie aber zurück, als sie sah, dass sie mit Farbe bespritzt war. »Ja, ich wohne seit ein paar Wochen hier.«

»Steht denn bei euch oben auf dem Dach Farbe herum?«

Isla schüttelte den Kopf. »Das ist mir bisher nicht aufgefallen. Es gibt einen Trockenboden, ich hänge meine

Wäsche dort auf. Aber da stehen keine Farbeimer. Und auf dem Dach erst recht nicht. Es ist ein Schrägdach, ich wüsste gar nicht, wie das gehen soll.«

»Merkwürdig«, sagte die Frau nachdenklich. »Du hast nicht zufällig jemanden verärgert? Oder einen bösen Ex, der die Trennung nicht gut verkraftet hat?«

Isla überlief ein Schauer, als sie an die Worte ihres Vaters dachte, der ganz ähnliche Fragen gestellt hatte. »Nein, ich glaube nicht.« Aber nach dem Tag heute? Erst der Brand des Minis – und jetzt der Farbeimer ...

»Wenn du mich fragst, hat den jemand gezielt heruntergeworfen, als du vor der Haustür standest. Anders lässt sich das nicht erklären.«

Isla strich sich fröstelnd über die Arme. Obwohl es ein warmer Junitag war, war ihr plötzlich kalt geworden. Der Eimer wog mindestens zehn Kilo, und bei der Fallhöhe hätte die Sache auch tödlich enden können. Genau wie der Brand des Autos.

»Willst du die Polizei rufen?«, fragte Heather.

Isla wollte schon nicken, als ihr die Worte ihres Vaters einfielen. Sie sollte Aufsehen vermeiden, sie musste an die Karriere ihres Onkels denken. Und vermutlich reagierte sie auch über. Ja, es war ein großer – fast ein *zu* großer – Zufall, dass ihr heute zwei Unfälle zugestoßen waren, bei denen der Eindruck entstehen konnte, es wäre Sabotage gewesen. Aber der Gedanke war lächerlich. Isla hatte keine Feinde, niemand trachtete ihr nach dem Leben.

»Nein, aber vielen Dank, dass du nach mir gesehen hast.« Sie bemühte sich um ein Lächeln. »Es gibt bestimmt eine logische Erklärung. Ich frage mich nur, was jetzt mit der Farbe hier passiert.«

»Ruf deine Hausverwaltung an. Die sollen sich darum kümmern.« Heather nickte ihr zu. »Also dann, melde dich, falls du es dir noch anders überlegst und ich als Zeugin gebraucht werde.«

»Danke.« Isla balancierte um die gewaltige Pfütze herum und schloss die grüne Haustür auf, die mit dicken weißen Farbspritzern übersät war.

Als sie wenige Minuten später in ihrer Wohnung war, die schmutzigen Klamotten ausgezogen und sich geduscht hatte, machte sich der Schock richtig bemerkbar. Ihre Hände zitterten so sehr, dass sie kaum das Handy halten konnte, als sie nach der Nummer der Hausverwaltung suchte.

Am nächsten Morgen war sie mit einer Studentin in Whitechapel verabredet, die sie für ihre Auswanderer-Story interviewen wollte. Da der Leihwagen noch nicht gebracht worden war, beschloss sie, die U-Bahn zu nehmen, was vermutlich ohnehin schneller war, als mit dem Auto durch den Stadtverkehr zu fahren.

Wie immer war es voll in Notting Hill, und auch an der Haltestelle Landbroke Grove konnte man kaum einen Fuß vor den anderen setzen. Isla ließ sich von der Menschenmenge treiben. Sie blieb direkt an der Bahnsteigkante stehen, wo das Gedränge nicht ganz so dicht war, und musste kaum zwei Minuten warten, ehe der Zug einfuhr. Gerade als sie ihre Fahrkarte einstecken wollte, spürte sie einen festen Stoß von hinten und schrie laut auf. Ein Mann neben ihr streckte helfend den Arm aus, und Isla klammerte sich an ihn.

»Passen Sie auf, verdammt!«, sagte er und betrachtete sie mit gerunzelter Stirn.

»Danke … sorry«, stotterte Isla.

Die Türen des Zugs öffneten sich, und sie glitt mit der Menge in den Waggon. Zufällig war ein Platz frei, und Isla ließ sich erschöpft daraufsinken. Sie spürte den Stoß noch immer deutlich in ihrem Rücken.

Ihr Atem ging schnell. Sie hob den Blick und versuchte, Gesichter zu erkennen.

Jemand hatte sie geschubst, das stand außer Frage.

Aber wer? Und warum?

Ihr Blick wanderte suchend über die Menschenmenge, in der einzelne Individuen nur schwer auszumachen waren. Jeder von ihnen hätte sie gestoßen haben können, und bei niemandem ergab es Sinn.

Stimmte es vielleicht doch, was ihr Vater und die Nachbarin gestern angedeutet hatten? Hatte Isla sich Feinde gemacht? Denn sie konnte die Augen nicht mehr davor verschließen: Irgendjemand hatte es auf sie abgesehen! Erst der Brand des Autos, dann der Farbeimer und jetzt der U-Bahn-Angriff.

Ihr Leben war in Gefahr.

Das klang unglaublich. Isla dachte angestrengt nach. War sie jemandem auf die Füße getreten? Welche Reportagen hatte sie bislang geschrieben? Nein, da war kaum etwas Erwähnenswertes dabei. Ihre Story über Auswanderer war die erste große Geschichte, die sie plante. Und die Berichte, die sie für verschiedene kleinere Londoner Zeitungen verfasst hatte, waren absolut harmlos gewesen. Darin ging es um ein Oldtimer-Treffen, um eine neue Café-Kette oder eine Zuchtschau des Kaninchenzüchtervereins. Aber es waren eindeutig Überfälle gewesen, die jemand absichtlich begangen hatte.

Was sollte sie jetzt tun?

Sie musste zur Polizei gehen.

Isla riss sich zusammen. Nein, zuerst wollte sie dieses Interview hinter sich bringen, und dann würde sie die nächste Polizeistation aufsuchen.

Doch als sie eine Dreiviertelstunde später in Whitechapel durch die Straßen ging, bezweifelte sie ihr Vorhaben schon wieder. Würde die Polizei ihr glauben? Ihr Vater hatte vermutlich längst ihr Auto von der Werkstatt abholen lassen. Der Farbeimer war heute Morgen von der Hausverwaltung entsorgt und der Boden gereinigt worden. Es waren also alle Spuren verwischt. Außerdem würde man argumentieren, dass er zufällig heruntergefallen war. Und den Stoß vor die einfahrende U-Bahn konnte sie schlecht beweisen. Das Einzige, was sie vermutlich damit erreichen würde, wäre, Aufsehen zu erregen, das sie alle nicht gebrauchen konnten.

Nein, sie würde London noch heute verlassen und in die Highlands fahren! Dort stand das Haus ihrer Familie, in dem sie viele schöne Sommer verbracht hatte. Inzwischen wurde es selten genutzt, aber die alte Haushälterin war noch dort. Vielleicht würde Isla in Schottland auch mehr Informationen über den Aufenthaltsort ihrer Tante finden, die in Taigh-Mòr-Fraser aufgewachsen war.

ROSA

Schottland, Highlands, Loch Achall

Juni 1883

Rosa Fraser musste kichern und erntete einen tadelnden Blick ihrer Mutter. Archie sah bewusst in eine andere Richtung, was sehr schade war. Zu gern hätte Rosa ihn zum Lachen gebracht, auch wenn er dafür sicher Ärger bekommen hätte. Aber es war so ungewohnt, ihren besten Freund seit Kindertagen plötzlich ernst und steif in einer strengen Uniform zu sehen. Ein Diener hatte unauffällig zu sein, und Archie hatte großes Glück, dass er direkt als Footman, also als einfacher Diener, anfangen durfte und sich nicht zuerst als Hallboy oder Laufbursche für die Angestellten hocharbeiten musste. Gestern hatte Mrs McDonald, Archies Mutter und Frau des Gärtners von Taigh-Mòr-Fraser, Rosa stolz erklärt, dass ihr Archie – Rosa sah ihn allerdings eher als *ihren* Archie an – eines Tages beste Aussichten auf die Position des Butlers hätte. Denn Jameson, der gegenwärtige Butler von Taigh-Mòr-Fraser, war bereits in seinen Fünfzigern und kinderlos. Da er nicht verheiratet war und auch wenig Interesse am weiblichen Geschlecht zeigte – zumindest behauptete das die Haushälterin Mrs Thompson –, war wohl nicht davon auszugehen, dass sich an dieser Kinderlosigkeit noch etwas ändern würde. Die Position des Butlers war bislang immer in der Familie Jameson weitergegeben worden, und bereits Jamesons Urgroßvater war Butler bei den Frasers gewesen – allerdings nicht auf Taigh-Mòr-Fraser, denn das Haus war damals noch nicht erbaut.

»Wann kommt George denn wieder?«, fragte Tante Mirja in diesem Moment und brachte Rosa durch ihre Frage dazu, der Unterhaltung der Erwachsenen zu lauschen. Auch wenn Rosas Mutter behauptete, sie würde langsam erwachsen, sah Rosa selbst sich noch eher als Kind. Ja, sie war im letzten Monat sechzehn geworden und merkte, dass sich manche ihrer Interessen änderten. Ihr Körper hatte sich schon vor drei Jahren gewandelt, aber innerlich fühlte sie sich noch immer als Mädchen. Wild und zügellos und übermütig. Sie wollte nicht erwachsen werden, weil sie gesehen hatte, was das mit ihrer Cousine Betty gemacht hatte – mit deren Mutter sie jetzt am Tisch saß. Betty war immer lustig und mutig gewesen, sie war mit Rosa und ihren Freunden auf Bäume geklettert und hatte am Loch Achall versucht, Fische zu fangen. Aber von einem Besuch auf den anderen erklärte Betty, sie sei nun erwachsen und könne sich nicht mehr mit Rosa und ihren Freunden vergnügen. Schlagartig war ihre Cousine langweilig geworden. Ein bisschen Sorge hatte Rosa jetzt auch, dass es ihr mit Archie genauso ergehen könnte. Denn so wie er nun an der Wand des Esszimmers stand und regungslos Wache hielt, wirkte er nicht mehr wie ihr Kinderfreund Archie.

»Ich weiß es nicht«, seufzte Rosas Mutter. »Es ist jedes Mal dasselbe, George gibt mir nicht Bescheid. Plötzlich ist er wieder hier. Ich wünschte, er würde sein Kommen wenigstens ein paar Tage im Voraus ankündigen, sodass wir Vorbereitungen treffen können. Letztes Mal hatten wir nicht einmal Gebäck im Haus, weil die Dienstboten erst am nächsten Tag zur Mühle fahren wollten. Natürlich hätten wir das anders geplant, hätten wir von seiner Ankunft gewusst.«

»Du Ärmste, ich will mir gar nicht vorstellen, wie anstrengend es für dich sein muss, unter diesen Bedingungen einen Haushalt zu führen …« Mirja schnalzte missbilligend mit der Zunge. Ihre blonden Löckchen, die kunstvoll aus der Hochsteckfrisur gezogen worden waren, hüpften empört auf und ab. »Und es ist, weiß Gott, ohnehin eine Herausforderung, hier leben zu müssen. Die Einsamkeit würde mich verrückt machen.«

Rosas Mutter schwieg, aber es war deutlich, dass sie sich nicht wohlfühlte. Es war auch nicht gerade rücksichtsvoll von Mirja, so direkt auf die Missstände hinzuweisen. Ja, Rosas Vater war viel unterwegs, er hatte Geschäfte zu führen und war anscheinend zunehmend erfolgreich bei dem, was er tat. Rosa wusste nicht, welcher Arbeit ihr Vater nachging, er machte ein großes Geheimnis daraus. Im Laufe der Jahre hatte sie sich die aufregendsten Dinge vorgestellt. Früher hatte sie geglaubt, ihr Vater fahre zur See, vielleicht war er ein Seeräuber oder ein Schmuggler. Diesen Gedanken hatte sie dann aber verworfen, denn nicht nur, dass er weder Holzbein noch Augenklappe besaß, er hatte auch viel zu saubere Hände. Und als Seeräuber oder Schmuggler würde man sich bestimmt die Hände dreckig machen, er müsste Schwielen haben vom Schleppen der Ware oder des Diebesguts. Inzwischen war Rosa davon überzeugt, dass ihr Vater in geheimen Aufträgen für die

Krone unterwegs war und aus diesem Grund nicht über seine Tätigkeit sprechen durfte. Rosa konnte ihre Mutter gut verstehen. Auch sie selbst sehnte sich nach dem Tag, an dem ihr Vater wieder auf Taigh-Mòr-Fraser war, denn das Leben schien deutlich langsamer und eintöniger abzulaufen, wenn er fort war – was leider viel zu häufig vorkam. Wenn er zu Hause war, fanden rauschende Feste statt, und sie hatten viel Besuch. Er interessierte sich für seine Tochter, hörte ihr zu, spielte mit ihr im Park und überschüttete sie mit Geschenken, die er ihr mitbrachte.

»Liebes, ich weiß nicht, wie du das aushältst. Die Einsamkeit und der kriminell lockere Umgang mit dem Personal. Meiner Meinung nach sollte George sie mit deutlich strengerer Hand führen.« Rosas Tante trank einen so kräftigen Schluck Rotwein, dass ihr Glas leer war. »Ich muss in den nächsten Tagen zurück nach Wales, hier werde ich schwermütig. Komm doch mit mir, bleib den Sommer über auf Lynton Hall, du wirst sehen, wie gut dir das tut.«

»Nein, Mirja!« Rosas Mutter schlug die Hände erschrocken über dem Kopf zusammen. »Was würde mit Rosa geschehen? Sie wäre ganz allein.«

Jameson schenkte ihrer Tante Wein nach.

»Ach, papperlapapp. Rosa kommt schon zurecht, sie hat eine starke Konstitution. Nur du nicht, Liebes. Außerdem ist doch die Haushälterin hier, die ein Auge auf sie haben kann.«

»Ich weiß nicht«, ihre Mutter tupfte sich mit der Serviette über die Lippen und lehnte sich auf dem Stuhl zurück, »es wäre natürlich eine Abwechslung, mehr Gesellschaft um mich zu haben. Hier sind nur wenige Familien, mit denen wir verkehren können.«

Mirja trank ihr halbes Weinglas aus, dann sagte sie: »Du hast es dir so ausgesucht, Liebes. Statt wie ich einen Mann von hoher Herkunft, wenn auch mit geringem Vermögen zu nehmen, hast du einen ohne jegliche Abstammung gewählt. Du wirst vom Adel gemieden, und mit den Bauern kannst du dich nicht abgeben. Du bist auf die wenigen Fabrikbesitzer und Unternehmerfamilien angewiesen, die es hier oben gibt. Wales ist zwar auch nicht der Nabel der Welt, aber immerhin gibt es dort mehr gesellschaftliche Anlässe als hier. Und wir haben viele Zechenbesitzer, denk nur an die zahlreichen Steinbrüche! Diese Familien sind dir ebenbürtig.« Mirja warf ihrer Schwester einen vorwurfsvollen und gleichzeitig mitleidigen Blick zu. »Auch wenn ich dich natürlich auf Bälle der adligen Gesellschaft mitnehmen darf – schließlich bin ich die Frau eines Baronets –, solltest du auf Dauer unter Deinesgleichen bleiben. Und diese neureichen Unternehmer sind der passende Umgang für dich. Du könntest so viele Freundschaften schließen.«

Rosa zog die Augenbrauen zusammen. Sie mochte Mirja nicht besonders, anders als ihre Tochter Betty, die zumindest früher unterhaltsam gewesen war, ignorierte ihre Tante sie in der Regel. Auch ließ sie alle im Haus spüren, für wie bemitleidenswert sie ihre Gastgeber hielt, dass sie hier, am Ende der Welt, quasi ohne Zivilisation leben mussten. Das war alles nicht so schlimm gewesen, als Rosa noch nicht gezwungen wurde, an den gemeinsamen stundenlangen Abendessen teilzunehmen. Doch seit ihre Mutter beschlossen hatte, dass Rosa nun erwachsen war, musste sie die langweiligen Dinner über sich ergehen lassen. Das einzig Interessante heute war, dass Archie zum ersten Mal anwesend war, er hatte am Morgen seinen Dienst angetreten. Ursprünglich hatte er auch Gärtner werden wollen wie sein Vater, aber in den letzten Monaten hatte er mehr und mehr davon gesprochen, im Haus arbeiten zu wollen. Rosa war zunächst nicht besonders begeistert von dieser Idee gewesen, denn im Park hatten sie und ihre Freundinnen Mable und Molly noch mit Archie plaudern können. Sie hatten ihm beim Laubfegen geholfen, die Schnecken vom Salat gesammelt und im Sommer die Rosen mit Wasser besprüht. Aber im Haus stand Archie unter Jamesons strengem Regiment, Rosa befürchtete, dass sie nun kaum noch Zeit miteinander verbringen konnten.

»Dann ist es abgemacht!« Mirja schien das Schweigen ihrer Schwester Charlotte als Zustimmung zu deuten. »Wir könnten schon morgen abreisen.«

»Auf keinen Fall«, sagte Rosas Mutter nun mit entschiedener Stimme. »Ein paar Tage brauche ich zur Vorbereitung. Wenn ich dich wirklich nach Wales begleiten soll, dann muss ich George zunächst um Erlaubnis bitten.«

»Ich dachte, du kannst ihn nicht erreichen?«, sagte Tante Mirja verwundert und griff nach ihrem Glas.

»So ist es.« Charlotte Fraser wirkte unglücklich. »Ich weiß nicht, wo er ist. Glaube mir, ich würde gern mit dir kommen, aber es ist mir nicht möglich, ohne das Einverständnis meines Mannes einfach nach Wales zu fahren.«

»Na, da hört sich aber alles auf!« Mirja tupfte sich den roten Weinbart mit der Serviette von der Oberlippe und gab Jameson ein ungeduldiges Zeichen, er möge nachschenken. »Dein Mann verschwindet regelmäßig für Wochen, manchmal sogar für Monate, er teilt dir weder seinen Aufenthaltsort mit noch wie er erreichbar ist, und du sitzt hier fest, in der Wildnis, vollkommen isoliert von der Welt und darfst nicht einmal verreisen?«

»Nun, ich darf schon, ich fühle mich nur nicht wohl dabei. Zumal George schon seit neun Wochen fort ist, ich rechne jeden Tag mit seiner Rückkehr.«

Rosa legte ihr Besteck auf den Teller als Zeichen dafür, dass sie fertig war. Sie konnte es kaum erwarten, ihren Vater wiederzusehen. Im Gegensatz zu ihrer meist schwermütigen Mutter war er immer lustig und unterhaltsam.

Als Charlotte Fraser wenig später die Tafel aufhob, war das Thema einer möglichen Reise nach Wales noch nicht endgültig geklärt. Rosa murmelte eine Entschuldigung, um nicht mit in den Salon gehen zu müssen. Doch beide Frauen nahmen sie kaum wahr, sodass sie endlich ihre Freiheit hatte. Die Dienstboten waren im Esszimmer mit dem Aufräumen beschäftigt oder bereits in der Dienstbotenhalle, wo sie gleich ihr eigenes Abendessen einnehmen würden. Rosa dachte einen Moment darüber nach, Archie zu suchen, verwarf den Gedanken aber wieder. Sie wusste, wie gern er aß, und wollte auf keinen Fall dafür verantwortlich sein, dass er sein Dinner verpasste. Das würde er ihr noch tagelang vorwerfen. Mable und Molly lebten am Rande des Anwesens in einem Cottage bei Mrs Jones, die sich um die verwaisten Mädchen kümmerte, solange Rosa denken konnte. Die Schwestern durften um diese Zeit auch nicht mehr das Haus verlassen.

Rosa starrte einen Moment lang unschlüssig aus dem schmalen Fenster neben der Eingangstür. Es war noch hell draußen, obwohl es fast zehn Uhr war. Trotzdem entschied sie sich gegen einen Spaziergang. Das Gespräch beim Abendessen hatte die Sehnsucht nach ihrem Vater geweckt, und daher ging sie durch den Ballsaal zum Nordturm hinüber. Die Tür knarrte, als sie sie aufstieß. Sofort schlug ihr der Geruch von Pfeifentabak und Rauch, von Brandy, Pfefferminz und verstaubten, ein wenig modrigen Büchern entgegen. Sie befand sich im schmalen Treppenhaus des Turms, vor ihr führte eine Tür in das Arbeitszimmer ihres Vaters, die Treppe ging hinauf in die erste Etage, in sein verschlossenes Studierzimmer. Rosa war noch nie darin gewesen, und in ihrer Fantasie malte sie sich immer wieder aus, was sich wohl hinter der Tür befinden mochte. Dieses Studierzimmer war ein geheimnisvoller Ort, niemand außer ihrem Vater durfte es jemals betreten. Mit seinem Büro ging George Fraser hingegen weit sorgloser um. Die Tür war stets unverschlossen, und Rosa durfte sich in dem Raum aufhalten, wann immer sie wollte. Mit dem Zimmer darüber war es jedoch eine ganz andere Sache. Dem Dienstpersonal war es nicht einmal erlaubt, dort sauber zu machen. Einzig und allein ihr Vater durfte sich in diesem Raum aufhalten, und wenn er ihn nutzte, schloss er sich ein. Rosa hätte alles dafür gegeben, nur einen winzigen Blick hineinwerfen zu dürfen.

»Was ist in deinem Studierzimmer, was ich nicht sehen darf?«, hatte sie ihren Vater erst bei seinem letzten Aufenthalt auf Taigh-Mòr-Fraser gefragt.

»Eine Überraschung für dich«, hatte er geantwortet und sie schelmisch angegrinst. »Ich arbeite schon lange daran und werde noch viel Zeit benötigen. Denk nicht einmal im Traum daran, dort herumzuschnüffeln.«

Jetzt drückte sie vorsichtig die Klinke zum Arbeitszimmer herunter. Die Tür schwang auf, und die Kälte, die sich selbst im Hochsommer nicht aus den dicken Mauern des Turms vertreiben ließ, schlug ihr entgegen. Sie sog den Duft tief ein, der so sehr mit ihrem Vater verbunden war. Immer wenn sie sich nach ihm sehnte, wenn die Sehnsucht nach ihm zu groß wurde, kam sie hierher. Sie schloss die Tür hinter sich und ging durch das Zimmer. Ehrfürchtig strich sie über den Schreibtisch, eine feine Schicht Staub hatte sich darauf gebildet, obwohl hier regelmäßig sauber gemacht wurde. Federhalter, Tintenfass, Bleiminen, alles stand ordentlich aufgereiht neben der Lederunterlage. In dem Polster des Sessels konnte sie noch den Abdruck ihres Vaters erkennen. Rosa nahm Platz und kuschelte sich in den jahrhundertealten Stuhl, in dem schon so viele ihrer Vorfahren gesessen und Briefe beantwortet hatten. Rosa hatte leider keine Briefe zu schreiben, sonst wäre sie jeden Tag hierhergekommen, um es an diesem Ort zu tun, wo sie sich ihrem Vater so nah fühlte.

Als Rosa am nächsten Morgen wach wurde, kroch das Licht zwischen den Vorhängen hindurch. Das Hausmädchen Vera, das seit einigen Monaten die Tätigkeit einer Zofe bei ihr ausübte – eher schlecht als recht, aber Rosa musste zugeben, dass sie auch nicht die beste Dame war, die sich eine Zofe wünschen konnte –, war noch nicht erschienen, was bedeutete, dass es noch vor acht Uhr sein musste. Rosa liebte die frühen Stunden des Tages, und am Morgen im Bett ausharren zu müssen, war für sie eine Qual. In den langen Wintermonaten, wenn es den ganzen Tag nicht richtig hell wurde, war es noch einigermaßen tolerabel, aber im Sommer, wenn seit Stunden die Sonne schien, empfand sie es als Verschwendung von Lebenszeit. Doch ihre Mutter war streng, was diesen Punkt betraf, und hielt Rosa stets eine Strafpredigt, wenn sie es wagte, schon vor der ersten Tasse Tee ihr Zimmer zu verlassen.

Rosa schwang die Beine aus dem Bett, zog die Vorhänge auf und öffnete die Fensterflügel weit. Die Sonnenstrahlen wärmten bereits, und die Vögel sangen ihr schönstes Morgenkonzert. Was für ein Tag! Sie lachte laut und setzte sich auf die Fensterbank, um die kühle Morgenluft einzuatmen.

Rosa wusste nicht, was diese Euphorie in ihr auslöste, aber dieser Moment erschien ihr wie der Start in den perfekten Tag.

Zwei Stunden später wusste sie, warum dieser Tag so verheißungsvoll begonnen hatte: Es musste eine Vorahnung gewesen sein auf das, was sie erwartete. Sie hatte gerade ihr Frühstück beendet, bei dem sie ein paar Worte mit Archie wechseln konnte.

»Wie gefällt dir die Anstellung?«, hatte Rosa ihren Freund gefragt, und der hatte einen verstohlenen Blick zur Tür geworfen.

»Sehr gut.« Archie grinste. »Besonders lustig ist, dass du dich gestern Abend wie eine piekfeine Dame angezogen hast.«

»Du weißt genau, dass ich dazu gezwungen werde.« Unwillkürlich errötete Rosa, die sich immer unwohl in den teuren Seiden- und Samtkleidern fühlte. Sie beschloss, zum Gegenangriff überzugehen. »Du hast gut reden in deinem lustigen Aufzug.«

»Wieso?« Archie straffte die Schultern, und Rosa konnte genau erkennen, wie stolz er war. »Ich finde, die Dieneruniform steht mir ausgezeichnet.«

»Hm«, brummte Rosa und suchte nach einer Erwiderung, als die Tür geöffnet wurde. »Treffen wir uns gleich im Hinterhof?«

Archie zuckte mit den Schultern. Der Butler brachte frischen Tee und schenkte Rosa ein. Dann nickte er Archie unmerklich zu, eine Aufforderung, Rosas Teller abzuräumen.

»Oh, ich bin noch nicht fertig«, sagte sie schnell, was natürlich eine Lüge war, die auch Jameson klar sein musste.

Mit undurchdringlichem Gesichtsausdruck nickte er und zog sich zurück.

»Also gleich im Hof?«, fragte Rosa, als sie wieder allein waren.

»Ich versuche es«, sagte Archie. »Aber ich kann dir nicht versprechen, dass ich wegkann. Jameson wacht streng über uns. Und wenn, dann bleibe ich nur kurz.«

»Ja, ja«, wischte Rosa seinen Einwand weg. »Ich sag dir, es geht nicht, dass du Mable, Molly und mich vernachlässigst, nur weil du im Herrenhaus bedienen darfst. Molly hat gestern behauptet, dass du dich jetzt als was Besseres fühlst.«

»Tue ich nicht«, sagte Archie und griff nach Rosas Teller.

»Tust du wohl – außerdem wollte ich noch was essen.«

»Ist nichts mehr da.«

Rosa betrachtete den Tisch. Tatsächlich hatte sie bereits alles aufgegessen, und sie hatte auch keinen Hunger mehr. Die Köchin wusste, dass sie jeden Tag ein Würstchen, etwas Ei und Toast aß, weshalb die Portion immer genau auf Rosas Appetit zugeschnitten war.

»Na gut, dann gehe ich eben.« Rosa stand auf und trank im Stehen den Tee aus, den Jameson ihr eben eingeschenkt hatte. »Nicht vergessen, gleich im Hinterhof!«

Doch als sie aus dem Frühstückszimmer trat, hörte sie einen ungewöhnlichen Lärm aus der Eingangshalle, wo zwei weitere Diener, John und James, gerade große Koffer und Kisten hereinschleppten.

Rosas Herz schlug schneller, sie machte einen Luftsprung, der sie durch die halbe Halle katapultierte. »Dad!« Dann fiel ihr ein, dass sie dieses Wort nicht sagen durfte, da es zu gewöhnlich war, wie ihre Mutter meinte. »Papa?«

»In seinem Arbeitszimmer«, erklärte James.

»Dad!« Rosa rannte in Richtung des Ballsaals, schlitterte schwungvoll über das Parkett und kam im Treppenhaus des Nordturms zum Stehen.

»Dad!«

Die Tür zum Arbeitszimmer stand offen. Auch hier wurden Kisten hin und her geschleppt, dirigiert vom Hausherrn persönlich.

»Rosa!«, rief er, ebenso begeistert wie seine Tochter, und fing sie auf, als sie sich auf ihn stürzte.

Und so, wie er es immer schon gemacht hatte, wirbelte er sie einmal herum, als sei sie noch das kleine Mädchen, das einst mit sechs, sieben und acht Jahren in den Raum gestürmt war.

»Mein Mädchen!«, rief ihr Vater mit seiner Baritonstimme und stellte sie auf den Boden zurück. »Du bist so erwachsen geworden.«

»Sag das nicht, Mutter liegt mir damit auch in den Ohren.« Rosa verdrehte die Augen. »Ich will nicht erwachsen sein.«

»Dann brauchst du das auch nicht«, erwiderte ihr Vater, drückte sie an sich und küsste sie auf die Wange. »Du wirst sowieso immer meine kleine Rosa bleiben, und wenn du ewig ein Kind sein willst, dann ist das für mich auch vollkommen in Ordnung.«

Rosa lachte und schlang ihre Arme um ihn. »Ich bin so froh, dass du wieder da bist.«

»Ich auch, Darling, ich auch!«

»Erzähl mir, was du alles erlebt hast«, forderte Rosa ihn auf.

»Oh, so vieles. Womit soll ich anfangen?« Er kratzte sich an seinem Vollbart, den Rosa schon als kleines Mädchen bewundert hatte. Plötzlich hob er den Finger. »Wale! Wir haben Wale gesehen.«

»Dann wart ihr also an der Küste?«, fragte Rosa, die hoffte, endlich mehr über den geheimnisvollen Aufenthaltsort ihres Vaters zu erfahren.

»Auch.« Er zwinkerte ihr verschwörerisch zu. »Wir waren überall und nirgends, und ich kann dir nicht sagen, wo genau, das weißt du ja. Aber ich erzähle dir später ein paar von unseren Abenteuern, was sagst du dazu?«

»Ja!«, rief Rosa. »Und Archie auch. Oh, ach, das weißt du ja noch gar nicht: Archie arbeitet jetzt im Haus. Hier bei uns. Er ist Diener und wird mal Jamesons Nachfolger.«

Ihr Vater schmunzelte. »Na, da habe ich aber noch ein Wort mitzureden.«

»Daddy!« Rosa sah ihn vorwurfsvoll an. »Archie ist der beste Diener, den du finden kannst, und er wird auch der beste Butler werden.«

»Na, wenn du es sagst, werde ich mal darüber nachdenken. Aber noch ist Jameson ja da, und ich hoffe, dass er nicht so bald aufhören wird.«

»Wann erzählst du uns deine Abenteuer? Oh, und du musst mit Jameson reden, damit Archie mal eine Pause machen darf.« Rosa nahm die Hand ihres Vaters und drückte sie fest. »Denn auf mich hört er nicht, wenn ich ihm sage, dass er Archie nicht so streng behandeln soll.«

»Darling«, sagte ihr Vater, und Rosa ließ sich in den Schreibtischstuhl fallen, »ich glaube, wir sollten uns nicht in Jamesons Personalführung einmischen. Und wenn Archie Vorzüge erhält, nur weil er mit dir befreundet ist, wird er es unter den anderen Bediensteten nicht leicht haben.«

Rosa zog die Augenbrauen zusammen. »Was willst du damit sagen?«

»Nun«, ihr Vater strich sich über den Bart, »du musst dich allmählich an den Gedanken gewöhnen, dass ihr zwei erwachsen werdet, ob es dir gefällt oder nicht. Und ich bin mir sicher, dass deine Mutter nicht damit einverstanden sein wird, wenn du dich weiterhin mit Archie abgibst. Du bist im heiratsfähigen Alter, du bist wunderschön und durch mein Vermögen auch einiges wert auf dem Heiratsmarkt. Es wird Zeit, dass wir dich ein paar Herren in unseren Kreisen vorstellen. Wir werden Feste geben und Einladungen aussprechen. Und wenn das geschieht, ist es nicht mehr angebracht, dass du dich mit einem Diener triffst.«

»Aber ich treffe mich doch nicht mit Archie, um ihn zu heiraten!« Rosa verzog ärgerlich das Gesicht. Überhaupt hatte sie noch gar nicht darüber nachgedacht, dass sie einen Mann heiraten könnte. Und sie wollte es auch nicht.

»Das ist mir bewusst, Darling«, sagte ihr Vater und lächelte. »Das ist ja auch der Grund, warum ich bislang nichts gegen deine Freundschaft mit Archie einzuwenden hatte.«

»Und Molly und Mable? Darf ich mich mit denen auch nicht mehr treffen?«

»Ach, Rosa«, seufzte ihr Vater. »Es sind zwar Mädchen, weshalb ein Treffen mit ihnen nicht so kompromittierend ist wie mit dem Sohn des Gärtners, aber die beiden sind nicht von deinem Stand. Wir haben es als sogenannte Neureiche sowieso nicht leicht in der Gesellschaft, daher sollten wir sehr genau auf unseren Umgang achten.« Rosa wusste, dass erst ihr Großvater Frank das Vermögen der Familie aufgebaut hatte, das ihr Vater nun stetig erweiterte. Doch im Gegensatz zu den Aktivitäten ihres Vaters, wusste Rosa, welcher Tätigkeit ihr Großvater nachgegangen war. Er hatte eine Fabrik für Seidenblumen unterhalten, die ihr Vater aber nicht weiter betrieb.

»Und Mable und Molly sind schlecht für mich, weil …?« Rosa zog eine Augenbraue hoch und sah ihn herausfordernd an.

»… weil sie dir nicht ebenbürtig sind.«

»Das stimmt doch gar nicht.« Rosa schüttelte den Kopf. »Du kennst sie nicht richtig. Molly ist die schlaueste Person, die mir je begegnet ist, und Mable besiegt mich jedes Mal beim Tauziehen.«

»Siehst du?«, sagte ihr Vater und lächelte nachsichtig. »Solche Dinge solltest du nicht mehr tun. Du musst allmählich lernen, eine Dame zu werden, und die ziehen nun einmal nicht an Tauen oder kicken mit Blechdosen.«

Rosa wollte sich nicht mit ihrem Vater streiten, jetzt, da er endlich zurück war. Aber sie war ganz und gar nicht seiner Meinung. Nach kurzer Abwägung hielt sie es für besser, zu schweigen.

»Weißt du, was?« Ihr Vater schien bemerkt zu haben,

dass seine Vorstellungen Rosa nicht passten. Deshalb sagte er versöhnlich: »Wie ich gerade von Jameson erfahren habe, ist deine Tante zu Besuch. Und ich werde heute Abend allen Dienstboten und Mitgliedern des Haushaltes von meinen Abenteuern berichten. Ich lasse ein Lagerfeuer auf dem Hügel vorbereiten, und wir backen zusammen Stockbrot und rösten die Maronen, die wir noch aus dem letzten Jahr eingelagert haben. Es wird wieder eine wunderbare Sommernacht mit einigermaßen milden Temperaturen.«

»Daddy!« Rosa sprang auf und umarmte ihren Vater stürmisch. »Das ist eine großartige Idee!«

Er lächelte. »Auf diese Weise kann dein Freund dabei sein, und er wird gleichzeitig nicht anders behandelt als die anderen Bediensteten.«

»Oh, dürfen Molly und Mable auch kommen? Dürfen sie?«, fragte Rosa aufgeregt.

»Natürlich, und sie sollen Mrs Jones gleich mitbringen. Und Archies Eltern sollen ebenfalls kommen und alle, die Lust dazu haben.«

Rosa konnte sich nicht vorstellen, dass es in ganz Schottland auch nur einen Menschen geben konnte, der sich nicht mit Begeisterung die Geschichten ihres Vaters anhören und am Lagerfeuer Stockbrot backen wollte. »Und du erzählst uns deine Abenteuer?«

»Mache ich.« Ihr Vater küsste Rosas Haar, mit dem sich Vera Mühe gegeben hatte. Nur leider war das Ergebnis nie besonders zufriedenstellend. Haare zu frisieren, gehörte nämlich nicht zu Veras Talenten, obwohl sie einige andere aufzuweisen hatte. Dabei war Rosa sowieso viel zu wild, als dass eine Frisur lange gehalten hätte.

»Und jetzt geh und erzähl es deinen Freunden«, sagte ihr Vater und wandte sich zur Tür. »Ich muss deine Mutter begrüßen. Ach, schau doch bitte auch bei Mrs Thompson vorbei und unterrichte sie von unserem geplanten Abendprogramm. Sie soll ein Picknick vorbereiten statt des Dinners. Wir essen zusammen mit den Bediensteten auf dem Hügel.«

Rosa rannte davon. Zuerst in die Küche, wo bereits die gewöhnliche Hektik eingesetzt hatte, wenn der Hausherr überraschend zurückgekehrt war. Als Rosa der Köchin Mrs Fenton und der Haushälterin Mrs Thompson vom Lagerfeuer auf dem Hügel erzählte, rangen beide die Hände und schimpften über die kurzfristige Planung. Aber Rosa konnte das glückliche Lächeln auf ihren Gesichtern erkennen.

Als Nächstes suchte sie nach Archie, den sie im Hinterhof fand.

»Ich warte hier schon seit einer Viertelstunde«, schimpfte er, als sie bei ihm war.

Rosa schlug sich erschrocken die Hand vor den Mund. »Oh, ich habe ganz vergessen, dass wir uns ja ... Aber mein Vater ist wieder da! Und er erzählt uns heute Abend seine Geschichten, bei einem Lagerfeuer oben auf dem Hügel. Alle sind eingeladen, die gesamte Dienerschaft und auch deine Eltern. Ich laufe rüber und gebe ihnen Bescheid ...«

Archies Unmut schien verflogen zu sein. Er lachte. »Wirklich? Das ist sehr großzügig von deinem Vater.«

»Er ist ja auch der beste, wundervollste, liebenswerteste Mann der ganzen Welt!«, rief Rosa und umarmte ihren Freund.

Archie ließ es eine Weile zu, dann befreite er sich lachend von Rosa und ihrem Enthusiasmus. »Vorsichtig, mein Anzug!«

Rosa wich einen Schritt zurück. »Ich habe den besten Daddy der Welt.«

»Er ist großartig.« Archie nickte. »Ich kenne keinen zweiten Mann, der so ist wie er. Er behandelt seine Angestellten wie seine Freunde. Das sagen meine Eltern immer.«

»Ich weiß!«, rief Rosa und umarmte ihren Freund noch einmal, bevor sie über den Hof davonlief.

Der zuckende Schein des Feuers erhellte die Gesichter und sorgte für eine leicht gespenstische, aber auch gemütliche Atmosphäre. Sogar Tante Mirja und Rosas Mutter Charlotte ließen sich davon überzeugen, an dem aufregenden Ereignis teilzunehmen. George Fraser war ein Mann, dem man keinen Wunsch abschlagen konnte, auch wenn Rosa erkennen konnte, dass zumindest ihre Tante nicht begeistert war, mit den Dienstboten den Platz am Lagerfeuer zu teilen. Und so saßen sie nun alle miteinander um die Feuerstelle, eingehüllt in dicke Plaids, denn selbst die Sommernächte in den Highlands waren frisch, und auf dem Hügel wehte der Wind.

Archie und sein Vater, die sich gemeinsam um das Feuer kümmerten, hatten einige Schwierigkeiten gehabt, den Scheiterhaufen zum Brennen zu bringen. Doch jetzt loderten die Flammen. Den Nachmittag über hatten die Gärtner Holz auf den Hügel getragen, damit das Feuer ein paar Stunden lang durchhalten konnte. In der Küche war gebacken und gebraten und Früchte waren ausgepresst worden, bis Taigh-Mòr-Fraser erfüllt von verlockenden Aromen gewesen war. Es waren Decken ausgebreitet worden, auf denen sie sich in kleinen Grüppchen niedergelassen hatten, und nun hielten sie ihr Brot, Fleisch oder Gemüse an langen Stöcken in die Flammen. Maronen lagen zum Rösten am Rand der Feuerstelle. Die frisch zubereiteten Limonaden, das Bier und der Wein flossen in Strömen.

»Daddy!«, rief Rosa ihrem Vater zu, der sich gerade mit Mrs Jones unterhielt. Mable und Molly saßen mit ihr und Archie auf einer Decke, neben ihnen hatten die beiden anderen Diener, mit denen sich Archie bereits angefreundet hatte, Platz genommen. »Daddy, erzählst du uns jetzt deine Geschichten?«

Ihre Mutter räusperte sich vernehmlich und wich dem tadelnden, pikierten Blick ihrer Schwester aus.

»Papa!«, korrigierte Rosa sich schnell.

Ihr Vater beendete sein Gespräch mit Mrs Jones und wandte sich der Festgesellschaft zu. Das Licht der Flammen tanzte über sein Gesicht, Fliegen, Mücken und Motten schwirrten in seinem Schein. Das Knacken der Äste und Holzscheite untermalte die Worte George Frasers, als er zu sprechen begann. »Also schön, erst einmal will ich euch allen danken, meine Freunde, dass ihr diese kleine Sommernachtsfeier so spontan möglich gemacht habt. Ohne euch wäre unser Fest nicht zustande gekommen, ihr seid die beste Dienerschaft, die sich ein Herr wünschen kann. Und jetzt, auf Wunsch meiner bezaubernden Tochter Rosa, will ich euch ein paar Einblicke in meine Reiseerlebnisse geben.« Er setzte sich zwischen die beiden Diener, die stolz für ihren Dienstherren Platz machten. »Nun, ich war auf einer Insel. Es tut nichts zur Sache, wo diese Insel liegt und wie sie heißt. Auch kann ich euch nicht sagen, warum ich dort war, aber ich kann euch verraten, was ich dort getan habe. Ich habe die Renovierungsarbeiten an einem Haus überwacht.«

Leise Stimmen erhoben sich, erstaunte und bewundernde Laute erklangen.

Rosas Vater lächelte. »Stellt euch eine Insel auf dem weiten Ozean vor, kaum mit dem Boot zu erreichen, und darauf steht ein einziges Haus, den Elementen der Natur ausgesetzt. Allein der Transport der Baumaterialien, die man braucht und die nicht alle auf der Insel zu finden sind, ist eine Herausforderung. Und dann ist da das große, leere, unheimliche Haus …« Diese letzten Worte hatte er in einem tieferen Ton gesprochen. Er machte eine Pause, und Rosa lief ein Schauer über den Körper. Sie spürte die Angst, die ihr Vater, ganz allein auf der Insel, empfunden haben musste.

Alle hingen an seinen Lippen, als er mit leiser und eindringlicher Stimme weitersprach. »Nachdem die Arbeiten abgeschlossen waren, war ich ganz allein in dem Haus. Ich war der einzige Mensch auf der Insel, zumindest dachte ich das. Bis ich in der Nacht Stimmen hörte. Stellt euch die langen Gänge vor, jeder Schritt hallt von den Wänden wider, und dann … höre ich plötzlich … nächtliche Stimmen, klar und deutlich.«

Rosa zuckte zusammen. Auch die anderen durchfuhr es kalt, Rosa konnte hören, wie einige erschrocken einatmeten.

»Ich bin natürlich nachsehen gegangen. Und als ich in den großen, leeren Salon des Hauses kam, habe ich über die Felsen zum Anlegesteg hinuntergesehen.«

»Und? Was war da?«, wisperte Rosa und fasste nach Archies Hand.

Ihr Vater wandte sich jetzt direkt an sie. Er sprach in einem leicht singenden Tonfall, der den Inhalt seiner Rede nur umso angsteinflößender wirken ließ. »Da fuhr ein Boot in die Nacht hinaus. Und darin saßen sechs Frauen. Ihr Haar wehte im Wind.«

»Mitten in der Nacht?«, fragte Mirja skeptisch.

Ihr Vater nickte und wiederholte mit seiner tiefen, unheimlichen Stimme: »Mitten in der Nacht, bei völliger Dunkelheit. Ich habe das Fenster geöffnet, bin auf die Terrasse gegangen und konnte ihren Gesang hören. Sie sangen wunderschön, und ich kann mir vorstellen, dass die Männer scharenweise ihren Stimmen folgen und im Meer verschwinden.«

»Daddy!«, rief Rosa entsetzt. »Du hättest sterben können, wenn du auch ihren Gesängen gefolgt und ins Meer gegangen wärst!« Sie wollte sich das nicht einmal vorstellen.

»Keine Sorge, Darling«, sagte ihr Vater und lächelte sie beruhigend an. »Ich bin immun gegen die Reize der Meerjungfrauen, aber viele andere sind es nicht.«

»Du musst vorsichtig sein«, flüsterte Rosa, der das Entsetzen noch in den Gliedern steckte. Sie hatte ähnliche Geschichten gehört, von Menschen, die ins Wasser gegangen waren, weil sie von Zauberern und Hexen hineingelockt wurden. Archie meinte zwar, es gäbe weder das eine noch das andere, aber jetzt hatten sie einmal mehr den Beweis dafür, dass diese Wesen existierten. Rosa warf ihrem Freund einen schnellen Blick zu, der sie mit sanftem Gesichtsausdruck beobachtete.

»Siehst du?«, flüsterte sie leise.

Archie drückte ihre Hand, die er noch immer festhielt. Das beruhigte Rosa.

»Bist du die ganze Zeit nur auf der Insel gewesen?«, fragte sie ihren Vater.

»Nein, ich musste ja erst einmal dorthin reisen, und die Insel liegt weit entfernt in fremden Meeren.« Ihr Vater hob die Hand, und Jameson, der sich nicht erlaubt hatte, ebenfalls Platz zu nehmen, sondern etwas abseits stehen geblieben war, um alles zu beobachten, reichte ihm sein Weinglas. »Außerdem hatte ich auch an Land einige Aufgaben zu erledigen.«

»Welche denn?«, fragte Rosa, die sich nur langsam von ihrem Schrecken erholte. Funken stoben auf, als Archies Vater eine Ladung Maronen mit einer langen Schippe aus den Flammen zog.

George Fraser berichtete von einer Gruppe Männer, die in Streit geraten waren und die er im Handumdrehen zu beruhigen wusste, von geheimen Treffen mit wichtigen Personen, über die er jedoch nichts Genaueres verraten durfte, und von Stürmen, die über Land und See gefegt waren, aber auch von der Überfahrt zur Insel, bei der ein Mann über Bord ging, der im letzten Moment gerettet werden konnte.

Weit nach Mitternacht gähnte der Hausherr und rief: »Ich muss ins Bett, Freunde. Lasst euch nicht daran hindern, ohne mich weiterzufeiern. Ich danke euch allen für die zauberhafte Gesellschaft.«

Applaus brandete auf, und Rosa dachte, dass wohl niemand ihn mehr verdient hatte als ihr Vater, der liebenswürdigste und gerechteste Mensch auf der Welt.

Am nächsten Morgen kam Rosa etwas später als sonst zum Frühstück. Sie hatte erstaunlich lange geschlafen, was sicherlich den aufregenden Ereignissen des gestrigen Tages geschuldet war, aber auch die Dienstboten, einschließlich ihrer Zofe, waren spät dran. Auf allen Gesichtern lag ein glückliches, wenn auch müdes Lächeln, und sämtliche Mitglieder des Haushalts, so schien es Rosa, begegneten sich heute mit besonderer Freundlichkeit.

Sie rechnete nicht damit, beim Essen Gesellschaft zu haben, doch als sie das Frühstückszimmer betrat, saß ihr Vater bereits am Kopf der Tafel und blätterte in seiner Zeitung.

»Daddy!«, rief Rosa hocherfreut und lief zu ihm, um ihn auf die Wange zu küssen. »Es war gestern ein so schöner Abend.« Sie richtete sich auf und sah Archie, der an ihrem Platz stand und darauf wartete, dass sie sich setzte, damit er ihr den Stuhl zurechtrücken konnte.

»Ich gebe dir recht, Darling.« Ihr Vater faltete die Zeitung zusammen, in der er gelesen hatte, und warf sie auf den Tisch. »Auch ich habe ihn sehr genossen.«

»Und ich möchte mich, im Namen der gesamten Dienerschaft, für Ihre Freundlichkeit bedanken, Mr Fraser. Wir sind alle zutiefst gerührt von Ihrer Großzügigkeit«, sagte Jameson mit einer leichten Verbeugung und schenkte Rosa dann Tee ein.

»Ganz im Gegenteil, Jameson! Ich bin der, der sich glücklich schätzen muss, so großartige Angestellte zu haben.«

Der Butler errötete, und auf Archies Gesicht lag ein leichtes Lächeln.

»Daddy, wie genau sahen die Frauen denn aus?«, fragte

Rosa, die immer wieder an die unheimlichen Gesänge auf der Insel denken musste.

»Frauen?« Ihr Vater schlug sein Ei auf, das er gern gekocht und nicht gerührt aß, sehr zum Missfallen von Mrs Fenton, die der Meinung war, die englische Tradition verlange nun einmal nach gerührten, höchstens noch nach gebratenen Eiern. »Welche Frauen?«

»Die vor der Insel«, erwiderte Rosa. »Die dich ins Meer locken wollten.«

»Ach so.« Er schmunzelte. »Weißt du, so ganz genau konnte ich sie nicht erkennen. Es war Nacht, und nur ein Sichelmond stand am Himmel. Aber ich glaube, sie waren unbekleidet und trugen die Haare offen.«

»Unbe…« Rosa musste kichern und sah zu Archie hinüber, dessen Wangen nun ein rosafarbener Schimmer überzog. Er starrte konzentriert an ihr vorbei. »Daddy! Da hättest du nicht hinschauen dürfen.«

»Das musste ich doch erst einmal herausfinden. Ich konnte ja nicht ahnen, dass sie nackt waren.«

»Dad!«, rief Rosa in gespielter Empörung. »Sag nicht so anstößige Wörter.«

»Na, du bist gut«, nahm ihr Vater grinsend den Ball wieder auf. »Ich möchte dich mal erleben, wenn du dir ganz gewiss bist, der einzige Mensch auf einer Insel zu sein. Du bist nicht nur auf einer Insel, sondern auch in dem unheimlichsten, gruseligsten Herrenhaus, das du dir vorstellen kannst. Und dann wachst du mitten in der Nacht auf, das Mondlicht fällt schal ins Zimmer, und du hörst Stimmen.«

Rosa schüttelte sich, um die Gänsehaut zu vertreiben, die sie überlaufen hatte. »O mein Gott! Das ist wirklich angsteinflößend.«

»Siehst du!« Ihr Vater nickte zufrieden und lud etwas Ei auf seinen Löffel. Während er zum Salz griff, sagte er: »Dann achtest nämlich auch du nicht mehr darauf, schambehaftet deinen Blick von den verführerischen nackten Körpern der Eindringlinge abzuwenden.«

»Nein, bestimmt nicht«, musste Rosa zugeben. Die Nacktheit wäre in dieser Situation wohl nicht der wichtigste Aspekt gewesen. »Und das Boot?«, fiel ihr ein. »Was war das für ein Boot?«

»Oh, auch das schien mir seltsam zu sein, eher eine römische Galeere als ein modernes Schiff.«

»Wie sah diese Galeere aus?«

»Vorne geschwungen, mit Segeln, und ich meine im Mondlicht einen goldenen Anstrich erkannt zu haben.«

Jetzt konnte auch Archie nicht mehr gelassen bleiben. Er sog scharf die Luft ein und erwiderte Rosas verwirrten Blick.

»Und was hast du auf der Insel gemacht, Daddy? Kannst du nicht wenigstens ein kleines bisschen darüber verraten? Vielleicht hatten die Frauen damit zu tun?«

»Vielleicht«, antwortete ihr Vater und zwinkerte ihr zu. »Aber jetzt müssen wir über ein anderes, sehr wichtiges Thema sprechen.«

»So?« Rosa bestrich ihr geröstetes Brot mit Butter.

»Deine Tante hat angeboten, dich und deine Mutter für eine Weile in ihrem Landhaus in Wales aufzunehmen, damit du ein paar junge Männer kennenlernen kannst.« Ihr Vater aß wieder einen Löffel Ei.

Rosa verschluckte sich und musste husten. Das war ganz anders als das, was sie selbst aus dem Mund ihrer Tante gehört hatte. Sie hatte keinerlei Interesse an Rosas

Besuch gehabt, ganz im Gegenteil, sie meinte, Rosa könne allein hier zurückbleiben, wo sie mit der Haushälterin auskommen solle.

»Sie wollen schon in wenigen Tagen aufbrechen, und ich unterstütze diese Pläne deiner Mutter sehr.«

»Nein!«, rief Rosa entsetzt. Bislang war sie sich immer gewiss gewesen, dass ihr Vater auf ihrer Seite stand und nie etwas unternehmen würde, das gegen ihren Willen war. »Daddy! Ich will nicht nach Wales. Und ich will nicht nach Männern schauen. Ich will nicht heiraten. Ich bin doch erst sechzehn Jahre alt. Ein Kind! Ich will nicht weg aus Taigh-Mòr-Fraser.«

Sie sah Hilfe suchend zu Archie, der ebenso erschrocken wirkte, wie sie sich fühlte.

»Darling, du bist kein Kind mehr, auch wenn du das gern wärst. Es wird Zeit, dass du erwachsen wirst.«

»Ich will nicht erwachsen werden!« Rosa verschränkte die Arme vor der Brust. Warum redete ihr Vater plötzlich ganz anders? Gestern hatte er ihr doch versprochen, sie bräuchte nie erwachsen zu werden.

»Das wollten wir alle nicht, aber die Zeit macht nun einmal auch vor dir nicht halt.«

»Ich gehe hier nicht weg«, sagte Rosa energisch.

»Du hast keine Wahl.« Ihr Vater sah sie ernst an, und sie kannte ihn gut genug, um zu wissen, dass er sich nicht umstimmen lassen würde. Er stand auf. »In wenigen Tagen werdet ihr aufbrechen. Da auch ich bald wieder fortmuss, ergibt es keinen Sinn, wenn du allein hier zurückbleibst. Ihr verbringt den Winter in Wales und auch das kommende Frühjahr. Im Sommer könnt ihr nach Schottland zurückkehren. Deiner Mutter wird es guttun, in den dunklen Monaten in Mirjas Gesellschaft zu sein, und auch dir wird es bestimmt gefallen. Du wirst neue Freundinnen finden, und vielleicht verliebst du dich ja auch, wer weiß?«

»Ich bin sicher, dass es nicht so sein wird! Ich verliebe mich nicht!«

»Darling, ich muss ein paar Briefe schreiben. Sei brav und pack mit Vera zusammen deine Koffer, ja?«

Er ging hinaus, und Rosa starrte ihm verzweifelt hinterher. Dann stand sie auf und stürzte sich in Archies Arme, der dieses Mal seine Dienstvorschriften vergaß und nicht zögerte, sie zu trösten.

»Ich soll fast ein Jahr fort von hier«, sagte sie, während ihr Tränen über das Gesicht liefen.

»Das ist schrecklich«, bestätigte er und streichelte beruhigend ihren Rücken. »Aber dein Vater hört sich nicht so an, als würde er mit sich reden lassen.«

»Ich will nicht heiraten«, schluchzte Rosa und dachte an ihre Mutter. »Verheiratete sitzen den lieben langen Tag im Zimmer, trinken Tee und langweilen sich. Ich werde dann bestimmt ganz schnell schwermütig, genau wie meine Mutter.«

»Nein, du wirst niemals wie deine Mutter«, widersprach Archie entschieden. »Du bist viel zu neugierig. Du gibst dich nicht einfach zufrieden, sondern findest immer einen Weg, an dein Ziel zu kommen. Wenn du in einem Herrenhaus sitzen würdest, könntest du nicht schwermütig werden, weil dir vorher schon viele Dinge eingefallen wären, denen du nachgehen kannst.«

»Du hast recht«, sagte Rosa. Sie löste sich von Archie und strich sich über die feuchten Wangen. »Aber ich werde dich vermissen, wenn ich in Wales bin.«

»Dafür lernst du bestimmt andere, interessante Männer kennen. Du wirst sehen, wenn du zurückkommst, wirst du nichts mehr von mir wissen wollen. Du wirst die Frau eines Abenteurers und reist mit ihm nach Afrika oder Mesopotamien.« Archies Augen schimmerten verdächtig.

Das war ein verlockender Gedanke. Plötzlich sah Rosa sich mit einem großen Hut, in grüner Männerhose und Expeditionshemd durch den Urwald schreiten, im Wüstensand liegen, um Ausgrabungen vorzunehmen, oder geheimnisvolle Höhlen erforschen. Erst als sie Archies trauriges Gesicht sah, schüttelte sie den Gedanken ab. »Ganz egal, was passiert, es wird niemals so sein, dass ich nichts mehr von dir wissen will. Du bleibst immer mein allerliebster Freund und Molly und Mable meine besten Freundinnen. Oh, sie wissen ja noch nicht, dass ich nach Wales muss. Komm, lass uns gleich rüberlaufen und …« Sie schwieg frustriert, als ihr bewusst wurde, dass Archie das Haus nicht einfach verlassen durfte. Wie sehr hatten sich die Zeiten doch geändert! Bislang hatte es ihr schon nicht besonders gut gefallen, erwachsen zu werden. Und es wurde immer schlimmer: Jetzt sollte sie ihre geliebte Heimat verlassen, um den Herbst und den Winter in Wales zu verbringen. Wenn sie zurück nach Taigh-Mòr-Fraser kommen würde, wäre sie schon fast siebzehn Jahre alt – und das kam selbst ihr dann tatsächlich erwachsen vor.

ISLA

Schottland, Highlands, Loch Achall

Juni 2023

Der Wind fegte über die Hügel, zerrte an Islas Haaren, blähte ihren Mantel auf und brachte den Geruch von Kaminfeuern und Whisky mit sich. Sie blieb oben auf der Bergkuppe stehen und ließ ihren Blick über die karge Weite schweifen. Hügel in intensiven Braun- und Grüntönen erstreckten sich, so weit das Auge reichte. Dunkel und unergründlich breitete sich unter ihr Loch Achall aus. Über ihr lag Taigh-Mòr-Fraser, das alte Herrenhaus ihrer Familie, und reckte seine drei grauen Türme in den Himmel. Es war das einzige Gebäude, das sie von hier aus sehen konnte, und es war vom Wetter gezeichnet. Der Putz wies zahlreiche Stockflecken auf und platzte an einigen Stellen ab, die Farbe der Fensterrahmen war verblasst, und Moos bedeckte die Dachpfannen. Isla war noch atemlos vom schnellen Aufstieg und strich sich den Schweiß von der Stirn. Früher hätte ihr Großvater das Gebäude längst renovieren lassen, aber auch er wurde immer älter, was sich unter anderem an der Vernachlässigung von Taigh-Mòr-Fraser zeigte. Isla fragte sich, wie lange ihre Großeltern schon nicht mehr in den Highlands gewesen waren, es mussten inzwischen einige Jahre vergangen sein. Dieser schottische Familienbesitz hatte an Bedeutung verloren. Isla ging langsam weiter und folgte dem Pfad, der vom Hügel hinunter zum Seeufer führte. Sie konnte sich an die Weihnachtsfeste im Haus ihrer Großeltern erinnern, wenn sie und ihre Cousinen und Cousins durch die langen Flure gerannt waren oder draußen im Schnee gespielt hatten. Auch so manchen Sommer hatte sie hier verbracht. Doch in den letzten Jahren waren ihre Großeltern über Weihnachten in London geblieben, und die Familie der Frasers hatte sich am Weihnachtsmorgen in ihrem Stadthaus vor dem Kamin versammelt. Inzwischen kamen nur selten Angehörige hier hoch, es war beinahe so, als hätte man dieses Haus vergessen. Islas Onkel hatte sich eine Villa in Wiltshire gebaut, ihre Eltern hatten bereits vor zwanzig Jahren ein Anwesen in Kent gekauft.

Sie strich an den Ginstersträuchern entlang, die am Wegrand wuchsen und ihre Hauptblütezeit bereits hinter sich hatten. Doch es gab noch immer einige der gelben Blätter, die den typischen Duft nach Kokos verströmten. Im Frühjahr roch dieser Teil der Highlands noch stärker danach, und das Gelb der Knospen überzog die Hügel wie ein goldener Schimmer. Diese Gegend des schottischen Hochlands war dünn besiedelt.

Isla folgte dem schmalen Pfad und fühlte sich zum ersten Mal seit Tagen wieder sicher. In Taigh-Mòr-Fraser lebten nur noch die alte Haushälterin Mrs McDonald, die so langsam durch die Gänge schlich, dass Isla immer ein schlechtes Gewissen hatte, wenn sie der Frau Arbeit machte, und Kevin, der Gärtner, der schon hier gearbeitet hatte, als Isla noch ein kleines Kind gewesen war. Kevin wohnte jedoch nicht im großen Haus, sondern im Gärtnercottage unten am Wasser. An drei Tagen in der Woche kamen zwei Frauen zum Saubermachen. Isla war froh, dass zurzeit außer ihr kein Mitglied der Familie anwesend war, denn sie brauchte Ruhe, um nachzudenken. Außerdem konnte sie so ungestört nach Hinweisen zu dem Wohnort ihrer Tante suchen. Ihr Blick folgte einem Bussard, der weit über ihr seine Runden drehte.

In diesem Moment stolperte sie und konnte sich gerade noch abfangen. Sie war auf einem losen Stein weggerutscht. Vorsichtig ging sie weiter. Sie liebte die Einsamkeit hier oben, die im größtmöglichen Gegensatz zu ihrem Londoner Leben stand, das sie heute Morgen noch geführt hatte. Sie verdrängte den Gedanken an ihren fluchtartigen Aufbruch. Noch immer war sie nicht sicher, ob sie nicht übertrieben reagiert hatte.

Fröstelnd strich sie sich über die Arme. Das Wetter hatte offensichtlich vergessen, dass Sommer war, und der feuchte Boden zu ihren Füßen erinnerte daran, wie häufig es in den letzten Tagen geregnet hatte. In Schottland war es oft kälter und regnerischer als im Süden des Vereinigten Königreichs, auch das störte Isla nicht. Aber vielleicht war es ein Grund dafür, dass ihre Familie immer seltener hier heraufkam.

Ein Knacken in der Nähe ließ sie herumfahren. Ihr Herz setzte einen Schlag lang aus, um dann mit doppelter Geschwindigkeit weiterzupochen.

Erschrocken sah sie sich um.

Da war nichts, sie war allein.

Vermutlich war es nur eine Maus oder ein Kaninchen gewesen, das im Gebüsch verschwunden war. In den Highlands gab es nicht viele Bäume oder Sträucher, hinter denen sich ein Mensch verstecken konnte, und dennoch fühlte sich Isla mit einem Mal unsicher und beobachtet.

Wütend schüttelte sie den Kopf. Sie musste unbedingt damit aufhören, sich verfolgt zu fühlen! Für all das, was ihr in den letzten Tagen zugestoßen war, gab es vermutlich einfache Erklärungen. Wieder dachte sie über die Unglücksfälle nach.

Vielleicht hätte sie doch zur Polizei gehen sollen, aber was hätten die schon tun können? Es gab keinerlei Beweise. Isla war sich ja nicht einmal sicher, ob sie alles richtig interpretiert hatte. Vielleicht waren diese Ereignisse auch nur Zufälle gewesen. Es war einfach zu ungeheuerlich, sich vorzustellen, dass ihr tatsächlich jemand nach dem Leben trachtete. Und doch ertappte sie sich ständig dabei, wie sie darüber nachdachte, ob sie nicht doch jemanden verärgert hatte. Aber dazu fiel ihr nichts ein, und sie kam immer wieder zu dem Schluss, dass sie nicht wirklich in Gefahr schwebte. Sie durfte sich nicht verrückt machen lassen.

Inzwischen hatte Isla das Seeufer erreicht. Sie beschloss, dem Weg am Loch ein paar Hundert Meter zu folgen, um dann den nächsten Pfad zu nehmen, der zurück nach Taigh-Mòr-Fraser führte. Sie war müde von der Anspannung und der langen Fahrt aus London. Und doch hatte sie noch eine kleine Runde laufen wollen, um den Kopf freizubekommen und die schottische Luft zu atmen.

Sie blieb stehen und schaute über den See. Der Weg führte direkt am Ufer entlang, Loch Achall schlängelte sich zwischen den Bergen hindurch. Die Wasseroberfläche war ruhig, nur gelegentlich schnappte ein Fisch nach Luft und hinterließ wellenartige Kreise. Isla ging die zwei Schritte über die Grasfläche, die den Weg vom Ufer trennte, und hockte sich hin. Dann streckte sie die Hand aus und ließ sie ins Wasser gleiten. Es fühlte sich angenehm kühl an, es war klar, sodass sie die Steine auf dem Grund sehen konnte. Einen Moment verharrte sie, erinnerte sich an die Tage ihrer Kindheit, als sie Stunden am Loch verbracht hatte.

Irgendwann richtete sie sich wieder auf und setzte ihren Spaziergang fort. Die Sonne stand schon tief, es musste inzwischen fast sieben Uhr sein, und Mrs McDonald würde bald das Abendessen fertig haben. Isla seufzte leise, als sie den steilen Aufstieg anging. Sie wünschte, die Haushälterin ließe sich davon überzeugen, dass Isla sich selbst versorgte, aber davon wollte die alte Frau nichts wissen. Selbst das Argument, dass sie in London auch ohne Hausangestellte lebte – Isla war vermutlich das einzige Familienmitglied der Frasers, das auf einen derartigen Luxus verzichtete –, hatte Mrs McDonald nicht umstimmen können. Wenn sie sich nur nicht so abmühen würde! Isla überlegte, wie alt die Frau inzwischen sein musste, aber sie konnte sich nicht erinnern, jemals erfahren zu haben, wann sie geboren worden war. Schon als Isla klein gewesen war, war ihr Mrs McDonald uralt erschienen.

Als sie die niedrige Mauer erreicht hatte, die Taigh-Mòr-Fraser umgab, blieb sie stehen und betrachtete das Haus eine Weile lang. Es war kein Schloss, dafür war es nicht groß genug, aber es sah einem schlossartigen Anwesen sehr ähnlich. Das Gebäude bestand aus zwei Flügeln, dem nördlichen, in dem der Ballsaal untergebracht war – der aber schon lange nicht mehr als solcher genutzt wurde – und in dessen oberer Etage sich die Hauptschlafzimmer befanden, und dem Ostflügel mit dem Familienwohnzimmer, in dem die Frasers immer Weihnachten gefeiert hatten, dazu dem Frühstücks- und Esszimmer. Die Wirtschaftsräume, einschließlich der Küche, lagen in einem separaten Zwischenflügel im Innenhof hinter dem Haus. Außerdem gab es drei Türme, einen an jedem Ende der beiden Flügel und einen dritten, mächtigen sechseckigen Turm genau an der Stelle, wo die beiden Gebäudeteile aufeinandertrafen. Im Erdgeschoss dieses mittleren Turms befand sich die Eingangshalle.

Der Nordturm beinhaltete das Arbeitszimmer von Islas Großvater und zwei geheimnisvolle Etagen unter dem Dach, zu denen bereits seit Generationen der Schlüssel fehlte. Da es sich um eine alte und sehr stabile Tür handelte, war das Schloss bisher noch nicht ausgetauscht worden, weil ihre Großeltern sich damit schwertaten, den antiken Schließmechanismus zu ersetzen. Schon seit Jahren wollten die Frasers die gesamte Tür gegen einen andere austauschen lassen, aber bislang war es, aus ebenjenen sentimentalen Gründen, noch nicht dazu gekommen. Isla mochte den Gedanken an die Geheimnisse, die sich möglicherweise hinter dieser Tür verbargen. Vermutlich befand sich dort nichts als Staub und Gerümpel, aber allein die Spekulationen über den Inhalt der Räume waren aufregend.

Im Ostturm wurden einige Zimmer schon lange nicht mehr genutzt und waren im Laufe der Jahrzehnte zu Abstellkammern umfunktioniert worden. Die Aussicht aus den oberen Zimmern war atemberaubend. Doch seit Jahrzehnten waren die Möbel im östlichen Flügel mit Laken abgehängt, und wenn Isla einmal in den angebauten Turm ging, konnte sie kaum durch die schmutzigen Fenster sehen. Sie hatte es als Kind geliebt, sich in den Türmen mit dem Spielzeug längst vergangener Generationen zu beschäftigen, das alte Schulzimmer zu erkunden oder sich mit Roben und Hüten aus früheren Zeiten zu verkleiden.

Ihr Schlafzimmer befand sich im Mittelturm, gleich über der Eingangshalle, ursprünglich war es eines der besten Gästezimmer gewesen. Da sie momentan jedoch allein in Taigh-Mòr-Fraser wohnte, hatte sie es sich erlaubt, diesen Raum zu beziehen. Jetzt wanderte ihr Blick an der Fassade empor und verharrte am Fenster ihres Zimmers in der ersten Etage. Es stand offen, der Vorhang flatterte im Wind.

Isla stutzte.

Sie hatte das Fenster nicht geöffnet.

Vermutlich war Mrs McDonald in ihrem Zimmer gewesen und hatte gelüftet.

Langsam ging sie über die kurze Zufahrt zum Haus. Die Beete zu beiden Seiten waren gepflegt. Die Rosen standen kurz vor der Blüte, Ziersalbei und Rittersporn bildeten weiße und lilafarbene Teppiche, und Lavendel verströmte seinen zarten Duft. Es erforderte viel Arbeit und Geschick des Gärtners, der unergiebigen Erde der Highlands diese Fülle an Leben abzuringen.

Als sie die alte, verwitterte Holztür zur Eingangshalle öffnete, erklang ein lautes Quietschen. Heimlich konnte sich hier wohl niemand ins Haus schleichen. Isla durchquerte die Eingangshalle, von der aus zwei Türen in die beiden Hauptflügel und eine Treppe nach oben führten. Der große achteckige Raum war mit Truhen, Ritterrüstungen und hässlichen Stillleben ausgestattet. Auf dem Steinboden lagen alte Teppiche, durch Buntglasfenster fiel gedämpftes Licht herein. Ein Vorhang verbarg den Durchgang zum Flur in den Wirtschaftsflügel. Isla schlüpfte durch die rechte Tür und ging mit schnellen Schritten an den offen stehenden Türen vorbei. Sie warf nur flüchtige Blicke in den Salon und in das Morgenzimmer, in dem ihre Großmutter früher die Post gelesen und Isla in ihren Malbüchern gekritzelt hatte. Das kleine Esszimmer, das genutzt wurde, wenn kein Besuch zum Dinner kam, das Gartenzimmer, in dem die Regenkleidung, aber auch Krocket-, Tennis- und Federballschläger verwahrt wurden. Nachdem sie die Haushälterin nirgendwo ausfindig machen konnte, stieß sie die Tür am Ende des Ganges auf und gelangte in den Dienstbotenflur, der eine zweite Verbindung zur Küche und den anderen Wirtschaftsräumen darstellte.

Schon von Weitem hörte Isla das Klappern von Besteck und Töpfen. Als sie in den gemütlichen Raum mit dem schwarz-weiß gefliesten Boden, den hellblau gestrichenen Wänden, dem großen Tisch mit den langen Holzbänken und dem riesigen AGA-Herd trat, sah sie Mrs McDonald an der Anrichte stehen, wo sie gerade einen Braten aufschnitt und auf die Servierplatte legte.

»Ich bin zurück«, sagte Isla sanft, um die alte Frau nicht zu erschrecken.

Mrs McDonald sah von ihrer Arbeit auf und nickte. »Schon eine ganze Weile, oder nicht?«

Isla stutzte. »Nein, ich bin eben erst gekommen. Ich werde mich schnell umziehen.«

Die Haushälterin stellte den Braten auf eine der Warmhalteplatten. »Gut, in zehn Minuten ist das Essen fertig, wenn es Ihnen recht ist?«

Isla lächelte und wandte sich um. Sie wollte gerade gehen, als sie noch einmal innehielt. »Warum haben Sie gedacht, dass ich schon länger zurück bin?«

»Ich dachte, ich hätte Sie im Turm herumgehen gehört.« Mrs McDonald nahm einen Topf vom Herd, der fast halb so groß schien wie die Frau selbst. Mit mühsamen Schritten schleppte sie ihn zum Spülstein.

Ohne zu fragen, trat Isla neben Mrs McDonald, nahm ihr den Topf ab und stellte ihn ins Spülbecken. »Waren Sie heute im Turm und haben mein Zimmer gelüftet?«

Mrs McDonald sah sie überrascht an. »Sie haben doch gesagt, ich bräuchte nicht ... Aber ich kann mich gleich darum kümmern, wenn Sie möchten.«

»Nein«, wehrte Isla schnell ab und bemühte sich um ein unbekümmertes Lächeln. »Das ist nicht nötig. Ich werde mich jetzt beeilen.«

Eigenartig.

Aber sie durfte sich nicht verrückt machen.

Vermutlich sah sie Gespenster, wo keine waren. Nachdenklich verließ sie die Haushälterin und nahm die Dienstbotentreppe, die neben der Küche in die erste Etage des Nordflügels führte.

Als sie den langen, dunklen Flur betrat, hielt sie unwillkürlich den Atem an und lauschte, ob sie Geräusche vernehmen konnte. Natürlich war nichts zu hören, außer dem gelegentlichen Knacken des Holzes und dem Wind, der durch die Fensterritzen drang. Keine Schritte, kein Flüstern oder sonst ein Laut. Isla atmete erleichtert auf und ging weiter.

Dieses Haus war groß und unheimlich, warum war ihr das früher nie aufgefallen? Oder empfand sie das heute nur so, weil ihre Nerven strapaziert waren? Sie musste wirklich wieder souveräner werden.

Während sie an den Schlafzimmern vorbeiging, in denen früher die Familie Fraser geschlafen hatte, überlegte sie, welches der Zimmer wohl ihrer Tante Shelley gehört hatte. Shelley, die Schwester ihres Vaters und ihres Onkels Donald, hatte sich zu einem Mysterium entwickelt. Als sie fünfundzwanzig und somit etwa so alt gewesen war wie Isla jetzt, lebte sie bereits in Australien.

Isla hatte inzwischen den mittleren Turm erreicht. In ihrem Zimmer stand das Fenster immer noch offen. Sie schloss es und sah sich um. Als sie in Taigh-Mòr-Fraser angekommen war, hatte sie nur in aller Eile ihre Kleidung aus dem Koffer geholt und das Waschzeug ins Bad gebracht. Das geöffnete Fenster hätte sie jedoch auf jeden Fall bemerkt. Es musste jemand hier gewesen sein, nachdem sie zu ihrem Spaziergang aufgebrochen war, aber wer? Und wenn jemand während ihrer Abwesenheit ihr Zimmer aufsuchte, warum öffnete er dann das Fenster? Außer ihr und der Haushälterin war niemand im Haus. Der Gärtner lebte im Torhaus. Das Gelände war nicht von einer Mauer umgeben, sondern an den meisten Stellen frei zugänglich. Bisher hatte Isla das nie als Problem empfunden, weil ohnehin kaum jemand nach Taigh-Mòr-Fraser kam. Und die wenigen Touristen und Wanderer, die über ihr Land marschierten, waren in der Regel so rücksichtsvoll, dass sie nicht direkt bis ans Haus herankamen. Aber vielleicht sollte Isla doch einmal anregen, dass die Eingangstür künftig abgeschlossen wurde? Bislang stand das Haus tags wie nachts jedem offen.

Sie sah nachdenklich auf ihren Laptop und die Papiere, die auf ihrem Schreibtisch lagen. Nein, alles schien genauso, wie sie es zurückgelassen hatte. Insgeheim hatte sie fast damit gerechnet, ihre Unterlagen durchwühlt vorzufinden. Sie entwickelte einen Verfolgungswahn. Warum sollte jemand ausgerechnet ihr hinterherspionieren? Ihr Leben war, wenn man es genauer betrachtete, uninteressant, zumindest nicht besonders außergewöhnlich: Sie war gerade fertig mit ihrem Journalismusstudium, hatte kleinere Artikel für Zeitschriften verfasst, und ihr erstes Großprojekt, das sie als Freiberuflerin in Angriff nehmen wollte, war die Reportage über Auswanderer. Sie hatte bereits per Videocall mit einer jungen Frau in San Francisco gesprochen, die letztes Jahr ihre Heimat Liverpool verlassen hatte. Und im September würde Isla Online-Interviews mit einer Familie in Australien führen, die aufgrund des Jobs der Mutter dorthin gezogen war. Vielleicht würde sie sogar nach Australien fliegen, falls es ihr gelang, Shelley ausfindig zu machen. Dann konnte sie das Angenehme mit dem Nützlichen verbinden, denn sie wollte ihre Tante ja schon länger kennenlernen. Aber nur für diese Reportage würde sie diese lange Reise nicht antreten.

Shelley Fraser war 1999, ein Jahr nach Islas Geburt, emigriert, und Isla freute sich darauf, mit ihr über die Beweggründe ihrer Auswanderung zu sprechen. Von diesem Interview versprach Isla sich viel, nicht nur, weil sie ihre geheimnisvolle Tante dann zum ersten Mal sehen würde, sondern auch, weil sie die Erfahrungen einer Person in ihren Artikel aufnehmen könnte, die schon seit fast dreißig Jahren im Ausland lebte. Aber ihre Hoffnungen, ihre Tante zu finden, schwanden zunehmend. Ob Shelley überhaupt noch in Australien lebte? Es bestand durchaus die Möglichkeit, dass sie das Land wieder verlassen hatte oder sogar verstorben war.

Isla schob den leeren Koffer unter das Bett und holte eine Bluse und eine dunkle Jeans aus dem Schrank. Irgendetwas musste damals in der Familie oder zumindest in Shelleys Leben vorgefallen sein, ein Streit oder Skandal, der zu einem Zerwürfnis geführt hatte. Es wäre so schade, wenn sie nicht mit ihrer Tante sprechen konnte. Dieses Interview wäre der persönliche Aufhänger, den eine Geschichte brauchte, um außergewöhnlich zu werden.

Isla trat vor den Spiegel und betrachtete sich. Ihr Haar war zerzaust vom Wind, sie griff zur Bürste und machte sich einen Zopf. Die grünen Augen und die Sommersprossen passten gut zum Grün des leichten Pullovers, den sie für den doch recht kühlen Sommerabend gewählt hatte. Sie musste plötzlich über sich selbst lachen.

Wozu die Mühe?

Sie würde allein essen!

Natürlich würde Mrs McDonald sich nicht davon überzeugen lassen, sich zu ihr an den Tisch zu setzen, und doch war sie es gewöhnt, dass man sich in Taigh-Mòr-Fraser zum Dinner umzog. So war es schon immer gewesen, und so würde es auch sein, wenn nur Isla allein hier war. Zu Hause, in ihrem kleinen Londoner Apartment, zog sie sich zum Essen nie um, sie dachte nicht einmal daran.

Lächelnd ging sie nach unten. Als sie das Esszimmer betrat, hatte Mrs McDonald gerade die Platten von einem Servierwagen auf den Tisch gestellt. Das war neu, Isla konnte sich nicht erinnern, dass die Haushälterin früher einen solchen Wagen benutzt hatte. Vermutlich war es ein Tribut an ihr biblisches Alter.

Isla nahm Platz, und Mrs McDonald schenkte ihr Rotwein und Wasser ein.

»Können Sie sich noch daran erinnern, welches der Schlafzimmer das meiner Tante Shelley war?«, fragte Isla.

»Shelley? Du meine Güte, den Namen habe ich ja ewig nicht mehr gehört. Natürlich weiß ich noch, welches ihr Zimmer war. Es war dasselbe, in dem Sie als Kind geschlafen haben.«

Isla nippte am Wein. Dann war von Shelleys Sachen also nichts mehr da. Vermutlich hatte sie alles mit nach Australien genommen.

Mrs McDonald legte ihr Fleisch, Gemüse und Kartoffeln auf den Teller.

»Wissen Sie, ob damals irgendetwas passiert ist? Niemand aus meiner Familie scheint gern über Shelley zu sprechen.«

Mrs McDonald sah Isla eine Weile nachdenklich an. Dann schüttelte sie den Kopf. »Ich denke, es liegt daran, dass sie von sich aus weggegangen ist. Das hat Ihren Großeltern wohl nicht gefallen. Schließlich ist Australien weit weg.«

»Sie haben nicht zufällig eine Adresse von ihr?«

»Nein, leider nicht. Ich habe immer gedacht, dass sie eines Tages zu Besuch kommen würde und ich sie dann danach fragen könnte. Sie war damals so eilig abgereist, dass wir das ganz vergessen haben.«

»Aber sie ist nie zu Besuch gekommen?«, fragte Isla, obwohl sie die Antwort schon von ihrem Vater kannte.

Mrs McDonald seufzte. »Bis heute nicht. Ich habe die Hoffnung inzwischen aufgegeben, sie noch einmal wiederzusehen.«

»Aber meine Großeltern müssen doch eine Adresse gehabt haben.«

»Ich habe nie danach gefragt.« Mrs McDonald sah mit einem wehmütigen Gesichtsausdruck aus dem Fenster in die braungrüne Landschaft. »Sie wirkten damals aufgewühlt und sehr traurig. Ich habe mich schlicht und einfach nicht getraut, nach Ihrer Tante zu fragen.«

Isla nickte nachdenklich. Dass die Haushälterin keinen Kontakt mehr zu Shelley gehabt hatte, konnte sie nachvollziehen. Aber Australien war auch nicht unerreichbar, besonders für eine Familie wie die Frasers, die einen Privatjet besaßen und mehrere Jachten. Wie seltsam, dass auch die Haushälterin, die immerhin viel Zeit mit Shelley verbracht hatte, nie nachgefragt hatte, wo sie geblieben war.

Während Isla ihr Dinner zu sich nahm, fiel ihr zum ersten Mal auf, dass die Geschichte um ihre Tante noch weitaus geheimnisvoller war, als sie bislang angenommen hatte.

Warum hatten alle sie vergessen?

Niemand, der nach ihr fragte, niemand, der hin und wieder eine Weihnachtskarte an sie schickte.

Shelley, Donald und David waren in Taigh-Mòr-Fraser aufgewachsen. Die beiden Jungs waren später aufs Internat gegangen, aber Shelley war, wie Isla herausgefunden hatte, bis zum Ende ihrer Schulzeit hiergeblieben.

Mitten in der Nacht fuhr Isla hoch.

Das weithin hörbare Quietschen des Eingangstors hatte sie geweckt.

Ihr Herz hämmerte gegen ihre Brust.

Oder hatte sie sich verhört, das Geräusch vielleicht nur geträumt?

Sie stand auf und öffnete vorsichtig ihre Zimmertür. Sie lauschte in die Dunkelheit, aber alles blieb ruhig. Erst jetzt bemerkte sie, dass sie vergessen hatte, die Haushälterin nach dem Schlüssel zu fragen. Das würde sie morgen gleich als Erstes tun.

Isla schloss leise die Tür wieder und ging zu einem der Fenster, die nach vorn hinausgingen. Einen Moment lang starrte sie in die Dunkelheit.

Ein flackerndes Licht entfernte sich vom Haus.

Isla rieb sich die Augen, unsicher, ob sie sich das nur einbildete. Aber nein, da lief eindeutig jemand mit einer Taschenlampe in der Hand. Falls es nicht Kevin, der Gärtner, gewesen war, der Mrs McDonald mit irgendetwas geholfen hatte – was in der Nacht unwahrscheinlich war –, musste jemand unbefugt im Haus gewesen sein. Wie viel Uhr war es? Sie suchte nach ihrem Handy, das sie schließlich in ihrer Tasche fand. Es war fünf nach eins. Schnell stöpselte sie das Gerät mit zitternden Fingern an das Ladekabel und eilte zurück ans Fenster.

Sie beobachtete das Licht noch so lange, bis es am Fuß des Hügels aus ihrem Blickfeld verschwand. Wer immer es gewesen war, er hatte den Weg zielsicher gefunden und selbst in der dunklen Nacht genau gewusst, wohin er führte.

Isla musste nach der Haushälterin sehen. Auch wenn sie versuchte, sich einzureden, dass hier herauf keine Raubmörder kamen, wusste sie, dass sie kein Auge zutun würde, solange sie sich nicht davon überzeugt hatte, dass Mrs McDonald wohlbehalten in ihrem Bett lag. Sie schlüpfte also in ihren Morgenmantel und huschte aus dem Zimmer. Die Gänge waren vom Mondlicht schwach erhellt. Isla hielt den Atem an und verharrte einen Moment lang. Nichts war zu hören, was nicht zu den üblichen Geräuschen des Hauses passte. Das leise Knarzen der Bodendielen, wenn Isla darüber lief, das Ticken der alten Uhren, die überall in Erkern standen oder an Wänden hingen, und das leise Pfeifen des Windes durch die Fensterritzen.

Als sie den Wirtschaftsflügel erreicht hatte, konnte sie Mrs McDonald schon von Weitem schnarchen hören. Trotzdem öffnete sie leise die Tür und war erleichtert, als sie die Haushälterin im Bett liegen sah. Um die alte Frau nicht zu wecken, schlich sie sich so leise wie möglich in die Eingangshalle und legte den schmalen Riegel vor die Tür. Er könnte einem ernsthaften Einbruchsversuch wohl nicht viel entgegensetzen, aber da Isla nicht wusste, wo der Schlüssel aufbewahrt wurde, musste es in dieser Nacht so reichen.

Als sie wieder in ihrem Bett lag, hatte sie zumindest den Eindruck, dass wirklich niemand mehr im Haus war, der nicht hierhergehörte. Trotzdem schlief sie erst nach langer Zeit wieder ein, in der sie ins Dunkel gestarrt hatte. Wer war im Haus gewesen? Hatte es etwas mit ihr zu tun? Auch wenn Isla sich einzureden versuchte, dass sie nichts zu befürchten hatte, war es beunruhigender, als sie sich eingestehen wollte, dass schon wieder unheimliche Dinge um sie herum geschahen. Sie war bis in die schottischen Highlands gefahren, um den Sabotageakten in London zu entkommen, und nun gingen auch hier fragwürdige Dinge vor sich. Aber wer immer der nächtliche Eindringling gewesen war, er war fort und würde hoffentlich nicht noch einmal wiederkommen.

»Ich habe heute Nacht die Eingangstür gehört«, sagte Isla am Morgen zu Mrs McDonald, während sie vor ihrer Tasse Tee saß.

»Unmöglich.« Die alte Frau schüttelte energisch den Kopf. »Hierher kommt nachts niemand. Denken Sie an den unebenen Weg, da bricht man sich doch nur die Knochen. Ich habe jedenfalls nichts gehört, und ich habe einen leichten Schlaf.«

Isla musste trotz ihrer angespannten Situation ein Grinsen unterdrücken, als sie an das laute Schnarchen der Haushälterin in der Nacht dachte. Ganz so leicht, wie Mrs McDonald meinte, konnte ihr Schlaf nicht sein, sonst wäre sie vermutlich von den eigenen Geräuschen wach geworden, die Isla sogar durch die geschlossene Tür und aus einiger Entfernung mitbekommen hatte. Aber das Gehör der Haushälterin war in den letzten Jahren genauso gealtert wie ihre Knochen. Allerdings behielt Isla das lieber für sich. Stattdessen fragte sie: »Gibt es denn einen Haustürschlüssel? Ich muss gestehen, ich würde mich sicherer fühlen, wenn ich nachts abschließen könnte.«

Mrs McDonald warf ihr einen Blick zu, der deutlich machte, was sie davon hielt. »Das macht das Stadtleben. Da wird man überängstlich und verliert das Vertrauen. Aber wenn Sie darauf bestehen, schließe ich die Haustür eben nachts ab.«

»Ich will Ihnen keine Unannehmlichkeiten bereiten. Wenn Sie mir den Schlüssel geben, mache ich es selbst. Ich komme vielleicht manchmal später nach Hause, dann brauchen Sie nicht auf mich zu warten.«

Mrs McDonald schlurfte davon und kam nach fünf Minuten mit einem riesigen Schlüsselbund wieder. »Einer davon ist der richtige, aber fragen Sie mich nicht, welcher. Ich kann mich nicht erinnern, wann ich die Tür zuletzt abgeschlossen habe – und ob überhaupt jemals.«

Isla nahm den Schlüsselbund und bedankte sich. Dann ging sie in die Eingangshalle und probierte jeden einzelnen aus. Der letzte passte. Es war ein schwerer Messingschlüssel, wie er seit Jahrzehnten nicht mehr hergestellt wurde. Aber er würde nächtliche Eindringlinge fernhalten, und das war alles, was zählte.

Nachdem Isla mit zügigen Schritten zum Wasserfall gewandert war, der sich zwar auf gleicher Höhe mit dem Haus Taigh-Mòr-Fraser befand, aber nur durch eine tiefe Schlucht zu erreichen war, setzte sie sich atemlos ins Moos neben dem rauschenden Wasser. Sie sah auf Loch Achall hinunter. Ihr Blick schweifte bis zu dem Küstenort Ullapool, der auch »Tor zur Wildnis« genannt wurde, weil er mit seinen rund eintausendfünfhundert Einwohnern die letzte größere Siedlung vor den einsamen nördlichen Highlands war. In dieser Einöde hatten Shelley, Donald und David Fraser also ihre Kindheit und Jugend verbracht. Die beiden Jungs waren irgendwann nach Eaton und Cambridge geschickt worden, aber Shelley war bis 1999 hiergeblieben. Und dann, plötzlich und ohne erkennbaren Grund, war sie nach Australien ausgewandert. Isla lehnte sich zurück und stützte die Hände auf dem Moos ab. War ihre Tante zum Studieren dort hingezogen? Hatte sie ein *Work and Travel*-Jahr absolviert und war dann einfach im Ausland geblieben? Oder war es von vornherein ihre Absicht gewesen, die Brücken hinter sich abzubrechen und in Australien neu anzufangen?

Während Isla die Möwen beobachtete, die über Ullapool kreisten, wurde ihr bewusst, dass es einen triftigen Grund geben musste, warum Shelley so kompromisslos mit ihrem alten Leben gebrochen hatte. Isla lehnte sich vor und zog die Beine an. Was hätte passieren müssen, damit sie selbst einen derartigen Schritt unternommen hätte? Vermutlich hätte sie stark unter ihrer Familie leiden müssen, es hätte vielleicht ein jahrelanger Missbrauch vorliegen müssen oder ein gewaltiger Betrug. Aber Shelleys Familie war auch Islas, und niemand von ihnen neigte zu Gewalt, soweit sie das beurteilen konnte. Ihr Großvater war ein liebenswürdiger, ruhiger, wenn auch autoritärer Mensch. Widerspruch wurde nicht gern gesehen, weder bei ihm noch bei Donald, seinem ältesten Sohn. Islas Vater hatte eine gewisse Tendenz zur Intoleranz, aber alles in allem konnte sie es sich nicht vorstellen, dass die drei Männer Shelley so schlecht behandelt hatten, dass sie den Kontakt bis heute abgebrochen hatte. Zumal Donald und David damals selbst fast noch Kinder gewesen waren.

Erneut ließ Isla den Blick über die Landschaft schweifen, die sich vor ihr ausbreitete. Sie liebte die Weite hier oben, die mit Ginster und einzelnen Grasbüscheln bewachsenen Felsen und das Raue, das die Highlands charakterisierte. In Kent, Dorset oder Wiltshire gab es die typisch englischen grünen Hügel, von denen Elton John in Lady Dianas »*Candle in the wind*« sang. Hier oben war nichts lieblich und gefällig, sondern alles trocken und borstig, und das prägte die Menschen der Highlands. Sie hatten gelernt, mit der Einsamkeit, dem kargen Boden und anspruchsvollen Gelände umzugehen und in der Wildnis zu überleben. Sogar die Zeit schien hier oben langsamer zu vergehen. Nicht zum ersten Mal wurde Isla bewusst, wie sehr sie die Ruhe Schottlands liebte und die Natur, die man nehmen musste, wie sie war. Zum ersten Mal seit Tagen fiel die Anspannung von ihr ab.

Als sie zwei Stunden später wieder in Taigh-Mòr-Fraser ankam, setzte sie sich an ihren Laptop. Der Bildschirm öffnete sich, und Isla zuckte erschrocken zusammen. »Falsches Passwort«, stand unter dem Feld zum Entsperren des Computers. Isla versuchte sich zu erinnern, wann sie ihn zum letzten Mal benutzt hatte. Am Tag zuvor hatte sie durch die Anreise keine Gelegenheit gehabt, den Laptop hochzufahren, und gleich nach der Ankunft hatte sie einen Spaziergang gemacht. Den Computer hatte sie nicht angerührt.

Konnte es sein, dass sie in London das falsche Passwort eingegeben hatte? Aber dann hätte sie diese Meldung ja sofort gelöscht und mit der Eingabe des richtigen Passworts überschrieben. Und auch wenn sie nach dem Vorfall am Bahnhof verstört gewesen war, konnte sie sich noch genau daran erinnern, dass sie am Abend im Internet über Mordfälle recherchiert hatte, in denen Menschen vor einen Zug gestoßen worden waren. Sie hatte schließlich aufgegeben, weil es ihr gelungen war, sich selbst davon zu überzeugen, dass sie sich eine Bedrohung nur einbildete. Aber sie hatte auf keinen Fall ein falsches Passwort verwendet.

Irgendjemand musste an ihrem Laptop gewesen sein, anders war es nicht zu erklären. Jetzt nahm das Gerät ihr Passwort ohne Probleme an. Aber Isla konnte sich nicht mehr auf ihre Recherche konzentrieren. Sie sah sich um.

Es war jemand in ihrem Zimmer gewesen.

Sie betrachtete ihre Notizen zu dem Artikel, an dem sie arbeitete, die sie in einer Kladde zusammengetragen hatte.

Es schien alles unberührt zu sein. Erst als sie den Ordner mit den Fragen aufschlug, die sie für die Auswanderinnen gesammelt hatte, stutzte sie. Zuoberst hatte sie ein Blatt abgeheftet, auf dem sie in Stichpunkten die wenigen Informationen notiert hatte, die sie über ihre Tante gefunden hatte. Und diese Liste war jetzt verschwunden. Sie blätterte die Seiten durch und sah in ihrem Collegeblock nach, ob sie das Blatt vielleicht noch gar nicht abgeheftet hatte. Aber es blieb verschwunden.

Isla nahm sich vor, Mrs McDonald danach zu fragen, denn eigentlich hatten nur sie und die beiden Haushaltshilfen Zugang zu ihrem Zimmer.

Aber ehe sie die Haushälterin aufsuchte, machte sie sich zunächst an die Recherche, für die sie den Computer hochgefahren hatte. Sie wollte noch einmal versuchen, ihre Tante in Australien ausfindig zu machen. Bislang war sie dabei erfolglos gewesen, weil es dort keine Meldepflicht gab. Erst wenn Shelley sich an die Behörden gewendet hätte, weil sie beispielsweise einen Ausweis beantragen wollte, wäre sie erfasst worden. Allerdings hatte Islas Tante inzwischen vermutlich längst eine australische Staatsbürgerschaft beantragt, weshalb Isla eigentlich auf ihren Aufenthaltsort hätte stoßen müssen. Sie hatte den Eindruck, dass Shelley gar nicht gefunden werden wollte. Isla hatte sich sogar bei den großen Fluggesellschaften erkundigt, ob ihnen noch die Passagierlisten aus dem Jahr 1999 vorlagen, aber auch das hatte sie keinen Schritt weitergebracht.

Jetzt gab sie den Namen ihrer Tante in ein australisches Telefonbuch ein und suchte in mehreren Ahnendatenbanken. Aber sie wurde nirgendwo fündig. Sie entdeckte zwar einige Personen dieses Namens, aber bei den meisten konnte sie schnell ausschließen, dass es sich um ihre Tante handelte. Entweder waren sie zu alt oder zu jung oder nachweislich in Australien aufgewachsen. Die letzten zwei Shelley Frasers, zu denen sie keine genaueren Informationen finden konnte, rief sie an, erfuhr aber, dass die eine bereits verstorben und die andere erst dreizehn Jahre alt war.

Frustriert klappte Isla den Laptop zu und setzte sich auf die Fensterbank, um nachzudenken. So verbrachte sie den Nachmittag, ohne auch nur einen Schritt weiterzukommen. Vielleicht sollte sie sich mit dem Gedanken anfreunden, dass sie ihre Tante nicht finden und wohl auch nie ein Interview mit ihr führen würde. Sie sollte sich auf die Auswanderinnen und Auswanderer konzentrieren, mit denen sie bereits in Kontakt stand, und sich einen anderen persönlichen Bezug für ihre Geschichte überlegen.

Als sie zum Dinner im Esszimmer Platz nahm, fragte sie Mrs McDonald, ob sie oder die beiden Reinigungskräfte in ihrem Zimmer gewesen seien.

»Mrs Crowd und Mrs Down waren heute nicht da, sie haben mittwochs immer frei. Und ich habe Ihr Zimmer nicht betreten, weil Sie das ausdrücklich so gewünscht haben.«

Isla nickte. »Ich hatte nur den Eindruck, dass sich jemand an meinen Sachen zu schaffen gemacht hat.«

Mrs McDonald wurde blass. »Ich war bestimmt nicht …«

»Nein«, unterbrach Isla sie schnell. »Ich habe nicht an Sie gedacht. Das würde ich Ihnen niemals unterstellen. Ich frage mich nur, wer sonst noch in meinem Zimmer gewesen sein kann. Ich weiß, dass das Haus tagsüber nicht abgeschlossen ist. Kommt es manchmal vor, dass Touristen hereinkommen?«

Mrs McDonald schüttelte entschieden den Kopf. »Das ist noch nie passiert. Sie wissen ja, wie penetrant diese Leute sein können, aber das Haus hat noch nie jemand betreten.«

»Was ist mit Onkel Donald? Er hat doch sicher einige Anhänger, immerhin ist er sehr bekannt«, überlegte Isla laut. Stalker gab es bekanntlich immer mal wieder. Allerdings wirkte es wie ein merkwürdiger Zufall, dass sich die unerklärlichen Vorfälle derart häuften. Selbst wenn ein Stalker oder ein politischer Widersacher hinter ihrem Onkel her war – wie wahrscheinlich war es, dass er nach Schottland kam und in ihr Zimmer eindrang? Und wofür? Um eine Liste mit Notizen zu entwenden?

Nein, es war eher davon auszugehen, dass das alles zusammenhing.

Mit Unbehagen dachte Isla an die bevorstehende Nacht. Sie würde nicht nur das Eingangstor des Mittelturms, sondern auch ihre Zimmertür verschließen und sollte auch am Tag dazu übergehen. Wieder musste sie an das offene Fenster denken. Sie war sich sicher, dass sie selbst es nicht geöffnet hatte. Es war also schon gestern jemand in ihrem Zimmer gewesen, vermutlich hatte die Person da schon versucht, ihren Computer zu benutzen.

Isla trank einen Schluck Wein und fasste einen Entschluss: Sie wollte trotz allem noch nicht aufgeben, was die Suche nach ihrer Tante Shelley betraf. Vielleicht hatte ihre Familie sie vergessen, aber Isla nicht. Sie würde versuchen, sie zu finden. Morgen würde sie nach Shelleys Schulkameradinnen und Freundinnen recherchieren. Auch wenn ihre

Familie sie, aus welchem Grund auch immer, aus ihrem Leben verbannt hatte, konnte es doch gut möglich sein, dass Shelley weiterhin mit alten Bekannten aus Schottland in Kontakt stand.

ROSA

Schottland, Highlands, Loch Achall

Juni 1884

Mit gemischten Gefühlen sah Rosa auf das Anwesen von Taig-Mòr-Fraser, das sich vor ihnen auf dem Hügel erhob. Ein Jahr war sie fort gewesen, anfangs hatte sie ihre Freunde und die Highlands sehr vermisst. Sie hatte sich an das Leben in Wales gewöhnen müssen, an das enge Korsett unter ihrem Kleid und die Regeln, die so viel strenger waren als zu Hause. Doch dann kamen die Bälle, sie hatte Tanzunterricht erhalten und war beinahe jeden Tag bei einem Fest, einer Dinnergesellschaft, einem Picknick oder Nachmittagstee eingeladen gewesen. Und unerwarteterweise hatte es ihr Spaß gemacht, zu tanzen, neue Freundschaften zu schließen und sich auch mit einigen der jungen Männer zu streiten, die meinten, sie von oben herab behandeln zu können. Aber vor allem hatte es ihr gefallen, mit Komplimenten bedacht zu werden. Denn erst in diesem Jahr in Wales war ihr bewusst geworden, dass sie sich von den anderen Mädchen ihres Alters unterschied. Ihr kupferrotes seidiges Haar, die grünen Augen und die weibliche, kurvenreiche Figur erregten Aufmerksamkeit. Ihr wacher Geist, die umfassende Bildung und ihr Interesse für Diskussionen, Literatur und Pflanzenkunde überraschten und beeindruckten die Damen und Herren in Wales. Und je mehr sie sich dessen bewusst wurde, umso mehr wuchs ihre Selbstsicherheit, was wiederum ihre Ausstrahlung verstärkte. Vier Heiratsanträge hatte sie erhalten, und aus diesem Grund war sie nun nach Taigh-Mòr-Fraser zurückgekehrt. Sonst wäre sie vermutlich noch ein weiteres Jahr bei Tante Mirja geblieben, so wie es ihre Mutter tat. Denn die Schwermut war wie weggeblasen gewesen, sobald Rosas Mutter den Trubel um sich herum wahrgenommen hatte, den es in den Highlands nicht gab. Rosa hingegen wurden die Verehrer gelegentlich zu aufdringlich, und sie hatte sich nicht anders zu helfen gewusst, als zu erklären, zuerst mit ihrem Vater sprechen zu müssen, ehe sie sich für einen der vier Kandidaten entscheiden könne. Also war sie beinahe fluchtartig aufgebrochen, bevor noch mehr junge Herren auftauchten, die sie heiraten wollten. Auf ihr Zeichen hin sollten die Männer dann in die Highlands reisen, ihre Aufwartung machen und bei George Fraser um die Hand seiner Tochter anhalten. Rosa schluckte, als sie daran dachte. Denn auch wenn sie jeden der vier Herren durchaus charmant, attraktiv und liebenswürdig fand, hatte sie sich die Liebe doch anders vorgestellt. Erschütternder, gewaltvoller – ja, auch schmerzhafter. Sie hatte Shakespeare und Byron gelesen, da hörte es sich so viel größer und bedeutender an. Warum verspürte Rosa keinerlei Gefühlsregung, wenn sie mit den Herren tanzte, ihnen in die Augen sah oder wenn sich ihre Hände streiften? Stattdessen beschleunigte sich ihr Herzschlag, wenn sie an ihren Freund Archie dachte. Immer wieder hatte sie sich beinahe schmerzlich danach gesehnt, dass er es wäre, in dessen Armen sie über das Parkett des Ballsaals glitt. Aber ihr Freund konnte ja nicht einmal tanzen, es war also schon allein deshalb eine absurde Vorstellung. Es verwirrte Rosa, dass sich Archies Gesicht immer wieder in ihre Träume schlich.

Tränen stiegen in ihr auf, je mehr sie sich dem Haus näherten. Wie sehr sie Taigh-Mòr-Fraser und ihre Freunde dort vermisst hatte, wurde ihr erst in diesem Moment bewusst. Das geschäftige Gesellschaftsleben in Wales hatte sie von ihrem Heimweh abgelenkt. Jetzt schämte sie sich beinahe, dass sie ihr Zuhause so schnell vergessen konnte. Obwohl das natürlich nicht ganz stimmte. Sie hatte regelmäßig Briefe an Archie, Molly und Mable geschrieben und auf diese Weise ihre Freunde an dem aufregenden Leben in Wales teilhaben lassen. Wie oft hatte sie sich gewünscht, sie wären alle zusammen dort gewesen.

Die Kutsche hielt, und Jameson hatte kaum die Tür geöffnet, als Rosa schon hinausstürmte. Die Dienstboten hatten sich vor dem Haus versammelt und in zwei Reihen aufgestellt, wie sie es eigentlich nur für Rosas Eltern taten. Sie drückte dem Butler einen Kuss auf die Wange, der daraufhin verlegen lächelte und murmelte: »Na, na, Miss Fraser.«

Unwillkürlich blieb Rosa stehen. Sie war erwachsen geworden, sie durfte nicht wieder in ihr kindliches Verhalten zurückfallen, ermahnte sie sich selbst. Also atmete sie tief durch und wandte sich dann elegant und besonnen, wie sie hoffte, erneut dem Butler zu.

»Jameson, ich freue mich, Sie wiederzusehen«, sagte sie so hoheitsvoll wie möglich und grinste.

»Willkommen zu Hause, Miss Fraser«, erwiderte Jameson, und Rosa hatte den Eindruck, dass er eine gewisse Heiterkeit zu unterdrücken versuchte. »Wir freuen uns sehr, dass Sie wieder da sind.«

Rosa zwang sich, gemessenen Schrittes zum Eingang zu gehen, wo sie die Reihen nach Archie absuchte. Er hatte sie in regelmäßigen Briefen darüber informiert, was im Herrenhaus vor sich gegangen war. Jetzt blieb ihr Blick an ihm hängen, wie er neben den anderen Dienstboten stand, und ihr Herz machte einen großen Sprung vor Freude. Nur mit Mühe konnte sie sich zurückhalten, ihren lieben Freund zu umarmen und stürmisch auf die Wange zu küssen, wie sie es früher getan hätte. Aber irgendetwas hatte sich verändert – *sie* hatte sich verändert. Vor all den anderen Angestellten wagte sie nun nichts mehr von alledem – keine Umarmung für Archie, kein Kuss auf die Wange, nichts davon. Dafür schenkte sie ihm ein glückliches Lächeln, und auch sein Gesicht strahlte.

»Mein Vater ist noch nicht zurückgekehrt, oder?«, fragte Rosa, die aus Archies Briefen wusste, dass er bis letzte Woche nicht zu Hause gewesen war.

»Leider nicht, Miss«, bestätigte Jameson.

»Gut, ich mache mich nur schnell frisch und hätte dann gern Tee im Salon. Schicken Sie unbedingt Archie.« Sie sah Jameson aufmerksam an, denn sie war sich nicht sicher, ob er vielleicht düpiert war, weil sie ihm auftrug, wie er das Personal einzuteilen hatte. Aber wenn es so war, ließ er es sich nicht anmerken.

Überwältigt von dem vertrauten Geruch, blieb Rosa im Vestibül stehen. Es duftete nach Heimat. Die Eingangshalle kam ihr kleiner vor, als sie sie in Erinnerung hatte. Der achteckige Grundriss, der daher rührte, dass es sich um das Erdgeschoss des mittleren Turms handelte, wirkte plötzlich gedrungen. Zumindest erschien ihr der Raum nicht so großzügig wie das Entrée im Anwesen ihrer Tante

Mirja in Wales, deren Gatte aus einer adligen, aber inzwischen verarmten Familie stammte.

Mit dem Geld, das Mirja in die Ehe eingebracht hatte, waren die notwendigsten Reparaturen am Haus vorgenommen worden, auch wenn man dem weitläufigen Anwesen anmerkte, dass es immer noch renovierungsbedürftig war. Taigh-Mòr-Fraser hingegen war in bestem Zustand, obwohl die Außenmauern von den Stürmen, die regelmäßig über die Highlands hinwegzogen, angegriffen waren. Doch wenn ein Teppich fadenscheinig, ein Treppengeländer beschädigt, ein Fenster zerbrochen oder ein Dach undicht wurde, reparierte oder ersetzte man es innerhalb weniger Tage.

Oh, wie sie dieses Haus liebte! Rosa legte den Kopf in den Nacken und sah am Eichengeländer der Treppe hinauf, die seitlich nach oben führte.

»Sehr wohl, Miss«, erwiderte Jameson und verbeugte sich. »Ich werde Archie holen.«

Rosa stieg die Treppe zu ihrem Zimmer hinauf, wo ihre Zofe Vera sie bereits erwartete.

In Wales hatte sie es nur mit großem Widerstand verhindern können, dass ihre Mutter und Tante ihre gleichaltrige Zofe nicht durch eine französische und weit ältere Kammerfrau ersetzten. Erst als Rosa sich einverstanden erklärte, Vera ausbilden zu lassen, durfte die junge Frau bleiben. Vera hatte sich abends jämmerlich bei ihr beschwert, dass die Französin, die ihr tagsüber Unterricht erteilte, streng war und sie herumscheuchte. Dass Vera viel hinzugelernt hatte, konnte Rosa nicht bestätigen, aber vielleicht gelang es der jungen Frau einfach nicht, ihr Gelerntes anzuwenden. Jedenfalls waren die Frisuren, die sie Rosa angedeihen ließ, nach wie vor eher einfach und nachlässig, aber Rosa störte sich nicht daran. Für die Bälle in Wales hatte sie sich von Tante Mirjas Zofe zurechtmachen lassen, und sie brachte eine gänzlich neue Garderobe mit nach Schottland zurück, die eine Weile vorhalten sollte. Für ihr Leben in den Highlands waren Veras Fähigkeiten allemal ausreichend.

Eine Stunde später war Rosa erfrischt und sauber von einem wohltuenden Bad und eilte hinunter in den Salon.

Archie brachte gerade den Tee, zwei Hausmädchen knicksten, als sie den Raum betrat.

»Ich übernehme«, sagte Archie leise zu den beiden Mädchen, die Rosa kaum kannte.

Als sie allein waren, breitete Rosa die Arme aus.

Archie zögerte. »Meinen Sie, dass das …?«

Rosa starrte ihn wütend an. Wenn er jetzt mit albernen Höflichkeitsfloskeln kam, würde sie die Fassung verlieren.

»Archie, hör sofort auf, mich wie meine Mutter zu behandeln!«, rief sie, ehrlich erschüttert. »Du bleibst mein bester Freund. Und jetzt komm her und drück mich.«

Noch immer etwas zurückhaltend, schlang er endlich die Arme um sie. »Du bist so … anders«, sagte er, während er sein Gesicht in ihrem Haar vergrub.

»Du auch«, antwortete sie und reckte den Kopf zu ihm hoch, um ihn zärtlich auf die Wange zu küssen. Er roch genauso, wie sie es in Erinnerung hatte. Ein wenig nach Heu und Kaminrauch, nach Seifenlauge und Sommerblumen. Dennoch fühlte es sich plötzlich irritierend an, ihren Freund aus Kindertagen so fest an sich zu drücken. Ja, es war ein berauschendes Gefühl, sie wurde sich plötzlich seines gesamten Körpers bewusst. Archie war ihr unendlich vertraut und fremd zugleich. Zu gern hätte sie sich gleich näher mit dieser Fremdheit befasst, die offenbar daher rührte, dass er ein Mann war und deutliche physische Unterschiede zu ihr aufwies. Rosa war plötzlich voller Wärme und verspürte eine neue, nie zuvor gekannte Aufregung, die in ihrem Körper ein eigenartiges Kribbeln verursachte.

Der förmliche Umgang mit den Herren in Wales hatte Rosa offenbar auf seltsame Weise verändert. Aber sie würde sich ihre unbeschwerte Freundschaft mit Archie nicht verderben lassen, bei dem sie stets Schutz und Kraft gefunden hatte – nur weil sie ein Jahr lang in anderen Kreisen verkehrt hatte.

»Du bist gewachsen, ich komme ja kaum noch an dich heran.« Sie streifte sanft mit den Lippen über seine Wange, die durch einige Bartstoppeln kratziger geworden war. Das Kribbeln in ihr wurde stärker. Sie hielt ihn eine Weile fest, lauschte seinem Herzschlag und spürte dem Gefühl der Vertrautheit nach, das sie überwältigte. Am liebsten hätte sie ihre Hände unter seine schicke Dieneruniform geschoben, um seinen Herzschlag noch deutlicher unter der nackten Haut zu erspüren. »Ich bin so froh, dass ich wieder hier bin. Ich habe dich entsetzlich vermisst.«

»Hast du das?«, fragte er mit leicht vorwurfsvollem Ton und löste sich von ihr.

»Natürlich, warum sagst du das?«

Er wandte sich ab und deutete, ein wenig ruppig, auf den Tisch. »Soll ich einschenken?«

»Was hast du eben gemeint?«, hakte sie nach und setzte sich.

Archie nahm die Teekanne. »Deine ganzen Männergeschichten. Was soll das denn? Willst du gleich viermal heiraten?«

Rosa stutzte, dann musste sie lachen. Er war eifersüchtig!

Archie sah sie irritiert an. »Wieso lachst du?«

Rosa wurde ernst. »Entschuldige. Ich wollte nicht …« Sie brach ab, als ihr bewusst wurde, dass sich ihr Leben und damit auch ihre Freundschaft zu Archie sehr stark ändern würden, wenn sie tatsächlich einen der vier Männer heiraten würde, die um ihre Hand angehalten hatten. In Wales war ihr der Gedanke an eine Hochzeit noch wundervoll romantisch erschienen, sie war inzwischen siebzehn Jahre alt und hatte damit das beste Heiratsalter erreicht. Doch dann würde sie Taigh-Mòr-Fraser verlassen müssen und somit auch Archie, Mable, Molly und all die anderen lieben Menschen, die sie hier ihr Leben lang umgaben.

»Du meinst, weil ich vier Heiratsanträge bekommen habe, hätte ich dich vergessen?«, sprach sie das aus, was er nicht zu sagen wagte.

Er nickte und schenkte ihr Tee ein.

»Das stimmt nicht«, sagte Rosa. »Aber ich habe tatsächlich nicht darüber nachgedacht, dass alles anders werden wird, wenn ich heirate.«

Archie sagte nichts, sondern stellte die Kanne zurück auf den Tisch.

»Setz dich.« Sie deutete auf den freien Stuhl neben sich.

Er schüttelte den Kopf. »Lieber nicht.«

»Dann stelle auch ich mich hin!« Rosa nahm die Tasse und trat ans Fenster. Plötzlich fiel ihr eine Lösung für das Problem ein. »Ich werde Daddy einfach bitten, einen Mann für mich auszuwählen, der bereit ist, bei uns in Taigh-Mòr-Fraser zu leben. Ich habe keine Geschwister, und meine Mutter bleibt bestimmt bei Tante Mirja in Wales. Sie wirkte nicht so, als wollte sie wieder hier heraufkommen. Und Daddy ist meist unterwegs. Warum sollte ich mit meinem Mann also nicht hier leben? Es gibt mehrere Kandidaten, und ich bin eine gute Partie, da kann man ruhig ein paar Forderungen stellen. Und meine ist, dass wir in den Highlands leben.«

Rosa strahlte Archie an, der jedoch gar nicht glücklich über ihre Lösung zu sein schien.

»Was ist?«, fragte sie, fast ein wenig beleidigt. »Dir kann man es heute anscheinend nicht recht machen. Ich dachte, du freust dich auch, dass wir wieder Zeit miteinander verbringen können, stattdessen bist du patzig und grummelig.«

»Nein«, sagte er und klang trotzig.

»Jetzt hör auf!« Rosa stellte ihre Tasse so schwungvoll auf den Tisch, dass der Tee überschwappte. »Ich will mich nicht mit dir streiten. Wir sind wieder zusammen, und das ist doch das Wichtigste.«

Sie sah, wie er einen Moment lang mit sich kämpfte, ehe er grinste. »Du hast recht.«

»Und jetzt berichte mir von den letzten Monaten. Wann war mein Vater hier, und was hat er erzählt? War er wieder auf der Insel mit dem unheimlichen Haus? Waren die geheimnisvollen Frauen noch einmal da?«

Archie musste lachen. »Langsam, ich weiß deine erste Frage ja schon nicht mehr.«

»Wann …«, begann sie, aber Archie unterbrach sie.

»Ich wollte es dir nicht in einem Brief schreiben, weil

es …«, er senkte die Stimme und kam einen Schritt näher, »… indiskret wäre, aber ich glaube, ich weiß, wo dein Vater den Schlüssel zum Turmzimmer aufbewahrt.«

»Was? Wirklich? Wo?«, rief Rosa aufgeregt und vergaß ihre Vorsätze, sich nur noch damenhaft zu verhalten, indem sie einen Luftsprung machte.

»Dein Vater war im letzten Jahr immer nur für wenige Tage hier, und er verhielt sich eigenartig.«

»Was meinst du damit?«, fragte Rosa gespannt, die es kaum erwarten konnte, zu erfahren, wo der Schlüssel zum Turm versteckt war.

»Ich weiß nicht.« Archie hielt inne und dachte einen Moment lang nach. »Wenn du und deine Mutter hier seid, dann benimmt er sich wie der Hausherr, aber in der Zwischenzeit hat er …«

»Was denn?«, fragte Rosa ungeduldig und setzte sich auf die breite Fensterbank.

Archie sah unbehaglich zur Tür. »Ich sollte nicht so über meinen Dienstherrn reden.«

»Schluss jetzt mit diesen Anwandlungen!« Rosa wurde ärgerlich. »Ich würde mich immer schützend vor dich stellen, du musst nie Kummer befürchten, dafür sorge ich. Deine Loyalität gilt mir, oder etwa nicht?«

»Du weißt doch, wie wichtig du für mich bist.«

»Gut.« Rosa nickte und wies neben sich auf das Sitzkissen der Fensterbank. »Also?«

Noch einmal warf er einen besorgten Blick zur Tür, dann setzte er sich neben Rosa auf das Sims. »Er ist nur hergekommen, um die Post zu erledigen, mit Mable und Molly zu sprechen und sich stundenlang im Turm einzuschließen. Die Mahlzeiten hat er ausfallen lassen.

Mrs Thompson hat ihm kalten Braten und Sandwiches gebracht, die er dann nebenbei gegessen hat.«

»Mable und Molly? Was hat er mit ihnen besprochen?«, fragte Rosa neugierig. »Wie schade, dass ich nicht hier war. Hat er etwas von seinen Reisen erzählt?«

Archie zuckte mit den Schultern. »Ich habe sie sofort gefragt, weil sich dein Vater so anders als sonst verhalten hat. Er war auch nicht so charmant, wie er es immer ist, wenn du da bist.«

»Was haben Mable und Molly denn gesagt?«

»Gar nichts.« Archie streckte die Beine aus. »Erst haben sie sogar behauptet, sie hätten ihn nicht getroffen. Aber ich konnte sie vom Fenster aus beobachten, und schließlich haben sie zugegeben, dass sie mit ihm gesprochen haben, aber sie hätten nur allgemeines Geplänkel ausgetauscht. Du weißt schon, über das Wetter und die Pfaue, die er überlegt, anzuschaffen.«

»Er will Pfaue anschaffen?«, fragte Rosa überrascht.

Archie zog die Augenbrauen zusammen. »Ehrlich gesagt, glaube ich Mable und Molly nicht. Sie wirkten sehr betroffen, als er auf sie eingeredet hat. Warum sollten sie so erschrocken reagieren, wenn er ihnen von Pfauen erzählt? Das ergibt für mich keinen Sinn.«

»Wie meinst du das? Wie haben sie denn genau ausgesehen?«

»Ich hatte den Eindruck, Molly hat geweint, und sie wirkten auch Stunden später noch sehr blass.«

»Hm«, stieß Rosa nachdenklich aus, »das ist tatsächlich seltsam. Und sie wollten dir nicht erzählen, was er wirklich gesagt hat? Nur diese Geschichte über Pfaue und das Wetter?«

»So ist es.«

Einen Moment lang saßen sie stumm nebeneinander. Dann griff Rosa nach Archies Hand. »Oh, der Schlüssel. Zeig mir, wo er ist.«

»Jetzt geht es nicht. Wenn ich erwischt werde, verliere ich meine Stellung.« Archie streichelte gedankenverloren mit einem Daumen über Rosas Handrücken.

»Du verlierst niemals deine Arbeit, dafür sorge ich schon.«

»Am besten, wir treffen uns nach dem Abendessen der Diener in der Eingangshalle.«

»Na gut«, gab Rosa nach, auch wenn ihr die Zeit bis dahin noch unendlich lang erschien. »Gegen neun in der Eingangshalle.«

Archie stand auf. »Ich räume ab, denn du scheinst nicht besonders wild auf den Tee zu sein.«

»Ja, ja ...« Rosa war mit ihren Gedanken schon längst woanders. »Ich laufe zu Mrs Jones und hake bei Mable und Molly nach. Mal schauen, ob die beiden mir mehr verraten als dir.«

»Viel Glück!« Archie zwinkerte ihr zu.

Rosa huschte aus dem Salon, den dunklen Gang entlang in die Eingangshalle, von dort auf den Vorplatz, den Weg am Haus entlang und den Hügel hinunter bis zum Bach, der in den Loch Achall floss. Dort, am Ufer, standen fünf Cottages direkt neben einer unbefestigten Straße. Das von Mrs Jones war das erste Haus, dahinter wohnten Archies Eltern, daneben die Frau des verstorbenen Butlers, der vor Jameson und noch weit vor Rosas Geburt auf Taigh-Mòr-Fraser das Personal angeleitet hatte. Die letzten beiden Cottages standen zurzeit leer, bis sie für andere Dienstboten benötigt wurden.

Wales hatte Rosa in vielen Punkten an Schottland erinnert, die Landschaft war zwar anders, aber dennoch vertraut gewesen. Die Weite ähnelte der ihrer Highlands, aber in Wales gab es grünere Wiesen und mehr bunte Blumengärten. Die Highlands waren alles in allem rauer, kantiger und bei Weitem einsamer. Und das stellte Rosa jetzt wieder fest, während sie den Pfad zu dem schmalen Fluss hinunterstieg. Die Landschaft war so viel karger als in Wales. Dafür gab es dort fruchtbare Böden, mit denen sie in Schottland nicht allzu reichlich bedacht worden waren. Rosa liebte die geradezu gespenstische Atmosphäre, die durch die Stille und die Schatten zwischen den schroffen Felsen entstand, sie mochte die Schotten, die ebenso rau wie die Landschaft waren. Sie war gern hier allein, solange sie ihre Freunde in der Nähe wusste.

Schon von Weitem konnte sie die Cottages unter den Bäumen erkennen. Weiße Wäsche flatterte im Wind, Mable war gerade dabei, das Gras im Garten zu schneiden. Als sie Rosa sah, ließ sie die Sense fallen und lief zu ihr.

Rosa umarmte die Freundin. Mable und Molly waren ein Jahr jünger als sie selbst, was ihre Freundschaft nie beeinträchtigt hatte. Sie löste sich von Mable und sah sie an. »Du bist gewachsen, schau mal, du bist ein Stück größer als ich.«

»Stimmt«, hörte sie Mollys Stimme hinter sich und wirbelte herum.

Mables Schwester Molly trug ein hellblaues Kleid, und auch wenn die beiden Zwillinge sich wie aus dem Gesicht geschnitten waren, konnte Rosa sie gut unterscheiden. Denn Molly war immer schon die Elegantere der beiden gewesen, sie wirkte erwachsener als Mable. Und auch jetzt stellte Rosa fest, obwohl beide exakt gleich groß geworden waren, wirkte Molly in ihrem hellblauen Baumwollkleid etwas vornehmer als Mable in ihrem gepunkteten rosafarbenen. Außerdem gab es ein Muttermal, das die beiden unterschied, wenn Rosa doch einmal unsicher wurde.

»Wann bist du angekommen, und wie war die Reise? Anstrengend?«, fragte Mable.

Molly zog sie mit sich zum Haus. Ihr rotes Haar wehte im Wind, es war etwas heller als Rosas und im selben Ton wie das von Mable. Doch wenn sie alle zusammen waren, hätte man sie gut für drei Schwestern halten können.

»Ich hole uns Zitronenwasser, oder möchtest du lieber Tee?«, fragte Molly.

»Ich hatte gerade erst Tee mit Archie, aber Zitronenwasser hört sich gut an.«

»Geht schon zur Brücke vor, ich bringe das Wasser und Kuchen mit.« Molly winkte den beiden zu und verschwand im Haus.

Mable und Rosa liefen am Flussufer entlang zu der kleinen steinernen Brücke, von der man bei hohem Wasser die Füße in die Fluten stecken konnte. Dazu war der Pegel heute allerdings zu niedrig.

Molly brauchte kaum fünf Minuten, ehe sie sich mit einem Krug, drei Gläsern und dem Kuchen zu ihnen gesellte. »Und jetzt erzähl, wir wollen alles wissen«, sagte sie mit leuchtenden Augen, während sie das Tablett auf den Steinboden stellte. »Du schreibst, es gibt gleich vier Männer, die in dich verliebt sind? Wie fühlt es sich an, verliebt zu sein? Wen wirst du heiraten?«

Rosa lachte und berichtete den Freundinnen von ihrer

Zeit in Wales, den Männern dort – den unangenehmen wie den netten – und den Mädchen, mit denen sie sich angefreundet hatte. Und von Betty, die im Dezember heiraten würde. »Es war eine schöne Zeit, aber jetzt bin ich sehr glücklich, wieder bei euch zu sein.« Sie stützte sich auf ihre Handflächen. »Und was die Entscheidung betrifft, wen ich heiraten werde, muss ich wohl warten, bis Daddy zurückkehrt.«

Die Zwillinge nippten von ihren Getränken.

Rosa beschloss, das Thema vorsichtig anzuschneiden, das ihr auf der Seele brannte. »Ich habe Daddy lange nicht gesehen. Wie geht es ihm? Was hattet ihr für einen Eindruck, als er das letzte Mal zu Besuch war? Habt ihr ihn gesprochen?«

»Archie hat dir davon erzählt, nicht wahr?« Mable sah zu Molly hinüber.

Ihre Schwester winkte ab. »Es war nur ein kurzes Gespräch. Er hat uns gefragt, was wir nun vorhaben, da wir ja bald erwachsen sind, und ob wir fortgehen wollen oder anfangen möchten, im Haus zu arbeiten.«

»Und?«, fragte Rosa. »Was habt ihr geantwortet?«

Molly zuckte mit den Schultern. »Wir haben noch nicht darüber nachgedacht.«

Das konnte Rosa nachvollziehen. Sie selbst hatte ebenfalls das Gefühl, dass alles so plötzlich geschehen war: An einem Tag waren sie noch Kinder gewesen, am nächsten kam ihr Vater und erklärte, sie sei nun erwachsen. Aber vermutlich wurde es auch für ihre Freundinnen langsam Zeit, Entscheidungen zu treffen und sich der Tatsache zu stellen, dass ihre Kindheit bald vorüber war.

Die beiden Mädchen wechselten einen kurzen Blick, der

den meisten Menschen vermutlich nicht aufgefallen wäre. Aber Rosa kannte sie ihr Leben lang.

»Was ist?«

»Gar nichts«, erwiderte Molly schnell. »Sonst haben wir mit deinem Vater nur noch über die Pfaue gesprochen, die er überlegt, sich anzuschaffen.«

Rosa seufzte. Das hatte Archie ihr auch schon erzählt. Eigentlich hätte sie vollkommen aus dem Häuschen sein müssen über die Aussicht, bald exotische Tiere im Garten zu haben, aber sie merkte, dass die Mädchen auch ihr etwas verschwiegen.

Als Mrs Jones Mable und Molly zum Abendessen rief, sprang Rosa erschrocken auf. »Oje, Vera wartet bestimmt schon auf mich. Ich versuche, morgen wieder vorbeizukommen.«

Das Dinner nahm sie allein im Esszimmer ein, wobei sie sich ein wenig einsam vorkam, weil Archie heute Abend nicht bei Tisch bedienen durfte, sondern Jameson und einer der anderen Diener diese Aufgabe übernahmen. Anschließend wartete sie nervös im Salon darauf, dass das Essen der Dienstboten beendet wurde. Um kurz vor neun schlich sie sich in die Eingangshalle, wo auch Archie gerade eintraf.

Wortlos bedeutete er ihr, ihm durch den Ballsaal zum Arbeitszimmer ihres Vaters zu folgen. Doch anstatt den Raum zu betreten, stieg er die Treppe hinauf, direkt in die erste Etage, zu den verschlossenen Zimmern. Als sie die schwere Holztür erreichten, hielt Rosa unwillkürlich den Atem an.

Archie grinste sie verschwörerisch an. Dann bückte er

sich, um ein Stück über dem Boden einen der Steine aus dem unverputzten Mauerwerk zu ziehen. In dem Loch dahinter lag ein glänzender Messingschlüssel, den er nun herausholte und Rosa triumphierend überreichte.

»Das ist er?«, fragte sie leise.

»Ich glaube es zumindest. Denn als ich gehört habe, wie die Tür zum Turm aufging, habe ich sofort um die Ecke gelugt. Anscheinend fühlte sich dein Vater sicher, weil seine neugierige Tochter nicht zugegen war. Jedenfalls hat er das Schlüsselversteck nicht wieder verschlossen, der Stein lag sichtbar auf dem Boden. Als ich ein paar Stunden später nachgesehen habe, war alles wie zuvor, aber da wusste ich ja, wo ich suchen musste.«

»Du warst im Turm? Ohne mich?«

»Nein, natürlich nicht. Das schien mir zu gefährlich. Mit dir zusammen finde ich es schon gewagt, aber allein … Ich wäre hinausgeworfen worden, wenn mich Jameson oder sonst wer erwischt hätte.«

»Dann zwinge ich dich also jetzt, mit mir in den Turm zu gehen, richtig?«

Archie nickte, und das freche Grinsen, das Rosa so gern mochte, zeigte sich auf seinem Gesicht.

Mit vor Aufregung zitternden Fingern steckte sie den Schlüssel in das Schloss. Er passte.

Sie stieß einen leisen Freudenschrei aus, biss sich aber gleich darauf auf die Zunge. Sie mussten wachsam sein und jedes überflüssige Geräusch vermeiden. Unter lautem Knarren schwang die alte Eichenholztür auf.

Vorsichtig betrat Rosa das dahinterliegende Zimmer. Staubkörner tanzten im Abendlicht, das durch die schmalen Fenster hereinfiel. In der Mitte führte eine Treppe in die nächste Etage, an den Wänden standen niedrige Bücherregale, Stühle, ein Tisch und ein Sekretär. Bevor sie den Geheimnissen hier nachgehen konnte, wollte Rosa jedoch die oberste Etage erkunden. Die Holztreppe war schmal, aber stabil und verfügte über ein einfaches Geländer. Rosa hob den Saum ihres seidenen Dinnerkleides an, während sie sich hinauftastete, Archie war dicht hinter ihr.

Wenig später landeten sie in einem ebenso großen Raum wie dem darunterliegenden. Nur die Fenster waren etwas größer. Auf Tischen standen Glaskolben, Schüsseln und kleine Zinkwannen. Braune Phiolen, die in einem Regal an der Wand aufgereiht waren, enthielten unterschiedliche Flüssigkeiten. Trichter, Metallklemmen und Schläuche, vermutlich aus Tierdärmen, lagen auf einem anderen Tisch.

»Was ist das?« Rosa konnte diese Gegenstände nicht einordnen.

Archie zuckte mit den Schultern.

»Vielleicht ein Laboratorium?«, fragte sie, obwohl sie wusste, dass Archie ihr keine Antwort darauf geben konnte.

»Gut möglich«, sagte er dennoch.

»Was macht mein Vater hier?« Wieder eine Frage, auf die sie wohl keine Antwort erhalten würde. Rosa ging näher an die Glasflaschen im Regal heran und las die Aufschriften, mit denen sie jedoch nichts anfangen konnte. Es handelte sich um lateinische Wörter.

»Das sind Chemikalien«, sagte Archie, »aber sicher bin ich mir nicht.«

»Meinst du, mein Vater ist ein Erfinder?«

»Vielleicht.«

Rosa trat einen Schritt zurück, und erst jetzt erkannte sie eine große Ledertruhe, die sie schon oft im Reisegepäck ihres Vaters wahrgenommen hatte.

»Bestimmt hat seine geheimnisvolle Tätigkeit etwas damit zu tun«, überlegte sie laut. »Wenn ich nur wüsste, wozu diese Dinge hier gut sind.«

»Lass uns mal unten schauen, dort sind so viele Bücher und Mappen. Vielleicht erfahren wir da mehr.« Archie ließ ihr den Vortritt auf der Treppe.

Als sie wieder im unteren Raum angekommen waren, betrachtete Rosa die Bücher in den niedrigen Regalen. Wahllos zog sie eins hervor. *»John Dalton's Atomic Theory«*, las sie. Daneben fand sie weitere Schriften zur modernen Chemie und Medizingeschichte. War ihr Vater tatsächlich Wissenschaftler? Sie hatte nie davon gehört, dass er sich mit derartigen Themen befasste. Allerdings neigte er zur Geheimniskrämerei, und solange Rosa denken konnte, war er die meiste Zeit des Jahres unterwegs gewesen. Wer konnte schon sagen, was er währenddessen trieb? Da sie nur ein Mädchen war, hielt er es offenbar nicht für notwendig, mit ihr über diese Themen zu sprechen. Bei einem Sohn hätte er es sicherlich getan, er hätte ihn in die wissenschaftlichen Grundlagen eingeweiht.

»Schau mal hier!«, riss Archies Stimme sie aus ihren Gedanken.

Rosa wandte sich um und ging zu ihm.

»Da sind handschriftliche Aufzeichnungen.« Er kniete vor einem Regal und hielt ihr eins der Bücher hin.

Behutsam nahm sie es entgegen und schlug es auf.

Mai 1883. Anlandung endlich möglich. C.K., E.o.E. und A.W. sind bei mir. Ich bin aufgeregt, zum ersten Mal auf Eilean-Taigh-Mòr-Fraser mit dem neu gebauten Haus. Wir ankern eine halbe Meile vor der Insel und setzen mit dem Ruderboot über. Gleich hinter dem Steg ist ein großer Steinbruch entstanden. Von hier haben sie die meisten Steine, die für die Mauern des Gebäudes benötigt wurden. Kein Mensch außer uns ist auf der Insel, die Handwerker sind im Herbst fortgegangen. Sie vergessen, dass sie jemals hier waren, dafür habe ich gesorgt. Wir machen uns an den Aufstieg zum Haus. Alle sind in euphorischer Stimmung, schließlich begeben wir uns auf eine Reise in die Ewigkeit.

Rosa ließ das Buch sinken. »Das hat er im letzten Frühjahr geschrieben. Im Sommer, als wir am Lagerfeuer saßen, hat er doch von einem Haus auf einer Insel erzählt. Das muss *diese* Insel, *dieses* Haus gewesen sein.« Ihre Aufregung wurde immer größer. Würde sie endlich mehr über die geheimnisvollen Reisen ihres Vaters erfahren?

»Was steht da? Die Insel heißt Taigh-Mòr-Fraser … Eilean-Taigh-Mòr-Fraser.« Archie schien zu überlegen.

»Eilean ist das gälische Wort für Insel.« Rosa wusste natürlich, dass auch ihm diese Tatsache bekannt war, schließlich waren sie beide hier aufgewachsen. »Ich habe noch nie von einer Insel gehört, die genauso heißt wie unser Haus.«

Archie kratzte sich am Kopf. »Es hört sich an, als würde diese Insel ihm gehören.«

Rosa dachte einen Moment lang nach. »Ich glaube, er hat die Geschichte für mich aufgeschrieben. Er hat mir versprochen, mir mehr davon zu erzählen. Und weil er so oft nicht hier ist, will er sie mir vielleicht in diesen Büchern übermitteln.«

»Möglich.« Archie wirkte wenig überzeugt.

»Er hat gesagt, dass er eine Überraschung für mich im Turm vorbereitet.« Rosa war sicher, dass sie recht hatte. »Das hier ist bestimmt sein Geschenk für mich. Es ist ein Bericht seiner Abenteuer. Mein Vater hat immer gesagt, dass es noch lange dauern wird, bis er die Überraschung fertig hat. Er schreibt ein Buch für mich, und das dauert eben Jahre!« Rosa las die Zeilen noch einmal stumm durch. Dann schüttelte sie den Kopf. »Aber ich verstehe nicht, was diese Buchstaben am Anfang bedeuten sollen. Glaubst du, dass das Personen sind, die mit ihm auf die Insel gefahren sind?«

»Hört sich beinahe so an.« Archie studierte nun seinerseits die Zeilen.

»Aber am Lagerfeuer hat er erzählt, dass er ganz allein in dem Haus war, und dann sind die Frauen nachts gekommen«, überlegte Rosa. »Oder waren diese A.W., E.o.E. und C.K. vielleicht die Frauen?«

Archie schüttelte den Kopf. »Das klingt nicht danach. Diese Anfangsbuchstaben stehen eher für Menschen, die ihm bekannt sind, sonst könnte er die Abkürzungen ja nicht verwenden.«

»Du hast recht, es klang unheimlich, nachts in dem Haus. Wenn er diese Frauen gekannt hätte, dann hätte er ja keine Angst haben müssen.«

»Lass uns weiterlesen, vielleicht erfahren wir noch etwas, das die Sache klarer macht«, schlug Archie vor.

Rosa nickte und blätterte die Seite um.

15. Mai 1883. Unsere erste Nacht auf Eilean-Taigh-Mòr-Fraser war ruhig, die Herren sind begeistert von der Einrichtung. Mein Unsterblichkeitssaal macht Eindruck, wir haben gestern noch lange darin gesessen und meine Theorie erörtert. Pläne wurden geschmiedet, eine Aufbruchsstimmung lag in der Luft. Heute Zeremonien abgehalten, wilde Entschlossenheit.

16. Mai 1883. Es wird Zeit. Heute war deutliches Zögern zu spüren. Beim nächsten Mal muss ich schneller handeln, am besten noch vor der ersten Nacht auf der Insel. Denn der Wunsch nach Beweisen wird rasch laut. Ich sollte bald meinen Plan umsetzen und die Sache künftig immer gleich am Abend der Ankunft beenden.

Es sind meine Töchter, ich habe ihnen das Leben geschenkt. Aber für meine Gäste, die zurzeit auf der Insel sind, wird der Beweis zu spät kommen. Ich werde einen anderen Trick anwenden müssen. Mich graust vor der harten Arbeit danach, aber sie muss getan werden, ich kann niemanden dafür einstellen.

17. Mai 1883. Es ging dann doch alles ohne große Mühe. Sie vertrauen mir und wissen, dass ich nur ihr Bestes will. Sehr schönes Fest zum Abschied, kleine Zeremonie. Nun bin ich allein auf Eilean-Taigh-

Mòr-Fraser. Mein Geist spielt mir den ein oder anderen Streich. Manchmal sehe ich eine Gestalt in den Gängen, will sie rufen, doch dann fällt mir ein, dass niemand mehr hier ist.

26. Mai 1883. Tage der Ruhe und Einkehr liegen hinter mir. Ich habe das Alleinsein auf der Insel sehr genossen. Was für ein friedlicher Ort! Anfänglich wurde ich noch von Geistern begleitet, die sind nun alle verschwunden.

Viel Geld eingenommen. Sehr viel Geld. Es wird allmählich Zeit, nach London zurückzukehren, auch um einen Teil meiner Einnahmen zur Bank zu bringen. Auffällige Wertsachen und Bargeld kommen in mein Versteck, sobald ich wieder in den Highlands bin. Dann einige Vorträge in verschiedenen Gesellschaften und exklusiven Clubs. Anschließend mehrere Einladungen bei Geheimbünden im Süden. Brighton, St Leonards, Torquay und Exeter.

20. Juni 1883. Äußerst erfolgreiche Tage liegen hinter mir. So viele Interessenten, dass ich die nächsten Monate gut zu tun haben werde. Wie viele davon übrig bleiben, steht auf einem anderen Blatt. Nächste Transformation frühestens im April oder Mai ´84 möglich, abhängig vom Wetter. Werde vermutlich mehrere Gruppen abfertigen müssen. Dafür eventuell schon die Zwillinge???

03. Juli 1883. Ich bin wieder in London. Habe noch nicht mit den Mädchen gesprochen, sie würden es nur weitererzählen. Und R. ist entsetzlich neugierig. Sie darf unter keinen Umständen etwas erfahren, sonst könnte sie dem Vorhaben ernsthaften Schaden zufügen. Jetzt ist sie erst einmal in Wales, auf der Suche nach einem Ehemann. Das wäre die einfachste Lösung, denn dann wäre sie aus dem Weg, und ich könnte frei über die Zwillinge verfügen. Aber vielleicht warte ich noch ein weiteres Jahr. Sie sind noch sehr jung, das könnte abschreckend wirken. Womöglich geht es noch eine Weile ohne Anschauungsobjekt. Jetzt liegen anstrengende Tage vor mir, ich muss mich auf mein Geschick verlassen. Bis April sollten vier kleine Gruppen mit jeweils zwei Männern zusammengestellt sein. Darunter sehr solvente Kandidaten.

Rosa ließ das Heft sinken, das war sein letzter Eintrag gewesen. Sie starrte auf die Schrift. »Glaubst du, dass er das für mich geschrieben hat, weil er weiß, dass ich seine Abenteuer so gern höre?«

Archie schüttelte zweifelnd den Kopf. »Dein Vater ist ein sehr guter Geschichtenerzähler, doch aus diesen Aufzeichnungen wird man nicht schlau. Ich würde sagen, dass er das nicht für einen anderen notiert hat, sondern nur für sich selbst.«

»So eine Art Tagebuch?«

»Ja, vielleicht. Oder ein wissenschaftlicher Bericht.«

»Und diese R., von der er am Ende spricht – bin ich das? Was meinst du?«

»Natürlich bist du das, hier steht ja sogar, dass er dich verheiraten will, damit du aus dem Weg bist.« Archie deutete auf die entsprechende Zeile.

Rosa schluckte, als sie die Worte noch einmal las. Sie wollte es nicht wahrhaben, aber es war zu offensichtlich, als dass sie es leugnen konnte. Es tat entsetzlich weh, zu erkennen, dass ihr Vater sie anscheinend loswerden wollte, weil sie zu neugierig war. »Warum dürfen irgendwelche Zwillinge ihm helfen? Wieso nicht ich?«

»Nun, *irgendwelche* Zwillinge?« Archie verzog zweifelnd den Mund. »Weiter oben schreibt er von *Mädchen* und *Töchtern* … Meinst du nicht, dass er damit Molly und Mable meint? Ist er in Wahrheit vielleicht der Vater der beiden?«

»Nein!«, rief Rosa, die diesen Gedanken ungeheuerlich fand. »Molly und Mable sind Waisenkinder. Ihre Eltern sind gestorben, und Mrs Jones hat sich ihrer angenommen.«

»Aber weshalb leben sie dann hier auf dem Gelände von Taigh-Mòr-Fraser? Wer kommt für die Kosten auf, die das verursacht? Ich frage mich schon länger, warum Mrs Jones diese beiden Waisenmädchen aufzieht – und warum sie für die Kinder zahlt, obwohl sie noch nicht einmal mit ihnen verwandt ist.« Archie richtete sich auf, er hatte die ganze Zeit neben Rosa auf dem Boden gehockt.

Darüber hatte sie noch nie nachgedacht. Jetzt kam ihr die ganze Sache plötzlich merkwürdig vor. Ihr Vater schrieb eindeutig, dass es sich um seine Töchter handelte, er schien sogar eine Art Besitzanspruch auf die Mädchen zu erheben. Aber die Forderungen, die daraus resultierten, waren angsteinflößend. Und doch passten die Bemerkungen ihres Vaters genau auf ihre Freundinnen.

»Du meinst, Molly und Mable sind … meine Schwestern?«

Archie nickte.

»Und meine Mutter? Sie hätte ihre Töchter doch niemals … oh!« Rosa schlug sich erschrocken die Hand vor den Mund. »Wahrscheinlich ist sie gar nicht die Mutter der Zwillinge. Aber Mable und Molly sind ein Jahr jünger als ich, also müsste mein Vater sie gezeugt haben, als er schon mit meiner Mutter verheiratet war.«

Wieder nickte Archie.

»Das glaube ich nicht!«

Archie zuckte unentschieden mit den Schultern.

Rosa beschloss, das Thema zu wechseln. »Aber was hat Daddy mit Molly und Mable vor? Was meint er damit, dass sie ihm helfen sollen?« Wieso durften die Zwillinge ihrem Vater helfen, während er Rosa verheiraten wollte, damit sie nicht herumschnüffelte? Sie sollte nicht einmal erfahren, was vor sich ging, und weil ihr Vater genau wusste, dass sie ihre Freundinnen danach ausfragen würde, wollte er sie weit fort wissen.

»O Gott!«, stieß sie hervor, als ihr klar wurde, dass ihr Vater dann auch nicht ihrem geheimen Plan zustimmen würde. Er würde es niemals zulassen, dass sie einen Mann heiratete, der bereit wäre, auf Taigh-Mòr-Fraser zu leben. »Er will bestimmt, dass ich mit meinem Mann in Wales oder sogar in Cornwall lebe.«

»Dann sag einfach Nein.« Archie betrachtete sie hoffnungsvoll, und erst jetzt wurde ihr klar, dass er genauso unter ihrem Weggang leiden würde wie sie. Einen Moment lang sahen sie sich an, und wieder spürte Rosa dieses irritierende Kribbeln in ihrem Bauch.

»Das werde ich«, versprach sie. »Was meint er wohl damit, dass die Zwillinge ihm helfen sollen?«

»Ich habe nicht die geringste Ahnung, weil ich sowieso kaum etwas von dem verstehe, was er da geschrieben hat.«

»Gibt es noch mehr von diesen Büchern? Das hier endet vor ungefähr einem Jahr. Vielleicht ...«

»Was ist das?« Archie war über eine lose Diele gestolpert und bückte sich. Er nahm eine Öllampe und stellte sie dicht neben die Stelle. Dann drückte er mit der Faust auf das Brett und hebelte es aus der Verankerung. Eine Art Geheimversteck kam darunter zum Vorschein. Im Licht der Lampe funkelte ihnen etwas entgegen. Rosa streckte ihre Hand aus und fuhr in einen Haufen von Edelsteinen, goldenen Münzen und anderen Geldstücken.

»Ein Schatz unter dem Dielenboden«, sagte sie fassungslos. »Das ist weit mehr als ein Notgroschen, würde ich sagen. Ein unermessliches Vermögen.«

Archie nickte. Doch bevor er etwas erwidern konnte, wurden sie abgelenkt.

Pferdegetrappel durchbrach die Stille der Nacht.

Erschrocken richtete Rosa sich auf. Archie ging zum Fenster und sah hinaus.

»Es ist eine Kutsche«, sagte er leise.

»Daddy!« Rosa presste die Lippen aufeinander. Sonst würde niemand zu dieser späten Stunde auf Taigh-Mòr-Fraser eintreffen. »Schnell, lösch die Lampe, er darf den Lichtschein nicht sehen.«

Geschwind legten sie die Bodendiele wieder zurück und schoben das Buch ins Regal. Dann sahen sie sich prüfend um. Sie hatten kaum etwas angerührt, höchstens an den

Spuren im Staub könnte man erahnen, dass jemand in diesem Zimmer gewesen war.

So schnell sie konnten, liefen sie zur Tür, schlossen hinter sich ab und legten den Schlüssel wieder in das Versteck.

Dann huschten sie zur nächstgelegenen Dienstbotentreppe und trennten sich. Archie verschwand in der Küche, während Rosa über die Hintertreppe hinauf in ihr Zimmer lief. Vor ihrer Tür atmete sie tief durch, bevor sie zurück in die Eingangshalle eilte, um ihren Vater zu begrüßen.

ISLA

Schottland, Highlands, Loch Achall

Juni 2023

Am nächsten Morgen wachte Isla früh auf. Es war gerade 7 Uhr vorbei, sie hatte tief und fest geschlafen, da sie sich inzwischen an die Geräusche des Hauses gewöhnt hatte. In ihrer Kindheit hatte sie das Ächzen der alten Holzbalken, das Pfeifen des Windes durch die Fensterritzen und das Rauschen der Blätter in den Kastanien vor ihrem Fenster nicht gestört, weil das Herrenhaus voller Menschen und Leben gewesen war. Aber jetzt war außer ihr nur noch die alte Haushälterin hier, die im Keller neben der Küche wohnte, weit entfernt von dem Turm, in dem Isla schlief. Deshalb ließen sich die unheimlichen Geräusche nicht so leicht erklären. Doch Isla war so müde gewesen, dass sie all das nicht lange wachgehalten hatte. Sie hatte die Eingangstür und auch die Tür zu ihrem Zimmer abgeschlossen und dann versucht, den Gedanken an den seltsamerweise hochgefahrenen Computer zu verdrängen. Vielleicht gab es ja eine einfache Erklärung dafür. Sie durfte sich auf keinen Fall verrückt machen.

Nach einer ausgiebigen Dusche fühlte sie sich erfrischt und ausgeruht.

Im Licht des Morgens kamen ihr auch die Überlegungen

zu ihrer Tante längst nicht mehr so mysteriös vor. Vermutlich wollte Shelley ihr altes Leben einfach hinter sich lassen. Trotzdem musste es doch möglich sein, irgendwo eine Adresse und Telefonnummer von ihr ausfindig zu machen, sodass Isla sich bei ihr melden konnte. Und wenn sie von ihrer Familie keine Auskunft erhielt, gab es vielleicht eine Freundin, die noch mit Shelley in Verbindung stand. Für sie war es nicht nachvollziehbar, dass ein Mensch ohne triftigen Grund sein altes Leben so radikal hinter sich ließ.

Und an diesem Morgen erschien es Isla auch deutlich weniger besorgniserregend, dass ihr Fenster offen gestanden hatte und Mrs McDonald jemanden im Turm hatte herumlaufen hören. Vielleicht war es der Gärtner gewesen, der helfen wollte – oder war eventuell eine der Frauen aus dem Dorf noch hier gewesen, die Islas Zimmer gelüftet hatte? Isla hatte Mrs McDonald nicht danach gefragt. Sie musste unbedingt aufhören, sich in eine unnötige Hysterie hineinzusteigern.

Als sie ins Frühstückszimmer kam, war noch nichts vorbereitet. Es war sehr früh, und da Isla Mrs McDonald nicht drängen wollte, beschloss sie, sich erst einmal im Haus umzusehen. Vielleicht fand sie ja noch irgendetwas von Shelley, Schulhefte oder eines der Freundschaftsbücher, die doch eigentlich alle Kinder unter ihren Schulkameraden herumgereicht hatten. Darin würde sie bestimmt auch Namen von Personen finden, die sie nach Shelleys Adresse in Australien fragen konnte.

Aber wo sollte sie anfangen? Das Haus war riesig. Ihre Tante hatte sicherlich alle Sachen, die ihr damals wichtig gewesen waren, mitgenommen, aber möglicherweise hatte sie alte Schulunterlagen ja hiergelassen. Und da in dieser

Familie anscheinend alles aufbewahrt wurde, wie die Zimmer im Ostturm bewiesen, sollte es Isla nicht wundern, wenn auch einige von ihren Klamotten noch hier zu finden wären.

Isla beschloss genau dort anzufangen, wo sie schon andere Überreste von früheren Generationen entdeckt hatte: im Ostturm. Sie begann mit dem untersten Zimmer, das gleich neben dem seit vielen Jahren nicht mehr genutzten Morgenzimmer ihrer Großmutter lag. Es handelte sich um eine Art Familien-, aber auch Durchgangszimmer, da es hier einen Verbindungsflur zur Küche gab. In dem Raum stand eine Sitzecke mit einem Fernseher, und eine Verandatür führte in den Garten. Isla hatte die wenigen Schränke schnell durchstöbert. Hier war nichts zu finden, was darauf schließen ließ, dass es einmal in Shelleys Besitz gewesen war. Gesellschaftsspiele, alte Fotoalben voller Schwarz-Weiß-Bilder, die definitiv nicht Shelley zeigten, eine Unmenge an selbstgestickten Deckchen, Servietten und Taschentüchern und verstaubte Gläser und Karaffen füllten die Kommode und den Unterschrank des Fernsehers. Isla ging weiter in die erste Etage, wo sich zwei Schlafzimmer befanden. Vergilbte Poster von Queen, Bon Jovi und anderen Bands aus den Achtzigern und Neunzigern hingen an den Wänden. Das waren die Kinderzimmer von David und Donald gewesen. Die Chancen, hier Sachen von ihrer Tante zu finden, standen nicht schlecht. Shelleys eigenes Zimmer war aufgelöst worden, wie Isla wusste, vielleicht hatte man ihre persönlichen Gegenstände ja in den Zimmern ihrer Brüder verstaut.

Neben einem der Betten standen einige Kartons mit Musikkassetten, Playmobilfiguren, Legosteinen und anderem Krempel, jedoch nichts, was auf Shelley oder ihre Freundinnen hingewiesen hätte.

Isla stieg also noch eine Etage höher. Nur die Türme bestanden aus drei Etagen, die Flügel des Hauses verfügten jeweils über zwei. Unter dem Dach hier im Ostturm befand sich das alte Schulzimmer, in dem Isla früher viel Zeit verbracht hatte. Heute betrachtete sie den Raum mit neuem Interesse. Es gab ein Regal voller Schulhefte, auch ein paar Lehrbücher lagen herum, Unmengen an eingestaubter Kreide für die Tafel, Buntstifte, Malblöcke und Lineale. Aber kein einziger Hinweis auf Shelley. Enttäuscht betrat Isla das Nebenzimmer, das früher einmal die Schlafkammer der Kinderfrau gewesen sein musste. Hier standen zwei Wiegen und ein schmales Bett. Der Schrank und die Kommode waren mit alten Kleidern vollgestopft, die offenbar irgendwann einmal aussortiert und hier untergebracht worden waren. Isla hatte sich früher gern damit verkleidet. Aber heute half ihr auch dieser Raum nicht weiter.

Resigniert hielt sie inne. Vielleicht sollte sie im Arbeitszimmer ihres Großvaters weitersuchen, auch wenn es mehr als unwahrscheinlich war, dass dort Schulhefte lagerten. Als sie den Ostturm verließ und durch den Verbindungsflur in den Wirtschaftsflügel trat, fiel ihr Blick auf die unscheinbare Tür zum Dienstbotentreppenhaus. Soweit sie wusste, führte die Treppe dort in die zweite Etage des Wirtschaftsflügels, wo sich die ehemaligen Kammern für das Personal, aber auch der Dachboden befanden. Mrs McDonald wohnte neben der Küche im Erdgeschoss, und sonst gab es keine Angestellten mehr, die im Haus schliefen. Vielleicht hatte man ja die Sachen von Shelley dorthin gebracht, nachdem sie nicht mehr gebraucht wurden. Kurz entschlossen betrat sie das enge, schmucklose Treppenhaus. Die schmale Holztreppe führte in einem Winkel nach oben. Dort gelangte Isla in einen trockenen, staubigen und recht stickigen Flur. Auf der linken Seite führte eine weitere Treppe hinunter in die Küche, die seit Jahrzehnten kaum benutzt wurde, weil die Räume hier oben nicht mehr bewohnt waren. Einen Moment lang stellte Isla sich vor, was für ein geschäftiges Treiben hier in früheren Jahrhunderten geherrscht haben musste.

Sie blieb vor einer der Türen stehen, die zu den Dienstbotenkammern führten. Erwartungsvoll griff sie nach dem Knauf, aber der bewegte sich keinen Zentimeter. Abgeschlossen! Bei der nächsten Kammer war es das Gleiche. Isla stutzte. Wieso waren die Räume abgeschlossen, was konnte sich schon darin befinden? Vermutlich nichts anderes als ein Tisch, ein Bett und ein Kleiderschrank. Wozu die Türen versperren in einem Haus, in dem die Eingangstür seit Jahrzehnten den ganzen Tag geöffnet blieb? Sie wollte so gern wissen, was sich in diesen Zimmern befand. Enttäuscht ging sie die Treppe hinunter und den langen Flur entlang in Richtung der Eingangshalle. Während sie die Eingangstür öffnete, kam ihr eine Idee: Vielleicht passte ja einer von den Schlüsseln, die an dem dicken Schlüsselbund neben der Tür hingen, zu den Schlössern im Dienstbotenflur. Isla warf einen Blick auf die Hügel der Highlands, die im Morgenlicht vor ihrer Haustür lagen. Der Himmel war tiefblau, keine Wolke war zu sehen. Es war bereits hell, auch wenn die Sonne gerade erst hinter dem Ostturm aufging. Tau glitzerte an den Grasbüscheln und Sträuchern, Nebelschwaden stiegen über den Wiesen auf.

Isla ging wieder in die Halle und lief den Weg zurück, den sie gekommen war. Als sie erneut in dem langen Gang über den Wirtschaftsräumen stand, strich sie sich über die feuchte Stirn. Obwohl es kein besonders heißer Sommer war, kam es ihr hier ziemlich stickig vor. Die Dienstboten mussten früher vermutlich sehr leiden, wenn die Temperaturen anstiegen. Die Küche im Erdgeschoss, aber auch einige andere Räume wie die Lampenkammer, das Schuhputzzimmer und die Spülküche heizten die darüberliegenden Etagen zusätzlich auf. Isla betrat die knarrenden Dielen des Dienstbotenflurs. Sie begann bei der ersten Tür. Nacheinander probierte sie jeden der Schlüssel aus. Der fünfte passte und ließ sich mühsam im Schloss drehen. Islas Herz machte einen Sprung. Sie hatte es geschafft! Vorsichtig schob sie die Tür auf. Schwaches Tageslicht kämpfte sich durch die blinden Fensterscheiben ins Zimmer. Die Möbel waren mit Laken zugedeckt worden. Spinnweben zogen sich über ein leeres Regalbrett an der Wand. Isla hob die Tücher an und musste niesen, als der Staub aufwirbelte. Wie erwartet, fand sie darunter ein schmales Bett, einen wackeligen Tisch und Stühle. Leere Koffer, Kartons mit ausgemusterten Haushaltsgegenständen, Kleidung und Groschenheften standen in der Mitte des schmalen Raumes. Isla runzelte die Stirn. Waren ihre Großeltern etwa besorgt gewesen, dass ihnen Mrs McDonald ihre Arztromane stahl? Sie schüttelte den Kopf und verließ das Zimmer wieder, verzichtete aber darauf, die Tür zu verschließen. In den drei Kammern, die sie als Nächstes untersuchte, sah es nicht viel anders aus. In einem waren deutlich ältere Sachen gelagert, die vermutlich aus der viktorianischen Zeit stammten, Isla kannte sich nicht so gut aus. Aber sie fand nichts Interessantes, all ihre Hoffnungen wurden enttäuscht.

Genau in der Mitte des Ganges gab es eine Tür, die auf den Speicher führte. Isla hatte damit gerechnet, dass auch sie verschlossen war, doch sie ließ sich ohne Probleme öffnen. Isla gelangte auf einen verwinkelten Dachboden mit niedriger Decke, der Geruch nach ausgetrocknetem Holz stieg ihr in die Nase. Sie tastete nach dem Lichtschalter, und kurz darauf erhellte das schwache Licht einer nackten, schmutzigen Glühbirne den gesamten Dachboden. Umrisse von Schrankkoffern, Garderobenständern, Holzkisten, altmodischen Kinderwagen, Rollstühlen, Tischen und Schränken schälten sich aus dem Halbdunkel. Isla stolperte beinahe über einen Lederball, der wohl schon lange nicht mehr mit Luft gefüllt worden war.

Entmutigt durch die Fülle an Gegenständen – sie würde Wochen brauchen, wenn sie alles hier nach Informationen zu Shelleys Schulfreundinnen durchsuchen wollte –, ließ sie den Blick über ein paar alte Öl- und Petroleumlampen schweifen und hielt überrascht inne.

Dahinter, in einer Nische, standen einige große Weidenkörbe und ein paar Koffer, die etwas moderner wirkten als die, die Isla in den Schlafzimmern der Dienstboten gesehen hatte. Sie könnten aus den Neunzigerjahren des vergangenen Jahrhunderts stammen. Isla räumte die Lampen zur Seite und bahnte sich in gebückter Haltung einen Weg in die Ecke, um sich nicht den Kopf an einem der Balken zu stoßen.

Während sie den ersten Koffer öffnete, hielt sie den Atem an. Pullover, Jeans, Kleider und T-Shirts sahen genauso aus, wie Isla es aus der Zeit vor der Jahrtausendwende aus Büchern und Fernsehsendungen kannte. Die konnten tatsächlich von ihrer Tante Shelley stammen! Aufgeregt löste sie die Lederschnallen der Weidenkörbe und schlug bei einem den Deckel auf. Musikkassetten, CDs, Teddybären, Poesiealben, Schulhefte und ein Gameboy waren einfach hineingeworfen worden. Isla stieß einen leisen Schrei aus, als ihr Blick auf eins der Hefte fiel und sie den Namen »Shelley Fraser« las.

Mit zitternden Fingern öffnete sie auch die anderen Koffer und fand darin weitere Kleidung, aber auch Handarbeitsutensilien, Puzzles, Make-up und einen halb fertig gestrickten Schal. Außerdem einen Rucksack, Notizbücher und eine alte Kamera, in die sogar noch ein Film eingespannt war. Mit pochendem Herzen begann sie die Schulhefte durchzublättern. Natürlich enthielten sie nur Übungen und Hausaufgaben. Hier würde sie keine Adressen von Shelleys Freundinnen finden. Sie griff nach einem Poesiealbum, in dem sie liebevoll eingeklebte Glanzbilder fand, darunter kleine Gedichte, die mit den Namen der Schulkameradinnen versehen waren.

Sie stieß die Luft aus, die sie unwillkürlich angehalten hatte. Das konnte ihr weiterhelfen! Endlich hatte sie einen ersten Hinweis auf Menschen außerhalb der Familie, die ihre Tante gekannt hatten. Wenig später fand sie noch ein Freundschaftsbuch, in dem die Lieblingsfarben, -tiere und -filme, der Wunschberuf und ein persönliches Motto der Klassenkameradinnen vermerkt waren. Auch das würde sie mitnehmen. Sie klappte die Koffer zu und verschloss auch die Weidenkörbe wieder. Dann betrachtete sie die Wollmäuse, die überall herumlagen. Vermutlich war seit über zwanzig Jahren, seit man Shelleys Sachen hierhergebracht hatte, niemand mehr in dieser Ecke des Speichers gewesen. Isla richtete sich auf.

Ein Blick auf die Uhr sagte ihr, dass es halb neun war. Sie hatte gar nicht bemerkt, wie die Zeit verflogen war. Inzwischen würde Mrs McDonald bestimmt mit dem Frühstück warten.

Sie brachte das Poesiealbum und das Freundschaftsbuch in ihr Zimmer, wusch sich den Staub von den Händen und machte sich dann auf den Weg nach unten. Im Frühstückszimmer war der Tisch jetzt gedeckt, und Toast und Marmelade standen bereit. Isla hatte kaum Platz genommen, als sie das Scheppern und Klirren des Servierwagens hörte. Mrs McDonald brachte Tee und Rührei mit gebratenem Speck, Bohnen und Tomaten.

Während Isla ihr Brot mit Butter bestrich, dachte sie über den Fund auf dem Dachboden nach. Irgendetwas war seltsam an den Dingen, die sie entdeckt hatte. Sie trank einen Schluck Tee, als ihr plötzlich bewusst wurde, was sie störte. Ihre Tante hatte fast alle persönlichen Gegenstände in Schottland zurückgelassen. Sie war vermutlich nur mit einem Teil ihrer Besitztümer losgezogen und wollte sich alles andere nachschicken lassen. Aber dazu war es, warum auch immer, nie gekommen. Oder hatte sie gar nicht vorgehabt, für immer in Australien zu bleiben? Denn zumindest die Poesiealben hätte sie doch sicher als Erinnerung an ihre Kindheit mitnehmen wollen. Oder waren die Erinnerungen, die sie an Schottland hatte, so schlimm, dass sie nichts davon bei sich haben wollte? Aber hätten ihr Vater oder ihr Onkel das dann nicht erwähnt?

Isla nahm einen Bissen von ihrem Toast. Sie musste unbedingt mit Shelleys Freundinnen sprechen. Sie würden ihr bestimmt mehr über das Leben ihrer Tante verraten, wie es war, bevor sie Schottland verlassen hatte. Und dann würde Isla auch endlich erfahren, warum niemand aus ihrer Familie mit Shelley in Kontakt geblieben war. Und natürlich hoffte sie, dass eine der alten Schulkameradinnen auch Shelleys Adresse in Australien wusste.

Isla atmete tief durch, bevor sie drei Stunden später an die Tür von Lynette Murrey klopfte. Sie war die einzige von Shelleys Freundinnen, die sie noch hatte aufspüren können. Alle anderen aus dem Freundschaftsbuch mussten entweder geheiratet und den Nachnamen geändert haben, oder sie waren weggezogen. Lynette hatte sie gefunden, weil sie in Ullapool einen Friseursalon betrieb, der im Impressum seiner Internetseite ihre Privatadresse angab.

Als niemand öffnete, beschloss Isla, direkt zu dem Laden zu gehen. Vermutlich war die Friseurin bei der Arbeit, eigentlich hätte sie sich das denken können. Es war Donnerstagvormittag, die wenigsten konnten sich ihre Zeit frei einteilen so wie sie.

Isla seufzte. Wie gern hätte sie mehr Arbeit gehabt, für die sie ihre Stunden aufteilen müsste. Aber Aufträge erhielt sie nur wenige, Erfolg konnten ihr künftig nur die Artikel bringen, für die sie sich selbst ein Thema suchte und die sie mit viel Glück an Zeitungen verkaufte. Sie betrachtete die eher schmucklosen Häuser der Straße. Die Attraktivität dieses Küstenortes war eindeutig nicht der Architektur seiner Gebäude geschuldet. Nein, es war die Meeresluft, es waren die Möwen, die über ihr kreisten, und die sanften Wellen, die Isla selbst hier noch hören konnte, zwei Straßen vom Ufer entfernt. Auch die hohen Berge der Highlands, die das Dorf umgaben, trugen zum Charme dieses Ortes bei. Ullapool lag nicht am offenen Meer, sondern am Loch Broom, der sich ins Landesinnere schlängelte.

Isla suchte im Internet nach »Lynettes Friseurstübchen« und machte sich dann auf den Weg. Der Laden lag direkt am Wasser, in der Shore Street, und während Isla in Richtung des Hafens lief, fragte sie sich, wie die Friseurin in dieser menschenarmen Gegend wohl überleben konnte. Vermutlich kamen im Sommer einige Touristen, die auf die Dienste der Frau zurückgriffen. Denn Ullapool selbst hatte nur eintausendfünfhundert Einwohner.

Bald hatte sie die Quay Street erreicht und bog nach wenigen Metern in die Shore Street ein. Vor ihr lag der Hafen und das graue, heute eher unruhige Wasser des Loch Broom. Es gab hier oft hohe Wellen und ausgeprägte Gezeiten, wie Isla es vom Lake Achall nicht kannte. Allerdings hatte sie, anders als ihr Vater, ihr Onkel und ihre Tante, nie hier oben in Schottland gewohnt, sondern war nur in den Ferien hergekommen. Isla war bereits an einigen der niedrigen weißen Cottages an der Hafenstraße vorbeigelaufen, als sie drei Häuser weiter den Friseursalon entdeckte.

Ein Glöckchen bimmelte, als sie das kleine Ladenlokal betrat. Eine Frau sah auf, von der Isla annahm, dass es besagte Lynnette sein musste, da sie altersmäßig ihre Mutter hätte sein können. Sie war gerade dabei, einer Dame die Haare zu föhnen, die gut aus den Fünfzigerjahren des letzten Jahrhunderts hätte stammen können. Ihre Frisur erinnerte an Doris Day, und die zweifellos gefärbten pechschwarzen Haare mit der Dauerwelle waren zu einer Kurzhaarfrisur geschnitten, die die Friseurin jetzt anscheinend so hoch toupieren wollte, dass die Kundin damit jedem Kirchturm Konkurrenz machen könnte.

Lynette schaltete den Föhn aus und sah Isla fragend an. »Guten Morgen, was kann ich für Sie tun?«

»Ich habe nur ein paar Fragen und warte gerne.« Isla machte eine Handbewegung in Richtung der Kundin.

Die Friseurin nickte und deutete auf den einzigen freien Stuhl, der neben der Eingangstür stand.

Isla nahm Platz, während die Frau sich wieder ihrer Tätigkeit widmete und das laute Surren des Föhns den winzigen Raum erfüllte. Mit der Verkaufstheke in der Mitte und einem Frisierplatz, an dem sich auch das Waschbecken befand, blieb kaum weiterer Platz in dem Zimmer. Ein Vorhang verbarg einen Durchgang in den hinteren Bereich des Ladenlokals.

Eine Weile beobachtete Isla die routinierten Handgriffe der Frau. Als sie wenig später eine gewaltige Ladung Haarspray auf die beeindruckend hohe Frisur sprühte, blieb Isla einen Moment lang der Atem weg. Die Kundin betrachtete sich zufrieden im Spiegel, und wenig später bezahlte sie und verließ das Geschäft.

»Worum geht es?«, fragte die Friseurin, während sie die Haare zusammenfegte, die um den Stuhl herum lagen.

»Sie sind Lynette Murrey?«, fragte Isla sicherheitshalber, obwohl sie glaubte, die Antwort zu kennen.

Die Frau nickte.

»Mein Name ist Isla Fraser, und ich glaube, Sie waren eine Schulfreundin meiner Tante Shelley.« Isla war aufgestanden und an den schmalen Verkaufstresen getreten.

Lynette hielt inne. »Shelley? Na klar. Sie war eine ganze

Zeit lang meine beste Freundin. Wir haben viel zusammen erlebt. Wo ist sie? Wie geht es ihr?«

»Das wollte ich eigentlich von Ihnen erfahren.« Isla sank in sich zusammen. Diese Spur schien ins Leere zu führen.

Lynette stellte den Besen weg und bückte sich nach dem Kehrblech. »Da kann ich Ihnen leider nicht helfen. Shelley hat sich damals nicht mal richtig verabschiedet, so eilig hatte sie es, von hier wegzukommen.«

Isla beobachtete sie bei ihrer Arbeit. Lynette polierte den Spiegel und desinfizierte sorgfältig den Sitzplatz. Unwillkürlich fragte Isla sich, ob sie das wohl auch schon vor der Pandemie getan hatte.

»Warum hat sie sich nicht verabschiedet?«, fragte sie nach, als die Friseurin keine Anstalten machte, weiterzusprechen.

Lynette verzog den Mund. Einen Augenblick lang wirkte sie verletzt. Dann zuckte sie die Schultern. »Zuerst habe ich gedacht, an ihrer Geschichte stimmt etwas nicht, aber ich glaube, das war nur, weil ich mich hintergangen fühlte. Wir waren beste Freundinnen – und dann war sie einfach weg.«

»Na ja, das ist wirklich komisch«, sagte Isla nachdenklich.

Lynette schüttelte den Kopf. »Eigentlich nicht. Hier haben es die meisten von uns nur so lange ausgehalten, bis sie die Schule beendet hatten und so alt waren, dass ihre Eltern sie gehen ließen. Kaum eine von meinen Freundinnen war volljährig, als sie auf Nimmerwiedersehen von hier verschwunden ist. Und viele haben die erstbeste Gelegenheit genutzt, ohne sich zu verabschieden. Aber Shelley und ich waren wirklich unzertrennlich, deshalb dachte ich … ach, egal!«

»Gibt es denn sonst noch jemanden hier in Ullapool, der etwas über Shelley wissen könnte? Ich muss meine Tante dringend sprechen«, sagte Isla.

Lynnette dachte einen Augenblick lang nach. Dann erwiderte sie: »Ich würde Sie ja nach Taigh-Mòr-Fraser schicken. Schließlich kann nur jemand aus Shelleys Familie mehr über sie wissen. Aber da Sie eine Fraser sind und anscheinend noch weniger Ahnung haben als ich …«

Isla seufzte und wandte sich zur Tür. »Ich danke Ihnen trotzdem.«

»Tut mir leid, dass ich Ihnen nicht helfen kann.« Lynnette strich über die Lehne des Stuhls, auf dem eben noch die Kundin gesessen hatte.

Isla nickte. Sie wollte sich gerade verabschieden, als die Friseurin sie aufhielt.

»Warten Sie!« Lynnette kam hinter ihr her. »Eine Sache fällt mir noch ein. Wahrscheinlich ist es nicht wichtig, aber es war das letzte Mal, dass ich mit ihr gesprochen habe.« Sie zuckte wieder mit den Schultern.

Isla sah sie abwartend an.

»Unmittelbar vor ihrem Abflug nach Australien ist Shelley auf die Insel gefahren.« Lynnette blickte nachdenklich auf den Loch Broom hinaus.

»Welche Insel meinen Sie?«, fragte Isla.

»Na, die Insel Ihrer Familie. Es ist eine Privatinsel, ich weiß leider nichts Genaues darüber. Ich glaube, sie heißt ebenfalls Taigh-Mòr-Fraser, aber ich bin nicht sicher. Eilean-Taigh-Mòr-Fraser.«

Isla schüttelte verwirrt den Kopf. »Es gibt keine Privatinsel.«

»Doch.« Lynnette zog die Augenbrauen zusammen. »Zumindest gab es sie damals, als wir jung waren. Es kann natürlich sein, dass Ihre Familie sie inzwischen verkauft hat. Aber das hätten wir sicher mitbekommen. Schließlich wird immer ein großer Wirbel darum gemacht, wenn jemand eine Insel der Hebriden verkauft. Würde mich also wundern, wenn …«

»Dann ist es eine Insel der Hebriden? Der Inneren?«

Lynnette sah Isla skeptisch an. »Nein, der Äußeren, glaube ich. Aber das müssten Sie doch eigentlich wissen. Wer sind Sie noch gleich?«

»Ich bin Isla, die Nichte von Shelley. Mein Vater ist David Fraser«, erklärte Isla und überlegte, ob es eine solche Privatinsel, die ihrer Familie gehörte, tatsächlich gab. Aber dann hätte sie doch irgendwann davon gehört haben müssen.

»David war zwei Jahre älter als ich«, fuhr Lynette fort. »Ich hatte nicht viel mit ihm zu tun. Er war auch nur wenige Jahre auf unserer Schule, die Frasers waren recht altmodisch. Für Mädchen reichte es, wenn sie in Schottland ihren Abschluss machten. Die Jungs mussten natürlich nach Eton und Oxford oder Cambridge.«

»Wo genau soll diese Insel denn liegen?«, fragte Isla.

Lynnette zögerte. »Das weiß ich nicht.« Dann schien ihr doch noch etwas einzufallen. »Es ist eigenartig, dass Sie gar nichts davon wissen. Aber auch damals war es nicht allgemein bekannt. Um diese Insel wurde immer ein großes Geheimnis gemacht. Sie liegt weit draußen im Meer, und es ist schwierig, dort hinzugelangen. Das geht nur im

Sommer, bei gutem Wetter. Ich glaube, Shelley ist damals, kurz bevor sie nach Australien gegangen ist, zum ersten Mal dort hingefahren.«

»Und sonst wissen Sie nichts über diese Insel?«, fragte Isla noch einmal nach.

Lynnette schüttelte bedauernd den Kopf. »Aber wahrscheinlich ist sie auch gar nicht wichtig. Sie ist mir nur eingefallen, weil Shelley sie kurz vor ihrem überstürzten Aufbruch besucht hat. Es gibt dort bestimmt nur Vögel, Felsen und Gras.«

Isla bedankte sich bei Lynnette und machte sich auf den Rückweg zu ihrem Anwesen. Während sie die Shore Street entlangging, blies ihr der Wind ins Gesicht, und Möwen umkreisten sie, immer darauf aus, etwas Essbares zu finden. Als sie an den kleinen Holzhütten der Fährbetriebe vorbeikam, lehnte ein junger Mann an der Kaimauer und studierte etwas auf dem Klemmbrett, das er in der Hand hielt. Ein Pärchen in mittleren Jahren kaufte gerade Fahrkarten.

»Ben, hier sind noch zwei Fahrgäste, die morgen nach St. Kilda wollen. Passt das?«, rief der Mann hinter dem Fahrkartenschalter seinem Kollegen zu.

Der ließ jetzt sein Klemmbrett sinken und überlegte einen Moment lang, ehe er nickte. »Das geht, aber dann sind wir voll.«

St. Kilda gehörte zu der Inselgruppe der Äußeren Hebriden. Isla war nie selbst dort gewesen, aber sie wusste, dass diese Inseln bis in die 1930er-Jahre besiedelt gewesen waren. Heute hielten sich dort nur noch ein paar Wissenschaftler auf, und in den Sommermonaten arbeiteten einige Wildhüter und Archäologen auf Hirta, der Hauptinsel von

St. Kilda. Man konnte sie von Stornoway und Ullapool aus gut mit geführten Bootstouren erreichen, die regelmäßig angeboten wurden. Auch Jachten und größere Boote steuerten Hirta an. Allerdings war das Anlegemanöver für Fähren wie für private Wasserfahrzeuge bei rauer See gefährlich. Und irgendwo in ihrer Nähe musste die Privatinsel der Frasers liegen – falls es sie wirklich gab.

»Entschuldigung«, rief Isla und ging auf den jungen Mann zu, der nicht viel älter als sie selbst sein konnte. »Du fährst zu den Äußeren Hebriden?«

Der Mann schob sich den Bleistift hinter ein Ohr und nickte. »Unter anderem. Wo willst du denn hin?«

»Ich bin auf der Suche nach einer Insel, die in Privatbesitz sein soll«, begann sie, plötzlich unsicher. Was für eine dumme Idee, mit den wenigen Informationen, die sie besaß, auf den Mann zuzugehen.

Er sah sie abwartend an. Sein hellblondes Haar wehte im Wind. Die Haut war gebräunt, wie Isla es bei einem Bootsführer erwartete, der die meiste Zeit des Tages auf dem Wasser verbrachte. Seine blauen Augen leuchteten.

»Leider weiß ich nicht viel darüber, außer dass sie angeblich meiner Familie gehört. Den Frasers von Taigh-Mòr-Fraser.«

Der Mann wandte sich ab und sah einen Moment lang auf den Loch Broom hinaus, der ein paar Meilen weiter ins offene Meer überging. Er legte das Klemmbrett auf die Mauer und steckte die Hände in die Hosentaschen seiner hellblauen Jeans, zu der er ein weißes Leinenhemd trug, das im Wind flatterte. Ohne Isla anzusehen, sagte er: »Es gibt eine Insel, die heißt Eilean-Taigh-Mòr-Fraser. Sie war mal bewohnt, jetzt war aber schon seit Jahren niemand mehr dort, soweit ich weiß. Sie ist ziemlich schwer zu erreichen.«

»Tatsächlich?«, fragte Isla, erstaunt darüber, dass der junge Mann ihr gleich weiterhelfen konnte. »Und wo liegt diese Insel? Könntest du mich bei Gelegenheit mal dorthin bringen?«

»Sie liegt ganz weit draußen, auf Höhe von St. Kilda. Theoretisch könnte ich dich hinfahren, aber ich empfehle es nicht unbedingt. Ich müsste mich zuerst erkundigen, wo man da anlegen kann. Es kann gut sein, dass wir kurz vor der Insel wieder umkehren müssen, weil eine Landung doch nicht möglich ist.« Jetzt drehte er sich zu ihr. »Aber wenn sie deiner Familie gehört, müsste es doch in deiner Verwandtschaft jemanden geben, der genauer Bescheid weiß als ich und vermutlich sogar besser geeignet wäre, dich zur Insel rauszubringen. Man muss die Untiefen und Felsen kennen, sonst kann die Sache sehr gefährlich werden.«

Isla nickte nachdenklich. Seine Worte ergaben Sinn. Doch bislang hatte niemand, nicht einmal ihr Vater, diese Insel je erwähnt. Ohne Lynnette hätte Isla vielleicht nie von Eilean-Taigh-Mòr-Fraser erfahren. Sie ahnte, dass sie keine Antworten erhalten würde, wenn sie ihren Verwandten Fragen dazu stellte. Es war ihr zwar nicht klar, warum niemand darüber sprach, aber diese Insel schien tabu zu sein. Ähnlich wie Shelleys plötzlicher Aufbruch nach Australien.

»Wie kann ich dich erreichen?«, fragte sie den jungen Mann.

Er zog eine Visitenkarte aus der Gesäßtasche. »Hier steht meine Nummer drauf.«

Isla warf einen Blick auf die zerknickte Karte und steckte sie ein. »Danke.«

»Aber melde dich frühzeitig. Ich brauche ein paar Tage Vorbereitung, ehe wir losfahren können.«

Isla nickte und machte sich dann auf den Weg. Sie war skeptisch, ob die Überfahrt auf diese Insel wirklich ein guter Plan war. Denn was würde sie dort vorfinden außer der typisch kargen Hebriden-Landschaft, Vogelkolonien und ein paar eingefallenen Gebäuden wie auf den anderen nicht mehr bewohnten Hebriden-Inseln? Sie beschloss, zuerst in dem Herrenhaus Taigh-Mòr-Fraser nachzuschauen, ob es dort irgendwelche Hinweise auf diese mysteriöse Privatinsel gab. Möglicherweise war die ganze Sache ja viel weniger spektakulär, als es sich anhörte. Vielleicht hatte man früher gern Ausflüge zu der Insel gemacht, sie dann aber aufgegeben, als sich interessantere Freizeitziele ergaben.

Auf dem Heimweg suchte sie auf ihrem Handy nach Informationen zu einer Insel namens Eilean-Taigh-Mòr-Fraser. Ihr Herz schlug schneller, als sie tatsächlich eine Insel mit diesem Namen auf der Onlinekarte entdeckte. Leider waren die spärlichen Einträge dazu wenig aufschlussreich, sie erfuhr lediglich, dass die Insel seit 1920 nicht mehr bewohnt wurde. Es blieb unklar, wie viele Menschen dort gelebt hatten, und es gab auch keine Bilder davon oder Reiseberichte. Seltsam, dass in jüngster Zeit offenbar niemand dort angelegt hatte. Auf der Insel nisteten bestimmt seltene Vogelarten. Aber wenn das so war, hatte sie anscheinend noch niemand erforscht.

Als Isla gegen Mittag wieder in dem Anwesen Taigh-Mòr-Fraser ankam, machte sie sich sofort auf die Suche nach Unterlagen, die ihr etwas über diese Privatinsel verraten konnten. Nach kurzer Überlegung beschloss sie, im Arbeitszimmer ihres Großvaters zu beginnen, das schon Menschen aus vielen Generationen vor ihm als Büro gedient hatte. Sie betrat das Zimmer im Nordturm und sah sich darin um. In der Mitte des Raumes stand auf einem dicken Perserteppich ein alter, mit Leder bezogener Schreibtisch. An den Wänden waren Bücherregale angebracht. Neben Papierstapeln und Aktenordnern waren Lexika und Notizbücher, Fotoalben, Bildbände und Sachbücher darin aufbewahrt. Isla zog eine Lederbox heraus und klappte sie auf. Darin fanden sich alte Geschäftsbriefe aus der Mitte des 20. Jahrhunderts. Einen Moment lang überlegte sie, alle der Reihe nach durchzusehen, denn vielleicht wurde diese Insel darin erwähnt, doch sie schreckte vor der Menge der Dokumente zurück. Wahllos zog sie eine andere Box heraus und blies den Staub auf ihrem Deckel weg. Isla öffnete sie und starrte auf eine alte, brüchige Seekarte. Und gleich in der Mitte des Papierstücks, das nach oben gefaltet war, war tatsächlich eine Insel eingezeichnet – Eilean-Taigh-Mòr-Fraser.

Am nächsten Tag rief Isla ihren Vater an. Während sie dem Freizeichen lauschte, starrte sie aus dem Fenster in die karge Landschaft hinaus, die sich rund um Taigh-Mòr-Fraser ausbreitete. Der Garten des Herrenhauses lag hinter dem Gebäude, sodass sie vom Arbeitszimmer ihres Großvaters aus nur die Hügel der Highlands erkennen konnte. Als die Mailbox ansprang, legte sie frustriert auf. Seit zwei

Tagen versuchte sie, ihren Vater zu erreichen. Er musste doch gesehen haben, dass sie ihn angerufen hatte. Warum rief er nicht zurück? Sie wählte die Nummer ihrer Mutter, die sich nach kurzer Zeit meldete.

»Hallo, Isla«, begrüßte ihre Mutter sie. »Wie geht es dir?«

»Hi, Mum!« Isla berichtete ihr, dass sie gerade in Schottland war.

»Das weiß ich«, erwiderte ihre Mutter. »Don hat es uns erzählt.«

»Onkel Donald?«, fragte Isla überrascht.

»Ja. Ist er denn nicht bei dir auf Taigh-Mòr-Fraser? Es hörte sich an, als ob er ebenfalls in den Highlands wäre«, antwortete ihre Mutter, und Isla konnte im Hintergrund das Wiehern eines Pferdes hören.

»Nein.« Sie drehte sich um und setzte sich auf die Kissen, die in der Fensterbank lagen. »Vielleicht hat Mrs McDonald ihm am Telefon davon erzählt. Er kann doch im Augenblick nur schlecht aus London weg.«

»Es ist Sommer, Schätzchen, da macht auch das Unterhaus Urlaub.«

»Stimmt.« Isla besann sich darauf, dass es ja einen ganz anderen Grund für ihren Anruf gab. »Mum, ich versuche schon seit Tagen, Dad zu erreichen, aber er ruft mich einfach nicht zurück. Ist alles in Ordnung?«

»O ja«, flötete ihre Mutter. »Er hat nur immer schrecklich viel zu tun. Wenn du möchtest, sage ich ihm, dass er sich bei dir melden soll.«

»Danke.« Isla seufzte. »Du weißt auch nichts über Tante Shelley, oder? Dads und Donalds Schwester?«

»Shelley? Ach, den Namen habe ich ewig nicht mehr gehört. Sie ist in Australien, soviel ich weiß.«

»Ja, genau, und weil ich demnächst beruflich nach Australien fliegen will, dachte ich, dass ich sie ja vielleicht dort treffen kann. Ich finde nur einfach keine Kontaktdaten.«

»Das ist seltsam«, stimmte ihre Mutter ihr zu. »Es gibt bestimmt hier irgendwo eine Adresse von ihr. Ich kann nachher mal nachschauen, wenn ich wieder zu Hause bin. Ich bin gerade am Stall und versorge Poppy.«

Poppy war die über alles geliebte Stute ihrer Mutter. Isla wagte sogar zu behaupten, dass sie sie mehr liebte als ihre Tochter, aber sie behielt diese Vermutung sicherheitshalber für sich.

»Das würde mir sehr helfen«, sagte sie stattdessen und dachte zum ersten Mal darüber nach, dass Shelley und ihre Mutter sich ja eigentlich noch gekannt haben müssten. »Sag mal, hast du sie eigentlich persönlich kennengelernt, bevor sie ausgewandert ist?«

»Natürlich«, antwortete ihre Mutter. »... Guten Morgen, Erica!«

Isla wartete eine Weile, während sich ihre Mutter mit einer Frau namens Erica über eine Frau namens Nancy unterhielt. Nachdem der neueste Klatsch ausgetauscht war, wandte sie sich wieder an ihre Tochter. »Schätzchen, war's das? Poppy wird langsam unruhig.«

»Warte noch kurz. Ich hatte dich nach Shelley gefragt. Du kanntest sie also?«

»O ja, sie war einige Jahre jünger als Dave und Don. Als ich deinen Vater kennenlernte, war sie gerade in einer schwierigen pubertären Phase. Don hat sich kurz vor ihrer Abreise noch entsetzlich mit ihr gestritten.«

Isla dachte an ihren Onkel, der durchaus einschüchternd wirken konnte. Als langjähriges Mitglied der Torys im Unterhaus strahlte er eine gewisse Autorität und Härte aus und neigte dazu, keine andere Meinung als die eigene zuzulassen. Wenn das auch vor vierundzwanzig Jahren schon so gewesen war, konnte Isla sich gut vorstellen, dass er ihre Tante dadurch zur Weißglut gebracht hatte. »Weißt du, worum dieser Streit ging?«

Ihre Mutter zögerte. »Nein, eigentlich nicht mehr.«

Plötzlich hatte Isla das Gefühl, auf eine Spur gestoßen zu sein. Es war die Art, wie ihre Mutter geantwortet hatte. Isla kannte sie ihr ganzes Leben lang, und als ihre Tochter merkte sie es schnell, wenn Susan Fraser nicht ganz bei der Wahrheit blieb. Und dieser Moment war jetzt gekommen.

»Mum, was weißt du darüber?«

»Gar nichts«, antwortete ihre Mutter. »Ich glaube, es war irgendeine Familienangelegenheit. Das ging mich damals nichts an und heute genauso wenig. Deshalb habe ich mich nie weiter damit beschäftigt. So, Schätzchen, ich muss mich jetzt um Poppy kümmern, die scharrt schon ungeduldig mit den Hufen. Mach dir ein paar schöne Tage in den Highlands, und melde dich, wenn ich was für dich tun kann. Ich überweise dir gleich ein bisschen Geld, kauf dir was Schönes.« Es klickte, und ihre Mutter hatte aufgelegt.

Isla setzte sich quer in die breite Fensterbank und legte die Beine hoch. Während sie in die braungrüne Landschaft hinaussah, die sie immer wieder mit ihrer Weite und Schroffheit beeindruckte, dachte sie über das nach, was ihre Mutter eben gesagt hatte. Mehr und mehr bekam sie das Gefühl, dass etwas an dieser ganzen Geschichte mit ihrer Tante Shelley faul war. Als sie vor einem halben Jahr, es war während des gemeinsamen Essens am ersten Weihnachtstag gewesen, sie war gerade mit ihrem Studium fertig geworden, von ihrem Plan berichtet hatte, nach Shelley zu suchen, hatte sich die Atmosphäre plötzlich verändert. Es war deutlich zu spüren gewesen, und Isla wunderte sich, dass niemand den Elefanten bemerkte, der mitten im Esszimmer ihrer Großeltern zu stehen schien. Mit einem Mal waren alle schweigsam gewesen, niemand wollte über Shelley reden, weder ihr Vater noch ihr Onkel, nicht einmal ihre Großeltern. Angeblich hatten sie seit vielen Jahren nichts mehr von ihr gehört. Als Isla darauf beharrte, weiter nachzuforschen, hatte ihr Onkel sogar eine unterschwellige Drohung ausgesprochen. Damals hatte sie es abgetan, er hatte sich vermutlich nur seltsam ausgedrückt, aber inzwischen war sie überzeugt davon, dass da mehr sein musste. Immerhin war Donald einer der führenden Politiker des Landes und in der Lage, seine Anliegen klar und deutlich zu formulieren. Letzte Woche, als Isla ihn auf seine Schwester angesprochen hatte, war er kühl geblieben und ihren Fragen geschickt ausgewichen.

Isla beobachtete einen Schwarm Krähen, der über die Hügel flog. Und zum ersten Mal überlegte sie, ob es überhaupt stimmte, dass Shelley in Australien war. Was, wenn sie nie dort hingegangen war, sondern an einem Ort lebte, von dem niemand – warum auch immer – erfahren durfte? Ihr Onkel war früh in die Politik gegangen. Sicher war ihm schon damals klar gewesen, dass er und auch seine Familie eine blütenweiße Weste haben mussten. Wenn seine Schwester nun aber eine Straftat begangen hatte und vielleicht im Gefängnis saß? Das wäre eine Erklärung für Islas Fragen. Allerdings müsste Shelley dann längst wieder auf freiem Fuß sein, immerhin waren inzwischen vierundzwanzig Jahre vergangen. War ihre Tante eine Verbrecherin? Vielleicht sogar eine Mörderin? Dann war sie möglicherweise zu einer lebenslänglichen Strafe verurteilt worden. Isla stand entschlossen auf und begann zu recherchieren.

Sie suchte nach sämtlichen Justizvollzugsanstalten in der Gegend, schrieb die Gefängnisleitungen per Mail an und erklärte, dass sie die Nichte der Gesuchten sei. Dieses Detail war wichtig, denn die meisten Gefängnisse gaben Informationen über Häftlinge nur an die nächsten Angehörigen heraus. Isla verbrachte den gesamten Nachmittag damit, alle siebzehn schottischen Gefängnisse zu kontaktieren und nach ihrer Tante zu fragen. Doch schon während sie die Schreiben verschickte, hatte sie das dumpfe Gefühl, dass das nicht die Antwort auf ihre Fragen bringen würde.

Am nächsten Morgen hatte Isla sechs Mails von unterschiedlichen schottischen Gefängnissen erhalten. In keinem war eine Straftäterin namens Shelley Fraser inhaftiert, auch keine mit diesem Geburtsnamen. Natürlich könnte es sein, dass Islas Tante irgendwo in England im Gefängnis saß. Denn auch wenn die Frasers eine schottische Familie waren, lebte beispielsweise ihr Onkel Donald seit Jahrzehnten in England, und auch Shelley könnte natürlich irgendwo anders straffällig geworden und dann dort verhaftet worden sein. Aber sie war damals noch so jung gewesen, es war eher unwahrscheinlich, dass sie eine derart lange Strafe abbüßen musste. Dennoch war Isla überzeugt davon, dass irgendetwas an dieser Australiengeschichte merkwürdig war, und sie wollte herausfinden, was es war.

Gedankenverloren blätterte sie durch die Unterlagen in der alten Lederbox, unter denen sie gestern auch die Landkarte mit der Insel Taigh-Mòr-Fraser gefunden hatte. Diese Karte war alt, sie musste aus dem 19., vielleicht sogar 18. Jahrhundert stammen. Isla dachte an die Hebriden. Dort gab es einige berühmte Whisky-Destillerien. Ob ihre Vorfahren damit zu ihrem Vermögen gekommen waren? Seit Generationen gehörten die Frasers zu den reichsten schottischen Familien, allerdings waren sie nicht von Adel. Isla wusste nicht genau, womit ihre Vorfahren diese große Menge an Geld verdient hatten, das sie heute besaßen, und sie war sich nicht sicher, ob ihr Vater oder Großvater das wussten. Ihr war immer erzählt worden, dass die Frasers einst einfache Geschäftsleute gewesen waren, die durch kluge Investitionen reich wurden. Aber worin hatten sie wohl investiert? Und womit hatten die Frasers vorher Geschäfte gemacht?

Islas Neugierde war geweckt. Und auch wenn sie das nicht auf ihrer Suche nach Shelley weiterbrachte, blätterte sie nun durch die Unterlagen, die in der Box aufbewahrt worden waren. Es waren Rechnungen über Baumaterialien und Lebensmittel. Letztlich nichts besonders Interessantes. Isla wollte die Papiere gerade zurück in die Schachtel werfen, als sie stutzte. Ihr Herzschlag beschleunigte sich, als ihr Blick an der Lieferadresse der Rechnungen hängen blieb: Es war die Insel Eilean-Taigh-Mòr-Fraser auf den Äußeren Hebriden. All diese Materialien und Waren wurden also auf die Privatinsel geliefert, auf der auch ihre Tante Shelley kurz vor ihrer Auswanderung nach Australien gewesen war. Isla hatte das Gefühl, auf einen entscheidenden Hinweis gestoßen zu sein. Aufgeregt entfaltete sie die alten Dokumente und legte sie nebeneinander. Es waren Rechnungen über Unmengen von Stoffen und Laken, Geschirr und andere Haushaltsgegenstände, Holz, Nägel, Fensterglas und Fliesen. Isla kontrollierte noch einmal die Schreiben. Ja, dort stand eindeutig, dass alles zur Insel Eilean-Taigh-Mòr-Fraser geliefert werden sollte. Das ließ nur einen Schluss zu: Dort war offenbar ein großes Haus errichtet worden, denn bei der Menge an Baumaterialien konnte es sich kaum um eine Hütte oder einen Stall handeln. Es musste also tatsächlich eine Insel geben, die genauso hieß wie das Herrenhaus der Familie – allerdings mit dem schottischen Zusatz *Eilean* – und die irgendwo in der Nähe der Äußeren Hebriden lag, einer unwirtlichen Inselgruppe, die bei Sturm nur schwer zu erreichen war. Und auf dieser Insel stand offenbar ein imposantes Haus. Erst jetzt schaute Isla auf das Datum der Rechnungen. Sie stammten überwiegend aus den Jahren 1881 bis 1883. Danach war kein Baumaterial mehr dorthin geliefert worden. Stattdessen brachte man regelmäßig, zwei- bis dreimal im Jahr, größere Mengen an Lebensmitteln, Holz, Kerzen und Kohle dorthin. Vermutlich hatte Islas Familie zumindest einige Monate im Jahr auf dieser Insel gelebt. Aber warum hatte ihr bislang noch nie jemand von Eilean-Taigh-Mòr-Fraser erzählt? Wenn Lynnette nicht zufällig erwähnt hätte, dass Shelley kurz vor ihrem Abflug noch dort gewesen war, hätte Isla vermutlich nie davon erfahren.

Nachdenklich öffnete sie ihr Mailpostfach. Inzwischen hatten sich die Verwaltungen weiterer Gefängnisse gemeldet. Wenig überraschend teilten auch sie ihr mit, dass nie eine Frau mit dem Namen Shelley Fraser bei ihnen inhaftiert gewesen war. Nein, Isla stand entschlossen auf. Es war inzwischen Mittag geworden. Sie würde einen Spaziergang nach Ullapool machen und nach diesem Ben Harris suchen, dem Bootsführer, der ihr seine Visitenkarte gegeben hatte. Sie musste sich diese Insel anschauen. Vorsichtshalber nahm sie die alte Landkarte mit, die sie in eine Klarsichthülle schob und in eine Ledermappe aus einer der Schubladen ihres Großvaters steckte.

Dann machte sie sich auf den Weg in den kleinen Ort. Während ihr der Wind um die Ohren pfiff und dunkle Wolken über den Himmel zogen, kreisten ihre Gedanken die ganze Zeit um diese merkwürdige Insel und ihre Tante. Was konnte Shelley dort gewollt haben? Worum war es in diesem Streit mit Don gegangen? Eine Familienangelegenheit, hatte ihre Mutter gesagt. Hatte es mit der Insel zu tun gehabt? Vielleicht wollte auch Shelley herausfinden, was es mit Eilean-Taigh-Mòr-Fraser auf sich hatte. Ob auch damals nicht darüber gesprochen worden war? Vielleicht hatte Shelley ähnlich reagiert wie jetzt Isla und wollte zu dieser Insel hinausfahren, um sich selbst ein Bild zu machen. Und darüber hatte es dann Streit mit Donald gegeben? Aber warum? Das ergab alles keinen rechten Sinn.

Die Wolken jagten über den Himmel, was einen ständigen Wechsel von Sonne und Schatten verursachte. Isla kannte diese Wetterstimmungen sehr gut, es konnte sein, dass sie gleich einen Wolkenbruch erlebte und klatschnass in Ullapool ankam.

Aber nichts dergleichen geschah, kein einziger Tropfen fiel vom Himmel, und sie erreichte trockenen Fußes das Dorf, wo sie gleich zum Hafen hinunterging. Die beiden

Holzhäuschen, in denen man Fahrkarten für die kleinen Fähren kaufen konnte, waren geöffnet. Es schien jedoch recht ruhig zu sein, kein Kunde war zu sehen, stattdessen saßen zwei junge Männer auf der Hafenmauer und unterhielten sich. Als Isla näher kam, sah sie, dass einer von ihnen Ben Harris war.

»Hi«, sagte sie. »Ich war gestern schon mal hier und …«

»Ich weiß.« Ben nickte. »Du hast dich nach einer Insel bei den Äußeren Hebriden erkundigt.«

»Genau«, sagte Isla, die nicht damit gerechnet hatte, dass der junge Mann sich an sie erinnern konnte. Vom Kai klang das Geräusch einer Schleifsäge zu ihnen herüber, eine Schiffshupe war zu hören, Möwen schrien, und die Wellen schlugen laut gegen die Hafenmauer. »Ich möchte gern zu dieser Insel fahren. Sie heißt oder hieß mal Eilean-Taigh-Mòr-Fraser. Du sagtest gestern, du hast schon mal davon gehört.«

»Nein, da muss ich mich verhört haben«, erwiderte Ben und glitt von der Mauer. »Ich hab zu Hause noch mal nachgesehen. Es gibt keine solche Insel.«

»Aber ich bin mir inzwischen absolut sicher, dass sie existiert.« Isla sah ihn verwundert an. Gestern hatte er sehr überzeugt gewirkt, warum beharrte er jetzt darauf, dass es diese Insel nicht gab?

»Sorry, ich muss dich enttäuschen«, sagte er entschieden. »Ich kann dich leider nicht da hinbringen, denn ich wüsste ja nicht einmal, wohin ich fahren sollte. Was hältst du stattdessen von einer Tour nach Hirta? Eigentlich sollte heute eine stattfinden, aber das Wetter war zu unbeständig. Die Tour wurde auf nächste Woche verlegt, und durch die Verschiebung ist ein Platz frei geworden.«

»Ich habe eine Landkarte gefunden, auf der diese Insel eingetragen ist«, sagte Isla, ohne auf seine Bemerkung einzugehen. Sie holte die Ledermappe aus ihrer Umhängetasche und zog vorsichtig die Klarsichthülle heraus.

Ben schwieg einen Moment und starrte auf die Karte. Sein langes hellblondes Haar wehte im Wind, die Haut war sonnengebräunt. Sein Kiefer wirkte angespannt, die Stirn war in Falten gelegt. Nach einer Weile nickte er. »Sieht so aus, als hättest du diese Insel tatsächlich ausfindig gemacht.«

»Kannst du mich da hinbringen oder nicht? Sonst suche ich mir einen anderen Seemann.«

Wieder schien er zu überlegen. Dann sagte er zögernd: »Vierhundertfünfzig Pfund.«

»Okay«, sagte Isla, die wusste, dass das nicht zu teuer war für eine private Fahrt, auf die er niemanden sonst mitnehmen konnte. »Können wir morgen losfahren?«

Es wirkte, als unterdrückte er ein Seufzen, als er sein Handy aus der Tasche zog und den Wetterbericht überprüfte. Er nickte knapp. »Acht Uhr, dann kann ich am Nachmittag noch eine andere Tour übernehmen.«

ROSA

Schottland, Highlands, Loch Achall

Juli 1884

Rosas Vater strich sich über den Bart und betrachtete seine Tochter nachdenklich. Er hatte gerade sein Frühstück beendet und die Zeitung zusammengefaltet, die er immer währenddessen las. »Ich kann die jungen Männer nicht noch länger hinhalten. Außerdem muss ich bald wieder fort. Ich werde die Einladungen nun aussprechen und hoffe, dass du dir Mühe gibst.«

Seit beinahe drei Wochen waren Rosa und ihr Vater nun wieder auf Taigh-Mòr-Fraser. Natürlich hatten sich die Männer, die sie in Wales kennengelernt hatte, schon nach wenigen Tagen gemeldet und standen seitdem in Briefkontakt mit Rosas Vater.

Doch statt sich auf ihre Besuche zu freuen, schob Rosa sie immer weiter hinaus. Denn seit sie mit Archie im Turm gewesen war, hatte sie das Interesse an einer Heirat verloren. Nachdem sie die Aufzeichnungen ihres Vaters dort entdeckt hatte, wusste sie, dass sie ihr geliebtes Taigh-Mòr-Fraser nach ihrer Hochzeit würde verlassen müssen.

»Ich lade Edward Irving und Bertram Wood für den nächsten Montag und Dienstag ein, die anderen beiden dann ein paar Tage später.« Ihr Vater stand vom Frühstückstisch auf.

Rosa hielt mit der Teetasse in der Hand inne. »Daddy, wenn ich aber keinen von ihnen heiraten will – muss ich es dann trotzdem tun?«

Ihr Vater zögerte. »Das entscheide ich, wenn es so weit ist. Aber wieso solltest du keinen der vier jungen Herren heiraten wollen? Es sind alles sehr erfolgreiche Männer, mit gutem Ansehen und beträchtlichem Vermögen. Jede junge Frau wäre glücklich, wenn sie nur einen einzigen solchen Verehrer hätte. Aber du kannst dir den besten von vieren aussuchen. Ich bezweifle nicht, dass sich der perfekte Ehemann unter diesen Kandidaten befindet.«

Überhaupt sah Rosa ihren Vater seit diesem Tag im Turm mit anderen Augen. Es gab Momente, in denen sie ihre Neugierde verfluchte und ihr Vordringen in die geheimen Zimmer am liebsten ungeschehen machen würde. Doch dieser Wunsch hielt nur wenige Sekunden an, denn in Wahrheit wollte sie nicht mehr unwissend sein. So viele Jahre lang hatte sie ihren Vater bedingungslos geliebt, hatte ihm vertraut, nie in Zweifel gezogen, was er tat, und war davon ausgegangen, dass er nur das Beste für Rosa wollte. Doch nachdem sie seine Aufzeichnungen gelesen hatte, fühlte sie sich verraten und betrogen.

Rosa nickte betrübt und verließ das Frühstückszimmer hinter ihrem Vater, um nach Archie zu suchen. In der Küche traf sie auf Molly und Mable, die gerade durch die Hintertür hereingekommen waren.

»Was macht ihr denn hier? Wie schön, wollen wir …?«, begann sie, sobald sie ihre Freundinnen begrüßt hatte.

Doch Molly unterbrach sie: »Wir sind mit deinem Vater verabredet und müssen uns sputen, denn wir sind spät dran.«

»Komm, schnell!« Mable zog ihre Schwester in Richtung des Dienstbotenflurs, der hinter dem Ballsaal begann und zum Nordturm führte.

Rosa sah den beiden nach und spürte einen Stich in der Brust. Wie sehr hatte sie sich ein Leben lang Geschwister gewünscht! Und wenn Molly und Mable wirklich ihre Schwestern waren, wie es ihr Vater in seinen geheimen Schriften behauptete, hatte er sie alle drei belogen. Das war erschütternd und unbeschreiblich enttäuschend. Sie hatte mit ihren Freundinnen über das sprechen wollen, was sie und Archie im Turm gefunden hatten, aber Molly und Mable hatten es nicht zugelassen. Sobald Rosa auf ihren Vater zu sprechen kam, blockten sie ab oder mussten ganz dringend zu Mrs Jones zurück und ließen Rosa einfach stehen. Dafür hatten sie jetzt anscheinend Zeit, sich mit Rosas Vater zu treffen.

Rosa war erst seit wenigen Wochen aus Wales zurück, und alles schien anders zu sein als zuvor. Vor allem ihre Freundinnen hatten sich verändert, oder besser gesagt das Verhältnis zwischen Rosa und den Zwillingen. Und obwohl Rosa es nicht wollte, wurde sie zunehmend eifersüchtig auf die beiden. Denn tatsächlich verbrachte ihr Vater bei diesem Aufenthalt viel Zeit mit ihnen, und weder Mable und Molly noch er selbst wollten ihr hinterher erzählen, worüber sie gesprochen hatten.

Nur Archie war genauso wie immer, eine zuverlässige Komponente, was Rosa sehr zu schätzen wusste. Jetzt erkundigte sie sich bei Jameson nach ihrem Freund aus

Kindheitstagen. Der Butler saß an seinem Schreibtisch und sah auf, als Rosa den Kopf zur Tür hereinsteckte.

»Er ist in der Stiefelkammer«, antwortete Jameson und warf ihr einen ärgerlichen Blick zu, da er diese Störung offenbar wenig begrüßte. Er wagte es allerdings nicht mehr, Rosa zu sagen, dass sie Archie nicht von seiner Arbeit ablenken sollte, wie er es noch vor einem Jahr getan hatte. Rosa war inzwischen erwachsen geworden und nicht mehr das Mädchen, das der Butler liebevoll hätte tadeln können. Heute gehörte sie der Herrschaft an, und Jameson stand unter ihrem Befehl.

»Guten Morgen«, begrüßte Rosa ihren Freund, als sie die Stiefelkammer betrat. Dieser Raum war an drei Seiten mit Arbeitsflächen ausgestattet, und in der Mitte befand sich ein Tisch, auf dem gerade einige Paar Schuhe standen. Es roch nach Wachs, Talg, Harz und Öl, den Hauptbestandteilen von Schuhwichse. In dem kleinen Heizofen brannte ein Feuer, denn das Leder ließ sich besser pflegen, wenn die Temperatur bei mindestens zwanzig Grad lag. All diese Dinge wusste Rosa neuerdings von Archie, der diese Informationen von den anderen Dienstboten erhalten hatte.

Archie lächelte, als er Rosa sah. »Ich kann keine Pause machen, ich muss die Schuhe bis heute Mittag alle geputzt haben.« Er machte eine Kopfbewegung zu dem Tisch in der Mitte.

Rosa sprang auf eine der Arbeitsflächen und ließ ihre Beine baumeln. »Es ist alles so furchtbar.«

»Was meinst du?«

»Daddy besteht darauf, dass ich mich für einen der vier Heiratskandidaten entscheide, und lädt sie für nächste

Woche ein. Dann muss ich Taigh-Mòr-Fraser bestimmt bald verlassen und zu meinem Mann nach Wales oder London oder sonst wohin ziehen. Und Mable und Molly sind auch komisch geworden, sie haben mit Daddy zusammen Geheimnisse.« Rosa schluckte. Plötzlich brannten Tränen hinter ihren Lidern.

Archie rieb einen Moment lang schweigend über das Leder. Es beruhigte Rosa, die vertrauten Bewegungen ihres Freundes zu beobachten. Fasziniert starrte sie auf die Muskeln an seinen Armen, die sie unter den aufgekrempelten Ärmeln genau erkennen konnte und die sich, während er arbeitete, an- und entspannten. War Archie immer schon so kräftig gewesen? Plötzlich erregten Rosa diese Beobachtungen auf eine neue Weise. Zu gern hätte sie mit ihren Fingerspitzen die weiche Haut über Archies Muskeln ertastet. Da war wieder dieses Kribbeln, das sie seit ihrer Rückkehr immer wieder überkam, wenn sie in Archies Nähe war.

Nach einer Weile fragte er: »Hast du ihm gesagt, dass du nicht von hier fortwillst?«

Rosa nickte und zwang sich, ihre Gedanken von Archies Körper auf ihr eigentliches Problem zu lenken. »Es interessiert ihn nicht, glaube ich. Er tut es ab und sagt, wie viel Glück ich hätte, dass sich gleich vier Männer für mich interessieren.«

Archies Bewegungen wurden schneller und energischer. Sein Kiefer spannte sich an. »Wenn ich nicht ein Diener wäre, würde ich dir einen Antrag machen, und dann könnten wir beide für immer hierbleiben.«

»Das wäre wunderschön«, sagte Rosa leise, und Wärme breitete sich in ihr aus, während sie sich vorstellte, wie sie und Archie in einem der beiden Cottages am Fluss lebten, die zurzeit leer standen.

»Ja«, erwiderte Archie, ohne den Blick zu heben. Er bearbeitete weiter das Leder in seiner Hand.

Eine Weile schwiegen sie, dann sagte Rosa: »Ich werde dafür sorgen, dass du in meiner Nähe bist, wenn die Männer nächste Woche kommen. Dann kannst du mir bei der Auswahl helfen.«

Archie ließ den Schuh sinken und sah Rosa mit gequältem Ausdruck an. »Lieber nicht.«

»Bitte, ich kann so eine Entscheidung unmöglich allein treffen.«

Er nickte nur und putzte dann weiter. Und zum ersten Mal dachte Rosa, dass sie nie einen Mann so sehr würde lieben können, wie sie Archie liebte.

Edward Irving war der erste junge Herr, der auf Taigh-Mòr-Fraser empfangen wurde. Rosa konnte sich sehr gut an ihn erinnern, sie hatte ihn mehrmals auf Gesellschaften und Bällen in Wales getroffen. Jetzt saß er ihr im Salon gegenüber, ihr Vater neben ihm auf dem Sofa, und Archie stand stocksteif in seiner Dieneruniform neben der Tür. Nach wenigen einleitenden Worten hatte sich zwischen Rosas Vater und Mr Irving eine angeregte Diskussion über wissenschaftliche Themen der Chemie ergeben, von der Rosa kein Wort verstand. Archie und sie sahen sich an und mussten beide ein Gähnen unterdrücken. Wie gern hätte Rosa sich entschuldigt und, statt hier im Zimmer herumzusitzen, das schöne Sommerwetter draußen genossen. Denn auch wenn sie keine großen Erwartungen an das Treffen mit Edward Irving gehabt hatte, war sie doch davon ausgegangen, dass es mehr um sie selbst gehen würde und um eine mögliche Vermählung als um langweiliges Geschwätz. Doch von dem Moment an, in dem Mr Irving Rosas Vater gesehen hatte, schien er sie vollkommen vergessen zu haben. Nun redeten die beiden Männer seit fast einer Stunde ununterbrochen über irgendwelche wissenschaftlichen Erkenntnisse.

»Wenn Sie noch ein wenig Zeit aufbringen können, zeige ich Ihnen gern meine neuesten Forschungsergebnisse zu dem Thema«, sagte ihr Vater gerade. »Und ich kann Ihnen auch etwas ganz Spezielles vorstellen, aber das«, er sah sich verschwörerisch um, als sei das Zimmer voller Spione, »sollten wir unter vier Augen besprechen.«

»Mit dem größten Vergnügen.« Mr Irving strahlte. Dann schien ihm einzufallen, dass er ja ursprünglich aus einem ganz anderen Anlass gekommen war. »Das heißt, wenn Sie einverstanden sind, liebe Miss Fraser. Denn Sie sind natürlich der Grund meines Besuches, und ich würde nur ungern …«

»Papperlapapp!«, rief Rosas Vater. »Wenn wir uns einig werden, haben Sie ein Leben lang Zeit, sich Ihrer wunderschönen Frau zu widmen. Darling, du entschuldigst uns, nicht wahr?«

Und noch ehe Rosa etwas erwidern konnte, hatte ihr Vater Edward Irving schon von dem Sofa gezogen und zur Tür gedrängt. Im nächsten Moment waren Archie, Jameson und Rosa allein im Salon.

»Hm«, machte sie und starrte auf die Tür, hinter der die Herren verschwunden waren. »Und jetzt?«

Archie wagte es offenbar nicht, in Gegenwart des Butlers zu antworten. Unter Jamesons strengem Blick räumte er stumm die Teetassen auf das Tablett.

»Jameson, ich brauche Archie. Er muss mir helfen.« Rosa stand auf.

»Wobei brauchen Sie Hilfe, Miss?«, fragte der Butler mit einem tadelnden Blick, der wohl sagen sollte, dass er sie durchschaut hatte.

»Es ist eine heikle Angelegenheit, über die ich nicht sprechen kann«, erklärte Rosa so hoheitsvoll wie möglich.

Der Butler hob eine Augenbraue. »Ich bezweifle, dass ein männlicher Dienstbote Ihnen bei einer heiklen Angelegenheit helfen sollte, aber es steht mir nicht zu, Ihnen die Regeln zu erläutern.«

»Sehr richtig.« Rosa grinste und küsste Jameson auf die Wange. »Danke, Jameson.«

Der Butler konnte ein liebevolles Lächeln nicht unterdrücken, während er Rosa und Archie hinterhersah.

»Du bist der einzige Mensch, der diesen alten Brummbären um den Finger wickeln kann«, sagte Archie grinsend zu Rosa, während sie durch die Eingangshalle gingen. »Und ich glaube, das hier ist auch der einzige Haushalt in ganz Schottland, in dem die Tochter des Hauses so familiär mit dem Dienstpersonal verbunden ist.«

»Mag sein.« Rosa zuckte mit den Schultern und zog die schwere Eingangstür auf. Sofort schlug ihnen die Wärme des Sommertages entgegen. Doch sobald sie aus dem Schatten des Hauses getreten waren, wurde es angenehm, denn hier herrschte immer ein leichter Wind, der die Hitze erträglich machte. »Jameson ist wie mein Großvater für mich.«

»Lass ihn das nicht hören«, sagte Archie und lachte. »Ich glaube, dass er sich wohl eher als Vater sehen würde.«

Wenig später blieb Rosa erschrocken stehen und griff

nach Archies Arm. »Nicht hier entlang, da kommen wir am Arbeitszimmer vorbei, und wenn Dad uns sieht, schickt er dich bestimmt wieder hinein.«

»Was sind das denn für intime Angelegenheiten, die du mit mir besprechen willst?«, fragte Archie, während sie den Hügel hinter dem Gebäude hinaufstiegen.

Rosa ging um einen Ginsterbusch herum und ließ sich ins Gras fallen. »Über Mr Irving natürlich. Was sagst du?«

Archie setzte sich neben sie und blinzelte in die Sonne. »Er hat sich ja nur mit deinem Vater unterhalten. Aber wenn du es wissen willst: Ich mag ihn nicht besonders.«

»So?« Rosa wunderte sich nicht. Archie hatte seine Eifersucht auf die vier Männer ja schon im Vorfeld deutlich gemacht, was ihr schmeichelte, denn es zeigte, dass er in Rosa seine engste Vertraute sah, um deren Liebe er nun kämpfte.

»Er hat dich kaum beachtet, und es ist völlig klar, wie es in dieser Ehe aussehen würde. Er würde sich nur um alles andere kümmern und dich links liegen lassen.« Archie schüttelte den Kopf. »Wenn du meine Meinung wissen willst: Der kommt nicht infrage.«

»Aber vielleicht ist es ja gar nicht verkehrt, wenn er seine eigenen Interessen verfolgt und ich dann meinen Freiraum hätte«, überlegte Rosa und streckte die Beine aus.

»Du weißt nicht, ob er ihn dir auch wirklich lässt. Schließlich kann er von dir verlangen, dass du zu Hause bleibst und dort nur stickst oder andere langweilige Sachen machst.« Archie rupfte einen Grashalm aus.

»Warum sollte er das tun?«

»Weil er dich kontrollieren will.« Archie warf den Halm weg und stützte sich auf seine Ellbogen.

Rosa musste sich eingestehen, dass Archie nicht ganz unrecht hatte. Sie hatte in ihrer Zeit in Wales so einiges mitbekommen, und vor allem hatte sie gelernt, dass die meisten Frauen nicht die Freiheiten hatten, die für Rosa selbstverständlich waren. Auch den Umgang mit den Dienstboten empfand sie dort als ungewöhnlich. Ihre Tante hätte sich niemals so freundschaftlich mit einem Diener verbunden gezeigt wie Rosa mit Archie.

»Sag mal«, begann sie vorsichtig, denn seit Tagen quälten sie gewisse Überlegungen, die mit ihrer künftigen Ehe in Verbindung standen und mit den irritierenden Gefühlen, die sie regelmäßig überkamen, wenn sie in Archies Nähe war. »Ich frage mich, was genau von mir erwartet wird, wenn ich eine Ehefrau bin.«

»Was meinst du damit?« Archie sah sie von der Seite an, seine grünen Augen hatte er gegen das Sonnenlicht zusammengekniffen. Das dunkelblonde Haar schimmerte rötlich, Sommersprossen bedeckten sein Gesicht.

»Nun, was genau sind diese ehelichen Pflichten?«

Archie zog die Augenbrauen zusammen. »Du willst wissen, wie … nun, dazu kann ich … das ist …«

»Herrje, Archie!«, rief Rosa. »Warum sprichst du nicht deutlicher?«

Er errötete. »Ich kann dir doch nicht erklären, wie Kinder gemacht werden.«

»Warum nicht?«, fragte Rosa trotzig. »Niemand hat es bisher getan, aber alle erwarten, dass ich als Frau dann genau Bescheid weiß.«

»Das muss dein Ehemann dir beibringen, das sind wirklich intime Vorgänge.«

»Aber dir vertraue ich zehnmal mehr als meinem Ehemann, du bist mir doch viel näher.« Rosa veränderte ihre Position. Heute musste Vera ihr wegen Mr Irvings Besuch das Fischgrätenkorsett anziehen, das ihr jetzt unangenehm in die Rippen stach. Diese Dinger waren nicht dazu gemacht worden, sich darin auf den Boden zu setzen, weshalb sie meist darauf verzichtete. »Oder weißt du es etwa selbst nicht?«

»Na ja, ich habe nicht viel Ahnung davon, aber man bekommt so manches mit, wenn sich die Dienstboten unterhalten.« Er zögerte. »Auf jeden Fall gehört das Küssen zum Kindermachen dazu.«

»Ich küsse andauernd jemanden und bekomme dadurch noch lange kein Kind.«

»Nein, das geht dann noch einmal anders … Außerdem muss man sich auf den Mund küssen.«

»Und dann bekommt man ein Kind?« Das konnte Rosa sich nicht vorstellen.

»Nein, und jetzt hör auf, mich so zu bedrängen.«

Rosa dachte einen Moment lang nach. Es war verflixt, niemand wollte ihr eine genauere Auskunft darüber geben. Sie hatte ihre Mutter bereits danach gefragt und auch Vera, aber beide wollten ihr nicht antworten. Wenn selbst der verlässliche Archie sich weigerte, musste es eine komplizierte Sache sein.

»Können wir das Küssen auf den Mund einmal üben?«, fragte sie spontan. »Denn du bist der einzige Mensch auf der Welt, den ich gern auf den Mund küssen würde. Bei Mr Irving wäre es ekelhaft.« Sie verzog das Gesicht, als sie nur daran dachte.

»Ich weiß nicht«, sagte Archie ausweichend und sah sich verlegen um.

»Oder findest du das mit mir unangenehm?«, fragte sie vorsichtig.

»Nein, natürlich nicht. Auch ich würde dich gern auf den Mund küssen, nur weiß ich nicht, ob wir das dürfen.« Er betrachtete sie nachdenklich.

Rosa wedelte ein paar Fliegen weg, die um sie herumschwirrten, und rutschte näher zu ihm. »Bestimmt dürfen wir es, besonders wenn wir nicht um Erlaubnis fragen.« Sie kicherte.

Jetzt musste Archie ebenfalls lachen. »Na gut, dann probieren wir es mal. Aber ich habe das auch noch nie gemacht, daher kann ich nicht sagen, wie es geht.«

Rosa nickte aufgeregt. Dann beugte sie sich zu ihm und spitzte ihre Lippen. Archie kam ihr entgegen, und ihre Münder trafen sich in einer kurzen Berührung.

»Und?«, fragte Rosa. »Wie war das?«

»Gut«, sagte Archie und lächelte, »aber wenn meine Eltern es tun, dauert es länger. Die Lippen müssen einige Sekunden aufeinander liegen bleiben. Und es braucht auch mehr Bewegung.«

»Na gut, versuchen wir es noch mal. Es ist schließlich noch kein Meister vom Himmel gefallen. Wahrscheinlich muss man eine Weile üben, bevor man es kann.«

»Ich frage mich nur, woran wir merken, dass wir es richtig machen.«

Rosa nickte nachdenklich. Das war eine gute Frage, auf die sie keine Antwort wusste.

Archie hatte seine Augen geschlossen und näherte sich ihr wieder langsam und mit gespitztem Mund. Rosa folgte seinem Beispiel und schloss ebenfalls die Augen. Wieder trafen ihre Münder aufeinander, und dieses Mal verharrten sie eine Weile in dieser Position. Rosa konnte Archies Haut riechen, die nach Heu und Vanille duftete. Als sie ihre Lippen ganz zaghaft bewegten, breitete sich ein Gefühl tiefster Verbundenheit in Rosa aus. Zärtlich schlang sie ihre Arme um Archies Oberkörper, wodurch sie sich ihm noch näher fühlte. Und plötzlich kribbelte es in ihrem Bauch so sehr, wie sie es noch nie zuvor erlebt hatte.

»Und?« Archie löste sich von ihr, um sie zu betrachten. »Wie fandest du es?«

»Wunderschön«, gab Rosa leise zu. »Ich könnte das stundenlang machen.«

Archie lächelte sie liebevoll an. »Ich auch.«

»Dann sollten wir von jetzt an regelmäßig üben«, sagte Rosa und fuhr Archie zärtlich durch sein Haar. »Damit ich gut vorbereitet bin, wenn ich einmal heiraten muss.«

Rosa und Archie nahmen ihre neue Aufgabe sehr ernst. Jameson wurde ungeduldig, wenn der Diener auffällig lange fortblieb, aber Rosa sorgte jedes Mal für eine überzeugende Entschuldigung. Denn instinktiv wusste sie, dass das Küssenüben nicht als eine angemessene Beschäftigung für einen Diener durchgehen würde. Aber beide machten gute Fortschritte mit der Küsserei, wie sie es heimlich nannten, und Rosa stellte fest, dass es noch mehr Spaß machte, wenn sie ihre Zungen dabei verwendeten. Rosa wurde regelrecht abhängig von diesem Kribbeln, das ihr ein ganz neues Gefühl von Lebendigkeit vermittelte. Die Gedanken an diese Küsserei hielten sie nachts stundenlang wach. Und wenn sie Archies Gesicht vor sich sah, erwärmte sich ihr ganzer Körper, und irritierende Wünsche tauchten auf. Manchmal stellte sie sich vor, wie es wohl wäre, vollkommen unbekleidet zu sein, während sie diese himmlischen Küsse mit ihm tauschte. Sie seufzte leise in ihr Kopfkissen, wenn sie davon träumte, dass Archie ihren ganzen Körper mit seinen Lippen liebkoste, auch an ganz intimen Stellen. Dann begann ihr Unterleib zu brennen, und dieses neue Verlangen brachte sie schier um den Verstand.

Die Besuche der vier Heiratskandidaten waren jedoch ganz anders, als sie es sich vorgestellt hatte. Einer der Herren blieb bis zum Dinner im Arbeitszimmer ihres Vaters, speiste mit ihnen zusammen und verabschiedete sich dann flüchtig von Rosa, ganz konzentriert auf sein Gespräch mit ihrem Vater. Er wirkte geradezu entrückt, als er das Haus verließ, tief in Gedanken versunken.

Und auch Bertram Wood, der in Wales sehr aufmerksam und charmant zu Rosa gewesen war, schien nach wenigen Minuten in der Gesellschaft ihres Vaters Rosas Anwesenheit vollkommen vergessen zu haben. Mr Wood war anscheinend ein begeisterter Jäger, und ihr Vater offenbarte auch auf diesem Gebiet ein beachtliches Wissen, das Rosa bei ihm nicht vermutet hätte. Und so waren Mr Wood und er schon bald in einer Unterhaltung über die besten Waffen, Wildtiere und Jagdreviere vertieft. Der Besuch von Mr Irving vom Vortag schien sich im Wesentlichen zu wiederholen. Ebenso war es mit den beiden Herren, die am Freitag und Samstag der darauffolgenden Woche kamen. Mr Fletcher und Rosas Vater unterhielten sich über religiöse und philosophische Fragen, Mr Green interessierte sich wieder für wissenschaftliche Themen. Jeder der vier jungen Männer hing an George Frasers Lippen und hatte am Abend glänzende Augen. Rosa hörte, wie sie weitere

Treffen verabredeten, bei denen sie anscheinend gar keine Rolle mehr spielte.

»Das ist merkwürdig«, sagte Archie, als sie am Sonntagabend in einem Gästezimmer auf dem Bett lagen und eine Pause von der Küsserei machten. »Glaubst du, dass er einen Mann für dich aussucht, ohne dich zu befragen?«

Rosa zuckte mit den Schultern. »Nein, es scheint mir eher so, als hätten sie etwas Wichtigeres entdeckt und den eigentlichen Grund, der sie hierhergeführt hat, vergessen.«

»Was kann es denn Wichtigeres geben, als dich zu heiraten?«, fragte Archie. »Ich muss sagen, je mehr wir das Küssen üben, umso lieber würde *ich* dich heiraten.«

»Oh, Archie, das wäre mir das Allerliebste, wenn das nur möglich wäre.« Rosa stützte den Kopf auf eine Hand und sah ihn zärtlich an. Sie wollte Archie den ganzen Tag betrachten, in seinen Augen versinken, seine Stimme hören und seine Lippen auf ihren spüren.

Archie legte ihr schnell den Finger auf den Mund. »Nicht so laut.«

Rosa küsste seine Fingerspitze, was ihm ein Seufzen entlockte. Sie nahm seinen Arm und fuhr mit ihrem Mund an der Innenseite entlang. Dabei hauchte sie: »Die Dienstboten sind alle in ihren Zimmern, es ist schon spät. Und Daddy ist in seinem Büro, ich glaube, er reist bald wieder ab.«

»Trotzdem«, sagte Archie und schloss genießerisch die Augen, »es könnte jemand hier vorbeigehen, und ich glaube nicht, dass es deinem Vater gefallen würde, wenn er wüsste, was wir beide hier tun.«

»Möglich.« Rosa überlegte. Ihr Vater interessierte sich bei diesem Aufenthalt genauso wenig für sie wie die vier

Heiratskandidaten. Sie ließ Archies Arm los und rutschte etwas höher, sodass sie ihn ansehen konnte. »Er ist eigenartig geworden, findest du nicht? Sonst hat er sich viel mehr um mich gekümmert. Diesmal hat er kaum Zeit für mich.«

Archie legte die Stirn in Falten, dann schüttelte er den Kopf. »Ich glaube, du bist es, die sich verändert hat. Früher hast du an seinen Lippen gehangen wie die jungen Männer jetzt, aber du bist … erwachsener geworden. Du hast ihn nicht einmal nach seinen Abenteuern gefragt. Sonst hast du ihn kaum seinen Mantel ausziehen lassen, weil er dir schon von seinen Erlebnissen berichten sollte.«

Rosa dachte einen Moment lang darüber nach. »Ich glaube, es liegt an den Aufzeichnungen, die wir im Turm entdeckt haben. Seit ich sie gelesen habe, frage ich mich, was überhaupt von den Geschichten stimmt, die er erzählt. Ich verstehe einfach nicht, was er tut.«

»Das hast du vorher auch nicht«, gab Archie zu bedenken, während er mit seinem Zeigefinger an Rosas Schlüsselbein entlangstrich. Sie trug schon ihr Nachtgewand und darüber einen Morgenmantel, damit Vera denken sollte, sie schliefe bereits.

»Stimmt.« Rosa wünschte sich, Archie würde seine Hand etwas tiefer gleiten lassen. »Aber ich habe ja immer gedacht, er täte etwas immens Wichtiges, vielleicht für unsere Regierung oder so, aber die Aufzeichnungen sind so verwirrend.«

»Was hast du erwartet?«, fragte Archie und beugte sich zu ihr, um ihren Hals zu küssen. »Ich finde, er hat sehr genau aufgeschrieben, was er tut. Auch wenn wir es nicht verstehen.«

Einen Moment lang konnte Rosa nicht antworten, weil

Archies Lippen in ihren Nacken wanderten und sie das unglaublich aufregend fand. Ein leises Seufzen entfuhr ihr.

Davon ermutigt, wagte Archie sich etwas tiefer. Als sein heißer Atem den Ansatz ihrer Brüste traf, wurde das Kribbeln zu einem Brennen, das sich bis in ihren Unterleib ausbreitete. Archie ließ von ihr ab und sah sie mit einem Ausdruck an, den Rosa noch nie bei ihm gesehen hatte. Sein Blick hatte sich verdunkelt, sein Atem ging schneller. Ohne seine Augen von ihren zu lösen, tasteten sich seine Hände behutsam zu ihren Rundungen vor. Als er ganz zaghaft ihre Brust umschloss, stöhnte Rosa auf.

»Rosa«, krächzte Archie mit rauer Stimme.

Der Gedanke, dass sie es war, die Archie so sehr begehrte, erregte Rosa zusätzlich. Doch gerade als sie die Augen geschlossen hatte, ließ Archie von ihr ab.

Erschrocken sah sie ihn an. »Was ist los? Habe ich etwas falsch gemacht?« Hätte sie leidenschaftlicher sein müssen, ihn ihrerseits berühren sollen?

»Nein, du bist wundervoll«, seufzte Archie und brachte etwas Abstand zwischen sie beide. »Es ist nur … ich hätte mich um ein Haar vergessen. Wir dürfen nicht zu weit gehen, Rosa.«

Rosa war sich nicht ganz sicher, was dieses »zu weit« genau bedeuten sollte. Aber Archie wirkte so erschrocken, dass sie ihn lieber nicht danach fragen wollte.

»Wenn Molly und Mable nur etwas erzählen würden«, seufzte sie. »Es ist so ungerecht, dass mir niemand etwas verraten will.«

»Wenn dein Vater wieder weg ist, gehen wir noch einmal in den Turm«, sagte Archie entschlossen. »Aber jetzt sollten wir uns wieder dem Üben widmen.«

Am nächsten Morgen hatte Rosa gerade ihr Frühstück beendet, als ihr Vater ins Zimmer trat. Er lächelte, als er seine Tochter sah.

»Darling, ich muss mit dir sprechen.« Er ließ sich in den Stuhl am Kopf der Tafel fallen, und Jameson schenkte ihm Kaffee ein.

»Was die Männer betrifft, die in den letzten Tagen hier waren …« George Fraser faltete die Hände vor sich auf dem Tisch und hielt kurz inne, bevor er weitersprach. »Du wirst keinen von ihnen heiraten.«

»Was?« Rosa sah ihn erstaunt an. Auch wenn sie erleichtert war, irritierte sie diese Äußerung. Ihr Vater hatte sich doch so gut mit den vier jungen Herren verstanden. »Warum nicht?«

»Keiner dieser Männer passt zu dir«, erklärte er entschieden. »Und ich werde morgen abreisen.«

»Oh.« Rosa versuchte sich die widerstreitenden Gefühle nicht anmerken zu lassen, die diese Nachricht in ihr weckte. Zum ersten Mal in ihrem Leben war sie nicht vollkommen traurig darüber, dass ihr Vater wieder fortgehen würde. Sie wollte unbedingt wissen, was vor sich ging, und sehnte sich danach, erneut in den Turm schleichen zu können, um dort nach weiteren Aufzeichnungen zu suchen.

»Darf ich erfahren, warum du meinst, dass keiner der vier Kandidaten zu mir passt?«, fragte sie, während ihr Vater seinen Kaffee trank.

Er sah sie nachdenklich an. »Sie sind dir gegenüber nicht aufmerksam genug.«

Hatte ihr Vater die Männer etwa absichtlich in eine Unterhaltung verwickelt, um sie in dieser Hinsicht zu prüfen? Rosa biss sich auf die Unterlippe. Das war unwahrscheinlich, denn er hatte aufrichtig interessiert gewirkt. Ja, Rosa hatte den Eindruck gewonnen, als habe er in diesen jungen Herren jeweils einen Freund auf Lebenszeit gefunden. Und auch die Männer schienen überglücklich, als hätten sie jahrelang nach einem Gesprächspartner gesucht, wie sie ihn nun endlich in George Fraser gefunden hatten.

»Nun gut.« Rosas Vater stand auf und musterte sie eindringlich. Nach einer Weile sagte er: »Vielleicht solltest du mich demnächst bei meinen Reisen in den Süden begleiten.«

Rosa zuckte überrascht zusammen. Dann rief sie aufgeregt: »Daddy, das wäre großartig! Ich helfe dir bei deiner Arbeit, wenn du mir sagst, was ich tun soll ...«

»Nein, nein«, erwiderte ihr Vater, ohne seinen forschenden Blick von ihr abzuwenden. »Ich möchte, dass du dich weiter nach einem Ehemann umschaust.«

Rosa sackte enttäuscht in sich zusammen.

»Ich muss meine Reise vorbereiten. Bitte entschuldige mich, Darling.«

Sobald ihr Vater gegangen war, wandte Rosa sich an den Diener John, der neben der Tür stand. »Ich brauche Archie, kannst du ihn mir bitte hierherschicken?«

Wenig später stand ihr Freund im Frühstückszimmer und sah sie vorwurfsvoll an. »Du musst aufhören, mich öffentlich zu dir zu rufen. Die anderen Bediensteten machen sich schon lustig über mich.«

»Wieso, was sagen sie denn?«

»Dass wir ... *es* tun würden.«

»Was denn?«

»Kinder machen«, erklärte Archie mit einem unruhigen Blick zur Tür.

»Ich weiß ja nicht einmal, wie das geht«, sagte Rosa, was allerdings nicht mehr ganz stimmte. Denn durch ihre Fortschritte beim Küssen hatte sie inzwischen eine leise Ahnung davon bekommen. Auch wenn sie Archie noch nie unbekleidet gesehen hatte, waren ihre Küsse in den letzten Tagen immer drängender geworden, und Rosa hatte vor lauter Leidenschaft ihren Körper eng an Archies gedrückt. Dabei waren ihr gewisse anatomische Auffälligkeiten bei ihm offenbart worden, und ihr eigener Körper hatte ihr ziemlich deutlich gezeigt, wie er wünschte, weiter vorzugehen. Genauer gesagt, hatte sie eine Art Kitzeln, ja, beinahe Brennen an intimster Stelle gespürt und sich Archies anatomische Auffälligkeit genau dorthin gewünscht. Natürlich war ihr das viel zu peinlich gewesen, als dass sie es ihrem Freund verraten hätte, aber bald würde sie mit ihm darüber sprechen müssen. Und das schien ihr die einzige Möglichkeit zu sein, wie Kinder gemacht wurden, denn man redete doch von einer Vereinigung. Wie sonst sollte das vonstattengehen, wenn das Küssen allein nicht ausreichte?

»Nicht, dass ich mich darüber ärgere, nein, ehrlich gesagt, bin ich sogar stolz, wenn die anderen denken, dass du und ich verliebt seien«, sagte Archie, der errötet war, was Rosa sehr niedlich fand. Am liebsten hätte sie ihn auf der Stelle wild und ungestüm geküsst. Ja, es war richtig schwer für sie, sich zurückzuhalten. Doch die Gefahr, dass Jameson oder ein anderer Dienstbote ins Zimmer kam, war einfach zu groß.

»Aber Jameson fragt nach, und ich weiß nicht, wie lange er mich noch zu dir gehen lässt. Je mehr über uns geredet wird, umso unzufriedener wirkt er.«

»Ich werde mit ihm sprechen.« Rosa machte eine beschwichtigende Handbewegung. »Lass uns über Wichtigeres reden. Mein Vater wird morgen wieder wegfahren, und er hat angekündigt, dass ich ihn bald auf seinen Reisen in den Süden begleiten soll, um weiter nach einem Ehemann Ausschau zu halten.«

»Was ist mit den vier Männern, die hier waren?«

»Die passen alle nicht zu mir, sagt er.«

»Hm«, machte Archie, der genauso irritiert darüber zu sein schien wie Rosa. »Wir müssen unbedingt in seinen Büchern weiterlesen. Vielleicht erfahren wir dann mehr.«

Am nächsten Vormittag reiste Rosas Vater ab. Er umarmte sie in der Eingangshalle und wich ihrer Frage aus, wann er zurückkommen werde und für wann er seine Reise in den Süden plane, auf der sie ihn dann begleiten sollte. Das sei alles noch nicht gewiss, sagte er, und Rosa hatte den Eindruck, dass er sein Vorhaben, sie mitzunehmen, schon wieder verworfen hatte. An diesem Tag wagten sie und Archie sich noch nicht in den Nordturm, denn die Gefahr, dass ihr Vater etwas vergessen haben und noch einmal zurückkehren könnte, war zu groß. Auch wenn es bislang noch nie vorgekommen war, wollten sie das Risiko nicht eingehen. Sie geduldeten sich also bis zum nächsten Tag, als Archie seine Aufgaben erledigt hatte und sich gegen elf Uhr wegschleichen konnte. Sie trafen sich im Ballsaal und huschten von dort ins Treppenhaus des Turms.

»Hoffentlich liegt der Schlüssel noch immer da, wo wir ihn beim letzten Mal gefunden haben. Wenn Daddy aufgefallen ist, dass jemand im Turm war, hat er ihn bestimmt mitgenommen.« Rosa stieg mit klopfendem Herzen die Treppe hinauf.

»Aber er wirkte nicht skeptisch, oder? Ich glaube nicht, dass er etwas bemerkt hat, sonst hätte er dich bestimmt zur Rede gestellt. Schließlich wärst du dann doch die Hauptverdächtige, würde ich sagen.«

Rosa hatte inzwischen die Tür erreicht und ging in die Knie, um den Stein herauszuziehen, hinter dem sie den Schlüssel gefunden hatten. Wenn man wusste, welcher Stein es war, stach er ins Auge, denn er ragte ein wenig heraus. Jetzt wunderte sie sich, dass sie das Versteck nicht viel früher entdeckt hatte. Mit zitternden Fingern fuhr sie in das Loch und atmete erleichtert auf, als sie das kühle Metall an ihren Fingerspitzen spürte.

Wenig später standen sie im Turmzimmer. Ehrfurchtsvoll sah Rosa sich um. Es schien nicht viel verändert worden zu sein, sodass sie sich schon fragte, ob ihr Vater in den letzten Tagen überhaupt in dem Zimmer gewesen war. Schließlich hoffte sie auf neue Einträge, die mehr darüber verraten würden, was er vorhatte. Und gleichzeitig war da auch eine warnende Stimme in Rosas Kopf, die ihr zurief, lieber nicht weiter nachzuforschen, da die Antworten, die sie bekäme, ihr möglicherweise nicht gefallen würden.

»Ich schaue mal, ob er weitergeschrieben hat.« Archie ging zu dem Regal, in dem sie beim letzten Mal das Buch gefunden hatten.

Rosa kniete sich neben ihn und zog einen Band hervor, der ihr neu erschien. Sie schlug ihn auf und las:

12. April 1884. Eine sehr erfolgreiche Zeit liegt hinter mir. Konnte sechs Männer von meinem Projekt überzeugen. Ich habe sie in Zweiergruppen eingeteilt. Die Bootsfahrten kosten mich wertvolle Zeit, aber ich kann niemandem vertrauen. Ich muss es selbst erledigen und die Männer hierherfahren. Morgen kommen die ersten Interessenten hierher, und ich hoffe, alles läuft nach Plan.

29. Mai 1884. Unglaublich! Sechstausend Pfund von sechs Männern eingenommen! Ich bin erschöpft, aber glücklich. Ja, ich fühle mich göttlich. Allerdings kommt immer wieder die Frage nach dem Beweis auf. Ich muss die Zwillinge einbinden. Meine Frau teilte mir mit, dass es mehrere junge Männer gibt, die an meiner Tochter interessiert sind. Ich werde ihr Interesse umlenken und sie für meine Zwecke nutzen. Noch ein paar Tage Ruhe auf Eilean-Taigh-Mòr-Fraser, in meinem schönen Haus, allein mit den Geistern. Dann zurück nach Hause.

15. Juni 1884. Ich habe die jungen Männer alle von mir überzeugt, so einfach war es noch nie. Ich werde R. nun regelmäßig einspannen. Sie ist in den Diener Archie verliebt, die beiden glauben, ich merke es nicht. Jameson ist sehr besorgt, aber ich habe ihn beruhigt. Denn was kann mir Besseres passieren als eine Tochter, die nicht heiraten will, weil ihr Herz einem Dienstboten gehört? Sie ist schön, und reiche junge Männer lassen sich leicht mit ihr anwerben. Aber zunächst steht mir die unangenehme Aufgabe bevor, die Zwillinge vorzubereiten. Eine muss sterben, auch wenn es mir um sie leidtut. Habe sie ins Herz geschlossen, aber sie nützen mir nichts, solange sie beide am Leben sind.

Rosa ließ entsetzt das Buch fallen, als loderten Flammen daraus hervor. Dann schlug sie die Hand vor den Mund.

Archie hob es auf und starrte entgeistert auf die Zeilen. »Das ist bestimmt nicht so gemeint, wie es hier steht.«

»Aber wie meint er es dann?«, fragte Rosa. »Wovon redet er überhaupt? Was machen die jungen Männer auf der Insel, und für welche Zwecke will er Mable und Molly ... nutzen und ... töten?«

Ihr war eiskalt geworden. Ihre Stimme klang fremd in ihren Ohren. Sie nahm kaum wahr, wie Archie ihr den Arm um die Schultern legte und sie sanft zum nächsten Stuhl führte. Einen Moment lang saß sie schweigend da und versuchte, die Gedanken zu ordnen, die in ihrem Kopf kreisten.

Plötzlich schrak sie auf. »Wir müssen Molly und Mable warnen. Sie dürfen meinen Vater nicht begleiten ... O mein Gott!« Rosa sprang auf. »Meinst du, er hat sie schon mitgenommen?«

Auch auf Archies Gesicht zeigten sich Schrecken und Angst. »Ich weiß es nicht.«

»Wir müssen sofort nachsehen.« Rosa lief zur Tür. Rasch verschloss sie sie wieder und versteckte den Schlüssel. Dann hasteten sie die Treppe hinunter, durch den Ballsaal in die Eingangshalle und hinaus aus dem Herrenhaus, den Berg hinunter bis zum Fluss.

Archies Mutter stand im Garten ihres Hauses und sah ihnen aufmerksam entgegen. Doch sie beachteten sie gar nicht, sondern stürmten in den Garten von Mrs Jones. Rosa hämmerte an die Tür. Als jedoch niemand antwortete, drehte sie den Knauf und betrat das einfache Cottage.

»Hallo? Mrs Jones? Molly, Mable?«, rief sie laut.

Niemand war zu sehen, der große Kamin war gefegt, die Decke auf dem schmalen Sofa ordentlich zusammengelegt worden. Auf dem Kaminsims standen die Zinnkanne und die beiden hässlichen Porzellanfiguren von Mrs Jones.

»Was macht ihr denn hier?«, hörten sie plötzlich eine Stimme und drehten sich um. In der Eingangstür stand Archies Mutter und sah ihren Sohn und Rosa fragend an.

»Wir suchen nach Molly und Mable.« Rosa rang verzweifelt die Hände. »Wo ist Mrs Jones? Und wo sind die Zwillinge?«

»Aber wenn Sie das nicht wissen, Miss ...«, erwiderte Archies Mutter zögernd.

»Mutter, bitte ...« Archie griff nach ihrer Hand. »Was weißt du?«

»Gar nichts«, sagte sie irritiert. »Nur dass Mrs Jones gestern zu ihrer Schwester gefahren ist. Sie wird momentan nicht auf Taigh-Mòr-Fraser gebraucht, sagt sie, und wenn sich das ändert, wird Mr Fraser nach ihr rufen lassen.« Archies Mutter wandte sich an ihren Sohn. »Musst du denn nicht im Haus sein? Warum bist du hier? Weiß Jameson davon?«

»Mutter, es geht um Wichtigeres als den Butler und meine Arbeit. Wo sind die Zwillinge?«

»Das weiß ich nicht. Ich dachte, dass sie im Herrenhaus sind oder verreisen mussten. Vielleicht hat Mr Fraser die beiden ja mitgenommen. Gestern hat jedenfalls niemand hier im Cottage geschlafen.«

»Warum hast du das gedacht?«, wollte Archie wissen.

Seine Mutter zuckte unbehaglich mit den Schultern. »Ich weiß nicht. Mr Frasers Kutsche fuhr hier vorbei.«

»Wann haben Sie Molly und Mable denn zuletzt gesehen?«, fragte Rosa Archies Mutter.

»Vielleicht gestern Morgen? Oder am Abend zuvor?«

»Versuch, dich genauer zu erinnern«, bat Archie seine Mutter.

Mrs McDonald legte die Stirn in Falten. »Mrs Jones hat den Drei-Uhr-Zug genommen, da waren die Mädchen bestimmt schon fort. Aber was ist denn los? Stecken sie in Schwierigkeiten?«

Rosa und Archie wechselten einen besorgten Blick. Wenn das, was sie im Buch von Rosas Vater gelesen hatten, stimmte, so ungeheuerlich es auch war, dann steckten die Zwillinge in allergrößten Schwierigkeiten. Aber es war unmöglich, es konnte nicht stimmen. Wahrscheinlich handelte es sich nur um eine Abenteuergeschichte für Rosa. Ein Märchen, das sich ihr Vater ausgedacht hatte. Warum sollte er die beiden wirklich umbringen wollen? Noch dazu, wenn sie seine Töchter waren?

»Nein, wir sind nur auf der Suche nach ihnen, weil wir sie so lange nicht gesehen haben«, versuchte Archie seine Mutter zu beruhigen. Er wandte sich an Rosa. »Lass uns zum Haus zurückgehen.«

Sie verabschiedeten sich von Mrs McDonald, die ihnen besorgt nachblickte.

»Ich habe entsetzliche Angst um Molly und Mable«, sagte Rosa, als sie wenig später wieder den Hügel hinaufstiegen. »Ich begreife das alles nicht. Warum hat Daddy das geschrieben? Glaubst du, er würde ihnen wirklich etwas antun? Er ist doch der liebste Mensch auf der Welt.«

Archie sah sie zweifelnd an. »Ich glaube, wir haben uns in ihm getäuscht.«

»Aber er ist doch mein Vater!« Rosa brach ab, als ihr bewusst wurde, dass Archie gar nicht so unrecht hatte. Ihr Vater war immer so viel unterwegs gewesen, dass sie ihn tatsächlich kaum kannte. Wenn er auf Taigh-Mòr-Fraser war, dann immer nur für ein paar Tage oder wenige Wochen.

»Wenn er hier ist, spielt er uns etwas vor, das ist offensichtlich«, fuhr Archie fort. »Seine Abenteuergeschichten sind erfunden, zumindest zu einem großen Teil.«

»Das weißt du nicht«, entgegnete Rosa trotzig. »Vielleicht stimmt es ja, was er erzählt.«

Archie warf ihr mit hochgezogenen Augenbrauen einen skeptischen Blick zu. »Er kann sehr charmant sein, das hast du jetzt wieder sehen können. Wie er sich um jeden der jungen Männer gekümmert hat, auf vollkommen unterschiedliche Weise ... Nach wenigen Sätzen hat er schon erkannt, was deine Heiratskandidaten interessiert, und sich dann voll und ganz auf diese Themen eingelassen. Vermutlich hatten die Herren noch nie einen Gesprächspartner, der so aufmerksam und begeistert war. Aber das kann doch nicht echt sein, nicht einmal dein Vater kann so viele Interessen haben.«

»Was willst du damit sagen? Dass er ihnen etwas vorgemacht hat?«

Archie zuckte mit den Schultern.

Schweigend gingen sie weiter den Hügel hinauf. Rosa musste sich eingestehen, dass diese Worte vernünftig klagen. Solange sie denken konnte, hatte ihr Vater Menschen für sich eingenommen, weil er es verstand, auf jeden von ihnen voll und ganz einzugehen. Ob es sich um einen Dienstboten oder Duke handelte, George Fraser hatte in allen Gesellschaftsschichten Bewunderer. Auch Rosa selbst hatte ihn ihr Leben lang vergöttert.

Sie hielt inne. »Wie kann es sein, dass er so schreckliche Dinge schreibt? Dass er Molly und Mable töten will?«

»Ich begreife das auch nicht. Ich verstehe ja nicht einmal, worüber er da schreibt.«

»Es ist bestimmt nur eine Geschichte. Er kann diese Sätze nicht ernst gemeint haben.« Und doch lag so viel Wahrheit darin. Molly und Mable gab es ja wirklich, und wenn es sich um eine erfundene Geschichte handelte, warum enthielt sie dann Menschen wie die Zwillinge, die sie tatsächlich kannten? Verwirrt blieb Rosa stehen und sah sich um. Inzwischen lagen die Cottages am Fluss schon ganz weit unter ihnen. Nein, es musste irgendetwas an den Aufzeichnungen sein, das stimmte. Schließlich waren die beiden Mädchen tatsächlich verschwunden, und Rosa und Archie waren die Einzigen, die sie retten konnten, da sie offenbar auch die Einzigen waren, die in diesem Buch gelesen hatten.

»Wir müssen den Zwillingen helfen. Schließlich kennen wir die Aufzeichnungen meines Vaters, wir wissen, was er vorhat.« Aber Rosa konnte diesen Plan einfach nicht mit ihrem Vater in Verbindung bringen. Es war unmöglich. Ihr Vater war kein Mörder, der hilflose junge Mädchen tötete. Er war ihr Beschützer, ihr Held.

»Nur wie sollen wir ihnen helfen?«, fragte Archie. Er war stehen geblieben und hatte die Hände in die Hüften gestützt. »Sie sind fort. Wir wissen nicht einmal, wo wir nach ihnen suchen sollen.«

»Doch«, sagte Rosa und griff nach seinem Arm. »Da gibt es diese Insel, auf der das Haus steht. Sie heißt Eilean-Taigh-Mòr-Fraser.«

Arthur schüttelte skeptisch den Kopf. »Ich habe noch nie von einer solchen Insel gehört. Meinst du nicht, dass dein Vater sich das nur ausgedacht hat?«

»Warum sind Molly und Mable dann spurlos verschwunden? Alles, was er beschreibt, hat sich auf dieser Insel abgespielt. Dort haben ihn die Männer besucht, und dorthin will er die Zwillinge bringen. So hat er es notiert«, sagte Rosa, und ihr Herz klopfte schneller. Sie war überzeugt davon, dass es die Insel wirklich gab.

»Wo soll dieses Eilean-Taigh-Mòr-Fraser denn sein? Wir wissen ja gar nichts darüber.« Archie sah seine Freundin verzweifelt an.

Doch Rosa ging entschlossen weiter. »Wir müssen wieder in den Turm. Dort muss mehr darüber zu finden sein. Und wir sollten uns beeilen, denn wenn die Aufzeichnungen wahr sind, dann ist das Leben unserer Freundinnen in größter Gefahr.«

ISLA

Schottland, Highlands, Loch Achall und
Äußere Hebriden, Eilean-Taigh-Mòr-Fraser

Juni 2023

Isla stand früh auf, um pünktlich um acht Uhr am Hafen zu sein. Dort herrschte schon Hochbetrieb, gerade fuhr ein Kreuzfahrtschiff ein, auf den Fischerbooten wurde geputzt, und am Kai transportierten Arbeiter Waren hin und her. Isla hielt Ausschau nach Ben, konnte ihn aber nirgendwo entdecken. Also lehnte sie sich an die Mauer bei den Holzbuden, in denen die Fahrkarten verkauft wurden, die aber beide noch geschlossen waren. Eine Möwe ließ sich dicht neben Isla nieder und beäugte sie neugierig, auf der Suche nach etwas Essbaren.

Es wurde Viertel nach acht, und noch immer war nichts von Ben zu sehen. Um halb neun kam ein Mann, der die Holzhütten aufschloss. Isla ging zu ihm und fragte nach dem jungen Bootsführer.

»Hm, das sieht ihm gar nicht ähnlich«, sagte der Mann und zog sein Handy aus der Tasche. »Wenn er einen Termin hat, ist er normalerweise pünktlich. Sind Sie sicher, dass Sie sich nicht vertan haben und für einen anderen Tag verabredet sind?«

»Ganz sicher.« Isla bemühte sich, ihren Ärger nicht zu zeigen. Schließlich war sie nicht auf den Kopf gefallen und konnte sich eine Verabredung, die sie erst am gestrigen Tag getroffen hatte, sehr gut merken.

»Er geht nicht ans Telefon«, stellte der Mann nun fest und steckte sein Handy zurück in die Hosentasche. »Schauen Sie doch mal bei ihm vorbei, er wohnt gleich da drüben.« Er deutete in die entsprechende Richtung.

Isla nickte ihm zu und folgte dann der Straße, die am Hafen entlangführte. Die alten Cottages waren früher vermutlich Unterkünfte der Fischer gewesen. Ullapool hatte viele Jahrzehnte vom Fischfang gelebt, noch heute war er eine der wichtigsten Einnahmequellen. Die kleinen Häuser waren zwei Stockwerke hoch und wirkten von außen eher einfach. Die Gärten dahinter sahen größtenteils ungepflegt aus. Bei den wenigen Ferienwohnungen war der Rasen gemäht und die Fassade gestrichen. Doch das Besondere an den Cottages hier war eindeutig die Aussicht. Sie standen direkt am Wasser und blickten über den Loch Broom. Rechts und links erhoben sich die Berge, die den kleinen Ort und den See umgaben.

Bens Haus war das letzte in der Reihe, gleich an einem Wendekreis gelegen. Isla las seinen Namen an der Tür und klopfte laut an.

Nichts regte sich. Ob er überhaupt zu Hause war? Isla ging durch den kleinen Vorgarten zu einem der Fenster und spähte hinein. Sie erschrak, als sie direkt in Bens Gesicht sah. Im nächsten Moment hatte sie sich wieder gefangen und klopfte wütend gegen die Scheibe.

Er verzog das Gesicht und kam zur Haustür.

»Ich warte seit 8 Uhr auf dich, und jetzt ist es schon fast neun«, empfing sie ihn aufgebracht. »Was ist los?«

»Ich kann dich heute nicht fahren, ich bin krank«, antwortete Ben, die Hände in den Hosentaschen seiner Jeans, den Kopf hatte er zwischen den Schultern eingezogen. Wie eine Schildkröte, die sich verstecken wollte.

»Hättest du mir nicht Bescheid geben können? Ich bin echt früh aufgestanden und habe ewig am Hafen gewartet.«

»Sorry.« Er drehte sich um und ging wieder ins Haus hinein.

Isla sah ihm irritiert hinterher. Da er die Tür nicht geschlossen hatte, folgte sie ihm quer durch den Flur bis zur Küche. So einfach würde sie es ihm nicht machen. Überrascht blieb sie stehen, als sie den hellen Raum betrat. Eine Wand war komplett durch Glas ersetzt worden, was die kleine Küche deutlich größer wirken ließ. Hinter der Scheibe war ein erstaunlich gut gepflegter Garten zu sehen.

»Wow!«, stieß sie aus und biss sich gleich darauf auf die Zunge. Ihr Blick wanderte über die modernen Haushaltsgeräte und die Vintage-Möbel, die liebevoll hergerichtet worden waren.

Ben sah kurz zu ihr und füllte dann Wasser in den Kocher.

Isla war beeindruckt von der geschmackvoll eingerichteten Küche, die sauber und ordentlich wirkte. Sie überlegte, ob Ben wohl verheiratet war oder mit einer Freundin zusammenlebte, besann sich dann aber auf den Grund, warum sie hergekommen war.

»Du wirkst nicht besonders krank. Warum hast du mir keine Nachricht geschrieben oder angerufen?« Sie beobachtete, wie er einen Teebeutel in einen Becher warf.

»Ich hab doch schon gesagt, dass es mir leidtut.« Ben klang genervt.

»Und mehr fällt dir dazu nicht ein? Für wen arbeitest du? Was sagt dein Boss dazu, dass du so unzuverlässig bist?« Isla verschränkte die Arme. Sie stand mitten in der kleinen Küche.

»Ich bin mein eigener Chef. Und es kann doch mal vorkommen, dass man krank wird.« Er drehte sich nicht einmal zu ihr um, sondern sprach gegen die Wand.

»Ben ...« Isla wechselte den Ton, weil sie so anscheinend nicht weiterkam. Unaufgefordert setzte sie sich an den Tisch und nahm den Schal ab, den sie sich gegen den frischen Seewind um den Hals geschlungen hatte. »Es tut mir leid, dass ich so hartnäckig bin. Aber ich bin nach Ullapool gekommen, um etwas herauszufinden. Die Fahrt zu dieser Insel ist sehr wichtig für mich, und aus irgendeinem Grund scheinst du mich nicht dort hinbringen zu wollen.«

Er goss das kochende Wasser in die Teetasse und rührte umständlich mit einem Löffel darin herum.

Da er nicht antwortete, fuhr Isla einfach fort: »Traust du dir die Überfahrt nicht zu? Ist es das?«

»Unsinn!« Er wirbelte herum. »Natürlich kann ich da rausfahren. Ich bin einer der wenigen, die regelmäßig die Äußeren Hebriden ansteuern, und ich kann auf jeder Insel anlegen.«

Isla musste grinsen. Es war klar gewesen, dass sie ihn so packen konnte. Er musste ein guter Bootsführer sein, immerhin bot er auch die Fahrten nach Hirta an. »Was ist es dann? Wieso weigerst du dich plötzlich?«

Er seufzte und warf den Teebeutel in die weiße Porzellanspüle. »Ich habe dir doch gesagt, dass ich krank bin.«

»Okay.« Isla stand auf. Was konnte sie da schon erwidern, ohne hartherzig zu klingen? »Darf ich dann davon ausgehen, dass es dir morgen besser geht?«

Er zuckte mit den Schultern, während er zum Kühlschrank hinüberging und den Milchkanister herausholte.

»Verschieben wir es also auf morgen? Wieder 8 Uhr?«, fragte sie.

Ben nickte. »Von mir aus.«

Begeistert klang das nicht gerade, aber wenigstens hatte er es nicht strikt abgelehnt. Während Isla durch das kleine und geschmackvoll eingerichtete Cottage nach vorn zur Tür ging, überlegte sie, was wohl zwischen ihrem Telefonat und heute Morgen vorgefallen war, das Ben seine Meinung hatte ändern lassen.

Am nächsten Tag stand sie wieder um 8 Uhr vor den geschlossenen Holzhütten. Heute hatte sie einen prall gefüllten Rucksack dabei, in der Hoffnung, dass Ben genug Zeit haben würde und sie einige Stunden auf der Insel verbringen konnten. Allerdings war der Platz am Fährhafen noch verwaist. Isla atmete wütend ein. Doch in diesem Moment sah sie Ben aus der Richtung seines Cottage auf sie zukommen. Er verzog keine Miene, als er sie bemerkte, und schlenderte mit den Händen in den Taschen seiner Outdoorhose den Kai entlang.

»Guten Morgen!«, rief Isla fröhlich, denn sie hatte beschlossen, die Sache von gestern auf sich beruhen zu lassen.

»Morgen«, brummte er.

Isla seufzte. Wieder stellte sie fest, wie seltsam er sich verhielt. Als sie ihn vor ein paar Tagen am Hafen kennengelernt hatte, war er deutlich netter und verbindlicher gewesen. Bei ihrem Telefonat hatte er dann plötzlich behauptet, sich nicht mehr an diese Insel erinnern zu können. Dennoch hatte er den Auftrag angenommen. Weshalb wirkte er jetzt so, als wollte er sie gar nicht mehr fahren? Hatte sie irgendetwas falsch gemacht? Etwas Beleidigendes gesagt? Oder etwas unterlassen, was sie hätte tun sollen? Aber sie hatten sich ja kaum gesehen, daher war es ihr unerklärlich, was das gewesen sein könnte.

»Ist alles in Ordnung?«, fragte sie.

»Sicher«, sagte er in einem Ton, der ebenso gut das Gegenteil hätte ausdrücken können. Ohne ein weiteres Wort ging er zum Anlegesteg und sprang auf eins der Motorboote. Isla betrachtete skeptisch das kleine Gefährt mit dem Unterstand am Bug und dem Steuer hinten. Rundherum waren Sitzbretter angebracht, außerdem lagen drei quer über dem Deck. Isla schätzte, dass nicht mehr als zehn Leute mit diesem Boot transportiert werden konnten.

»Das ist es?«, fragte sie entsetzt. »Mit dem Ding willst du zu der Insel fahren?«

»Wenn ich uns umbringen wollte, ja«, antwortete Ben, ohne eine Miene zu verziehen. »Nein, das wäre zu gefährlich. Es braucht nur ein bisschen Wind aufzukommen, und wir wären in dieser Nussschale den Wellen vollkommen ausgeliefert. Wir nehmen die *Achall* da drüben.« Er machte eine Kopfbewegung zu einem Boot, das nur geringfügig größer war, wie Isla fand. Immerhin verfügte es über eine kleine Kajüte und ein Rettungsschlauchboot.

Ben hievte eine Plastikkiste von dem kleineren Boot und stieg wieder auf den Steg. Vor der *Achall* stellte er die Kiste ab und öffnete sie. »Bitte schön.«

Isla nahm eine Rettungsweste entgegen. Sie schluckte. Er schien es ernst zu meinen, diese Fahrt war keine gemütliche Hafenrundfahrt, sondern konnte tatsächlich abenteuerlich werden. Jetzt wunderte sie sich, dass sie in all den Sommerferien, die sie hier oben verbracht hatte, nie zu den Äußeren Hebriden hinausgefahren war. Dabei konnte sie sich durchaus an einige schöne Familienausflüge erinnern, die ihre Eltern damals mit ihr unternommen hatten. Wieso waren sie nie auf St. Kilda gewesen oder auf Eilean-Taigh-Mòr-Fraser – wenn es diese Insel tatsächlich gab, die angeblich ihrer Familie gehörte? Zweifel stiegen in ihr auf. Jagte sie doch nur einem Gespenst hinterher? Aber sie war überzeugt davon, dass ihre Familie ihr etwas verschwieg, und es musste mit dieser Insel zu tun haben.

»Anziehen!«, brachte Bens Stimme sie in die Wirklichkeit zurück. »Sonst kann ich dich nicht mitnehmen.«

»Okay.« Isla stellte ihren Rucksack ab, um in die dicke, leuchtend orangefarbene Weste zu schlüpfen.

Wenig später legten sie ab. Ben hatte Isla streng angewiesen, in der kleinen Kabine zu bleiben, in der er hinter dem Steuerrad stand. »Den meisten wird schlecht, wenn sie auf dem Schiff herumturnen. Solange du hier sitzen bleibst, könntest du Glück haben.«

»Ich bin noch nie seekrank geworden«, sagte Isla, die sich jedoch nicht daran erinnern konnte, jemals eine solche Bootsfahrt unternommen zu haben. Die Überfahrt auf der P&O-Fähre von Dover nach Calais war vermutlich nicht damit zu vergleichen.

Ben warf ihr stumm einen Blick zu, der deutlich machte, dass er ihr nicht glaubte. Isla fiel auf, wie gut er in diese Umgebung passte. Mit dem durchtrainierten Körper, an dem kein Gramm Fett zu viel zu sein schien, der gebräunten Haut und den hellblonden Haaren wäre er das perfekte Model für einen Outdoor-Katalog gewesen. Er war genau der Typ, auf den sie stehen würde, wenn sie ihn in London in einem Pub getroffen hätte.

»Es ist gutes Wetter angesagt, wir haben kaum Wind. Aber der Wellengang ist nicht zu unterschätzen, vor allem, wenn man es nicht gewohnt ist.«

»Bis zu welcher Windstärke kannst du da rausfahren?«, fragte Isla und klammerte sich an der Bank fest, auf der sie saß.

»Fünf«, sagte er, nahm seine Baseballkappe ab und strich sich mit dem Handrücken über die Stirn. »Aber das ist kein Vergnügen für die Passagiere. Den meisten ist dann auch in den vier Stunden, die sie auf der Insel bleiben können, noch speiübel. Deshalb sage ich die Fahrt schon bei Windstärke drei ab. Apropos, falls es bei dir zum Äußersten kommen sollte, benutze bitte einen der Pappbecher, die in der Kiste unter der Bank liegen.«

»Danke«, antwortete Isla möglichst souverän, doch sie musste sich eingestehen, dass ihr schon etwas flau im Magen war, obwohl sie noch im Hafen herumdümpelten. »Dir geht es aber wieder gut?«

»Klar«, er grinste, »wieso denn nicht?«

»Weil du gestern Morgen so schwach auf den Beinen warst, dass du unseren Trip nicht einmal absagen konntest.« Isla hatte zunehmend den Eindruck, dass er aus einem anderen Grund nicht am Hafen erschienen war, ganz bestimmt nicht wegen irgendeiner Krankheit.

»Ach so, ja, heute geht es mir deutlich besser«, antwortete er und ließ den Motor an. Wenig später hatte er die Leine gelöst und steuerte das kleine Boot vom Anlegesteg auf den Loch Broom hinaus. Nach etwa eineinhalb Meilen ging der See ins offene Meer über.

»Also, erzähl mir von dieser Insel, zu der wir gerade unterwegs sind. Es gibt erstaunlich wenig Informationen darüber«, sagte er, während sie in Richtung Harris fuhren. »Die gehört deiner Familie?«

Isla betrachtete ihn nachdenklich. Er hatte sich also über die Insel informiert. »Ich weiß leider auch nicht mehr darüber«, antwortete sie. »Ich bin nicht einmal sicher, ob sie überhaupt noch im Besitz der Frasers ist. Eigentlich suche ich nach meiner Tante Shelley. Sie war angeblich vor mehr als zwanzig Jahren auf Eilean-Taigh-Mòr-Fraser, ehe sie nach Australien ausgewandert ist. Und da ich nicht weiß, wo ich sonst anfangen soll, will ich mich zunächst auf dieser Insel umsehen.«

Ben legte die Stirn in Falten und konzentrierte sich wieder auf das Steuerrad. Irgendwann fragte er: »Und deine Familie? Was sagt die dazu?«

»Gar nichts«, seufzte Isla und bemühte sich, so ruhig wie möglich sitzen zu bleiben. Ihre leichte Übelkeit hatte sich verstärkt. Dabei waren hinter ihnen noch die Umrisse des Festlands zu erkennen. Die Wellen waren ziemlich hoch, wie sollte es erst auf der anderen Seite der Insel Lewis und Harris werden? Isla versuchte ihr Unwohlsein zu ignorieren und sich lieber mit ihren Nachforschungen zu beschäftigen. »Mein Vater und mein Onkel sind ziemlich verschlossen, wenn es um ihre Schwester geht. Ich glaube, sie haben sich mit ihr zerstritten, denn sie reden nie über Shelley. Und auch meine Großeltern behaupten felsenfest, dass sie keine Verbindung mehr zu ihr haben. Sie hat den Kontakt wohl völlig abgebrochen.«

»Und kurz vor ihrer Abreise war sie auf der Insel?« Ben erwartete offenbar keine Antwort auf seine Frage, denn er sprach sofort weiter: »Glaubst du, sie hat etwas dort entdeckt, was sie dazu gebracht hat, ihrer Familie den Rücken zu kehren?«

»Keine Ahnung«, antwortete Isla. »Es wäre immerhin eine Erklärung. Auch wenn ich mir nicht vorstellen kann, was das gewesen sein soll.«

Ben lehnte sich auf dem hohen Stuhl hinter dem Steuer zurück, der sehr unbequem aussah. »Wir werden es bald wissen.«

Nach gut zwei Stunden hatten sie die Insel Harris erreicht. Die meiste Zeit schwiegen sie, sodass Isla in Ruhe über die vielen offenen Fragen nachdenken konnte. Doch sobald sie die Inneren Hebriden hinter sich gelassen hatten, wurde die See rauer, und das winzige Boot schaukelte auf den hohen Wellen. Isla wurde übel, und sie war froh, dass sie nur ein Toastbrot und Tee gefrühstückt hatte. Aber es war eine Frage der Zeit, wie lange sie es noch bei sich behalten würde.

»Du siehst blass aus«, stellte Ben fest. »Die Becher sind direkt unter dir.«

Isla wollte sich lieber nicht bewegen, denn das würde es nur noch schlimmer machen. Genauso verhielt es sich mit dem Sprechen. Trotzdem fragte sie: »Ist es nicht viel zu stürmisch, um sicher auf die Insel zu gelangen?«

»Wir haben Windstärke eins, das ist gar nichts. Da habe ich schon viel schlimmere Stürme erlebt.« Er strich sich über die feuchte Stirn.

Auch Islas Haut war von der Gischt benetzt. Sie mochte sich nicht vorstellen, wie es bei Windstärke fünf sein musste.

Dann drosselte Ben den Motor und griff nach seinem Handy. »Das Problem ist, dass diese Insel nicht auf allen Karten verzeichnet ist. Ich würde mich nicht wundern, wenn sie nur aus einem einzelnen Felsen besteht, der aus dem Meer ragt.«

Isla widersprach ihm nicht, weil ihr schrecklich übel war. Aber sie war sich sicher, dass da mehr sein musste. Warum auch immer um diese Insel ein solches Geheimnis gemacht wurde – vor einhundertvierzig Jahren war dort ein großes Haus mit mehreren Schlafzimmern gebaut worden.

»Eigentlich müsste sie gleich zu sehen sein«, murmelte Ben.

Isla verfluchte die Seekrankheit, und sie fragte sich, wie sie bloß auf die Idee gekommen war, zu dieser Insel zu fahren. Zumal die Chancen, dort etwas zu entdecken, das ihr bei der Suche nach ihrer Tante weiterhelfen würde, sehr gering waren.

»Eilean-Taigh-Mòr-Fraser müsste eigentlich genau hier liegen.« Ben hatte den Motor gedrosselt, und Isla zwang sich, den Kopf zu heben, um die Umgebung mit Blicken abzusuchen. Erst jetzt fiel ihr auf, dass es plötzlich diesig geworden war. »Was ist mit dem Wetter los?«

»Seenebel«, erklärte Ben knapp.

Isla hatte schon von diesem Phänomen gehört, das entstand, wenn warme Luft auf kaltes Wasser traf. Aber sie hatte nicht damit gerechnet, ihm hier draußen zu begegnen.

»Was ist das da drüben?« Ben starrte konzentriert in die milchige Suppe hinaus.

Isla atmete einen Moment lang gegen die Übelkeit an, bevor sie es wagte, sich umzudrehen und seinem Blick durch die Scheiben des kleinen Steuerhauses zu folgen. Ein dunkler Schatten hob sich von dem undurchdringlichen Grau ab. Islas Herz schlug schneller. Das musste die Insel sein.

Ben sah prüfend auf sein Handy. »St. Kilda liegt einige Meilen weiter nördlich. Das hier kann nur Eilean-Taigh-Mòr-Fraser sein.« Er ließ wieder den Motor an, und dann tuckerte das kleine Boot langsam auf das Gebilde zu, von dem sie annahmen, dass es die Insel war, die sie suchten.

Isla war so aufgeregt, dass sie ihr Unwohlsein beinahe vergessen hätte. Aber nur beinahe, denn sobald das Boot wieder fuhr, verstärkte sich auch die Übelkeit wieder. Je näher sie an die Insel herankamen, umso deutlicher konnten sie ihre Umrisse erkennen. Felsen schälten sich aus dem Nebel, und bald waren sie sich sicher, dass es sich tatsächlich um Eilean-Taigh-Mòr-Fraser handelte.

»Ist es gefährlich, nah an die Felsen heranzufahren?«, fragte Isla, die an die Ausflugsschiffe denken musste, die ein ganzes Stück vor St. Kilda ankerten, um ihre Fahrgäste dann mit Schlauchbooten zum Anlegesteg zu bringen.

»Prinzipiell schon, aber wir haben ein flaches Boot, das müsste klappen.« Er wirkte dennoch plötzlich angespannt.

Isla betrachtete die kleine Insel, die vor ihnen immer deutlicher sichtbar wurde. Die Felswände waren auf dieser Seite so steil, dass man hier unmöglich anlanden und hinaufsteigen konnte. Allein beim Anblick der spitzen Steine und rauen Klippen wurde ihr noch schlechter. Ben lenkte das Boot geschickt am Rand der Felsen entlang. Manchmal fuhren sie so langsam, dass Isla meinte, sie hätten erneut angehalten, aber er manövrierte sie nur durch enge Stellen, an denen unter Wasser gefährliche Untiefen zu erkennen waren. Erst jetzt stellte Isla fest, was für ein guter Steuermann er war. Er musste schon viele Jahre Erfahrung haben. Und ohne dass sie es wollte, fühlte sie sich von dem jungen Bootskapitän angezogen. Sie schüttelte ärgerlich den Kopf, was die Übelkeit sofort wieder stärker werden ließ.

Die Form der Küste veränderte sich, je weiter sie um die Insel herumfuhren. Geröllfelder tauchten auf, hinter denen Felswände lagen. Isla konnte keine Stelle entdecken, die auch nur annähernd dazu geeignet gewesen wäre, an Land zu gehen, es sei denn, man hätte eine professionelle Kletterausrüstung dabei und die nötige Erfahrung, was beides auf Isla nicht zutraf. Ben steuerte das kleine Boot weiter so dicht wie möglich am Ufer entlang. Als sie um einen Felsvorsprung bogen, erkannten sie sanft zum Wasser abfallende grüne Wiesen. Allerdings endeten sie einige Meter über dem Meer an einer steilen Felskante.

»Da vorn könnte es gehen.« Ben machte eine Kopfbewegung zu einem kleinen Stück Steinstrand, der tatsächlich einigermaßen zugänglich schien. »Ich glaube nicht, dass wir noch eine bessere Stelle finden.«

»Warte mal.« Isla deutete auf ein Schild, das an diesem Uferabschnitt aufgestellt worden war. Es wirkte sehr alt, und durch die salzgeschwängerte Luft war es ganz verwittert. Jedenfalls konnte man seine Aufschrift vom Boot aus nicht entziffern.

»Ich bringe uns so nah ran wie möglich. Traust du dir zu, durchs Wasser zu waten, oder soll ich das Schlauchboot hinunterlassen?«

Isla betrachtete kritisch das Meer, das wenig einladend wirkte. Die Wellen schlugen erschreckend hoch gegen die

Felsen. »Es kommt darauf an, wie nah wir es ans Ufer schaffen.«

Geschickt steuerte Ben das Schiff in Richtung des schmalen Steinstrands. »Näher geht es nicht.« Er verließ das Ruderhaus und lehnte sich über den Bootsrand. »Das ist zu gefährlich. Wir nehmen lieber das Schlauchboot.«

Isla nickte erleichtert, sie war nicht gerade erpicht darauf, den restlichen Tag in feuchten Klamotten herumlaufen zu müssen. Gespannt sah sie dabei zu, wie Ben das kleine Boot zu Wasser ließ, das am Heck vertäut gewesen war. Immer wieder warf sie einen Blick zur Insel hinüber, die in Nebel eingehüllt war. Ein Wunder, dass sie Eilean-Taigh-Mòr-Fraser überhaupt gefunden hatten.

»Okay, nimm alles mit, was du da drüben brauchst«, sagte Ben und winkte sie zu sich.

»Kommst du denn nicht mit?«, fragte sie erschrocken.

Er verdrehte die Augen und grinste. »Doch, natürlich. Allein würdest du wahrscheinlich gar nicht erst auf der Insel ankommen.«

Isla ärgerte sich über seine Selbstgefälligkeit, sagte aber nichts dazu. Schließlich war sie vollkommen von ihm abhängig. Vorsichtig kletterte sie in das Beiboot, was ihr mit ihrer immer noch starken Seekrankheit nicht gerade leichtfiel. Wenig später saß Ben ihr gegenüber und griff nach den beiden Rudern.

Wieder musste Isla ihre gesamte Konzentration aufbringen, um ihren Mageninhalt bei sich zu behalten, weshalb sie die Insel nicht so genau betrachten konnte, wie sie es eigentlich vorgehabt hatte. Aber bei dem dichten Nebel war sowieso nicht allzu viel zu erkennen.

Wenige Minuten später hatten sie das Ufer erreicht und

stiegen aus dem Schlauchboot. Ben zog das Gefährt über die Steine bis zu einer Stelle, wo die Wellen es nicht erreichen konnten.

»Hier ist auf jeden Fall mal eine Art Weg gewesen«, stellte er fest, während er den schmalen Pfad betrachtete. Dann wandte er sich dem Schild zu, das sie schon vom Wasser aus gesehen hatten. Die Farbe war komplett abgeblättert, aber aus der Nähe konnten sie die Inschrift entziffern. Ben las laut vor: »Betreten verboten. Lebensgefahr! Sprengfallen. Privatbesitz. Jedes Eindringen wird zur Anzeige gebracht.«

»Um Himmels willen!« Isla ließ sich auf den Steinstrand sinken und atmete tief durch, um die Übelkeit zu vertreiben. »Glaubst du, die haben hier wirklich Sprengsätze deponiert?«

»Nein.« Ben starrte grimmig auf das alte Schild. »Das dürfen die gar nicht. Und überhaupt – gehört das alles nicht deiner Familie?«

Isla beantwortete die Frage nicht, weil sie keine Antwort wusste und sich lieber auf ihre Atmung konzentrierte, in der Hoffnung, sich endlich besser zu fühlen. In den nächsten Minuten erfüllte sich dieser Wunsch jedoch nicht. Sie blieb reglos auf den Steinen sitzen und hatte das Gefühl, der Boden würde immer noch unter ihr schwanken.

»Okay, ich will dich ja nicht drängen, aber ich habe keine Zeit, stundenlang auf dieser Felseninsel herumzuhängen. Wenn du hier irgendetwas nachschauen willst, dann solltest du es jetzt tun, damit wir bald wieder zurückfahren können.«

»Wie lange hast du denn Zeit?«, fragte Isla, während sie versuchte aufzustehen, was sich als mühsamer erwies, als sie gedacht hatte.

»Keine Ahnung. Aber wir sollten zurück sein, bevor es dunkel wird.« Er sah prüfend auf die Uhr. »Ich will spätestens in zwei Stunden wieder losfahren.«

»Okay.« Isla hatte sich inzwischen aufgerappelt. Diese verdammte Übelkeit wollte einfach nicht verschwinden. Dabei war die Zeit hier kostbar, auch wenn zwei Stunden sicher genügen würden. Schließlich war die Insel nicht besonders groß, und Isla konnte fast davon ausgehen, dass sie zwischen diesen einsamen Felsen nichts Interessantes finden würde. Also streckte sie sich und versuchte sich selbst einzureden, dass es ihr schon deutlich besser ging. »Kommst du mit?«

Ben schüttelte den Kopf. »Ich ruhe mich ein bisschen aus und lege mich hier aufs Ohr.«

Isla konnte es ihm nicht verdenken, immerhin hatte er stundenlang konzentriert das Schiff gesteuert und Ausschau gehalten. »Alles klar, ich werde bestimmt nicht lange brauchen.«

»Denk dran, in zwei Stunden müssen wir wieder los.« Er stieg ein Stück den Berg hoch, wo er sich ins Gras fallen ließ.

Isla öffnete den Reißverschluss ihrer Windjacke, die sie auf See gut hatte brauchen können. Und auch hier draußen war es erstaunlich frisch, dafür dass gerade Juni war und eher sommerliche Temperaturen herrschten. Die Insel wirkte unwirtlich. Ihre Klippen und Hügel waren mit grünem Gras bewachsen, doch weder ein Baum noch ein Strauch wuchsen darauf. Dafür waren die Felsen von Papageientauchern und Basstölpeln bevölkert. Noch nie hatte Isla so viele dieser Vögel auf einem Flecken gesehen. Nach wenigen Schritten den steilen Pfad hinauf blieb sie erschöpft stehen. Wie lange hielt diese blöde Seekrankheit denn noch an? Es musste doch langsam besser werden, inzwischen war sie seit fast zwanzig Minuten an Land. Nur ihr eiserner Wille brachte sie dazu, weiterzugehen. Schließlich wollte sie unbedingt herausfinden, ob es hier irgendwelche Hinweise auf ihre Familie und Shelley gab. Dabei hätte sie sich am liebsten einfach auf einen flachen Felsen gelegt und gewartet, bis ihr nicht mehr schlecht war.

Es kam ihr wie eine Ewigkeit vor, bis sie den steilen Berg endlich erklommen hatte. Auf dem Gipfel blieb sie stehen und stützte atemlos ihre Hände auf die Oberschenkel. Hier oben, abseits des Meeres, hatte der Nebel nachgelassen. Mit vornübergebeugtem Körper wartete sie, bis die Welle der Übelkeit wieder abgeklungen war. Erst dann sah sie sich um und hielt inne. Da war etwas. Etwa eine halbe Meile von ihr entfernt, hinter einer kleinen Senke, befand sich ein Gebäude. Es wirkte irgendwie fehl am Platz hier auf der Insel, Wind und Stürmen ausgesetzt. Aber es schien erstaunlich gut gepflegt zu sein, wenn sie es mit den Häusern auf Hirta verglich, die vollkommen verfallen waren. Islas Blick schweifte über das große Loch, das in der Mitte der Insel klaffte. Es musste sich um einen Steinbruch handeln, aus dem die Ziegel für dieses Haus geschlagen worden waren. Sie betrachtete wieder das Anwesen auf der anderen Seite der Senke. Es bestand aus groben Steinen und war mit seinen zwei Etagen um einiges größer, als man es auf einer einsamen Insel erwartet hätte. Sein lang gestreckter Flügel hatte bodentiefe Fenster, die jedoch mit Holzbrettern zugenagelt worden waren. Isla dachte an die Bilder, die sie von der St.-Kilda-Insel Hirta kannte. Nachdem Hirta zweitausend Jahre lang bewohnt gewesen war, hatten ihre

Bewohner 1930 um Evakuierung gebeten, weil das Leben auf der Insel zu mühselig geworden war. Die Einwohnerzahl hatte sich nach dem Ersten Weltkrieg drastisch reduziert, und eine vernünftige medizinische Versorgung konnte nicht gewährleistet werden, sodass Menschen an Krankheiten starben, die auf dem Festland längst heilbar waren. Nach der Evakuierung waren die Häuser auf Hirta schnell verfallen, nur ihre Außenmauern erinnerten noch daran, dass einst Menschen dort gelebt hatten. Obwohl der *National Trust for Scotland* einige dieser Häuser restauriert und Museen auf der Insel eingerichtet hatte, schien sich die Natur rasch alles zurückzuerobern.

Dieses Anwesen hier auf Eilean-Taigh-Mòr-Fraser hingegen wirkte, als wäre es bis vor Kurzem noch bewohnt gewesen. Oder lebte etwa noch immer jemand darin? Hatte Islas Familie die Insel vielleicht verkauft, und es gab einen neuen Eigentümer? Dann hielt Isla sich tatsächlich widerrechtlich hier auf. Aber hätte es nicht auch einen Kaufvertrag in den Unterlagen geben müssen, die sie gefunden hatte?

Isla beschloss, im Notfall einfach zu behaupten, dass sie der Meinung gewesen sei, diese Insel gehöre den Frasers, und dass sie sich deshalb dazu berechtigt fühle, sich hier aufzuhalten. Außerdem hatten sie und Ben bei ihrer Inselumrundung kein anderes Boot gesehen. Es war also unwahrscheinlich, dass sich noch jemand auf Eilean-Taigh-Mòr-Fraser befand. Plötzlich war Islas Übelkeit verschwunden und ihr Forschergeist geweckt. Entschlossen machte sie sich wieder auf den Weg und kletterte vorsichtig den Abhang hinunter zu dem Steinbruch. Wenigstens war es nicht mehr neblig. Obwohl ihr der Abstieg nicht richtig steil vorkam, war er schwierig zu bewältigen, denn es gab keinen ausgetretenen Weg, und das Geröll bot immer wieder Stolperfallen. Isla gab acht, während sie am Rand des Steinbruchs entlangbalancierte. Der Geruch von Fisch und Algen lag in der Luft. Je näher sie an das Haus herankam, umso unheimlicher wirkte es. Es war nicht einmal halb so groß wie Taigh-Mòr-Fraser, aber deutlich größer als die alten *Black Houses* der Hebriden oder die Gebäude, die Hirtas Bewohner zurückgelassen hatten. Isla kletterte über eine niedrige Mauer, die an mehreren Stellen eingestürzt war und einmal den Garten umgeben haben musste. Jetzt ragte das düstere Anwesen direkt vor ihr auf, kaum fünfzig Meter entfernt. Isla blieb stehen und unterdrückte den Drang, auf dem Absatz kehrtzumachen und schleunigst zum Boot zurückzulaufen. Das Haus schien jedoch nicht bewohnt zu sein. Der Putz blätterte zwar an vielen Stellen ab, doch die zugenagelten Fenster wirkten alle intakt. Auch die Verandatür, die Isla von hier aus sehen konnte, war mit Brettern verschlossen worden. Vorsichtig ging sie näher an das Gebäude heran.

Plötzlich stieß sie gegen einen dicken Stein und stolperte. Er war mit Moos und Gras bewachsen, und als sie ihn näher betrachtete, stutzte sie. Seine Form wirkte seltsam. Er schien auf irgendeine Weise bearbeitet worden zu sein und war nicht so scharfkantig wie die Felsen, die hier überall herumlagen. Neugierig zupfte Isla das Moos beiseite und befreite den Findling von Gras und Flechten. Würmer, Maden und Asseln wimmelten umher. Überrascht stellte sie fest, dass eine Inschrift in den Stein gemeißelt worden war, nicht professionell von einem Steinmetz, sondern eher, wie sie Jugendliche in Parkbänke ritzten, um sich ihre ewige Liebe zu gestehen.

Isla kniff die Augen zusammen, um die Buchstaben zu entziffern. Erschrocken atmete sie ein, als sie den Namen las: »Shelley«

Ungläubig starrte sie auf die verwitterte Schrift. War das ein Zufall? Von allen Namen, die es gab, war ausgerechnet der ihrer Tante in den Stein gemeißelt. Shelley war angeblich kurz vor ihrem Abflug nach Australien auf dieser Insel gewesen – hatte sie sich vielleicht hier verewigt, weil sie eine Spur hinterlassen wollte? Oder war sie mit einem Freund hergekommen, von dem sie sich kurz darauf verabschieden musste? Hatte er diese Buchstaben in den Stein geritzt als Andenken an ihre letzten gemeinsamen Stunden?

Isla betrachtete noch einmal den Findling, der sie an einen Grabstein erinnerte, obwohl die typischen Jahreszahlen fehlten. Oder hatte diese Inschrift gar nichts mit ihrer Tante zu tun, sondern war eine Erinnerung an eine ganz andere Frau oder gar ein Haustier, das hier begraben worden war? Vielleicht war ja der Haushund der Frasers während eines ihrer Aufenthalte auf der Insel gestorben. Isla schüttelte den Kopf. Es wäre schon sehr bizarr, wenn die Frasers ihre Tochter nach einer Hündin benannt hätten oder umgekehrt. Sie richtete sich wieder auf und warf einen letzten Blick auf den Stein, ehe sie weiter in Richtung Haus ging.

Bald erreichte sie eine ebene Fläche und schob mit ihren Schuhen die Farne, Gräser und das Moos beiseite, bis Steinplatten darunter zum Vorschein kamen, die vermutlich einmal eine Terrasse gebildet hatten. Vorsichtig stieg sie über die Pflanzen, ging bis zur Hauswand und versuchte, durch die Fenster zu spähen. Aber durch die schmalen Ritzen der Holzbretter ließ sich nichts erkennen. Isla überprüfte, wie stabil die morschen Latten befestigt waren. Sie dachte an das Schild unten am Steg und überlegte kurz, ob hier Sprengfallen ausgelegt sein könnten. Selbst wenn es keine gab, deutete schon ihre Ankündigung darauf hin, dass die Besitzer dieser Insel skrupellose, merkwürdige Menschen waren. Würden ihr Großvater, ihr Vater oder ihr Onkel wohl so ein Schild aufstellen? Noch vor wenigen Tagen hätte sie diese Frage mit einem überzeugten Nein beantwortet. Aber jetzt? Irgendetwas wurde ihr verschwiegen, worüber weder ihre Eltern noch die anderen Familienangehörigen bereit waren zu sprechen.

Isla ging um das Unkraut herum zur Hausecke. Auch auf der hinteren Seite des Anwesens gab es nichts als mit Brettern verbarrikadierte Fenster. Kurz darauf war sie am Haupteingang angelangt. Hier schien früher einmal ein Weg entlanggeführt zu haben, den Isla gut erkennen konnte. Vielleicht blieb ihr später noch etwas Zeit, ihm zu folgen, doch zuerst wollte sie das Herrenhaus erkunden, um herauszufinden, weshalb ein solches Geheimnis darum gemacht wurde.

Isla trat zu der schlichten Eingangstür. Das Holz war gesplittert und aufgequollen, schien seine Funktion aber noch immer zu erfüllen. Wieder überlegte sie, dass irgendjemand dieses Anwesen pflegen musste, denn wenn es seit Jahren sich selbst überlassen wäre, würde man es ihm noch viel deutlicher ansehen. Die Häuser von Hirta waren innerhalb weniger Jahre eingefallen, nachdem ihre Bewohner sie verlassen hatten, und inzwischen standen nur noch die Grundmauern. Isla rüttelte an der Tür, aber sie war verschlossen. Was hatte sie auch anderes erwartet bei einem

Haus auf einer Insel, die angeblich mit Sprengfallen versehen war?

Isla zögerte. Wenn diese Insel nicht ihrer Familie gehörte, wäre es Einbruch, wenn sie sich ohne Erlaubnis Zugang zu diesem Herrenhaus verschaffte. Andererseits war die Gefahr, erwischt zu werden, sehr gering. Es wäre schon ein großer Zufall, wenn ausgerechnet jetzt jemand hier auftauchen würde. Und vermutlich war ihre Tante in diesem Haus gewesen, bevor sie endgültig das Land verlassen hatte. Außerdem hatte Isla diese anstrengende Überfahrt nicht auf sich genommen, um dann unverrichteter Dinge wieder nach Hause zu fahren. Nein, sie würde alles untersuchen, was es zu untersuchen gab. Und dafür musste sie in dieses Gebäude eindringen.

Sie dachte noch darüber nach, ob sie besser auf der Rückseite oder doch lieber vorn versuchen sollte, die Bretter an einem der Fenster zu entfernen und dann die Scheibe einzuschlagen, als ihre Finger in ihrer Sommerjacke etwas Schweres ertasteten. Es war der Schlüsselbund von Taigh-Mòr-Fraser, den sie heute Morgen eingesteckt hatte. Neben dem Haustürschlüssel hingen noch einige weitere an dem Eisenring, einer davon passte zu den Türen der Dienstbotenkammern, wie sie wusste. Von den anderen Schlüsseln war vermutlich niemandem mehr klar, zu welchem Schloss sie gehörten. Und auch wenn Isla nicht damit rechnete, Glück zu haben, probierte sie die Schlüssel nun nacheinander an dem Türschloss aus. Gleich der zweite passte.

Isla hielt vor Aufregung die Luft an, als er sich drehen ließ.

»Hey!«

Sie fuhr herum.

Ben kam um die Hausecke. »Was machst du da?«

Isla atmete tief durch. Sie hatte sich so sehr darauf konzentriert, ins Haus zu gelangen, dass sie den jungen Bootsführer ganz vergessen hatte. »Ich gehe ins Haus. Was machst du denn hier? Du wolltest dich doch ausruhen.«

»Es ist verdammt unbequem auf dem Hügel, und da dachte ich mir, ich helfe dir beim Suchen, wonach auch immer, damit wir schnell wieder von hier wegkommen.« Er stützte die Hände in die Hüften. »Wow! Was für ein riesiger Kasten! Ich hatte keine Ahnung, dass auf dieser kleinen Insel ein so großes Gebäude steht.«

»Ich auch nicht, aber es scheint wirklich meiner Familie zu gehören, denn ich habe einen Schlüssel dafür.« Sie hielt demonstrativ den Schlüsselbund in die Höhe.

Ben schüttelte überrascht den Kopf. »Okay, dann lass uns mal reingehen.«

Die Scharniere quietschten laut, das verzogene Holz schrammte über den Boden, und nur mit Mühe gelang es ihnen, die Tür aufzuziehen. Modriger Geruch schlug ihnen entgegen. Isla tastete an der Wand nach einem Lichtschalter, aber es war keiner zu finden.

»Vermutlich wurde hier nie Strom verlegt«, überlegte sie laut.

»Ja, es hat sich bestimmt keiner die Mühe gemacht. Wahrscheinlich war es eher ein Ferienhaus für die langen und warmen Tage im Sommer. Aber jetzt scheint schon ewig niemand mehr hier zu wohnen.« Ben scharrte mit seiner Trekkingschuhspitze in dem Staub, der sich auf dem Boden ausgebreitet hatte.

Isla zog ihr Handy aus der Tasche, um den Raum zu beleuchten. Im schwachen Schein ihrer Lampe konnte sie eine erstaunlich große Eingangshalle erkennen, die sich über die gesamte Breite des Hauses erstreckte. Links und rechts sah sie zugenagelte Fenster, und überall standen Stühle, was darauf hindeutete, dass der Raum früher auch als Wohnzimmer genutzt worden war. Seitlich führte eine Steintreppe nach oben, darunter gab es einen geräumigen Kamin, in dem eine große Ladung Sand lag. Direkt gegenüber gingen drei Türen ab.

Im Licht ihres Handys ging Isla auf diese Türen zu. Sie öffnete zunächst die rechte und fand sich in einem schmalen Korridor wieder, der an zwei fensterlosen Kammern vorbei zu einer kleinen Küche führte. Ein schwerer Kohleherd füllte diesen Raum beinahe zur Hälfte aus. Darauf hatten die Menschen früher gekocht, allerdings gab es auf der Insel bestimmt keine Kohlen und auch nicht genügend Holz. Isla hatte keinen einzigen Baum auf ihrem Weg hierher entdeckt. Das Brennmaterial mussten die Bewohner also vom Festland mitgebracht haben. Isla hob die Eisenplatte vom Herd und entdeckte einen Haufen Kohlen darin. Sie öffnete den Küchenschrank, auf dem eine dicke Staubschicht lag. Er war mit Tellern, Tassen und Gläsern bestückt, die eher praktisch als geschmackvoll wirkten. Isla stutzte, als sie ihre geringe Anzahl bemerkte. Vielleicht gab es ja noch einen anderen Schrank, in dem weiteres Geschirr aufbewahrt wurde. Denn wenn man die Größe des Hauses bedachte, schien die Küchenausstattung nicht gerade üppig zu sein. Ein kleiner Tisch mit drei Stühlen ergänzte die Einrichtung, und eine Hintertür führte ins Freie.

»Und?«, fragte Ben, der ihr gefolgt war. »Hast du schon irgendwas gefunden?«

»Ich … keine Ahnung …« Isla hob ratlos die Hände. »Das Ganze hier überfordert mich.«

»Weil das Haus so groß ist oder warum?«

Isla schüttelte den Kopf. »Nein. Ich hatte einfach keine Ahnung davon, dass es dieses Anwesen gibt. Meine Eltern haben mir mein ganzes Leben lang nichts davon erzählt. Aber warum? Hier muss irgendwas passiert sein, das sie mir verschweigen wollten.«

Ben zog nachdenklich die Stirn in Falten. »Hast du mal darüber nachgedacht, ob dein Vater dich vielleicht mit dieser Insel überraschen will?«

Isla sah ihn erstaunt an und schüttelte den Kopf. »Ganz bestimmt nicht. Er ist nicht der Typ für so was. Wie kommst du darauf?«

Er zögerte, und einen Moment lang hatte Isla den Eindruck, dass er ihr etwas verschwieg, doch dann zuckte er nur mit den Schultern.

Isla ging zurück in den Flur. Ganz kurz hatte sie gedacht, Ben würde ihren Vater kennen, aber das war natürlich Unsinn. Im Schein ihrer Taschenlampe tastete sie sich wieder in die Eingangshalle und versuchte, eine Erklärung für das Geheimnis des Hauses zu finden. Aber sosehr sie sich auch bemühte, sie fand keine.

In der Halle wandte Isla sich der mittleren Tür zu. Sie knarrte laut, als sie sie öffnete. Staubkörnchen tanzten im Licht der Handylampe.

»Was siehst du?«, fragte Ben, der Isla gefolgt war.

»Ich bin nicht sicher.« Sie leuchtete die Wände ab. »Hier scheint ein weiterer Flur zu sein. Er ist um einiges breiter als der zur Küche.«

Ehe sie diesen Flur betraten, leuchtete Isla noch in das

dritte Zimmer hinein, das von der Eingangshalle abging. Es handelte sich offenbar um ein Arbeitszimmer mit einem Schreibtisch, einer abgenutzten Sitzgarnitur, einigen Stühlen und ein paar Regalen an den Wänden. Isla schüttelte verwirrt den Kopf. Ein Arbeitszimmer hatte sie in diesem Anwesen nicht erwartet, das sie ja eher als Sommerhaus eingeordnet hatte.

Der Flur in der Mitte führte zu einer zweiten Tür, die Isla nun vorsichtig öffnete.

Sie betrat den großen Raum und sah sich um. Schwaches Tageslicht sickerte durch die Ritzen der Holzbretter vor den Fenstern.

»Das scheint eine Art Ballsaal gewesen zu sein«, sagte Ben, während er zu einigen Stühlen ging, die vor einem verstaubten Podest standen.

»Stimmt, aber warum haben sie ein Podest hier hingestellt?« Isla dachte einen Moment lang nach. Das alles war merkwürdig. Einerseits wirkte das Haus mit seinen unverputzten Wänden, der spärlichen Küchenausstattung und der schmucklosen Einrichtung schlicht und unauffällig. Andererseits gab es überall Stühle, als wären viele Menschen hier zu Besuch gewesen. »Es könnte eine Art Theaterbühne sein.«

»Meinst du?« Ben trat näher an das Podest heran. »Aber ein Theater auf dieser einsamen Insel aufzuziehen, kommt mir etwas umständlich vor. Dann müsste man ja alle Zuschauer und auch die Schauspieler extra hierherfahren.«

Isla ging weiter durch den großen Raum, der auf zwei Seiten mit bodentiefen Fenstern ausgestattet war und offenbar zu der Terrasse hinausführte, die sie bei ihrer Ankunft schon entdeckt hatte. Links von ihnen befand sich eine Tür, die Isla jetzt öffnete. In dem länglichen Zimmer dahinter standen einige Tische mit verschiedenen staubbedeckten Glasgefäßen und Kolben. Es wirkte wie eine Art wissenschaftliches Labor.

Isla ging zurück in den Saal.

»Was auch immer meine Familie in diesem Haus getan hat – sie haben es mit Sicherheit nicht nur als Ferienunterkunft genutzt.«

Ben war inzwischen die zwei Stufen auf das hölzerne Podest hinaufgestiegen, das etwa fünf Meter breit und ebenso lang war. Gerade als er die Plattform betrat, brach das Material, und er sackte knietief ein.

»Verdammt«, schimpfte Ben. »Was ist das denn?«

Isla kam ihm zu Hilfe und zog ihn aus dem Loch heraus. Dann wagten sie sich beide wieder näher heran und leuchteten mit ihren Lampen hinein. Vorsichtig steckte Isla den Arm aus und ertastete steinerne Stufen. »Unter dem Podest geht es offenbar in eine Art unterirdische Kammer.« Sie zog den Arm wieder heraus.

Ben spähte in das Loch. »Und die Treppe war mit einer versteckten Falltür verschlossen, die anscheinend morsch geworden ist.«

»Lass uns das Holz wegschaffen, dann können wir uns dieses Verlies genauer ansehen«, sagte Isla entschlossen.

Plötzlich war sie sich sicher, gefunden zu haben, wonach sie gesucht hatte.

ROSA

Schottland, Highlands, Loch Achall

Juli 1884

Rosa brauchte fast einen halben Tag, um die geheimen Zimmer im Turm zu durchsuchen, aber die Mappe und die Hefte, die sie bei ihrem letzten Besuch entdeckt hatten, waren verschwunden. Ihr Vater war also doch hier gewesen und hatte seine Aufzeichnungen anscheinend mitgenommen oder versteckt. Erst am nächsten Vormittag stieß Rosa, kurz bevor sie schon aufgeben wollte, in einem Schrank im obersten Zimmer, in dem auch die seltsamen Flüssigkeiten in den merkwürdigen Glaskolben aufbewahrt wurden, auf eine dicke Ledermappe, die mit der Aufschrift »Eilean-Taigh-Mòr-Fraser« versehen war.

Mit klopfendem Herzen brachte sie ihren Fund ins Arbeitszimmer ihres Vaters, längst war es ihr egal, ob sie beim Herumschnüffeln erwischt wurde oder nicht. Dennoch blickte sie immer wieder zur Tür, als sie jetzt die Ledermappe aufschlug und durch die Dokumente und Aufschriebe blätterte. Sie hatte ein schlechtes Gewissen, noch nie zuvor hatte sie ihren Vater so schamlos ausspioniert. Aber es ging um das Leben ihrer Freundinnen, und sie musste handeln. Mit angehaltenem Atem entfaltete sie einen Bauplan für ein Haus, der mit dem Wort »Taigh-

Mòr-Fraser« überschrieben war. Wieso lag ein Bauplan ihres Elternhauses in dieser Mappe? Hoch konzentriert studierte sie den Plan. Die Zimmer waren darin jedoch vollkommen anders angeordnet, es gab nicht so viele, und das Gebäude auf dem Plan war viel kleiner als das echte Haus. Nein, das konnte nicht der Grundriss des Gebäudes sein, in dem sie sich gerade aufhielt. Rosa überlegte. Ihr Vater hatte jene geheimnisvolle Insel in seinen Aufzeichnungen Eilean-Taigh-Mòr-Fraser genannt – vielleicht hieß ja auch das unheimliche Haus dort Taigh-Mòr-Fraser, genau wie ihr Familienstammsitz hier in Schottland. Rosa zog die Augenbrauen zusammen. Merkwürdig, dass er den gleichen Namen gewählt hatte. Das sorgte doch nur für Verwirrung. Rosa breitete den Bauplan vor sich auf dem Schreibtisch aus und nahm dann noch eine Landkarte aus der Mappe. Auf dieser war die Insel eingezeichnet, das konnte sie schnell erkennen. Und ein schwarzer Kreis markierte die Lage des Hauses, dessen Grundriss sie gerade studiert hatte. Rosa sah auf und atmete tief durch. Das musste das Gebäude sein, das ihr Vater in seinen Aufzeichnungen erwähnt hatte. War es auch das Haus, von dem er am Lagerfeuer erzählt hatte? In dem nachts die Frauen aufgetaucht waren? Und was hatte das alles zu bedeuten? Wieso hatte ihr Vater ihnen nie von der Insel und diesem zweiten Herrenhaus erzählt, das genauso hieß wie das Anwesen der Frasers in den Highlands?

Rosa beugte sich über den Grundriss des zweiten Taigh-Mòr-Fraser. Im Erdgeschoss war ein Raum eingezeichnet, der »Unsterblichkeitssaal« hieß, daneben lagen eine »Konservationskammer« und ein Arbeitszimmer. Es schien auch ein Kellergeschoss dort vorhanden zu sein, das über den Unsterblichkeitssaal zu erreichen war. Ansonsten gab es im unteren Stock nur ein paar erstaunlich kleine Wirtschaftsräume, in denen man kaum die Speisen für eine ganze Familie, geschweige denn für Gäste zubereiten konnte. Sie sah keinen Salon, kein Esszimmer, keine Bibliothek. In der ersten Etage lagen sieben Schlafzimmer, und Rosa musste an die Geschichte ihres Vaters denken, in der er angeblich ganz allein auf der Insel gewesen war. Sie wandte sich wieder dem Plan zu. Sechs der Zimmer im Obergeschoss waren eher kleine Kammern, nur das am Ende des Flurs schien geräumiger zu sein.

Rosa richtete sich auf. Was für ein merkwürdiges Haus! Wie sollten die Menschen dort leben, ohne Esszimmer und Salon? Und was hatte es mit diesem Unsterblichkeitssaal auf sich? Rosa ging zum Fenster hinüber und sah auf die wunderschöne karge Landschaft der schottischen Highlands hinaus. Was hatte ihr Vater vor? Welche Ziele verfolgte er, und waren seine Absichten gut oder böse? Rosas Atem beschleunigte sich, sie steigerte sich in eine vage Angst hinein. Ihr Vater, dem sie stets vertraut hatte, der ihr Held war und dessen Leben sie immer mit Abenteuern und großen Taten in Verbindung gebracht hatte, verheimlichte etwas. Etwas Schlimmes, so viel war klar.

Und Rosas Befürchtung, dass dieses Geheimnis ein sehr dunkles war, wurde immer größer. Denn er hatte es ja selbst aufgeschrieben. Er hatte schreckliche Worte gefunden für das, was er mit den Zwillingen vorhatte. Er wollte eines der Mädchen töten. Rosa musste ihre Freundinnen finden. Schnell wandte sie sich den anderen Dokumenten zu, die sie mit nach unten genommen hatte.

Sie betrachtete noch einmal die Landkarte der etwa

zweihundert Hektar großen Insel. Eilean-Taigh-Mòr-Fraser gehörte offenbar zu den Äußeren Hebriden, es lag nicht ganz so weit draußen im Meer wie St. Kilda, schien aber völlig abgeschieden zu sein. Im Winter konnte man diese Insel sicher nur schwer erreichen. Eine Weile starrte Rosa auf die Landkarte. Dann lehnte sie sich in dem ledernen Schreibtischsessel ihres Vaters zurück. Wie sollten sie jemals dorthin gelangen, um Molly und Mable zu retten? Weder Archie noch Rosa besaßen ein Boot, und selbst wenn sie eines auftreiben konnten, würden sie niemals so weit hinausfahren können. Rosa war noch nie auf dem Meer gewesen, obwohl sie ihr Leben in dessen Nähe verbracht hatte, und sie glaubte nicht, dass es bei Archie anders war.

Ein Klopfen an der Tür riss sie aus ihren Gedanken. Im nächsten Moment steckte ihr Freund den Kopf zur Tür herein. »Hier bist du, ich hatte dich schon oben gesucht, aber die Tür war abgeschlossen …« Archie hielt inne, als er die Pläne auf dem Schreibtisch liegen sah. »Oh, hast du etwas Interessantes gefunden?«

Rosa nickte. »Die Aufzeichnungen, die wir beim letzten Mal gelesen haben, sind verschwunden. Aber hier ist eine Seekarte mit der Insel. Sie liegt weit draußen, bei den Äußeren Hebriden. Ich weiß nicht, wie wir jemals dort hinkommen sollen.«

Archie trat neben sie und studierte die Karte. »Das ist unmöglich. Das wird uns nicht gelingen.«

»Aber wir müssen es irgendwie schaffen, denk an Molly und Mable.«

Archie schüttelte nachdenklich den Kopf und stützte seine Hände auf den Schreibtisch. »Wir haben kein Geld.

Wir könnten nicht einmal einen Bootsführer anheuern, der uns dorthin fährt.« Er schwieg eine Weile, dann sagte er: »Lass uns abwarten, bis dein Vater von seiner Reise zurückkehrt. Vielleicht bringt er die beiden ja wieder mit, und unsere Sorgen waren umsonst.« Archie sah sie eindringlich an. Rosa erkannte die Anspannung, die auch ihn erfasst hatte.

Und da sie im Moment keine bessere Lösung wusste, nickte sie schließlich. Vielleicht wurde ja alles wieder gut.

Acht Wochen später, September 1884

Die Tür zum Arbeitszimmer wurde aufgerissen, und Rosa fuhr zusammen, als sie in Archies aufgeregtes Gesicht blickte.

»Er ist wieder da!«, rief er. »Dein Vater! Er ist zurück.«

Rosa sah sich um und ordnete schnell die Dinge, die sie in den letzten Wochen durcheinandergebracht hatte. »Sind Molly und Mable bei ihm?«

»Ich weiß es nicht. Ich glaube, er ist allein, aber er hat sie vielleicht zu Hause abgesetzt.«

Hoffentlich, dachte Rosa. Die Entscheidung, erst einmal abzuwarten, war ihnen nicht leichtgefallen. Aber das Risiko für Archies Eltern – die ihre Stellung verlieren könnten, wenn Archie seine Arbeit vernachlässigte, um mit Rosa nach den Zwillingen zu suchen –, verbunden mit den Schwierigkeiten, zu den Äußeren Hebriden zu gelangen, war einfach zu groß gewesen. Am Ende waren Molly und Mable ja vielleicht gar nicht in Gefahr, sondern erlebten gerade aufregende Abenteuer. Abenteuer, auf die

Rosa eifersüchtig war. Ja, möglicherweise übertrieben sie es mit ihrer Angst und den Befürchtungen. Sie steigerten sich in etwas hinein, das gar nicht stimmte. Rosa war davon überzeugt, dass Molly und Mable mit ihrem Vater zurückgekehrt waren. Er war wieder hier, und sie würde auch die Zwillinge wiedersehen. Seine merkwürdigen Aufzeichnungen waren vielleicht nur als eine Art Abenteuergeschichte gedacht, vielleicht wollte ihr Vater sie ihr als Lektüre schenken, denn er wusste ja, wie gern sie Abenteuer mochte. In den letzten Wochen hatte Rosa sich mehr und mehr von dieser Erklärung überzeugt, weil eine andere ihr undenkbar schien.

»Schnell!« Rosa lief zur Tür und zog Archie hinter sich her in den dunklen Vorraum, der nach oben in die verschlossenen Räume, aber auch zum Ballsaal führte. Sie schlüpften in den Gang für die Dienstboten und folgten den engen Fluren, bis sie in der Eingangshalle ankamen.

»Daddy!« Rosa rannte ihrem Vater entgegen, dem Jameson gerade den Mantel abnahm.

Wie so oft, wenn George Fraser nach wochenlanger Abwesenheit nach Hause zurückkehrte, war sein Bart ungepflegt und lang, und das Haupthaar benötigte ebenfalls dringend einen Schnitt. Er umarmte Rosa und drückte sie einen Moment lang an sich. Er roch nach Wind und Meer und Abenteuern.

Am liebsten hätte Rosa ihn gleich nach Molly und Mable gefragt, aber sie wusste, dass sie vorsichtig sein musste. Ihr Vater arbeitete an etwas, das eine dunkle Schattenseite hatte und das sie nicht einmal ansatzweise verstand. Ihr war bewusst, dass er böse werden würde, sollte er erfahren, dass sie und Archie sich in den Turm geschlichen und seinen Bericht gelesen hatten. Schließlich hatte er immer sehr deutlich gemacht, dass sie dort nichts zu suchen hatte und dass die Zimmer deshalb verschlossen waren.

»Ich bin diesmal nur für zwei Tage hier, denn ich habe ein wichtiges geschäftliches Treffen.« Ihr Vater fuhr sich mit beiden Händen durch sein zerzaustes Haar. »Jameson, bitte bringen Sie mir Tee ins Arbeitszimmer.« Dann wandte er sich mit einem liebevollen Lächeln an seine Tochter. »Wir müssen nachher unbedingt unsere Reise besprechen, Darling, denn wenn ich beim nächsten Mal zurückkehre, möchte ich mit dir in den Süden fahren, wo du einige Männer kennenlernen kannst.«

Rosa erstarrte. Sie hatte in den letzten Monaten erfolgreich verdrängt, dass ihr Vater weitere potenzielle Ehegatten für sie suchen wollte. Wenn schon die vier, die sie in Wales kennengelernt hatte, ihm nicht passend erschienen, was stellte er sich dann bei den anderen Männern vor? Die ersten hatte Rosa als sehr gute Partien eingeschätzt, und ihr Vater hatte sich blendend mit ihnen verstanden. Was erwartete er also von dem Mann, der Rosa irgendwann heiraten sollte?

»Wir sprechen später darüber.« Ihr Vater drückte kurz Rosas Hand und wandte sich dann in Richtung des Ballsaals.

Sobald er gegangen war, gab Rosa Archie ein Zeichen, ihr nach draußen zu folgen.

Jameson räusperte sich vernehmlich.

Rosa errötete. Leise sagte sie zu dem Butler: »Bitte, Jameson, es ist wichtig. Es geht im wahrsten Sinne des Wortes um Leben und Tod.«

»Wenn Sie nur nicht immer so übertreiben würden,

Miss«, seufzte Jameson. Dann warf er dem jungen Diener einen strengen Blick zu. »Sei aber in einer halben Stunde wieder hier.«

»Versprochen, Sir«, sagte Archie, ehe er hinter Rosa herlief, die bereits hinausgestürmt war.

Hand in Hand gingen sie den Berg hinunter zum Fluss. Wenige Minuten später hatten sie die Cottages erreicht und rannten in den Garten der Zwillinge. Noch ehe sie vor der Tür standen, wusste Rosa, dass ihre Freundinnen nicht nach Hause gekommen waren. Es hing keine Wäsche auf der Leine im Garten, keine Stimmen waren zu hören, und kein Duft lag in der Luft, der von einem Stew oder Pie im Ofen kündete. Trotzdem wollte Rosa nicht glauben, dass die Zwillinge nicht heimgekehrt waren.

Sie atmete tief durch, ehe sie anklopfte und die Eingangstür öffnete. Doch ein Blick in den Wohnraum bestätigte nur, was sie schon geahnt hatte. Seit ihrem letzten Besuch im Juli hatte niemand mehr hier gewohnt. Sogar die Nippesfiguren von Mrs Jones auf dem Sims waren verschwunden. Staubkörner tanzten im Sonnenlicht, die Luft roch abgestanden, und im Kamin lagen trockene Äste, Laub und Vogelfedern.

»Molly?«, rief Rosa, obwohl sie wusste, dass sie keine Antwort erhalten würde. »Mable? Mrs Jones?«

Archie legte einen Arm um Rosas Schultern. »Sie sind nicht hier.«

Rosa ließ sich auf das harte Sofa fallen, dessen Bezug schon ganz abgenutzt war. Wie oft hatte sie mit Molly und Mable bei Regen hier gesessen und den Tropfen zugesehen, die an der Scheibe herabgelaufen waren!

»Alles scheint genauso zu sein, wie es dein Vater in seinen Aufzeichnungen beschrieben hat. Die Mädchen sind auf der Insel. Eine von ihnen ist vielleicht ...« Er brach ab und seufzte. »Mrs Jones ist inzwischen zu ihrer Schwester gezogen, wie mir meine Mutter erst letzte Woche erzählt hat.«

»Sind Molly und Mable jetzt etwa ganz allein auf der Insel?« Rosa schluckte. Dass möglicherweise nur noch eine von ihnen am Leben war, wollte sie sich gar nicht vorstellen. Doch sie erinnerte sich an die fürchterlichen Sätze ihres Vaters in seinem Buch. Demnach wäre eins der Mädchen in größter Gefahr. Daran durfte sie nicht denken. Nein, niemals würde ihr Vater den Zwillingen Gewalt antun.

»Ich werde ihn auf die beiden ansprechen«, sagte Rosa entschlossen. »Es gibt keine andere Möglichkeit.«

»Sei vorsichtig!« Archie trat neben sie und griff nach ihrer Hand. »Ich habe Angst um dich.«

Am Abend saßen Rosa und ihr Vater im Esszimmer, als er auf die geplante Reise in den Süden zu sprechen kam.

»Ich werde einige Wochen fort sein, leider kann ich nicht genau sagen, wie lange es dauern wird. Wenn ich im November zurück bin, sollten wir gleich aufbrechen. Sonst können wir erst im Frühjahr wieder abreisen. Denn wenn uns der Schnee unterwegs überrascht, wird es ungemütlich.«

»Sollten wir nicht auf jeden Fall den Winter abwarten?«, fragte Rosa, der gar nicht wohl bei dem Gedanken war, mit ihrem Vater wegzufahren. Wenn sie die Aufzeichnungen nicht gelesen hätte, wäre sie vermutlich glücklich über diese Reise gewesen, aber nun empfand sie tatsächlich

Angst. Nie hätte sie gedacht, dass es einmal so weit kommen würde, dass sie sich vor ihrem Vater fürchtete. Oder lag es an ihr? Bildete sie sich das alles etwa nur ein?

Rosas Vater schüttelte den Kopf. »Wir sollten so schnell wie möglich abreisen.«

Rosa nickte stumm, obwohl sie nicht verstand, warum er zur Eile trieb, und sie stocherte in ihrem Stück Braten herum, das ein wenig zäh war. Aber ihr war sowieso der Appetit vergangen. Sie legte Gabel und Messer beiseite und fragte: »Weißt du eigentlich, wo Mable und Molly sind? Sie scheinen verschwunden zu sein.«

»Deine Freundinnen?« Ihr Vater sah sie überrascht an. Wenn Rosa nicht durch seine Aufzeichnungen gewusst hätte, dass er log, hätte sie ihm sicher geglaubt, dass er keine Ahnung hatte, wo die Zwillinge sich gerade aufhielten. »Sind sie nicht hier? Wo könnten sie denn sein?«

Rosa trank einen Schluck Wasser und beobachtete, wie sich das Kerzenlicht in dem Kristall ihres Glases fing. »Sie sind genau an dem Tag verschwunden, an dem du abgereist bist. Mrs McDonald sagt, dass sie die beiden am Abend zuvor noch gesehen hat. Wir gingen alle davon aus, dass du sie mitgenommen hast.«

Ihr Vater hob die Augenbrauen. »Warum hätte ich das tun sollen?«

Rosa zuckte mit den Schultern. »Ich weiß nicht. Aber es gibt keine Erklärung, wohin sie gegangen sein könnten. Von hier oben kommen sie ohne eigene Kutsche doch kaum weg.«

»Nun, jedenfalls sind sie nicht mit mir gefahren.« Rosas Vater trank seinen Wein in großen Schlucken und stand dann auf. »Erfahrungsgemäß stecken immer irgendwelche

Männer dahinter. Wenn zwei hübsche junge Mädchen wie vom Erdboden verschluckt sind, wird es sich um eine Herzensangelegenheit handeln – oder wie hier um gleich zwei.« Er küsste Rosa auf den Kopf und verließ das Esszimmer ohne weitere Erklärung.

Rosa sah ihm mit gerunzelter Stirn nach. Früher hatte ihr Vater sich so viel Zeit für sie genommen, wenn er von seinen Reisen zurückgekehrt war. Wieso war das plötzlich anders geworden? Wieder fragte sie sich, ob es an ihr lag. Spürte er vielleicht ihre Skepsis, das verloren gegangene Vertrauen? War sie ihm gegenüber ebenfalls zurückhaltender geworden? Ja, sie suchte seine Nähe nicht mehr so, wie sie es früher getan hatte.

Rosa stand ebenfalls auf. Archie rückte ihr sofort den Stuhl zurecht. Außer ihnen beiden war nur noch ein anderer Diener im Raum, der an der Tür darauf wartete, dass auch Rosa das Zimmer verließ, damit er abräumen konnte.

»Gleich oben, im Gästezimmer«, murmelte Rosa.

Archie nickte kaum merklich.

Unruhig wartete Rosa, bis Archie seine Aufgaben erledigt und mit den anderen Bediensteten gegessen hatte. Es war schon beinahe zehn Uhr am Abend, als er endlich zu ihr ins Gästezimmer kam.

Er zog Rosa in seine Arme, und einen Moment lang vergaßen sie ihre Sorgen um die beiden Freundinnen und küssten sich. Längst war Rosa bewusst, dass sie sich rettungslos in ihren Jugendfreund verliebt hatte. Wenn sie ihn sah, stieg Wärme in ihr auf, wenn sie an ihn dachte, kribbelte es in ihrem Bauch, und wenn sie in seinen Armen lag, wollte sie nie wieder ohne ihn sein. Inzwischen war das Küssen mit Archie für Rosa so notwendig wie das Atmen geworden. Sie sehnte sich nach den Stunden, in denen sie und Archie allein waren und sich ihrer Zärtlichkeit hingeben konnten. Rosa konnte sich kaum vorstellen, einen anderen Mann heiraten und küssen zu müssen. Archie hatte ihr Herz erobert, vermutlich schon viel eher, als es Rosa bewusst gewesen war. Denn sie musste sich eingestehen, dass sie sich Archie schon seit einigen Jahren als Geliebten an ihrer Seite wünschte, und nun, da es so weit war, gab es keine Alternative mehr für sie.

»Ich muss mir unbedingt eine Ausrede überlegen, um nicht mit meinem Vater in den Süden fahren zu müssen. Ich will keinen Ehemann finden, ich möchte mit dir zusammen sein«, sagte sie nach einer Weile, in der sie sich ihren Zärtlichkeiten hingegeben hatten.

»Ich fürchte, deine Meinung zählt nicht viel.« Archie betrachtete sie liebevoll. »Gleichzeitig bezweifle ich, dass dein Vater wirklich einen Mann für dich sucht.«

Rosa nickte und zog ihn mit sich aufs Bett, wo sie sich an ihn kuschelte. »Damit könntest du recht haben. Er hat es ja sogar in seinen Aufzeichnungen erklärt.«

»Das ist alles seltsam«, erwiderte Archie.

»Was uns zu Molly und Mable führt. Wir wissen, dass mein Vater lügt, wenn er sagt, er habe keine Ahnung, wo die Zwillinge sich gerade aufhalten. Ich habe entsetzliche Angst und fürchte immer mehr, dass das, was er da aufgeschrieben hat, die Wahrheit ist.« Rosa richtete sich auf, um Archie ansehen zu können. »Die Zwillinge sind in großer Gefahr, und wir müssen sie retten.«

Er nickte, und Rosa schmiegte sich wieder an ihn. Sie spürte seinen Herzschlag an ihrer Wange. »Wenn er abreist, sollten auch wir uns auf den Weg machen.«

»Aber wenn wir ernsthaft auf diese Insel wollen, müssen wir zuerst einen Plan schmieden. Wir müssen einen Fischer finden, der uns mitnimmt. Wenn wir nur Geld hätten …«

»Das Geld oben im Turm …!« Rosa setzte sich jäh auf. Sie hatte gar nicht so weit gedacht, einen Schiffer anzuheuern, der sie zur Insel bringen könnte. Archie hingegen hatte nicht an den Schatz gedacht, den sie unter dem Dielenbrett gefunden hatten. »Wenn Daddy es nicht mitgenommen hat, liegt immer noch ein großes Vermögen unter den Dielenbrettern.«

»Rosa!« Archie sah sie skeptisch an. »Meinst du, wir sollten das Geld wirklich nehmen? Das ist Diebstahl. Ich würde auf jeden Fall meine Stellung verlieren, wenn das herauskäme. Und im schlimmsten Fall verlieren auch meine Eltern ihre Arbeit auf Taigh-Mòr-Fraser.«

»Ich weiß.« Rosa dachte einen Augenblick lang nach. Aber sie mussten es riskieren, es ging um das Leben ihrer Freundinnen. »Du bleibst unschuldig. *Ich* werde den Diebstahl begehen. Denk an Molly und Mable. Wir müssen sie aufspüren, und wir müssen herausfinden, was mein Vater auf dieser Insel treibt.«

»Ich habe trotzdem kein gutes Gefühl dabei, das Geld aus dem Turm zu nehmen.«

Rosa kletterte aus dem Bett. Sie war viel zu aufgeregt, um ruhig liegen bleiben zu können. »Wir brauchen es, damit wir die Überfahrt bezahlen können. Fährt denn überhaupt jemand dorthin?«

»Ja, denk an das Schiff, das zweimal im Jahr nach Hirta fährt, um den Menschen dort Waren und ihre Post zu bringen. St. Kilda ist ganz in der Nähe dieser geheimnisvollen

Insel namens Eilean-Taigh-Mòr-Fraser. Ich kann mir gut vorstellen, dass uns ein Bootsführer mitnehmen würde.« Archie setzte sich nun auf die Bettkante.

Rosa ging eine Weile im Zimmer auf und ab. Draußen war es bereits dunkel geworden. Sie hatten eine Öllampe angesteckt, die flackerndes Licht spendete.

»Und wie kommen wir dort wieder weg? Wir wissen doch nicht, was auf der Insel ist. Im schlimmsten Fall nichts und niemand, dann würden wir verhungern und verdursten«, gab Archie zu bedenken.

»Stimmt.« Darüber hatte Rosa noch gar nicht nachgedacht. »Wir könnten genauso von der Insel fortkommen, wie wir auch hingereist sind. Wir bitten die Seeleute einfach, uns spätestens am nächsten Tag wieder abzuholen.«

»Vielleicht schaffen wir es ja von Ullapool nach Lewis und Harris hinüber«, sagte Archie und strich über Rosas Oberarm. »Dort könnten wir jemanden finden, der uns mit dem Boot nach Eilean-Taigh-Mòr-Fraser bringt und auf uns wartet.«

Am nächsten Tag erhielt Rosas Vater Besuch von zwei jungen Herren. Erst bekam Rosa einen Schrecken, doch beide Männer schienen sich nicht im Geringsten für sie zu interessieren und verschwanden mit ihrem Vater sogleich im Nordturm. Am Nachmittag reiste ihr Vater mit den beiden Männern ab.

Sobald seine Kutsche außer Sicht war, raffte Rosa ihre Röcke und lief ins Haus. Seit Langem beschäftigten sich Archie und sie mit dem Plan, zu der geheimnisvollen Insel überzusetzen, um nach den Zwillingen zu suchen. Aber die Ungewissheit hatte sie zurückgehalten. Und Rosa sorgte sich, dass ihr Zögern die Freundinnen bereits teuer zu stehen gekommen war. Ging es beiden noch gut? Oder hatte ihr Vater seinen Plan wahr gemacht und eines der Mädchen getötet? Aber warum?

Rosa lief in den Turm und suchte mit zitternden Fingern nach dem Schlüssel. Dem Himmel sei Dank, er lag noch in seinem Versteck. Rosa schloss die Tür auf und stieg in die oberste Etage hinauf. Sie eilte zum Fenster und kniete sich davor hin. Dann löste sie vorsichtig das Dielenbrett, unter dem sie und Archie den Schatz gefunden hatten. Als sie nun in das Loch sah, stieß sie einen überraschten Laut aus. Das Versteck war bis oben hin gefüllt. Es waren noch mehrere Schmuckschatullen und Lederbeutel hinzugekommen. Wahllos zog Rosa einen der Beutel aus dem Loch. »Howard Inglethorpe, Lametree Hall, Yorkshire«, stand auf einem Messingschild, das mit zwei Nieten an dem weichen Leder befestigt worden war. Warum lag die Tasche eines Fremden hier unter den Dielenbrettern? Mit angehaltenem Atem öffnete sie den Lederbeutel und blickte auf Gold- und Silbermünzen, Edelsteine und ein Bündel zusammengerollter Banknoten. Noch nie in ihrem Leben hatte Rosa so viel Geld auf einem Haufen gesehen. Perplex starrte sie auf das Vermögen. Davon könnte vermutlich eine ganze Dorfgemeinschaft jahrelang leben. Was hatte ihr Vater mit dem Geld von diesem Mr Inglethorpe vor? Wie war er darangekommen? Hatte er es etwa gestohlen?

Rosa verschnürte den Beutel wieder und stopfte ihn zurück in das Versteck zu all den anderen Geldmünzen und Scheinen. War ihr Vater etwa ein Dieb? Nein, das war ungeheuerlich, das konnte sie nicht einmal denken. Dennoch hatte sie plötzlich Skrupel, sich an dem Schatz aus diesem Versteck zu bedienen. Bislang war sie davon ausgegangen, dass das Vermögen ausschließlich von ihrem Vater stammte – wenn er es aber jemandem gestohlen hatte? Oder hatten Mr Inglethorpe und andere Männer ihm das Geld zur Verwahrung gegeben? Hatten sie ihn für irgendetwas bezahlt? Aber nein, es war eine unfassbar große Menge Geld, und Rosa konnte sich keine Arbeit vorstellen, für die man ein solches Vermögen erhalten würde.

Sie dachte an Mable und Molly. Sie konnte jetzt nicht zimperlich sein, schließlich ging es um ihre lieben Freundinnen, denen sie unbedingt und schnellstmöglich helfen musste. Sie hatten schon viel zu viel Zeit vertrödelt, indem sie abgewartet hatten, ob ihr Vater die Zwillinge wieder mit nach Hause bringen würde. Dabei hätten sie es besser wissen müssen, schließlich kannten sie seine geheimen Aufzeichnungen.

Rosa nahm also ein paar Guineen und Silbermünzen für größere Ausgaben, aber auch einige Pfundstücke, Pennys und Shillings. Das Geld wog schwer in dem Beutel, den sie ebenfalls in dem Versteck gefunden hatte, auf dem aber kein Name aufgedruckt war und den sie jetzt hastig in ihre Rocktasche steckte. Dann räumte sie geschwind alles auf, versteckte den Schlüssel wieder dort, wo sie ihn gefunden hatte, und eilte in ihr Zimmer, um ihre Reisetasche zu packen.

Als Rosa am nächsten Tag mit Jameson sprach und ihn in ihren Plan einweihte, wirkte ihr väterlicher Freund verzweifelt, und es tat ihr von Herzen leid, ihn so in Bedrängnis bringen zu müssen. Aber sie konnte es nicht zulassen, dass Archie seine Stelle verlor, wenn er unentschuldigt aus dem Haus verschwand, was sich im schlimmsten Fall auch auf seine Eltern auswirken würde. Daher hatte sie beschlossen, so nah wie möglich an der Wahrheit zu bleiben und Jameson vom Verschwinden der Zwillinge zu erzählen. Sie saß am Frühstückstisch, außer Jameson und Archie war niemand im Zimmer.

Der Butler hatte schon von dem mysteriösen Fall gehört. »Uns ist natürlich ebenfalls aufgefallen, dass die Mädchen weg sind und dass Mrs Jones ohne ein einziges Wort zu ihrer Schwester gefahren ist. Aber es geht das Gerücht, dass die Mädchen mit Mr Fraser verreist seien, deshalb schien alles in Ordnung zu sein.«

»Das dachten wir zunächst auch, aber jetzt ist mein Vater zurückgekehrt und behauptet, nichts vom Verbleib der Mädchen zu wissen.«

Jameson runzelte die Stirn. Er schien in einer Zwickmühle zu stecken. Niemals würde er als loyaler Diener seinen Arbeitgeber der Lüge bezichtigen, er konnte die Augen aber keinesfalls vor den offensichtlichen Tatsachen verschließen. »Wissen Sie denn überhaupt, wo Sie mit Ihrer Suche beginnen würden?«

»Ja, das wissen wir, und wir müssen uns beeilen, denn wir sind im Besitz von brisanten Informationen, die darauf hindeuten, dass die Mädchen in Gefahr schweben«, erklärte Rosa und war sehr zufrieden mit ihrer Wortwahl. Richtig erwachsen klang sie, und endlich fühlte sie sich auch so. Sie trank einen Schluck Tee.

Jameson schwieg. Sein Blick wanderte zu Archie.

»Wir können Ihnen nichts Genaueres darüber berichten, denn wir dürften eigentlich gar nichts davon wissen.

Und es würde Ihnen auch nicht gefallen, wenn Sie wüssten, was wir in Erfahrung gebracht haben«, fuhr Rosa fort und merkte selbst, wie nebulös ihre Aussage klang. Aber diese ganze Angelegenheit war ausgesprochen kompliziert.

»Um Himmels willen, ich will es gar nicht wissen«, wehrte Jameson ab.

»Sie müssen Archie nur freistellen und versprechen, meinem Vater nichts davon zu erzählen.«

»Ich weiß nicht … Ist das denn unbedingt nötig? Wie soll ich sein Fernbleiben von der Arbeit den anderen Bediensteten gegenüber rechtfertigen?« Der Butler sah mit einem gequälten Gesichtsausdruck zur Tür des Frühstückszimmers. »Das gefällt mir nicht.«

»Denken Sie an Mable und Molly.« Rosa stand auf und trat zu dem alten Butler, der neben dem Büfett stand. Sie griff nach seinen Händen. »Bitte, Jameson. Lassen Sie sich eine Erklärung einfallen. Wir werden uns beeilen, damit wir so schnell wie möglich wieder zurück sind. Ihnen liegen die Mädchen doch auch am Herzen. Wir müssen sie finden.«

Jameson sah zu Archie hinüber, der sich bislang aus dem Gespräch herausgehalten hatte.

»Miss Fraser hat recht«, kam er Rosa nun zu Hilfe. »Wir sind tatsächlich im Besitz von Informationen, die nahelegen, dass Molly und Mable dringend Hilfe benötigen. Bitte geben Sie mir ein paar Tage frei. Wenn alles gut geht, bin ich schon nächste Woche wieder auf Taigh-Mòr-Fraser.«

»Wenn alles gut geht? Wie groß ist denn die Gefahr, dass Ihnen etwas passiert?« Entsetzen stand dem Butler ins Gesicht geschrieben.

»Gar nicht groß«, mischte sich Rosa nun wieder ein, die immer noch Jamesons Hände hielt. Natürlich war das eine Notlüge, denn die Aufzeichnungen ihres Vaters jagten ihr Angst ein. Aber wozu dem Butler mehr Sorge bereiten als unbedingt nötig? »Also, können wir uns auf Sie verlassen? Haben wir Ihre Rückendeckung?«

Jameson zögerte und sah von Rosa zu Archie. »Wie kann ich mich dagegenstellen, wenn es um das Leben der beiden Mädchen geht? Aber ich habe ein ungutes Gefühl dabei. Ich möchte nicht, dass Sie sich in Gefahr begeben, und ich will mich auch nicht gegen Mr Fraser wenden und ihn anlügen.«

»Wenn wir Glück haben, bekommt er gar nicht mit, dass wir das Herrenhaus verlassen haben«, bemerkte Rosa. »Und falls doch, werde ich die Schuld allein auf mich nehmen. Ich werde nicht zulassen, dass Sie oder Archie deswegen Ärger bekommen oder gar Ihre Stellung verlieren.«

»Ach, Miss«, Jameson seufzte, »ich habe doch keine Angst um mich oder meine Stellung. Sie sind es, um die ich mich sorge. Sie handeln manchmal so unüberlegt. Ich will nicht, dass Ihnen etwas zustößt, und Archie auch nicht.«

»So geht es mir ebenfalls«, sagte Archie. »Aber ich werde auf Miss Fraser aufpassen und auch auf mich.«

»Na schön«, seufzte Jameson, wirkte aber sehr unglücklich.

Zwei Stunden später brachen sie auf. Da sie keine Kutsche nehmen wollten, was nur zu Gerede geführt hätte, spazierten sie zunächst querfeldein durch die einsame Landschaft. Ein paar Ginstersträucher wuchsen hier und da, Schafe standen wiederkäuend auf den Wiesen und beobachteten

Rosa und Archie neugierig. Als sie die Straße in Richtung Ullapool erreicht hatten, lag noch eine Wanderung von etwa einer Stunde vor ihnen. Zuerst gingen sie am letzten Stück Ufer des Loch Achall entlang, dann führte sie ihr Weg direkt auf das Meer zu. Sie begegneten keinem einzigen Menschen, keinem Reiter und keiner Kutsche.

Die meiste Zeit schwiegen sie, beide in Gedanken versunken. Eine eigenartige Stimmung hatte Rosa ergriffen, es war Angst und Sorge, aber auch Aufregung und vielleicht sogar ein bisschen Vorfreude auf die Abenteuer, die in der Luft lagen. Sie hatten beide eine Tasche mit dem Nötigsten dabei und absichtlich auf schweres Gepäck verzichtet. Schließlich wussten sie nicht, wie sie zu der Insel gelangen konnten, weshalb sie es sich nicht durch sperrige Koffer noch schwerer machen wollten. Außerdem hatten sie die Hoffnung, schnell wieder nach Hause zu kommen, vielleicht schon innerhalb der nächsten zwei oder drei Tage.

Als sie Ullapool erreichten, begegneten ihnen einige Menschen. Jemand lud einen Karren voller Lebensmittel an einem Gemischtwarenladen aus, eine Hausfrau schüttete ihr schmutziges Putzwasser in den Rinnstein. Ein Hund jagte bellend eine Katze von einem Hof, und zwei Dienstmädchen unterhielten sich lautstark von einem geöffneten Fenster zum gegenüberliegenden.

Rosa und Archie folgten der Straße zum Hafen. Es war noch nicht einmal Mittag. Ein paar Fischerboote lagen am Kai, in den letzten Jahrzehnten waren es in Ullapool immer weniger geworden. Das Fischerdorf war noch keine hundert Jahre alt und kämpfte um sein wirtschaftliches Überleben, denn der Hering war plötzlich vor der Küste verschwunden. Seitdem hatten es die Fischer hier sehr schwer.

Auch jetzt wirkte der Hafen eher trostlos, wie Rosa fand. Kaum ein Mensch war zu sehen, nur zwei Arbeiter putzten den Kai.

»Meinst du, hier fährt heute überhaupt noch ein Schiff ab?«, fragte Rosa skeptisch und blickte sich um.

Doch noch bevor Archie antworten konnte, tauchten die Schornsteine des Raddampfers *Ondine* am Horizont auf, der täglich zwischen Ullapool und Lewis und Harris hin- und herpendelte. Wenig später machte er am Hafen fest, und Rosa und Archie kauften von dem Geld aus dem Turmversteck zwei Fahrkarten. Sie konnten ihr Glück kaum fassen, als sie an Bord des Schiffes gingen und der eiserne Dampfer mit den zwei großen Schaufelrädern an beiden Seiten schon eine Viertelstunde später wieder in See stach.

Rosa und Archie suchten sich Plätze am Bug des Schiffes, zwischen den großen Postkisten. Die See war ruhig, dennoch wurde Rosa übel, als der Dampfer auf den hohen Wellen hin und her schaukelte. Es war für beide die erste Schifffahrt, und nachdem die Seekrankheit sich gelegt hatte, genossen sie die Weite des Meeres und beobachteten die Möwen, die neben ihnen herschwammen und sich treiben ließen. Hin und wieder sprangen Fische aus dem Wasser. Als sie drei Stunden später in Stornoway an Land gingen, hatten sie das Gefühl, dem Ziel ihrer Reise ein großes Stück näher gekommen zu sein.

Hier in dieser kleinen Hafenstadt auf der Insel Lewis herrschte mehr Betrieb als in Ullapool. Markthändler hatten direkt am Hafen ihre Stände aufgestellt und priesen lauthals ihre Waren an. Kinder spielten zwischen den Buden mit Murmeln und Blechdosen.

Rosa und Archie sahen sich am Hafen um, ob es vielleicht Schiffe gab, die in Richtung der Äußeren Hebriden fuhren, doch jedes Mal, wenn sie die Seeleute fragten, erhielten sie nur ein Kopfschütteln als Antwort. Rosa wollte den Männern ihr Geld zeigen, aber Archie hielt sie davon ab.

»Wenn du das machst, bringst du uns nur in Gefahr. Die werden uns ausrauben, und dann sitzen wir hier fest und kommen nicht einmal nach Hause zurück.«

Also verriet Rosa zunächst nichts von dem Vermögen, das sie zu zahlen bereit waren. Aber sie war absolut nicht Archies Meinung. Schließlich mussten die Männer doch wissen, dass sie genügend Geld besaßen, um sich eine Überfahrt auch leisten zu können.

»Wo wollen Sie denn hin?«, fragte ein Mann, der gerade von einem der mittelgroßen Fischerboote geklettert war. Er hatte leere Körbe und Netze darauf geladen.

»Zu einer Insel namens Eilean-Taigh-Mòr-Fraser«, antwortete Archie. »Kennen Sie die?«

»Ja, in der Tat«, sagte der Fischer. »Ist aber ein großer Zufall, dass ich schon mal dort war. Es wird ein ziemliches Geheimnis daraus gemacht. Die haben im vorletzten Jahr ein Haus darauf gebaut. Ist alles recht unauffällig abgelaufen. Ich habe den Auftrag bekommen, eine Ladung Holz dort hinzubringen, und musste hoch und heilig versprechen, dass ich niemandem davon erzähle. Aber Sie scheinen die Insel ja zu kennen, also ist es wohl in Ordnung, wenn wir darüber reden.«

»Ja, das ist vollkommen in Ordnung, die Insel gehört meiner Familie«, rief Rosa, die froh war, endlich jemanden gefunden zu haben, der ihnen Auskunft gab. »Können Sie uns hinbringen? Wir bezahlen Sie auch gut dafür.«

»Sicher«, sagte der Fischer. »Wann wollen Sie denn losfahren?«

»So bald wie möglich.«

Er nickte. »Kommen Sie morgen früh um drei Uhr hierher, dann nehme ich Sie mit, wenn ich rausfahre.«

ISLA

Schottland, Äußere Hebriden,
Eilean-Taigh-Mòr-Fraser

Juni 2023

Isla und Ben hatten die zersplitterten Holzreste der morschen Falltür aus dem Weg geräumt, um die Treppe hinuntersteigen zu können, die sie unter dem alten Podest entdeckt hatten. Sie hatten auch die Bretter von einem der Fenster des großen Saals entfernt, denn Islas Handyakku wurde bereits schwach, und sie wollte die Batterie lieber für die dunkle Treppe verwenden. In dem spärlichen Sonnenlicht, das nun durch das schmutzige Fenster sickerte, wirkte der Saal noch geheimnisvoller als zuvor. Staubkörner schwebten umher, das Gekreisch der Basstölpel, die Rufe der Papageientaucher, das Tosen des Windes, der über die Insel fegte, und das Rauschen der Wellen bildeten den Klangteppich um sie herum.

Es war merkwürdig, dass der Saal nicht mit Bildern, Verzierungen oder Vitrinen versehen war, in denen wertvolle Porzellangegenstände standen. Wenn die Familie hier Gäste empfangen hatte, warum hatte man es sich dann nicht ein wenig gemütlicher gemacht? Und wozu brauchte man überhaupt einen so großen Raum? Oder hatte man die schönen Dinge wieder mitgenommen, als niemand mehr regelmäßig hierherkam? Andererseits waren die Küche und auch das Arbeitszimmer ja noch vollständig eingerichtet. Dieses Anwesen warf jede Menge Fragen auf. Die Insel war so klein, dass ein Cottage, in dem man eine Nacht oder vielleicht auch ein Wochenende verbringen konnte, Islas Meinung nach vollkommen ausreichend gewesen wäre. Aber ein Haus dieser Größe deutete auf längere Aufenthalte hin – auch wenn es gar nicht dafür eingerichtet zu sein schien. Die Wirtschafts- und Lagerräume waren viel zu klein, um die Familie Fraser und eventuelle Gäste ausreichend zu versorgen. Dieses Gebäude verwirrte Isla immer mehr. Vielleicht fanden sie im Keller ja noch weitere Vorratskammern und Antworten auf all ihre Fragen.

Isla kletterte vorsichtig die schmalen Steinstufen hinunter, die direkt in den Felsen geschlagen worden waren. Obwohl sie schlank war, konnte sie sich nur mühsam durch den engen Gang hindurchzwängen.

»Früher waren die Menschen kleiner und dünner«, erklärte Ben, der ihr folgte. »Ich hoffe, ich bleibe nicht stecken. Was suchen wir hier eigentlich?«

»Keine Ahnung, aber dieser Hohlraum ist möglicherweise aufschlussreich«, sagte Isla und tastete sich vorsichtig weiter hinab.

Es ging fünf Stufen in die Tiefe. Isla leuchtete die feuchten Felswände ab. Sie waren in einem Höhlenkeller gelandet, der unter dem Haus lag. Seine Größe konnte Isla noch nicht ausmachen, weil der Schein ihres Handys nicht weit genug reichte. Es schien eine natürliche Höhle zu sein, die durch zusätzlich angelegte Hohlräume erweitert worden war. Gleich neben ihnen befand sich ein undefinierbarer Haufen, der vielleicht einmal ein Stapel Brennholz gewesen war. Doch als Isla mit dem Fuß dagegenstieß, fiel es sofort in sich zusammen. Sie sah sich um. Hier war nichts, was ihr Aufschluss über das Haus, die Insel oder ihre Tante Shelley geben konnte. Im schwachen Schein der Lampe ging sie etwas tiefer in die Höhle hinein, wo mehrere große Metallkisten lagerten.

»Wie sind die denn hier heruntergekommen?« Sie betrachtete die riesigen Kästen, die mit Rost bedeckt und mit schweren Vorhängeschlössern gesichert waren.

»Bestimmt nicht über diese Treppe«, stellte Ben fest. »Ich denke, dass die Höhle irgendwo ans Wasser führt. Es gibt wahrscheinlich einen natürlichen Ausgang.«

Isla nickte. Das war eine Erklärung.

»Okay, ich denke, wir sollten jetzt umkehren und allmählich aufbrechen, bevor es finster wird. Diese Kisten können wir sowieso nicht öffnen. Und unser Boot ist zu klein, um mit ihnen übers Meer zu schippern.«

Isla dachte mit Grauen an die Rückfahrt. Die Vorstellung, sie in der Dunkelheit antreten zu müssen, jagte ihr Angst ein. »Ich will nur noch einen kurzen Blick ins Arbeitszimmer und in die Räume im oberen Stock werfen.«

»Dann beeil dich.« Ben war schon wieder am Fuß der Treppe. »Wir hätten nicht so viel Zeit mit dem Öffnen des Podests vergeuden sollen.«

Isla seufzte, während sie ihm folgte. Enttäuschung machte jeden ihrer Schritte schwer. Sie hatte sich viel von dieser unterirdischen Höhle erhofft, die ihr aber keine Lösung für das Geheimnis um die Insel liefern konnte. Im ganzen Haus gab es offenbar nichts, was sie auf ihrer Suche weiterbrachte. Der einzige Hinweis auf ihre Tante war der Stein im Garten, der sich allerdings auch ganz anders erklären ließe.

»Es dauert nicht lange«, sagte Isla, als sie wenig später wieder in dem großen Saal standen und sich den Staub von den Kleidern klopften.

Sie ging durch den Raum, der von der großen Halle abging, und betrat dann durch eine hintere Tür das Arbeitszimmer. Langsam leuchtete sie über die Regale, Tische und Stühle. Tief unter Staub und Spinnweben vergraben, fanden sich hier zahlreiche Stapel Briefe, einige dünne Aktenmappen und jede Menge Formulare. Mitten auf dem Schreibtisch lag ein aufgeschlagenes Fotoalbum, das mit handschriftlichen Notizen versehen war. Es musste schon lange so dagelegen haben, denn es war ebenfalls mit einer dicken Staubschicht bedeckt. Isla wusste, dass ihr nicht genügend Zeit mehr blieb, die ganzen Unterlagen sorgfältig durchzusehen, also nahm sie das Album, die Mappen und so viele Briefe wie möglich und verstaute alles in ihrem Rucksack. Er war jetzt so schwer, dass sie ihn nur mit Mühe über die Schulter schwingen konnte. An der Tür zur Eingangshalle sah sie noch einmal zurück und konnte ihre eigenen Fußspuren im dicken Staub erkennen. Außer ihnen waren keine weiteren Abdrücke vorhanden.

Ben stand an der Haustür und sah in den Himmel. Er hatte die Stirn in Falten gelegt. »Das Wetter gefällt mir gar nicht. Wir sollten uns beeilen, dahinten wird es schon ganz dunkel. Ich habe hier leider kein Netz, hoffentlich können wir vom Boot aus nach Ullapool funken, damit sie uns sagen, ob wir überhaupt noch ablegen sollten.«

»Meinst du, es kommt ein Unwetter?«, fragte Isla erschrocken. Es hatte nicht danach ausgesehen, als sie auf der Insel gelandet waren.

»Vielleicht zieht es vorbei, aber ich kann es nicht einschätzen. Das passiert hier oft. Morgens ist noch kein Regen in Sicht, und ein paar Stunden später geht die Welt unter. Deshalb sind die Äußeren Hebriden so gefährlich, wenn man sich nicht auskennt.« Ben warf erneut einen prüfenden Blick zu den dunklen Wolken, die am Horizont aufgetaucht waren und schnell näher kamen.

»Wollen wir nicht auf jeden Fall noch ein bisschen warten, bevor wir uns wieder in deine Nussschale setzen? Es ist bestimmt höllisch gefährlich, wenn wir in ein Gewitter geraten«, schlug Isla vor. »Dann könnte ich mir auch das obere Stockwerk noch anschauen. Das habe ich eben nicht mehr geschafft.«

Ben tippte hektisch auf seinem Handy herum, schüttelte dann aber den Kopf. »Du hast auch kein Netz, nehme ich an?«

»Nein.« Isla hatte es schon überprüft, gleich nachdem sie angekommen waren. »Ich bin in einer Minute wieder hier, versprochen.«

Ohne seine Antwort abzuwarten, eilte sie die Treppe hinauf, immer zwei Stufen auf einmal nehmend. Oben befand sich ein langer Gang, von dem rechts und links einige Türen abgingen. Isla warf einen flüchtigen Blick in die schmucklosen, erstaunlich kleinen Zimmer, in denen jeweils ein schmales Einzelbett und eine Kommode standen. Nur der Raum am Ende des Ganges war um einiges geräumiger und enthielt persönliche Gegenstände. Und obwohl Isla wusste, dass sie sich beeilen sollte, konnte sie sich einfach nicht zurückhalten und betrat das Zimmer. Hektisch sah sie sich um. Hier lag deutlich weniger Staub als im Rest des Hauses. Auf einem Regal standen abgegriffene Bücher, und als Isla eines davon hervorzog, stellte sie fest, dass es eine Ausgabe aus dem Jahr 1982 war.

Sie ging zu dem Kleiderschrank, der an der Wand stand, und fand darin ein paar dicke Wollpullover, Cordhosen, Hemden und Regenjacken. Sie wollte den Schrank schon wieder schließen, als sie innehielt. Ihr Blick blieb an einer Wachsjacke hängen, die ihr sehr vertraut schien. Diese oder eine sehr ähnliche Jacke hatte sie selbst schon einmal getragen. Sie gehörte ihrem Großvater, und in den Ferien hatte sie ihn oft darin gesehen. Einmal waren sie zusammen am Loch Achall angeln gewesen, als Isla kalt geworden war und ihr Großvater ihr diese Jacke übergezogen hatte. Vorsichtig roch sie daran. Ja, genauso hatte seine Jacke gerochen – nach Wachs, Pfeifenrauch und Moder.

Nachdenklich schloss sie den Schrank wieder. Natürlich konnte es ein Zufall sein, und eine ganz andere, ähnliche Jacke war hier, von wem auch immer, aufgehängt worden. Aber inzwischen war Isla sich sicher, dass diese Insel bis zum heutigen Tag ihrer Familie gehörte. Es war also sehr wahrscheinlich, dass die Kleidung in diesem Schrank von ihren Angehörigen stammte. Isla ging zur Kommode und zog eine Schublade auf. Sie hatte damit gerechnet, dass sie leer war, doch sie enthielt zahlreiche unterschiedliche Gegenstände. Isla fand Baumwolltaschentücher und Gummibänder, eine Tube Handcreme, Kugelschreiber und Schreibblöcke – und einen kleinen Stoffbeutel. Sie stutzte, als sie ihn näher betrachtete.

Mit zitternden Fingern nahm sie den Beutel in die Hand und erkannte die gestickten Initialen darauf: D. F. – David Fraser.

Ihr wurde eiskalt.

Sie selbst hatte diesen Beutel als zehn- oder elfjähriges Mädchen in der Schule bestickt und dann ihrem Vater zum Geburtstag geschenkt. Wie kam er hierher? Erstaunt stellte sie fest, dass auch ihr Vater hier gewesen sein musste. Aber genau wie ihr Großvater und auch ihr Onkel Donald sprach er nicht darüber. Niemand tat das.

Zu gern hätte sie noch die anderen Schubladen, den Nachttisch und den Schreibtisch vor dem Fenster genauer untersucht, aber Ben rief von unten ungeduldig nach ihr.

Sie legte den Beutel wieder in die Schublade und eilte über den Flur und das Treppenhaus in die Eingangshalle zurück.

»Na endlich!« Ben warf ihr einen vorwurfsvollen Blick zu. »Komm schon. Wir müssen zum Boot.«

»Warte.« Isla griff nach Bens Arm. »Sollten wir nicht zuerst noch das Fenster verschließen, das wir in dem großen Saal geöffnet haben? Nicht dass es beim Sturm beschädigt wird.«

»Wir haben keine Zeit mehr.« Ben drehte sich zu ihr um. »Vielleicht können wir gar nicht mehr ablegen. Dann können wir uns immer noch um das Fenster kümmern.«

»Müssen wir die Nacht dann hier verbringen?« Isla trat aus dem Haus. Der Wind hatte inzwischen aufgefrischt und blies ihr die Haare ins Gesicht. Dafür schien sich der Nebel nun endgültig aufgelöst zu haben, und sie konnte das Meer rund um die Insel erkennen. Es war aufgepeitscht, und die Wellen schlugen mit großer Wucht gegen die Felsen. So weit das Auge reichte, war nichts als Wasser zu erkennen. Keine andere Insel, keine Küste, kein Leuchtturm waren in Sicht. Plötzlich wurde Isla bewusst, wie einsam sie hier waren. Sie waren der Natur vollkommen ausgeliefert.

Ben nickte. »Entweder wir schaffen es noch vor dem Unwetter, oder wir sitzen hier fest.«

Isla verschloss die Eingangstür mit ihrem Schlüssel. Sie konnte sich Angenehmeres vorstellen, als in diesem unheimlichen Haus zu übernachten. Aber wenigstens könnte es ihnen Schutz vor dem Gewitter bieten.

Sie schlugen denselben Pfad ein, auf dem sie hergekommen waren, auch wenn es bei dem starken Gegenwind ziemlich anstrengend war, sich darauf vorwärts zu kämpfen. Außerdem wog Islas Rucksack um einiges schwerer als auf dem Hinweg, da sie ja das dicke Fotoalbum und die Unterlagen, die sie im Arbeitszimmer gefunden hatte, hineingestopft hatte.

Bei den Klippen angekommen, kletterten sie vorsichtig den steilen Abhang hinunter, als Ben plötzlich erschrocken innehielt.

»Wo ist das Boot?«

Isla suchte mit ihren Blicken den Strand ab, konnte aber nur das Schlauchboot erkennen, das noch am Ufer lag. Die Wellen leckten immer wieder daran. Anscheinend war gerade Flut, der Wasserpegel war deutlich gestiegen, seit sie auf der Insel angekommen waren.

Ben rutschte jetzt mehr, als dass er lief, die Geröllpiste hinunter. Als sie das Schlauchboot erreicht hatten, war es bereits komplett von Wasser umspült. Nicht mehr lange, und sie hätten es verloren.

Das Motorboot war tatsächlich verschwunden. Isla kletterte über ein paar Steine am Ufer entlang, um sich noch besser umschauen zu können. Das Meer schäumte und wirkte beinahe schwarz, genau wie der Himmel, der immer wieder von Wetterleuchten – vielleicht waren es auch schon die ersten Blitze – erhellt wurde.

Islas Herz schlug schneller. Ohne das Motorboot saßen sie tatsächlich auf Eilean-Taigh-Mòr-Fraser fest.

»Es kann doch nicht einfach weg sein.« Ben, der inzwischen das Schlauchboot weiter auf den Strand gezogen hatte, legte die Hände verzweifelt in den Nacken und lief unruhig auf und ab. »Ich habe es da vorn festgemacht.«

Isla nickte. »Hat es sich vielleicht losgerissen?«

»Ich bitte dich!« Er warf ihr einen scharfen Blick zu. »So etwas mache ich nicht zum ersten Mal. Ich habe es richtig gut festgebunden. Es ist vollkommen ausgeschlossen, dass es davongeschwommen ist.«

Isla presste die Lippen zusammen, um ihm nicht zu widersprechen. Das Boot musste weggetrieben sein, es gab keine andere Erklärung. Aber Ben wirkte so überzeugt, dass es sinnlos war, mit ihm darüber zu diskutieren.

»Was machen wir jetzt?«, fragte Isla stattdessen.

Er funkelte sie wütend an. »Wir suchen nach dem verdammten Boot. Es kann sich ja nicht in Luft aufgelöst haben.«

»Es kann auch nicht von allein den Platz wechseln.« Isla deutete nach vorn. »Aber okay, lass uns die Küste entlanglaufen. Vielleicht finden wir es ja irgendwo. Allerdings ist der Weg an diesem Steinstrand ziemlich beschwerlich.«

Ben betrachtete die Klippen, die rechts und links den Blick versperrten. Dann schüttelte er den Kopf. »Ich fürchte, es macht keinen Sinn, hier unten um die Insel herumzulaufen. Wir sollten besser wieder hochsteigen und von einem Berg aus nach dem Boot Ausschau halten.«

Isla seufzte. Sie war müde und erschöpft. Seit dem Frühstück hatte sie nichts gegessen, weil ihr die meiste Zeit viel zu übel gewesen war. Glücklicherweise hatte sie noch etwas Proviant in ihrem Rucksack, der schwer auf ihren Schultern lastete. Sie atmete erleichtert auf, als sie ihn jetzt abnahm, und holte eine Flasche Wasser heraus, die sie Ben reichte. »Lass uns erst etwas trinken und eine Kleinigkeit essen, bevor wir wieder hinaufklettern.«

Ben warf demonstrativ einen Blick auf seine Smartwatch, den Isla jedoch ignorierte. Sie kramte noch zwei Äpfel hervor.

»Ist das alles, was du dabeihast?«, fragte er.

Sie runzelte die Stirn. »Wieso? Passt dir das nicht?«

Ben verdrehte die Augen und setzte sich auf einen Felsen, der neben ihnen am Ufer stand. »Du bist so verdammt empfindlich. Ich dachte nur, dass wir vielleicht nicht alles auf einmal essen sollten, falls wir hier länger festsitzen.«

Isla zuckte zusammen. Ihr war klar, dass das verschwundene Boot ein Ernstfall war. Aber die Konsequenzen, die sich für sie beide daraus ergaben, hatte sie sich bisher noch nicht so genau ausgemalt.

»Sorry«, sie setzte sich neben ihn, »du hast recht. Meinst du, dass wir hier nicht mehr wegkommen?«

»Doch, aber bestimmt nicht vor morgen. Meine Kollegen wissen ja, wohin wir gefahren sind. Und wenn wir heute Abend nicht in Ullapool anlegen, werden sie auf jeden Fall nach uns suchen. Aber das wird nicht so schnell passieren, und es hängt auch davon ab, wie sich der Sturm weiterentwickelt.«

Isla bemühte sich, nicht in Panik zu geraten. Sie biss in ihren Apfel. Nachdem sie heruntergeschluckt hatte, sagte sie: »Wir haben noch vier Sandwiches und eine halbe Packung Kekse. Und zwei Dosen Cola.«

»Es muss einen Brunnen auf der Insel geben, sonst hätten sie kein Haus hier gebaut. Sie können ihr Trinkwasser ja nicht immer mitgebracht haben. Vor allem, wenn das Haus in der Mitte des 19. Jahrhunderts gebaut worden ist. Damals konnte man nicht so leicht hierherfahren wie heute. Schließlich gab es ja noch keine Motorboote, mit denen das heute so bequem möglich ist.«

Isla konnte zwar nicht behaupten, dass die Fahrt in dem Boot besonders bequem gewesen war, aber sie verstand, was Ben damit sagen wollte. »Noch haben wir ja unsere Wasserflaschen und die Cola. Wenn wir etwas gegessen haben, machen wir uns am besten gleich auf die Suche nach dem Boot. Vielleicht finden wir dann ja auch diesen Brunnen.«

Ben stand auf. »Ich denke, wir sollten jetzt lieber keine Rast machen. Je mehr Zeit vergeht, umso schlechter stehen die Chancen, dass wir das Boot überhaupt noch finden. Das Unwetter kommt immer näher. Wenn unser Boot auf dem offenen Meer treibt, kann es jetzt schon meilenweit entfernt sein.«

Isla warf den Apfelkern ins Gebüsch, stand ebenfalls auf und schwang den schweren Rucksack wieder auf den Rücken. Sie hatte die Hoffnung, dass das Gewitter vorüberzog und Ben mit seinen Befürchtungen übertrieb.

Gemeinsam stiegen sie den steilen Hügel hinauf und suchten nach einer günstigen Stelle, um auf die Küste hinunterzusehen. Isla atmete erschrocken ein, als sie die schwarzen Wolken am Horizont erkannte, die sich immer dichter zusammenballten.

»Das Gewitter kommt direkt auf uns zu«, sagte Ben. »Hoffentlich finden wir das Boot, bevor es losbricht.«

Innerhalb von wenigen Minuten war der kräftige Wind zu einem Sturm geworden, und sie mussten beinahe schreien, um sich zu verständigen. Hier oben auf den Klippen war es lebensgefährlich geworden. Isla musste sich mit aller Kraft gegen den Sturm stemmen, um nicht den Halt zu verlieren.

Ben ging so nah wie möglich an die Felskante heran und suchte das Meer rund um die Insel ab. Isla biss sich auf die Unterlippe, als sie sah, wie der Wind an ihm zerrte. Sie spürte plötzlich eine unerklärliche Verbundenheit mit diesem Mann, den sie doch erst seit kurzer Zeit kannte, und sehnte sich danach, in diesem schrecklichen Sturm von ihm gehalten zu werden. Schnell schob sie den Gedanken beiseite, der ihr vollkommen unangebracht schien. Stattdessen starrte sie nun ebenfalls auf die aufgepeitschte See. Schaumkronen hatten sich auf dem Wasser gebildet. Eine riesige Welle nach der anderen rollte auf die Insel zu. Isla beobachtete das wütende Spektakel und hielt gleichzeitig Ausschau nach ihrem verlorenen Boot. Es kam ihr unwahrscheinlich vor, dass die kleine Nussschale, sollte sie führerlos im Meer treiben, überhaupt noch an der Oberfläche war. Das Boot war bestimmt längst untergegangen.

»Hier ist nichts zu sehen«, rief Ben über das Tosen des Windes hinweg. »Lass uns etwas weiter nördlich suchen.«

Sie kämpften sich voran und fanden einen zweiten Aussichtspunkt, von dem aus sie einen weiteren Küstenabschnitt einsehen konnten. Isla hielt inne, als sie eine vorgelagerte Felsengruppe entdeckte.

»Schau mal, hinter den Felsen! Der weiße Fleck dort unten könnte unser Boot sein.« Sie deutete auf die Stelle.

Ben folgte mit seinem Blick Islas Zeigefinger, ehe er den Kopf schüttelte. »Das ist nur Schaum, fürchte ich.«

Zwischen den beiden Aussichtspunkten, von denen aus sie auf das Meer hinuntergeblickt hatten, gab es einen langen Küstenabschnitt, der nicht einsehbar war. Vermutlich war er auf Meereshöhe auch nicht zu begehen.

Isla hatte das Gefühl, nach einer Nadel im Heuhaufen zu suchen. Dabei hatte das Unwetter sie nun schon fast erreicht. Sie konnten Blitze durch die schwarzen Wolken zucken sehen.

»Schau mal, ist das dort unten ein Gebäude?«, fragte Ben und zeigte die Steilküste hinunter.

Isla nickte. »Ja, tatsächlich. Es scheint an dem Weg zu liegen, der zu dem großen Anwesen führt. Wollen wir es uns mal ansehen?«

»Ja«, erwiderte Ben. »Allerdings kommen wir über die Klippen nicht hinunter.«

Isla sah sich um. Die Insel war nicht besonders groß, aber man konnte leicht die Orientierung verlieren, besonders wenn man sich nicht auskannte. »Lass uns hier entlanggehen.«

Sie schlugen sich durch die spärlichen Ginstersträucher bis zu einer Stelle, von der aus sie das merkwürdige Gebäude unten am Strand deutlicher erkennen konnten.

Isla warf einen Blick auf die schwarze Wolkenwand, die ihr Angst machte. »Gleich fängt es an zu regnen.« Sie beschleunigte ihren Schritt, was jedoch nur dazu führte, dass sie über das Geröll stolperte.

Nachdem sie wenige Minuten später wieder das Herrenhaus erreicht hatten, folgten sie von dort aus dem Weg hinunter zum Meer. Anfangs war er noch deutlich zu erkennen, doch je weiter sie sich der Küste näherten, umso dichter war er von Gestrüpp überwuchert.

»Schau mal, da vorn ist das Gebäude, das wir von oben gesehen haben!«, rief Isla atemlos.

Nur wenige Meter vor ihnen ragte ein Schieferdach auf. Neben dem Haus führten die Überreste eines langen Stegs ins Meer hinaus.

»Das war bestimmt mal die Hauptanlegestelle«, bemerkte Isla und sah in die Bucht hinaus, die sich vor ihnen ausbreitete. Hier konnte man sicher viel besser ankern als an dem felsigen Strand, den sie sich ausgesucht hatten. Aber auch hier waren große Schilder angebracht, auf denen »Betreten strengstens verboten!« und »Vorsicht, Sprengfallen! Lebensgefahr!« stand.

»Das ist ein Bootshaus«, stellte Ben fest. »Es scheint genau wie das Haupthaus regelmäßig gepflegt zu werden. Sonst würde es längst nicht mehr stehen.«

»Dann ist da vielleicht ein Boot drin«, rief Isla gegen den Sturm an.

Ben machte sich an dem hölzernen Riegel zu schaffen, der das Gebäude verschloss. »Der ist ziemlich morsch«, sagte er, und tatsächlich brauchte er nicht lange, um die Tür zu öffnen.

Er holte sein Handy heraus, um das Bootshaus auszuleuchten. Im Inneren des Gebäudes schlugen die Wellen hoch an den Felsen, auf dem es errichtet worden war. Drei alte Ruderboote waren an den Wänden befestigt, die jedoch nicht seetüchtig wirkten. Isla vermutete, dass die

Rückfahrt nach Ullapool in ihrem Schlauchboot eindeutig sicherer wäre als in einem dieser lecken Holzschiffe.

»Hier ist nichts Brauchbares zu finden«, stellte Ben fest und steckte sein Handy zurück in die Tasche.

Enttäuscht verriegelten sie die Tür wieder und verzichteten darauf, auch das obere Stockwerk des Bootshauses zu erkunden. Die wacklige Holztreppe schien nicht besonders stabil zu sein, und weder Isla noch Ben waren erpicht darauf, hinaufzusteigen.

Isla wandte sich gerade von dem Bootshaus ab, als die ersten Regentropfen fielen. Ein lauter Donner rollte über sie hinweg.

»Wir sollten zusehen, dass wir zurück ins Haus kommen. Das Boot können wir vergessen.« Ben rannte mit großen Schritten los, und Isla folgte ihm.

Der Regen wurde immer stärker, und nach wenigen Sekunden waren sie bereits völlig durchnässt. Während sie den Weg zum Herrenhaus hinaufeilten, kreisten Islas Gedanken unablässig um das verschwundene Boot. Wie konnte das passieren? Ben war ein erfahrener Seemann, er wusste, wie man ein Schiff vertäute. Versehentlich konnte ihm ein solcher Fehler nicht unterlaufen sein. Aber wie hatte sich ihr Boot lösen können? Oder hatte es jemand absichtlich losgemacht? Aber wer und warum? Der einzige Mensch, der außer ihr auf dieser Insel war, war Ben. Doch es ergab keinen Sinn, dass er absichtlich schlampig gearbeitet hatte, schließlich saß er ja jetzt mit ihr auf der Insel fest. War es Zufall, dass Isla schon wieder in eine lebensgefährliche Situation geraten war?

Noch bevor sie zu einem vernünftigen Gedanken gekommen war, hatten sie das Anwesen erreicht. Der Wind blies inzwischen orkanartig, und Isla musste immer mehr Kraft aufbringen, um dagegen anzukommen. Während sie den Schlüssel aus ihrer Tasche zog, lief ihr das Wasser in die Augen. Ihr war eiskalt, und eine irrationale Angst saß ihr im Nacken. Ein Gewitter und ein tobender Sturm mitten auf dem Ozean waren schon Furcht einflößend genug, weshalb sie wirklich gern auf die unheimliche Atmosphäre des Hauses verzichtet hätte.

Als sie die Eingangstür öffneten, empfing sie die Finsternis von Taigh-Mòr-Fraser. Isla wischte sich die Regentropfen aus dem Gesicht, ihre Kleidung und die Haare waren klatschnass.

»Lass uns in die Küche gehen. Da sind bestimmt Kerzen«, schlug Ben vor. »Unsere Handys werden bald keinen Strom mehr haben, wenn wir sie ständig als Taschenlampen benutzen.«

»Okay.« Isla steuerte auf die entsprechende Tür zu. »Und dann suchen wir Handtücher oder Decken, damit wir uns nicht erkälten. Wir müssen uns dringend abtrocknen.«

Hier drinnen war es etwas wärmer als draußen, aber das Gebäude schien voller unheimlicher Geräusche. Der Wind pfiff durch die Ritzen unter den Fenstern, und die Scheiben klirrten gegen die Bretter, mit denen sie zugenagelt worden waren.

Ben fand einen ganzen Karton Kerzen in einer der kleinen Kammern vor der Küche und glücklicherweise auch eine Schachtel Streichhölzer.

Zitternd vor Kälte stellten sie einige alte Porzellanschüsseln vor die Tür, um darin Regenwasser aufzufangen, und versuchten dann mit den staubigen Kohlen, die noch im

Herd lagen, ein Feuer anzufachen. Tatsächlich gelang es ihnen erstaunlich gut, und schon bald loderten die Flammen im Küchenofen. Die Schüsseln waren schnell voller Regenwasser, das sie in den alten Kessel gossen. Außerdem konnten sie auch ihre Wasserflaschen füllen, die sie längst ausgetrunken hatten.

Wenig später hatten beide eine dampfende Tasse in der Hand und in der anderen eine Kerze, um in deren Lichtschein den oberen Stock zu erkunden.

Leider waren dort keine Handtücher zu finden, dafür aber einige Leinendecken, in die sie sich hüllten, nachdem sie ihre feuchte Kleidung ausgezogen hatten. Dann setzten sie sich an das Fenster des großen Zimmers, in dem Isla die Sachen ihres Vaters und ihres Großvaters gefunden hatte. Hier oben waren die Fenster kleiner und nicht mit Holz abgedeckt worden, sodass sie in das Unwetter hinausschauen konnten.

Draußen war es nachtschwarz geworden, obwohl es erst spät am Nachmittag war.

»Ich hole noch mal heißes Wasser und bringe ein paar neue Kerzen mit. Die hier sind ja schon ganz abgebrannt.« Ben nahm Islas leeren Becher und machte sich auf den Weg nach unten.

Sobald er das Zimmer verlassen hatte, wurde es noch unheimlicher. Nicht nur, weil er eine der Kerzen mitgenommen hatte und es deshalb jetzt dunkler war, sondern auch, weil Isla neue Geräusche hörte, die sie vorher nicht wahrgenommen hatte. Die Holzbalken des Hauses knarrten, der Wind ließ die Fenster klappern, und irgendwo schlug eine Tür.

»Bitte schön«, sagte Ben, als er wenig später wieder bei ihr war. Er reichte ihr den Becher mit dem heißen Wasser.

Isla überlief ein angenehmer Schauer, als sie ihre zitternden Finger um das warme Porzellan schlang.

Sie schwiegen einige Minuten lang, und Isla trank in kleinen Schlucken. Sie trauten sich nicht, den Kamin in diesem Zimmer anzuzünden, da sie nicht wussten, ob der Abzug frei war. Außerdem hätte der Sturm das Feuer vermutlich erstickt, und Holz konnten sie sowieso nirgends entdecken.

»Was, glaubst du, ist mit dem Boot passiert?«, fragte Isla nach einer Weile.

Sie beobachtete Ben genau, der mit den Schultern zuckte.

»Keine Ahnung, ich habe es wirklich gut festgemacht.«

»Und doch ist es weg.« Isla beugte sich auf dem wackligen Holzstuhl nach vorn. Sie hatte ihren Rucksack geöffnet und den Inhalt vor sich auf einer Decke ausgebreitet. Einige der Lebensmittel waren feucht geworden, aber es schien alles noch essbar zu sein. Die Aufzeichnungen, die sie aus dem Arbeitszimmer mitgenommen hatte, waren zum Glück trocken geblieben.

»Ich verstehe das nicht.« Isla schüttelte den Kopf. »Das Boot ist wie vom Erdboden verschluckt. Wenn du es tatsächlich gut festgebunden hast, kann es eigentlich nur jemand versteckt haben.«

»Aber wer könnte das gewesen sein?«, fragte Ben und verzog ungläubig das Gesicht. »Das kommt mir unwahrscheinlich vor.«

Isla zündete zwei weitere Kerzen an und griff nach dem Fotoalbum aus dem Arbeitszimmer. Es war dick gepolstert und mit dunkelrotem Samt bezogen, der inzwischen gräulich schimmerte. In die Aussparungen der stabilen Pappseiten waren dicke Fotos geschoben worden, die man betrachten konnte. Doch statt der Familienporträts, die Isla erwartet hatte, fand sie Bilder von dem großen Saal hier auf Taigh-Mòr-Fraser mit dem Podest in der Mitte.

Ben warf ebenfalls einen Blick auf die alten Fotografien. »Der Saal sieht auf diesen Bildern ganz anders aus, weil die Fenster nicht verschlossen sind. Und das Podest wirkt neu. Man kann die Falltür nicht erkennen, die in den Keller führt.«

»Schau mal, da steht eine Kiste auf dem Podest«, stellte Isla fest und fuhr erschrocken zurück. Die Kiste wirkte wie ein Sarg – und tatsächlich lag ein Mann darin. Seine Hände waren vor der Brust gefaltet, die Augen geschlossen, und seine Haut war so hell, dass sie auf der Schwarz-Weiß-Fotografie kaum von dem Laken zu unterscheiden war, auf das er gebettet war. »Das scheint eine Leiche zu sein.«

Ben runzelte die Stirn. Ein Ausdruck von Abscheu legte sich auf sein Gesicht. »Tatsächlich. Aber wer hat den Mann hier aufgebahrt?«

Isla blätterte eine Seite um und rief entsetzt: »Um Himmels willen! Da sind ja noch mehr von diesen schrecklichen Bildern. Immer erst ein Männerporträt, und daneben liegt derselbe Mann dann in einem Sarg.«

»Das ist gruselig«, bemerkte Ben. »Warum gab es hier so viele Tote? Sind diese Leute alle zufällig auf der Insel gestorben, oder hat man ihre Leichen hierhergebracht als eine Art Totenkult?«

»Die Fotos sind sehr alt. Ich schätze, sie stammen aus der zweiten Hälfte des 19. Jahrhunderts, sicher weit vor der Jahrhundertwende – schau dir nur die Kleidung an!« Isla deutete auf die Gehröcke, die alle Leichen trugen. »Solche Herrenüberröcke waren nach 1900 definitiv nicht mehr modern.«

»Wieso kennst du dich so gut mit der Mode von damals aus?«, fragte Ben.

»Das war Stoff in meinem Journalistik-Studium«, murmelte Isla, während sie die Bilder erneut betrachtete.

Auch Ben wandte sich wieder dem Album zu. »Aber warum hat man diese toten Männer fotografiert?«

»Das war damals nicht unüblich. Tote zu fotografieren, war bei den Viktorianern sehr beliebt.« Isla ließ das Buch sinken. In den zuckenden Flammen der Kerzen wirkten die Leichen umso unheimlicher. Draußen tobte der Sturm inzwischen immer heftiger, ein Blitz erhellte das Zimmer. Im nächsten Moment krachte ein ohrenbetäubender Donner. Isla fuhr zusammen und dachte mit Schrecken daran, dass es hier keine hohen Bäume gab. Wenn der Blitz einschlug, dann vermutlich ins Dach dieses Hauses. Aber es hatte die letzten zweihundert Jahre – oder wie lange auch immer – hier gestanden und bestimmt schon einige Unwetter erlebt.

Islas Gedanken kehrten zu den Fotografien zurück. Wieso waren auf dieser Insel so viele Leichen fotografiert worden? Waren diese Männer hier gestorben?

Isla legte das Album zur Seite und griff nach einer der Mappen, die sie ebenfalls aus dem Arbeitszimmer mitgenommen hatte. Darin lagen viele Bögen Papier, die mit einer feinen Schrift eng beschrieben worden waren.

Sie musste die Augen zusammenkneifen, um die winzigen Buchstaben im Kerzenschein entziffern zu können.

Archie und ich sitzen auf der Insel fest. Ich begreife allmählich, dass jedes Wort wahr ist, das mein Vater in seinen Aufzeichnungen festgehalten hat, die wir im Turm gefunden haben. Ich wünschte, wir wären nie hierhergekommen. Ich wünschte, Archie hätte nie den Schlüssel der verschlossenen Tür entdeckt. Das ist nicht mein Vater. Nicht der Mann, den ich so aufrichtig bewundert und geliebt habe. Er ist kalt und berechnend, und am schlimmsten ist, dass das gesamte Geld unserer Familie, mit Ausnahme der Mitgift meiner Mutter, offenbar auf eine furchtbare, grausame Lüge zurückzuführen ist. Ich kann nicht darüber berichten, es schmerzt mich zu sehr. Und doch muss ich es tun, weil ich es mir von der Seele schreiben muss. Hätte ich Archie nur nicht mit zur Insel genommen, ich habe so große Angst um ihn. So viele Fehler, aber jetzt ist es zu spät.

Daddy hält uns hier gefangen wie Vögel in einem Käfig. Er ist wieder fort, angeblich will er vor dem Winter noch einmal zurückkommen. Mir wäre es lieber, er würde fortbleiben, ich kann seinen Anblick kaum mehr ertragen. Aber er ist der einzige Mensch auf der Welt, der weiß, dass wir hier sind, und wenn er nicht kommt, werden wir auf der Insel sterben. Unsere Lebensmittel reichen allenfalls noch für wenige Wochen, vielleicht nur für Tage. Er behandelt uns herzlos. Als wäre ich nicht seine Tochter. Und Molly scheint auf seltsame Weise von ihm abhängig zu sein. Den Gedanken an Mable versuche ich zu verdrängen und sehe doch immer wieder ihr wächsernes Gesicht vor mir.

Unser Vermögen basiert auf einem entsetzlichen Betrug, der viele junge Männer das Leben gekostet hat. Dafür braucht Daddy mich also – um weitere Männer anzulocken. Edward Irving, Bertram Wood, Albert Green und Samuel Fletcher, die ich in Wales kennengelernt habe, sind ihm bereits in die Falle gegangen. Ich weiß nicht, was mich mehr entsetzt – zu wissen, dass diese vier Männer nicht mehr am Leben sind, dass mein Vater ein Monster ist oder dass er verlangt, dass ich ihm bei seinem perfiden Plan zur Hand gehe. Ich soll den Honig spielen, der die Bienen anlockt.

Isla ließ das Dokument sinken. Ihr war eiskalt geworden, dieses Mal jedoch nicht vom Regen und Wind, sondern durch das Entsetzen, das die Worte in ihr hervorgerufen hatten. Die Verzweiflung der Schreibenden sprach aus jedem Satz. Wer hatte diese Zeilen verfasst, und meinte die Autorin – denn dass es sich um eine Frau handeln musste, schien offensichtlich zu sein – etwa einen Vorfahren von Isla? Waren also beide verwandt mit ihr?

»Wir können nichts anderes tun, als abzuwarten«, riss Bens Stimme sie aus ihren Gedanken. »Hoffen wir, dass sich der Sturm bis morgen gelegt hat und meine Kollegen dann irgendwann hier auftauchen.«

Isla atmete tief durch und legte den Bericht, den sie gerade gelesen hatte, zur Seite. »Wissen die denn, wo die

Insel liegt?«, fragte sie und erinnerte sich daran, dass auch Ben noch nie hier gewesen war.

»Ich habe ihnen erzählt, wohin wir fahren. Sie werden uns also finden.« Ben klang allerdings nicht besonders überzeugt.

Dennoch musste Isla ihm recht geben. Im Augenblick, mitten in diesem heftigen Sturm, konnten sie nichts unternehmen. Außerdem war es inzwischen stockdunkel geworden, sie mussten bis zum nächsten Morgen warten.

»Ich nehme das Zimmer nebenan und geh jetzt schlafen«, sagte Ben und stand auf. »Wenn irgendwas ist, melde dich.«

Isla folgte ihm zur Tür. Am liebsten hätte sie ihn gebeten, in der Nacht bei ihr zu bleiben, aber sie wollte nicht albern klingen. Schließlich war außer ihnen niemand auf der Insel, Geister gab es nicht und wilde Tiere sicher auch nicht. Sie konnte also beruhigt schlafen.

Als sie sich wenig später auf die durchgelegene Matratze warf, fiel es ihr allerdings schwer, einzuschlafen. Der Sturm rüttelte am Dach und pfiff durch sämtliche Ritzen. Isla fragte sich, was geschehen würde, wenn Bens Kollegen die Insel nicht fänden. Wie genau war Bens Beschreibung gewesen? Er hatte mit Sicherheit nicht damit gerechnet, dass sie das Boot verlieren und auf der Insel festsitzen würden. Isla drehte sich auf der unbequemen Strohmatratze hin und her. Irgendwann sah sie auf die Uhr ihres Handys, es war elf Uhr geworden. Wann hatte sie sich schlafen gelegt?

Kurz darauf schlummerte sie endlich ein.

Doch mitten in der Nacht fuhr sie hoch. Etwas hatte sie aus dem Schlaf gerissen. Ein Geräusch. Sie versuchte sich zu orientieren, hörte aber zunächst nichts anderes als ihren eigenen Herzschlag, der in ihren Ohren hämmerte, und den Sturm, der ums Haus fegte.

Aber dann nahm sie es wahr.

Da waren Schritte im Flur. Die Dielenbretter knarrten.

Mit klopfendem Herzen starrte Isla auf die geschlossene Tür.

Das konnte nur Ben sein, redete sie sich ein, um sich zu beruhigen. Doch die Schritte kamen nicht aus dem Zimmer nebenan, sondern näherten sich vom Ende des Flures – zumindest schien es Isla so.

Vor ihrer Tür verharrten sie.

Isla wagte nicht, sich zu rühren. Ihr Atem ging schneller. Sie durfte nicht in Panik geraten. Sie musste ihren Verstand einsetzen. Sie waren auf einer Insel, mitten im Ozean, und niemand außer ihnen beiden konnte hier im Haus sein. Es musste also Ben sein, der da vor der Tür stand. Wieso blieb er stehen? Warum kam er nicht ins Zimmer? Hatte Isla vielleicht nicht mitbekommen, wie er aufgestanden und kurz zur Toilette gegangen war? Hier oben gab es kein Badezimmer, sie konnte sich allerdings auch an keines im Erdgeschoss erinnern. Vermutlich hatte es früher ein Plumpsklo gegeben, Ben war vielleicht einfach vor die Tür gegangen, um auszutreten.

»Ben?«, rief sie mit zittriger Stimme. Obwohl sie sich sonst nicht so leicht einschüchtern ließ, hatte sie plötzlich Angst, aufzustehen. »Bist du das?«

Statt einer Antwort hörte sie wieder Schritte. Sie entfernten sich hastig den Gang hinunter, es klang, als liefen sie vor ihr davon.

Isla schlug entsetzt die Hand vor den Mund. Wenn es

Ben gewesen wäre, dann wäre er doch nicht weggelaufen, als sie nach ihm rief. War also noch jemand mit ihnen hier im Haus? Jemand, der sich vor ihnen versteckte? Jemand, der auch für das Verschwinden des Bootes verantwortlich war?

Isla setzte sich panisch auf die Bettkante. Ihr Herz schlug so schnell, dass sie meinte, es müsste jeden Moment aus ihrem Mund herausspringen. Die Tatsache, dass noch eine dritte Person auf der Insel war, kam ihr jetzt erschreckend naheliegend vor. Aber dann hätten sie doch das Boot sehen müssen, mit dem diese Person hergekommen war, sie hätten ihr bei ihrem Rundgang über die Insel begegnen müssen, oder nicht? Isla dachte an die vielen nicht einsehbaren Stellen, an Höhlen, die möglicherweise in den zerklüfteten Felsen verborgen waren. Für jemanden, der sich auf der Insel auskannte, war es bestimmt nicht schwer, ihren Blicken zu entgehen und sein Boot zu verstecken.

Isla stand auf. An Schlaf war nicht mehr zu denken. Am Abend hatte sie unter dem Bett nachgesehen und einen alten Nachttopf entdeckt. Jetzt benutzte sie ihn und schob ihn anschließend wieder zurück. Kaum auszudenken, dass die Menschen früher jede Nacht mit Urin unter dem Bett geschlafen hatten. Aber Isla würde auf keinen Fall nach draußen gehen und auch nicht allein durchs Haus schleichen. Erst recht nicht jetzt, nach dem, was gerade geschehen war.

Sie trat ans Fenster und sah hinaus. Die Ginstersträucher, die sich vor dem dunkelvioletten Nachthimmel abzeichneten, standen beinahe waagerecht im Sturm. Isla sah wieder zur Tür. Die Schritte hatten sich entfernt. Ob es doch Ben gewesen war, der nach unten gegangen war? Sie zögerte einen Moment, beschloss dann aber nachzusehen.

Mit bebenden Fingern entzündete sie eine Kerze. Langsam und möglichst lautlos ging sie zur Tür. Vermutlich benahm sie sich vollkommen albern, natürlich musste es Ben sein, der auf dem Flur gewesen war. Trotzdem war sie vor Angst wie gelähmt und musste sich zu jedem Schritt zwingen. An der Tür atmete sie tief durch, bevor sie den Knauf langsam drehte. Durch einen Spalt spähte sie auf den Flur hinaus. Im schwachen Schein der Kerze sah sie den Gang hinunter. Unheimliche Schatten zeichneten sich an den Wänden ab. Nachdem sie eine Weile in die fahle Dunkelheit gestarrt hatte, war sie sich jedoch sicher, dass es sich nur um Vorsprünge und Nischen des Korridors handelte, der ansonsten leer war.

Mit zusammengepressten Lippen und unkontrolliert zitternd – ob vor Angst oder Kälte, wusste sie nicht –, trat sie hinaus und hielt dann erschrocken inne.

Auf dem Boden waren feuchte Spuren zu erkennen.

Isla keuchte entsetzt auf und konnte nur mit Mühe einen lauten Schrei unterdrücken.

Fußspuren vor ihrer Zimmertür!

Sie führten den Flur entlang, von der Treppe bis zu ihrem Zimmer. Isla konnte sehen, dass der Mensch, der sie verursacht hatte, auch wieder weggegangen war, die Spuren verloren sich auf den Holzdielen.

Isla holte tief Luft und versuchte, sich zu beruhigen. Panik hatte sie nun endgültig ergriffen und drohte sie zu überwältigen. Sie schloss kurz die Augen und bemühte sich um tiefe und gleichmäßige Atemzüge. Allmählich beruhigte sich ihr Herzschlag wieder, das lähmende Entsetzen wich. Noch einmal zwang sie sich zur Ruhe, ehe sie an Bens Tür klopfte. Ohne eine Antwort abzuwarten, betrat sie das Zimmer, in der Hoffnung, das Bett leer vorzufinden. Denn das war die einfachste Erklärung: Ben war im unteren Stockwerk gewesen, mit seinen vom Regen durchnässten Schuhen durch den Flur gelaufen und dann – warum auch immer – wieder nach unten verschwunden.

Isla wich entsetzt zurück.

Ben lag, tief schlafend, im Bett.

Gänsehaut breitete sich auf ihrem Körper aus. Wenn er hier schlief, konnte er auf keinen Fall derjenige sein, der auf dem Flur gewesen war und dessen Schritte sich dann in Richtung Treppe entfernt hatten. Isla strich sich fröstelnd über die Arme und sah zwischen Tür und Bett hin und her.

Die Spuren stammten nicht von Ben.

Sie konnten nicht von ihm stammen.

Sie waren nicht allein auf der Insel.

Isla zögerte kurz, ehe sie Ben sanft rüttelte.

Zunächst regte er sich nicht. Erst allmählich schien er aus tiefstem Schlaf zu erwachen. Er brauchte einen Moment, bis ihm bewusst wurde, wo er sich befand.

Stöhnend blinzelte er ins Kerzenlicht und ließ sich auf das dünne Kissen zurückfallen. »Wie spät ist es?«

»Ein Uhr«, antwortete Isla leise. »Bist du eben aufgestanden und nach unten gegangen?«

»Nein, wieso?« Ben gähnte.

»Da war jemand im Flur«, erwiderte Isla. »Ich habe Schritte gehört, die von der Treppe her kamen und vor meinem Zimmer angehalten haben. Als ich nach dir gerufen habe, ist er schnell weggelaufen. Und jetzt sind feuchte Fußabdrücke auf den Dielen.«

Ben sah sie müde an. »Bei dem tosenden Sturm da draußen hast du Schritte gehört?«

»Ja, das habe ich«, sagte Isla. »Ich bin sicher, dass außer uns noch jemand auf der Insel ist. Er hat das Boot losgemacht.«

»Das ist unmöglich.« Ben setzte sich auf. »Hör zu, das hast du dir alles nur eingebildet.« Er rieb sich die Augen. »Aber wir sollten zusammenbleiben. Weck mich einfach, wenn du noch mal was hörst.«

Isla nickte, auch wenn sie sich darüber ärgerte, dass er ihr nicht glaubte. »Komm mit zu mir rüber, du kannst im Bett schlafen, ich nehme den Sessel.«

»Unsinn, ich lege mich auf den Boden.« Ben schnappte sich das Kopfkissen und die Decke, um ihr in das benachbarte Zimmer zu folgen.

Isla schüttelte entschieden den Kopf. »Du musst ausgeruht sein, damit du uns zurückbringen kannst, falls wir das Boot doch noch finden. Ich nehme den Sessel.«

Ben unterdrückte ein Gähnen. »Okay.«

»Schau!« Isla deutete auf die Fußabdrücke im Flur, die Ben nun skeptisch betrachtete.

»Die könnten tatsächlich von mir sein, ich bin doch noch mal rausgegangen, um neues Regenwasser aus der Porzellanschüssel zu holen.«

Isla schüttelte den Kopf. »Das war gestern Abend. So lange halten sich nasse Spuren nicht.« Isla wusste, dass sie nicht von Ben stammen konnten, und auch ihm musste das klar sein. »Und warum führen sie hier zur Tür und dann wieder fort? Du bist doch nicht weggegangen, oder?«

Ben stöhnte laut auf, als er sich auf die alte Matratze legte. »Das Bett ist total durchgelegen, das andere war wie neu.«

Isla hatte das Gefühl, dass hier noch etwas anderes nicht ganz passte. Die große Anzahl der Gästezimmer deutete auf viele Besucher hin. Gleichzeitig schienen die kleinen Kammern aber alle vollkommen ungenutzt zu sein. Nur dieses große Zimmer war offenbar überhaupt jemals bewohnt worden.

»Und jetzt Gute Nacht«, murmelte er. »Wenn du Angst hast, darfst du mich gerne wecken.«

»Das hätte ich so oder so getan.« Resigniert blies Isla die Kerze aus und stellte sie neben sich auf den Nachttisch, sodass sie griffbereit war, wenn sie gebraucht würde. Dann kuschelte sie sich in den Sessel und schloss die Augen. Doch sie war hellwach, denn sie wusste jetzt definitiv, dass noch jemand auf der Insel war. Und er war in diesem Haus gewesen, während sie geschlafen hatten. Ob Ben ihr glaubte oder nicht.

ROSA

Schottland, Äußere Hebriden,
Eilean-Taigh-Mòr-Fraser

Oktober 1884

Der Morgen graute bereits, als Rosa und Archie zum Hafen hinuntergingen, um den Fischer zu treffen, der sie nach Eilean-Taigh-Mòr-Fraser bringen wollte. Sie hatten die Nacht in einem halb verfallenen Haus auf Lewis und Harris verbracht und erstaunlich gut auf seinem feuchten Fußboden geschlafen. Einmal war Rosa erschrocken hochgefahren, weil ihr eine Ameise über den Arm gelaufen war. Doch sie war gleich wieder eingeschlafen. Es war die erste Nacht in ihrem Leben gewesen, die sie nicht in einem komfortablen Bett verbracht hatte.

»Guten Morgen!«, rief der dünne, groß gewachsene Fischer, der bereits auf sie wartete. »Habt ihr das Geld?« Er steckte sich eine Prise Schnupftabak in die Nase.

Archie nickte und reichte ihm drei Münzen. Sie hatten beschlossen, dass es besser sei, wenn er den Lohn für die Überfahrt bezahlte und Rosa das restliche Geld bei sich aufbewahrte. Wenn der Fischer sie ausrauben wollte, würde er nicht erwarten, dass Rosa die Reichtümer in ihrer Tasche trug.

Der Mann hielt die Münzen ins schwache Licht seiner Gaslaterne und nickte zufrieden. Vermutlich war es weit mehr, als er in einer Woche mit seinem Fischfang verdienen konnte.

Er winkte ihnen, ihm zu folgen. Das kleine Boot, auf dem sie ihn gestern schon hatten arbeiten sehen, lag weit hinten am Steg. Obwohl es erst 3 Uhr morgens war, herrschte Hochbetrieb am Hafen. Es wimmelte von Fischern, die ihre Boote klarmachten, Netze trugen und sich kurze Befehle zuriefen. Zum ersten Mal wurde Rosa bewusst, dass es noch so viele andere Leben gab und sich die meisten davon grundlegend von ihrem eigenen unterschieden. Denn Rosa war noch nie um diese Zeit woanders als in ihrem Bett gewesen, wenn man von den wenigen Festen absah, bei denen sie um drei Uhr noch ausgelassen mit anderen Gästen getanzt hatte.

Der Fischer half ihnen, auf das Boot zu steigen, auf dem bereits mehrere Männer die Segel hissten. Auf den Planken waren Holzkisten festgenagelt, in denen später der Fisch gesammelt werden würde. An der Reling standen einige große Fässer. Zwei Masten, an denen die Segel hingen, waren in der Mitte des Bootes angebracht, und ein hölzernes Steuerrad befand sich am Heck. Überall verliefen Seile und Taue, und Rosa musste sich bücken, um von einem Ort zum anderen zu gelangen. Der Fischer empfahl ihnen, in die Kajüte zu gehen, denn weiter draußen könne es ziemlich stürmisch werden, außerdem wollte er nicht, dass sie ihm und seinen Männern im Weg standen. Aber als Rosa die schmale, steile Holztreppe hinabstieg, war der Gestank nach Fisch und Blut so stark, dass ihr schlecht wurde.

»Ich kann nicht da unten bleiben, dort gerate ich in Atemnot«, erklärte sie dem Fischer, als sie wenig später wieder an Deck auftauchte. »Ich setze mich da vorn auf die Kisten und halte mich an der Reling fest.«

Der Mann warf ihr einen verächtlichen Blick zu, widersprach aber nicht. Archie nahm neben ihr Platz, und als sie kurz darauf ablegten, klammerten sie sich am Bootsrand fest. Rosa beobachtete die Männer, die jeden ihrer Handgriffe in- und auswendig zu kennen schienen. Sie eilten emsig umher, lösten Seile, warfen Netze aus und holten andere ein. Dabei fuhr das Schiff stetig weiter, die Segel waren mit Wind gefüllt, und allmählich füllten sich auch die Holzfässer mit Heringen. Das sanfte Schaukeln des Schiffes auf den Wellen war angenehm. Aber als nach zwei Stunden der Wind auffrischte und die See rauer wurde, schien das Boot zum Spielball der Wellen zu werden. Inzwischen war die Sonne aufgegangen, sodass sie bis zum Horizont schauen konnten. Rosas Hände waren kalt und klamm, und es wurde immer schwieriger, sich an der Reling festzuhalten. Sie sah angestrengt in die Ferne, konnte außer Wellenbergen jedoch nichts erkennen. Erst nach mehreren Stunden tauchten einige Felsen auf, die aus dem Wasser ragten.

»Was ist das?«, rief Rosa dem Fischer zu, der anscheinend der Kapitän war.

»Das sind die Inseln Dùn und Hirta von der Gruppe St. Kilda«, antwortete er. »Ich nutze sie zur Orientierung. Eilean-Taigh-Mòr-Fraser liegt südwestlich, es ist nicht leicht zu finden. Ich bin bisher nur zweimal dort gewesen, um etwas auszuliefern. Mein Schiff ist kein Paketboot, aber wir nehmen den Extralohn natürlich gerne mit.«

Rosa atmete auf. Dann hatten sie einen Großteil des Weges sicher schon geschafft.

Doch sie irrte sich. Es verging eine weitere Stunde, in der die Fischer ihre Netze zu beiden Seiten des Bootes auswarfen und gut gefüllt wieder einholten. Gerade als Archie und Rosa daran zu zweifeln begannen, ob der Seemann überhaupt noch daran dachte, sie zu der Insel zu bringen, tauchte eine vage Landmasse vor ihnen auf.

»Das ist Eilean-Taigh-Mòr-Fraser«, rief der Fischer ihnen zu, der jetzt das Steuerrad übernommen hatte. »Einer meiner Männer bringt Sie rüber.«

»Können Sie uns denn auch wieder abholen?«, fragte Rosa.

Der Fischer wog den Kopf hin und her. »Heute auf keinen Fall, denn wir müssen nach Stornoway zurück. Aber wir können morgen zur selben Zeit wieder hierherkommen. Warten Sie dann genau an der Stelle, wo wir Sie gleich absetzen werden.«

»Könnten Sie vielleicht eine Stelle wählen, die nicht so gut einzusehen ist?«, fragte Rosa.

»Warum?«, plötzlich wurde der Fischer skeptisch. Er sah sie aufmerksam an. »Sie sagten doch, die Insel gehört Ihrer Familie.«

»Meinem Vater. Richtig, und ich möchte ihn auf der Insel überraschen.«

Er ließ die Schultern wieder sinken. Die Antwort schien ihn zu beruhigen.

»In Ordnung.« Der Seemann nickte. »Das wäre möglich. Matty zeigt Ihnen dann den Weg zu dem Haus hinauf. Wir haben dort einmal Waren abgeladen. Aber die Insel ist inzwischen in Vergessenheit geraten.«

Wenig später wurde ein Beiboot zu Wasser gelassen, mit dem sie ein junger Mann zur Küste hinüberruderte. Während sie die Strecke von etwa einer halben Meile zurücklegten, hatte Rosa Gelegenheit, sich die Insel genauer anzusehen. Sie wirkte schwer zugänglich, rundherum ragten steile Felsen auf. Rosa fragte sich, wie sie von dem kleinen Steinstrand, den sie gerade ansteuerten, überhaupt wegkommen sollten.

Bald hatten sie das seichte Ufer erreicht.

»Wenn ihr da hochsteigt«, der junge Mann deutete nach rechts, wo Rosa jetzt einen schmalen Pfad erkennen konnte, »kommt ihr zu einem kleinen Bootshaus, und von dort führt ein Weg zu dem einsamen Anwesen.«

»Danke.« Rosa zuckte zusammen, als das eiskalte Wasser durch ihre Schuhe und Strümpfe drang. Schnell wateten sie und Archie die wenigen Schritte bis zum Strand.

Dann sahen sie dem Ruderboot hinterher, das sich zügig wieder in Richtung des Fischkutters entfernte.

»Meinst du, unsere Ankunft ist bemerkt worden?«, fragte Rosa ihren Freund.

»Da das Haus weder vom Meer noch von hier aus zu sehen ist, glaube ich kaum, dass sie uns wahrgenommen haben. Aber sicher bin ich nicht. Vielleicht steht ja jemand irgendwo da oben auf den Felsen und schaut uns zu.«

Rosa, der die Vorstellung, dass sie möglicherweise beobachtet wurden, gar nicht gefiel, nahm ihre Tasche und ging zu dem Pfad hinüber.

Der Weg war in letzter Zeit offenbar nicht oft benutzt worden, Ginstersträucher hatten ihn überwuchert. Aber da es sich um einen Schotterpfad handelte, konnte Rosa seinen Verlauf noch gut erkennen. Mehrmals rutschte sie auf den losen Steinen aus oder blieb an Kletten oder Dornenranken hängen, doch bald sah sie das Dach eines Hauses schräg vor sich liegen und blieb stehen.

»Das Bootshaus«, sagte Archie leise. Gleich daneben ragte ein Steg weit ins Meer hinein. »Das ist vermutlich der Haupthafen der Insel, auch wenn es sich nur um eine kleine Bucht handelt. Und hier entlang muss es zu dem Anwesen deines Vaters gehen.«

Rosa folgte seinem Blick den schmalen Pfad hinauf, der in weichen Kurven anstieg. Dann nickten sie sich zu und machten sich auf den Weg. Nach der zweiten Biegung kamen die Schornsteine und Giebel eines großen Herrenhauses in Sicht.

»Vorsicht!«, flüsterte Rosa und duckte sich hinter die niedrigen Ginstersträucher. Da hier keine Bäume wuchsen, wurde es mit jedem Schritt, den sie auf das Gebäude zugingen, für sie schwerer, in Deckung zu bleiben.

Irgendwann hielten sie am Wegrand an und kauerten sich zwischen die Sträucher. Aus diesem Versteck heraus betrachtete Rosa das Anwesen, das genauso aussah wie auf den Zeichnungen, die sie bei sich zu Hause im Nordturm gefunden hatte. Wenn man den alten Aufzeichnungen Glauben schenkte, war das Herrenhaus auf der Insel erst vor wenigen Jahren gebaut worden. Doch wie bei allen Häusern hier an der Küste blätterte bereits die Farbe von den Fensterrahmen, und die Mauersteine wirkten verwittert. Die salzhaltige Luft setzte der Bausubstanz zu.

»Lass uns versuchen, auf die andere Seite zu gelangen«, sagte Rosa leise. »Wir halten uns am besten im Gebüsch. Mein Vater ist vermutlich hier. Bestimmt war er regelmäßig auf dieser Insel, wenn er verreist war.«

Dieses Haus schien erst in den letzten Jahren und unter großer Geheimhaltung entstanden zu sein. Rosas Vater musste viel Zeit mit der Beaufsichtigung der Bauarbeiten verbracht haben. Er war offenbar viele Wochen fernab der Zivilisation gewesen, hatte vielleicht sogar selbst mit angepackt. Kein Wunder, dass er manchmal so ungepflegt zurückgekehrt war, mit langem Bart, schmutzigen Fingernägeln und struppigem Haar.

In geduckter Haltung schlichen sie von Strauch zu Strauch. Der Haupttrakt des Gebäudes erstreckte sich weit nach hinten, und es war zwei Etagen hoch. Es schien nicht einmal halb so groß wie Taigh-Mòr-Fraser in den Highlands zu sein, außerdem um einiges schlichter. Es besaß keinen Turm, keine Verzierungen an der Fassade und keine Zinnen. Dennoch handelte es sich um ein imposantes Gebäude, wie Rosa es niemals auf einer so kleinen Insel erwartet hätte.

Sie verharrte einen Moment, als ein Geräusch sich unter das Rauschen der See und die Schreie der Möwen mischte. Es war eine Stimme! Angestrengt lauschte sie.

»Was ist?«, fragte Archie leise, der anscheinend nichts wahrgenommen hatte.

»Da war …« Rosa brach ab, als die Stimme wieder einsetzte.

Jetzt schien auch Archie sie zu hören. Er zog seine Freundin tiefer in den Ginsterstrauch.

Ganz vorsichtig wagten sie es, um das Gebüsch herum zu spähen. Die Fenster im Erdgeschoss des Hauses standen weit offen, vermutlich, damit die Morgenluft hineinwehen konnte.

»… Ich freue mich, Ihnen, meine lieben Freunde, heute

die Geheimnisse meiner Unsterblichkeitsmethode zu verraten.« Das war die Stimme ihres Vaters.

Rosa machte Archie ein Zeichen, näher an das Gebäude heranzuschleichen. Er verzog zweifelnd das Gesicht, aber sie ignorierte es. Sie musste sich endlich Klarheit darüber verschaffen, was ihr Vater hier trieb und was mit den Zwillingen geschehen war. Rosa huschte ein Stück vorwärts. Sie lugte kurz in Richtung der Fenster im Erdgeschoss. Da bei dem hellen Tageslicht keine Lampen entzündet worden waren und es drinnen viel dunkler als draußen war, konnte sie nicht erkennen, was in dem Gebäude vor sich ging. Sie musste noch näher heran, auch wenn sie wusste, dass es gefährlich war, da an der Hauswand keine Sträucher standen.

»Es tut mir leid, dass sich Ihre Anreise gestern so verzögert hat, aber ich bin froh, dass ich Sie auch in der Finsternis sicher hierherbringen konnte«, hörte sie die Stimme ihres Vaters.

Rosa kroch vorsichtig näher. Sie robbte über den Boden, in der Hoffnung, nicht gesehen zu werden. Als sie die Hauswand erreicht hatte, richtete sie sich so leise wie möglich auf und drückte sich gegen die Wand zwischen zwei Fenstern.

»Die Bootsfahrt war nervenaufreibend«, antwortete jetzt eine Stimme, die Rosa zu kennen glaubte. »Ich bewundere Sie für Ihr Geschick, was die Navigation betrifft. Ich hätte nie geglaubt, dass Sie es bei Nacht schaffen können.«

Vorsichtig reckte Rosa den Hals, um ins Zimmer spähen zu können. Sofort wich sie zurück, als sie die Hinterköpfe der Männer sah, die nur wenige Meter von ihr entfernt in einem großen Saal saßen. Neben ihnen stand eine merkwürdige Apparatur auf einem dreibeinigen Holzgestell, das Rosa bekannt vorkam. Bei einem Fest in Wales hatte sie einmal ein ganz ähnliches Gerät gesehen, mit dem ein Mann Bilder, ähnlich einem Gemälde, angefertigt hatte. Er hatte sie Fotografien genannt. In den Highlands war Rosa nie auf einen solchen Apparat gestoßen. Ja, dieses Gerät, das neben ihrem Vater und den Männern stand, schien so eine Maschine zur Herstellung von Bildern zu sein. Wenn sich diese Technik durchsetzen würde, brauchte man vermutlich bald keine Maler mehr.

»Wir waren die ganze Nacht seekrank«, sagte nun ein weiterer Mann im Zimmer, und Rosa schlug die Hand vor den Mund, als ihr bewusst wurde, dass die Männer, die mit ihrem Vater im Raum waren, Mr Irving und Mr Wood waren, die beiden Heiratskandidaten, die sie in Wales kennengelernt hatte. Kein Wunder, dass sie ihre Stimmen erkannt kannte!

»Wir sollten nun aber keine Zeit mehr verlieren, denn jeden Tag, den wir länger warten, werden unsere Körper älter«, hörte sie wieder ihren Vater.

Mr Wood räusperte sich. »Ich habe ein paar Fragen.«

»Nur zu!«, rief Rosas Vater fröhlich.

Rosa traute sich, noch einmal kurz durch das Fenster zu spähen. Die drei Männer saßen auf Stühlen vor einem Podest, das mitten in einem großen Saal aufgebaut war. Er schien mehr als die Hälfte des Erdgeschosses einzunehmen. Zwei mittelgroße Truhen standen ein wenig abseits auf dem Boden. Der Saal war auffallend schlicht eingerichtet. Außer den Sitzgelegenheiten, der seltsamen Apparatur, den beiden Truhen und diesem merkwürdigen

Podest gab es keinerlei Möbelstücke. Auch keine Bilder, die an den Wänden hingen, keine Vasen, keine Porzellanfiguren.

Rosas Vater, der auf einem der Stühle neben den Männern gesessen hatte, erhob sich und ging auf das Podest zu, auf dem ein Holzkasten stand.

»Besteht denn später die Möglichkeit, uns wieder zu verjüngen?«, fragte Mr Wood, und Rosa ging lieber wieder in Deckung, weil sie damit rechnen musste, dass ihr Vater sich jetzt gleich umdrehen würde, um seine Gäste anzuschauen. Und da er auf das Podest gestiegen war, konnte er sie vermutlich leicht entdecken, denn er hatte von dort einen guten Blick aus den Fenstern.

»Nein, leider nicht«, hörte sie ihn jetzt sagen. »Deshalb müssen wir die Einbalsamierung ja möglichst rasch durchführen. Die Wissenschaft ist in wenigen Jahren schon so weit, dass sie uns ein ewiges Leben ermöglichen wird. Ich selbst stehe kurz vor dem Durchbruch und viele meiner geschätzten Kollegen ebenfalls. Ich habe es Ihnen ja bereits ausführlich dargelegt, als Sie mich und meine Tochter in den Highlands besucht haben.«

»Die Menschen werden immer älter«, stimmte Mr Wood zu. »Die Lebenserwartung nimmt dank moderner medizinischer und technischer Entwicklungen rasant zu. Es ist mir schon lange klar, dass die Menschheit kurz davor steht, unsterblich zu werden.«

»Ganz genau!« Rosas Vater machte eine kurze Pause, dann fuhr er fort: »Nur kann weder ich noch ein anderer Wissenschaftler Ihnen prophezeien, wann genau dieser Zeitpunkt gekommen sein wird. Vielleicht schon in fünf, vielleicht jedoch erst in fünfzig Jahren. Aber dass er kommen wird, ist gewiss. Leider kommt die Möglichkeit, das Leben ewig zu erhalten, für viele zu spät.«

»Und zwar für jeden, der bereits dahingeschieden ist«, ergänzte Mr Wood.

»Ja«, bestätigte Rosas Vater. »Und da kommt meine Unsterblichkeitsmethode ins Spiel. Ich habe eine wirksame Formel für ein Serum entdeckt, das den Körper konserviert, sodass kein weiterer Verfall stattfinden kann. Aber ich kann Ihre Körper nicht verjüngen. Das heißt, wenn wir wieder zum Leben erweckt werden, sobald die Wissenschaft den Tod besiegt hat, müssen wir in den Körpern wiederauferstehen, die wir in der Gegenwart eingelagert haben. Wir können dann die weitere Alterung verhindern, aber die Zellen, die heute abgestorben oder krank geworden sind, lassen sich nicht erneuern oder gesund machen. Vielleicht gelingt uns das in einem übernächsten Schritt, aber niemand weiß, wann das möglich sein wird.«

Rosa runzelte die Stirn. Unsterblichkeit, ewiges Leben und Einbalsamierung? Was hatte ihr Vater mit den beiden Männern vor? Sie ließ sich leise auf den harten Felsboden gleiten, um die Beine auszustrecken, die ihr in der Hocke einzuschlafen drohten.

»Schauen Sie, was ich jetzt schon zuwege gebracht habe!«, fuhr ihr Vater fort. »Die perfekte Konservierung des Körpers.«

Rosa zuckte erschrocken zusammen. Wollte er Menschen konservieren? Tote etwa? Ihr wurde übel.

»Gut und schön, aber sind Sie sich sicher, dass Sie uns tatsächlich wieder zum Leben erwecken können?«, fragte jetzt Mr Irving. Er klang deutlich skeptischer als Mr Wood.

Rosa hielt erschrocken den Atem an. Es ging zweifelsfrei um den Tod und ewiges Leben.

»Selbstverständlich«, sagte ihr Vater. »Und ich werde es Ihnen gleich mit einer kleinen Vorführung beweisen. Aber ich möchte betonen, dass es ein sehr anstrengender Prozess ist, einen konservierten Körper wieder lebendig zu machen. Daher müssen wir uns darauf einigen, dass Sie erst wiedererweckt werden, wenn die Wissenschaft Ihnen auch wirklich ewiges Leben garantieren kann. Und natürlich werde auch ich mich in wenigen Tagen von einem meiner geschätzten Kollegen einbalsamieren lassen.«

»Das klingt sehr vernünftig«, sagte Mr Wood, und Rosa vernahm auch zustimmendes Gemurmel von Mr Irving. In ihr hingegen nahm die Panik zu. Ihr Vater hatte doch nicht wirklich vor, diese Männer zu töten, um sie irgendwann wieder lebendig werden zu lassen? Auch wenn Rosa nicht viel von den Wissenschaften verstand, war ihr immerhin klar, dass dieses Unterfangen zumindest gefährlich, wenn nicht sogar unmöglich war.

»Wie genau muss man sich diese Einbalsamierung vorstellen?«, fragte Mr Wood nun nach.

Rosa hörte entsetzt zu, unsicher darüber, ob sie glauben konnte, was sie da hörte. Das alles klang so absurd, dass es nicht stimmen konnte. Erlaubte sich ihr Vater womöglich nur einen Scherz mit den Herren?

»Nun, ich habe eine Flüssigkeit entwickelt, die unter anderem aus Formalin, Methanol, Salicylsäure und Glycerin besteht. Zunächst müssen Sie diese Lösung in kleinen Schlucken trinken, damit die Verdauungsorgane von innen konserviert werden. Dann verabreiche ich Ihnen ein Schlafmittel und ersetze anschließend Ihr Blut durch die Einbalsamierungsflüssigkeit, die ich über die Oberschenkelvenen in Ihren Körper einführe. Natürlich wird Ihr Blut hinterher filtriert und als Trockenmasse eingelagert. Wenn es in baldiger Zukunft möglich ist, ewiges Leben zu schaffen, und man Sie wieder lebendig werden lässt, muss man Ihr Blut lediglich mit etwas Wasser und ein paar Tropfen der Konversationslösung vermischen. Dann kann es injiziert werden – und Ihrem ewigen Leben steht nichts mehr im Wege.«

»Und wo werden wir ... eingelagert?«, fragte Mr Irving, und Rosa konnte an seiner Stimme hören, dass ihm die beschriebene Prozedur Angst einjagte. »Hier auf der Insel?«

Sie schlug die Hand vor den Mund, um ihre Fassungslosigkeit zu ersticken.

»Nein«, erwiderte ihr Vater. »Ich werde außer Ihnen noch weiteren Menschen das ewige Leben ermöglichen, bevor auch ich mich einbalsamieren und konservieren lasse. Für all diese Körper ist meine Insel als Lagerplatz zu klein. Außerdem ist es besser, wenn die Temperaturen unter dem Gefrierpunkt liegen. Dann haben wir die doppelte Sicherheit für eine gute Konservierung. Deshalb habe ich ein einhundert Hektar großes Areal auf Grönland gekauft, auf dem gerade eine große Burg entsteht, die mir als Einlagerungsort dienen soll. Die ersten Körper wurden bereits dorthin gebracht. In der Burg erhält jeder von Ihnen ein eigenes komfortables Zimmer mit einer Raumtemperatur von minus fünf Grad. Denn es ist mir wichtig, dass Sie sich nach dem Erwachen wohlfühlen. Die Zimmer sind mit rotem, blauem, grünem und gelbem Samt sowie mit dazu passenden Seidentapeten ausgestattet. Denn der Erweckungsprozess ist anstrengend, und Sie werden sich unter Umständen ein paar Tage regenerieren müssen. Es ist unglaublich wichtig, dass Sie das in einer für Sie angenehmen Umgebung tun können. Bitte nennen Sie mir unbedingt noch die Farbe, in der Sie erwachen wollen.«

»Grün«, sagte Mr Irving, ohne zu zögern, während Mr Wood sich für Gelb entschied.

»Sehr gut, ich werde es mir notieren.«

»Aber die … Einbalsamierung wird hier auf der Insel stattfinden?«, fragte Mr Irving.

»Ganz genau. Und zwar heute noch, um einer weiteren Alterung zuvorzukommen«, erklärte Rosas Vater. »Ich lasse Sie anschließend in einem großen Schiff nach Grönland bringen, wo meine Kollegen sich um die Aufbewahrung Ihrer Körper kümmern. Vergessen Sie nicht, Ihren gesamten Besitz in diese Truhen hier zu legen. Das wird das Einzige sein, was Ihnen noch gehört, wenn Sie wieder erwachen. Ihre Häuser, Ihre Möbel, Ihre Kleidung, das alles wird möglicherweise längst vergangen sein, aber Sie erblühen zu neuem, ewigem Leben, und der Inhalt der Truhen wird Ihr Startkapital dafür sein.«

Rosa war schlecht geworden. Was für ein perfides Spiel trieb ihr Vater mit diesen Männern? Daher kam also das Geld, das sie im Turm unter den Dielen gefunden hatten.

»Ist das auch gesichert? Wer garantiert uns, dass niemand unser Geld an sich nimmt, der nichts damit zu tun hat?«, fragte Mr Wood.

»Meine Herren, dafür haben wir natürlich gesorgt. Schauen Sie, hier …« Rosa hörte ein Rascheln, dann wieder die Stimme ihres Vaters. »Diesen Schlüssel hängen Sie sich um den Hals. Dort bleibt er, bis Sie wieder erwachen. Sie müssen mir und meinen Kollegen vertrauen, aber wir sind Ehrenmänner, oder stellen Sie das auch nur ansatzweise infrage? Denn dann brauche ich an dieser Stelle gar nicht weiterzusprechen.«

»Nein, natürlich nicht, Mr Fraser. Sie sind ein Ehrenmann!«, rief Mr Wood.

»Selbstverständlich!«, bestätigte auch Mr Irving, weit weniger überzeugt, wie Rosa fand.

»Ich habe hier ein Buch, in dem jeder Auserwählte verzeichnet ist. Auch Sie sollen darin aufgenommen werden. Deshalb werde ich nun von Ihnen Fotografien anfertigen.«

Rosa richtete sich mühsam wieder auf. Der Schrecken lähmte sie. Dennoch zwang sie sich dazu, erneut um die Ecke zu spähen. Jetzt hatten ihr Vater und die beiden jungen Männer die Köpfe über einem mit rotem Samt bezogenen Album zusammengesteckt.

»Hier sehen Sie die Männer vor der Zeremonie und dann in schlafendem Zustand. Genauso werden auch Sie ruhen, bis ein ewiges Leben möglich ist«, erklärte ihr Vater. »Ich dokumentiere jeden von Ihnen mit meinem fotografischen Verfahren, damit bei der Lagerung in der Burg nichts durcheinandergerät.«

»Ist das das Trockenplattenverfahren?«, fragte Mr Irving und betrachtete begeistert die Abbildungen in dem Buch vor sich. Dann wandte er sich der Kamera zu, und Rosa konnte sich gerade noch ducken, bevor sein Blick in ihre Richtung wanderte, denn die Kamera stand zwischen dem Podest und dem Fenster.

»Ganz recht«, erklärte Rosas Vater stolz. »Ich entwickle die Platten unter Rotlicht. Allerdings fertige ich sie nicht selbst an, sondern kaufe sie bei einem Fotografenausstatter in London.«

»Das interessiert mich sehr«, hörte Rosa Mr Irving sagen. »Wir müssen uns unbedingt ausführlich darüber unterhalten.«

»Auf jeden Fall«, rief Rosas Vater in derselben Begeisterung wie der Waliser. »Doch nun darf ich Sie bitten, sich der Reihe nach auf diesen Stuhl hier zu setzen und einen Moment still zu halten, damit ich Sie ablichten kann.«

Rosa konnte das Rücken von Stühlen auf den Holzdielen hören. Dann raschelte und klickte es mehrmals.

Schließlich war wieder die Stimme ihres Vaters zu vernehmen. »Sehr gut gemacht, Mr Irving! Wenn ich Sie nun bitten dürfte, Mr Wood? Ich muss nur die Platte auswechseln.«

Einige Minuten später wurde die Prozedur mit dem zweiten Mann wiederholt. Wieder konnte Rosa das Scharren der Stühle und das Rascheln des Tuchs hören, unter das ihr Vater zum Fotografieren kriechen musste. Rosa hatte sich diesen Vorgang von dem Fotografen in Wales ganz genau erklären lassen.

»Wunderbar!«, rief ihr Vater dann. »Wenn vorerst keine Fragen mehr zum Ablauf bestehen, kommen wir nun also zur Vorführung meiner Unsterblichkeitsmethode, damit Sie sicher sein können, dass ich Ihnen keine Märchen erzähle.«

»Ich bin sehr gespannt«, sagte Mr Wood. »Sie sollten von der Königin dafür geehrt werden.«

»Oh, nun, ich will Ihnen ja nicht zu viel verraten, aber die Königin hat bereits in Aussicht gestellt, mich zum Ritter zu schlagen, wenn meine Forschung beendet ist. Dann wird es vermutlich nicht mehr so einfach sein, sich von mir konservieren zu lassen, denn ich werde mich zunächst um die königliche Familie kümmern müssen. Und anschließend muss ich dringend selbst konserviert werden, denn, wie ich schon sagte, es zählt jeder Tag.«

»Wie selbstlos von Ihnen, dass Sie diesen Dienst zunächst unserer Königin und ihrer Familie erweisen. Werden sie sich denn alle einbalsamieren und später wiedererwecken lassen?«, fragte Mr Irving.

»Alle«, erwiderte Rosas Vater stolz. »Und ganz im Vertrauen, Prinz Alberts Leichnam liegt in Wahrheit nicht in der Familiengruft der Königin …«

»Nein!«, rief Mr Wood laut. »Sagen Sie bloß, Sie haben auch ihn bereits …?«

»Er befindet sich auf Grönland in meiner Burg. Sie ist noch nicht ganz fertiggestellt, aber ihr erster prominenter Gast ist schon dort. Wer weiß, vielleicht werden Sie beide ja seine Zimmernachbarn, die Räume neben ihm sind noch nicht vergeben. Aber das ist alles natürlich streng geheim«, erklärte Rosas Vater. »Genug geplaudert. Kommen wir nun zur Demonstration.«

Archie schien die Unterhaltung ebenfalls verfolgt zu haben. Er kauerte noch immer hinter dem Busch und wagte sich jetzt so weit vor, dass er einen Blick mit Rosa wechseln konnte. Aus seinen Augen sprach Fassungslosigkeit.

Rosa zuckte die Schultern und bedeutete ihm, in Deckung zu bleiben. Dann lugte sie wieder ins Zimmer. Es war genau der richtige Zeitpunkt, sodass sie beobachten konnte, wie ihr Vater sich dem großen Kasten näherte, der auf dem Podest stand. Als er die knarrende Tür an dessen Vorderseite öffnete, kam eine lebensgroße Puppe zum Vorschein.

Mable!

Rosa schlug die Hand vor den Mund, um ihr Keuchen zu unterdrücken.

Das war keine Porzellanpuppe, sondern ihre Freundin!

Und gleichzeitig schien sie es doch nicht zu sein. Sie sah genauso aus wie Mable, hatte sogar das Muttermal am Hals, anhand dessen Rosa die Zwillinge immer auseinanderhalten konnte, aber sie wirkte wächsern. Ihre Haut war blass, auch wenn die Wangen gerötet schienen. Der Ausdruck in ihren Augen war leer. Rosa hatte bereits den ein oder anderen Toten gesehen, beispielsweise ihre Großeltern, die einige Tage lang in ihrem Salon zu Hause aufgebahrt gewesen waren, oder auch verschiedene Großtanten und sogar ein junges Mädchen aus Ullapool, das am Fieber gestorben war. Rosa und ihre Mutter hatten der Familie ihr Beileid ausgesprochen und dabei ihren Leichnam gesehen. Deshalb erkannte sie jetzt, dass Mable tot war. Sie konnte die Kordeln erkennen, die um die Taille und die Schultern des Mädchens gespannt waren und sie in dem Kasten aufrecht hielten.

»Ich werde sie nun auferwecken.«

Mit diesen Worten kippte ihr Vater den schweren Kasten nach hinten und legte ihn vorsichtig auf das Podest. Statt ihm behilflich zu sein, verfolgten die beiden Männer staunend jeden seiner Handgriffe.

»Wie gesagt, es ist ein anstrengender Prozess«, sagte Rosas Vater, während er als Nächstes in die Kiste stieg. Aus seiner Tasche nahm er einen Lederschlauch, große Glasspritzen und dunkle Flaschen. Auf die Spritzen zog er verschiedene klare Flüssigkeiten auf und verschwand dann in der großen Kiste. Rosa konnte nur noch seinen Rücken sehen und seine Stimme hören. Hin und wieder hielt er einen Schlauch in die Höhe oder hantierte publikumswirksam mit einer der riesigen Glasspritzen, bei deren Anblick allein Rosa schon übel wurde. Auch Mr Wood und Mr Irving beobachteten ihn gespannt oder eher seinen Rücken, denn mehr konnten wohl auch sie nicht erkennen.

Rosas Vater klang dumpf, als er weitersprach. »Ich werde das Blut nicht durch die Lösung ersetzen, da dieser Prozess mehrere Stunden, wenn nicht sogar Tage dauert. Deshalb kann sie nur kurz wiedererweckt werden, wir müssen sie danach schnell wieder schlafen lassen.«

»Natürlich!«, riefen die beiden Männer wie aus einem Mund.

»Sie ist wach«, hörte Rosa kurz darauf erneut die Stimme ihres Vaters, und tatsächlich raschelte und rumpelte es in der Holzkiste.

»Ganz langsam«, sagte jetzt ihr Vater, anscheinend zu Mable. »Dir wird schwindelig, wenn du zu schnell aufstehst.«

Rosa zuckte zusammen, als sie den Kopf ihrer Freundin über dem Rand des Kastens auftauchen sah, und sie hätte beinahe laut aufgeschrien.

Unmöglich! Mable war doch tot gewesen!

Rosas Vater half dem Mädchen, sich aufzurichten, und Rosa konnte erkennen, wie wacklig es auf den Beinen war. Mables Gesicht hatte allerdings schon etwas Farbe angenommen, auch wenn sie noch lange nicht so gesund und lebendig aussah wie früher.

Mr Wood und Mr Irving applaudierten begeistert.

»Beeindruckend!«

»Meine Verehrung!«

Rosa hielt inne.

Das Muttermal! Es war nicht mehr da! Das hier war nicht Mable, sondern ihre Zwillingsschwester Molly.

Aber wie war das möglich? Sie hatte die schmale Kiste doch selbst gesehen, es passte nicht mehr als ein Mensch hinein, zumal ihr Vater ja auch noch darin gekauert hatte, als er ihre Freundin wiedererweckt hatte.

Rosa betrachtete das Podest, auf dem die Kiste stand. Es musste hohl sein und Molly sich darin verborgen haben, um durch eine versteckte Klappe aufzutauchen und ihre tote Schwester zu ersetzen.

Rosa hatte genug mitbekommen. Sie ging wieder in Deckung und starrte in die Ginsterbüsche, in denen Archie sich versteckte. Ihr Vater hatte in seinen Aufzeichnungen genau diesen Trick angedeutet. Doch erst jetzt war Rosa in der Lage, ihn zu verstehen. Er brauchte die Zwillinge, um den Männern vorzugaukeln, dass er eine Tote zum Leben erwecken konnte. Und eins der Mädchen hatte dafür sterben müssen, so stand es in seinem Buch geschrieben.

Rosas Augen brannten vor Trauer. Mable war tot. Und Molly wurde gezwungen, mit ihrer einbalsamierten Schwester dieses grausame Schauspiel aufzuführen.

»Meine Herren«, hörte sie erneut die Stimme ihres Vaters. »Ich habe ihr nun meine Lösung zu trinken gegeben. Sie ist wieder eingeschlafen, und ich werde mich später um ihre sichere Aufbewahrung kümmern. Sie haben gesehen, wie anstrengend diese Erweckung ist.«

»Wann werden wir den … Prozess einleiten?«, fragte Mr Irving, nun schon deutlich weniger ängstlich.

»Wann immer Sie bereit dazu sind«, antwortete Rosas Vater.

»Ich bin bereit!«, rief Mr Wood eilig.

Eine Pause entstand. Rosa stellte sich vor, wie ihr Vater jetzt Mr Irving erwartungsvoll betrachtete.

»Nun, ein paar Tage Zeit bräuchte ich noch«, erklärte Mr Irving schließlich.

»Kein Problem«, sagte ihr Vater. »Am besten, Sie füllen zunächst diese Truhen mit Ihrem Vermögen, während ich eines meiner Vorbereitungsgetränke für Sie mische. Denn wenn wir in den nächsten Tagen den Übergang planen, sollten wir in einem ersten Schritt unsere Innereien präparieren.«

»Sehr gern«, sagte Mr Irving. »Ich hole meine Wertsachen.«

»Ich auch!«, rief Mr Wood, und seine Stimme klang unangemessen enthusiastisch in Rosas Ohren.

»Inzwischen werde ich mich um meine Probandin und Ihren Konservierungstrank kümmern«, erklärte ihr Vater.

Schritte waren zu hören, dann wurde es still.

Rosa wollte gerade zurück zu Archie kriechen, als wieder die Stimme ihres Vaters erklang, leiser dieses Mal und eindringlicher. »Molly!«

Es raschelte.

»Hilf mir, sie wieder nach unten zu bringen. Du hast das sehr gut gemacht.«

»Danke«, hörte sie ihre Freundin flüstern, und Rosa lief ein Schauer über den Körper.

Erneut knarrte und rumpelte es, dann war alles ruhig. Rosa warf einen kurzen Blick in den Saal, der jetzt leer war. Das Podest in der Mitte des Raumes schien verlassen. Kein Loch, keine Falltür war darin zu erkennen. Es handelte sich lediglich um einen unauffälligen Holzsockel mitten im Zimmer.

Trotzdem blieb Rosa achtsam und lief geduckt zu Archie hinter dem Ginsterstrauch zurück. Sie war kaum dort angekommen, als sie erneut Unruhe im Saal vernahm und durch die Zweige beobachten konnte, wie die beiden Männer mit prall gefüllten Lederbeuteln zurückkamen und diese Schätze in den Holztruhen verstauten.

Rosa stieß Archie an und raunte ihm zu: »Das ist das Geld, das er im Turm verwahrt.« So war ihr Vater also darangekommen.

Archie nickte.

»Ah!« In diesem Moment trat Rosas Vater durch eine Tür, die Rosa bislang nicht bemerkt hatte.

Jetzt, da sie nicht mehr direkt neben dem offenen Fenster hockte, musste sie sich anstrengen, um alles genau mitzubekommen.

Ihr Vater sagte: »Meine lieben Freunde, wie ich sehe, haben Sie Ihren Besitz gut verstaut. Bitte hängen Sie sich nun Ihren Schlüssel um den Hals. Haben Sie die Truhen gut verschlossen?«

Die Männer antworteten etwas, das nicht zu verstehen war, da sie Rosa und Archie den Rücken zugekehrt hatten und die beiden Lauschenden nun zu weit weg waren.

Die Stimme ihres Vaters hingegen dröhnte laut. »Gut, ich verbürge mich dafür, dass Ihr Vermögen sicher aufbewahrt bleibt. Und nun lassen Sie uns anstoßen. Bitte seien Sie nicht irritiert über den Geschmack. Es sind einige Substanzen in diesem Trunk, die Ihre Organe schon für die Konservierung vorbereiten.«

Rosa sah, wie ihr Vater jedem der Männer ein großes,

schlankes Kristallglas reichte. Dann prostete er ihnen mit seinem eigenen zu, das genauso aussah wie das der Männer.

»Wie wirkt diese Lösung?«, fragte Mr Wood interessiert.

Rosas Vater trank einen kräftigen Schluck und verzog dann das Gesicht. »Sie wirkt reinigend und desinfizierend.«

Nun führten auch die beiden Herren ihre Gläser an den Mund und nahmen jeweils einen großen Schluck.

»Nur zu«, ermunterte ihr Vater die beiden, »ich weiß, am Anfang muss man sich daran gewöhnen, aber dann ist es gar nicht so schlecht. Es kann sein, dass Ihnen ein wenig schwindelig wird.«

Noch einmal tranken die Männer einen Schluck, dieses Mal einen größeren.

»Bitte, nehmen Sie Platz!« Rosas Vater deutete auf zwei Stühle, die an der Wand standen, und nahm den beiden dann die Gläser ab. Sein eigenes hatte er auf das Podest gestellt.

Rosa beobachtete, wie Mr Wood und Mr Irving mit unsicheren Schritten auf die Stühle zuwankten. Noch bevor sie sich setzen konnten, begannen sie jedoch zu röcheln und nach Atem zu ringen, und ihre Gesichter verfärbten sich blau.

Rosa packte kaltes Grauen, als sie ihren Vater beobachtete. Er blieb ruhig im Saal stehen, und auf seinem Gesicht lag ein zufriedener Ausdruck, als die beiden Männer auf den Boden sackten, noch immer schnappten sie panisch nach Luft. Rosa konnte die schiere Angst in ihren Augen erkennen. Ihr Vater schob nun die beiden Gläser beiseite und nahm sein eigenes zur Hand. Genießerisch trank er es leer und stellte es dann wieder auf das Podest, wobei er sorgsam darauf achtete, es von den Gläsern der Männer zu trennen. Er ging zu Mr Irving und Mr Wood, die plötzlich ganz ruhig geworden waren.

Rosa griff nach Archies Hand, während sie mit schreckgeweiteten Augen dabei zusah, wie ihr Vater die beiden Männer nun von allen Seiten betrachtete.

Dann rief er mit lauter Stimme: »Molly! Ich brauche dich hier. Es ist vollbracht.«

Rosa schluckte und konnte den Blick nicht abwenden. Hatte ihr Vater die Männer betäubt? Gegen ihren Willen? Er hatte ihnen zuvor nur etwas von Vorbereitung und Säuberung erzählt.

In diesem Moment kam Molly durch die gegenüberliegende Tür in den Saal.

Rosa war vor Überraschung erstarrt, als sie ihre Freundin auftauchen sah. Durch die Zweige des Ginsterstrauchs verfolgte sie fassungslos die Vorgänge im Zimmer.

»Sind sie tot?«, fragte Molly.

Rosas Vater richtete sich auf. »Ja, das sind sie.«

Rosa krallte vor Entsetzen ihre Hand um Archies Handgelenk.

»Jetzt können wir sie fotografieren.« Ihr Vater machte eine ungeduldige Handbewegung.

Mit vor Schreck geweiteten Augen verfolgten Rosa und Archie, wie Molly und Rosas Vater nun zuerst Mr Irving und dann Mr Wood in den Holzsarg hievten, den sie aufrecht auf einen Stuhl gestellt hatten, sodass die Toten darin gut sichtbar waren. Dann lichtete George Fraser die Männer noch einmal nacheinander ab.

»Jetzt bringen wir sie nach draußen«, sagte Rosas Vater,

nachdem diese Zeremonie beendet war, und machte eine auffordernde Handbewegung.

»Wie beim letzten Mal?«, fragte Molly.

Ihr Vater nickte und drehte sich zu dem Fenster um, unter dem Rosa eben noch gekauert hatte. »Du nimmst die Füße«, befahl er Molly, während er dem toten Mr Wood unter die Arme griff.

Rosa blickte ängstlich zu Archie. Der Ginster war dicht, aber nicht besonders hoch. Wenn die beiden jetzt nach draußen kamen, würden sie sie schnell entdecken.

Archie schien genau den gleichen Gedanken zu haben, denn er sah sich panisch um. Doch es schien keinen unauffälligen Ausweg zu geben, sobald ihr Vater vor dem Busch stünde, würde er sie finden.

Rosa wandte sich wieder den Geschehnissen in dem großen Saal zu. Inzwischen hatten die beiden den Leichnam von Mr Wood hochgehoben und schleppten ihn fort. Diesen Moment nutzte Archie und huschte zu einem Busch, der schräg hinter ihnen lag. Rosa ärgerte sich, dass sie nicht genauso schnell gehandelt hatte. Ihr Vater hatte jetzt die Tür erreicht, die von dem großen Saal zur Terrasse führte. Rosa überlegte, ob sie es wagen und ebenfalls weglaufen sollte. Aber er war jetzt nur noch wenige Meter von ihr entfernt, und wenn sie sich bewegte, würde er es zweifellos bemerken. Also blieb sie stocksteif vor Schreck in ihrem Versteck hocken, traute sich kaum zu atmen und ließ sich noch etwas tiefer auf den Boden sinken.

Jetzt konnte sie nichts mehr sehen, nur das Knirschen der Steine unter den Schuhsohlen ihres Vaters und ihrer Freundin hören. Als sich die schweren Schritte entfernten, entspannte sich Rosa etwas. Durch die Last, die sie trugen, waren die beiden abgelenkt gewesen. Aber sie würden bald zurückkehren, um auch Mr Irving zu holen.

Rosa blickte sich hektisch um, ihr blieb nicht viel Zeit, um sich besser zu verstecken.

Doch schon im nächsten Moment hörte sie das Knirschen der Schritte erneut. Verzweifelt drückte sie sich tief in den Ginsterstrauch hinein, als das Gesicht ihres Vaters direkt vor ihr auftauchte.

»Rosa?«

»Daddy?«, rief sie mit dünner Stimme.

»Was machst du hier?« Er sah sie mit einer Mischung aus Erschrecken, Wut und Freude an. »Du darfst nicht hier sein.«

»Ich … mich hat ein Fischer auf der Insel abgesetzt«, sagte sie, weil ihr nichts Besseres einfiel.

»Woher wusstest du, wo du mich finden kannst?«

Rosas Herz klopfte bis zum Hals. Ihr Vater griff nach ihrem Arm und zog sie hoch. Was sollte sie antworten? Sie konnte unmöglich zugeben, dass sie in seinem Studierzimmer herumgeschnüffelt hatte.

»Ich bin dir gefolgt.«

Er musterte sie einen Moment lang skeptisch, schien sich dann aber damit zufriedenzugeben.

»Ach, Rosa«, seufzte er. »Was mache ich denn jetzt mit dir? Du hast mein kleines Geheimnis aufgedeckt.«

»Dein kleines Geheimnis?« Sie stieß diese Worte ungläubig hervor. Die Ermordung dieser Männer schien ihrem Vater nicht besonders zu Herzen zu gehen.

»Nun gut, dann nennen wir es eben meine Forschungsarbeit.«

Schockiert wich Rosa einen Schritt zurück. Ihr Vater wurde ihr mit jedem Satz fremder.

»Aber vielleicht ist es gar nicht so verkehrt, dass du auf meine Insel gekommen bist. Ich habe mir immer gewünscht, dass wir zusammenarbeiten könnten. Du bist meine Tochter und klug obendrein.« Er trat wieder näher und strich sanft über ihr Haar. »Und hübsch bist du auch. Das war mir nützlich, denn im Grunde hast du mich ja schon sehr unterstützt.«

»Nein, niemals!«, schrie Rosa.

»Doch, das hast du. Du hast mir deine vier Verehrer nach Schottland gebracht. Aber ich wollte dich nicht mit meinem Plan erschrecken, denn es ist mir durchaus bewusst, dass du dich erst an diese Arbeit gewöhnen musst.«

Gewöhnen? Rosa schüttelte wild den Kopf, als wäre sie der Raserei anheimgefallen. »Daddy, ich verstehe das alles nicht.« Tränen liefen ihr über die Wangen, sie spürte, dass sie ein Zittern erfasste. Wie hatte er es genannt – eine Zusammenarbeit? Dabei hatte sie ihm die vier Heiratskandidaten völlig ahnungslos ans Messer geliefert.

Ihr Vater zuckte gelassen mit den Schultern.

Woher nahm Rosa nur die Kraft, all diese Fragen zu stellen, während sie eigentlich vor Entsetzen davonlaufen wollte? Sie holte Luft und wischte sich über das tränennasse Gesicht. Es gab kein Entrinnen, denn sie waren auf einer Insel, und sie würde nicht weit kommen. Das musste auch ihrem Vater klar sein, zumal sie ihm verraten hatte, dass sie ein Fischer hierhergebracht hatte, der längst wieder fort war.

Sie war gefangen.

Sie war die Gefangene ihres Vaters.

Rosa stieß seine Hand von sich und umfasste Mollys

Oberarme. Eindringlich sah sie ihre Freundin an. »Wir haben dich und Mable gesucht und konnten uns nicht erklären, wo ihr hingegangen seid.«

Mollys Augen füllten sich mit Tränen. Sie öffnete den Mund, brachte aber keinen Ton heraus.

Rosa zog ihre Freundin in eine Umarmung.

Molly schluchzte.

Während Rosa ihre Freundin tröstete, bemerkte sie, dass ihr Vater amüsiert wirkte, was sie nur umso mehr irritierte.

»Ich habe schon geahnt, dass sich mein Wunsch, künftig noch viel enger mit dir zusammenzuarbeiten, nicht erfüllen würde«, sagte er. »Deshalb wollte ich dich von alldem fernhalten.«

»Und Molly und Mable?«, fragte Rosa ihren Vater. »Wieso hast du die beiden nicht auch verschont?«

»Das ist etwas anderes. Ich brauche sie, um den Männern zu beweisen, dass mein Verfahren funktioniert.«

Rosa verstand allmählich, was hier vor sich ging. Während Molly an ihrer Schulter schluchzte, schleuderte sie ihrem Vater die ganze Wahrheit noch einmal wütend entgegen: »Du überzeugst wohlhabende Männer davon, sich von dir in einen Todesschlaf versetzen zu lassen, aus dem sie angeblich wiedererweckt werden können, sobald die Wissenschaft ihnen ewiges Leben garantieren kann. Aber das ist natürlich völliger Unsinn. Weder kannst du Tote wieder lebendig machen, noch wird es ewiges Leben geben, nicht wahr?«

Ihr Vater sah sie erstaunt an. »Du weißt ja schon eine ganze Menge.«

Rosa klammerte sich an Molly fest und bemühte sich, ihre Wut gegen ihren Vater zu unterdrücken. Ja, er war ein grausames Monster, das vor Mord nicht zurückschreckte. Aber sie musste unbedingt einen klaren Kopf bewahren, um Molly und sich selbst retten zu können – und natürlich auch Archie, der wahrscheinlich noch immer starr vor Angst im Gebüsch kauerte.

»Und du hast natürlich recht«, fuhr ihr Vater nun fort. »Das alles ist Unsinn. Wir werden nie den Tod besiegen, aber ich mache gute Geschäfte damit. Ich bin nicht der Erste, der Unsterblichkeit verspricht. Die Angst vor dem Tod ist ein probates Mittel, den Menschen Geld aus der Tasche zu ziehen. Sie geben schon seit Jahrtausenden Unsummen dafür aus. Und für dieses Geschäft brauchte ich die Zwillinge. Meine Probanden haben mich immer wieder gebeten, ihnen meine Forschungsergebnisse zu demonstrieren, also habe ich beschlossen, Molly und Mable mit einem exzellenten Täuschungstrick in meine Arbeit einzubinden. Schließlich sind die beiden meine Töchter, also habe ich auch ein Recht darauf, über sie zu verfügen, wofür auch immer sich sie brauche.«

Rosa schluckte. »Molly und Mable sind also tatsächlich meine Schwestern?«

Ihr Vater breitete in einer geradezu demütigen Geste die Hände aus. »Ja, allerdings sind sie uneheliche Kinder. Ich hatte die Hoffnung, mit einer anderen Frau … Aber lassen wir das. Du solltest es deiner Mutter besser nicht erzählen. Ich habe die Mädchen immer gut versorgt, heute können sie mir das vergelten.«

»Natürlich muss ich Mutter darüber informieren«, rief Rosa entsetzt. »Das ist eine schlimme Sünde. Du hast sie betrogen.«

»Mein Liebling, das kann ich wirklich nicht zulassen.«

Ihr Vater strich mit der Außenseite seiner Finger zärtlich über Rosas Wange. »Dann muss ich dich auf der Insel festhalten. Denn sosehr ich dich liebe und dir alles Glück der Welt wünsche, so wichtig ist es auch, dass das, was hier vor sich geht, nie an die Öffentlichkeit gelangt. Deshalb wollte ich ja vermeiden, dass du davon erfährst – aber das ist nun leider geschehen.«

Rosa wurde eiskalt. Sie wusste nicht, was sie mehr entsetzte, die demonstrative Liebenswürdigkeit ihres Vaters oder seine grausamen Worte. Beides zusammen ließ sie erschaudern, da sie erkannte, dass trotz all der Liebe, die er ihr als Vater stets entgegengebracht hatte, ein brutaler Verbrecher in ihm schlummerte.

»Was ist mit Mable geschehen?«, flüsterte Rosa.

»Sie ist tot«, sagte Molly ebenso leise.

Rosa war so erschüttert, dass sie nichts erwidern konnte. Aber Mollys Schicksal verlieh ihr neue Kraft. Sie musste stark sein, um einen Ausweg für sie beide zu finden. Und für Archie, der ihre Unterhaltung sicher gerade belauschte. Hoffentlich blieb er still im Ginsterstrauch sitzen und verlor nicht die Fassung.

»Ich weiß.« Rosa strich ihrer Freundin über den Arm. »Wie ist es passiert?«

»Vater hat sie vergiftet.« Molly sah betrübt zu Boden.

Rosa presste die Lippen fest zusammen. Es war naheliegend, dass ihr Vater für Mables Tod verantwortlich war. Und doch war es unfassbar.

»Rosa«, Molly wischte sich die Tränen von ihren Wangen, »ich vermisse Mable so sehr, ich bin unendlich traurig über ihren Tod. Aber ich weiß, dass unser Vater das für uns alle getan hat.«

Noch bevor Rosa genauer über diese Worte nachdenken konnte, legte ihr Vater seine Hand auf ihre Schulter. »Wie gut, dass du die Wahrheit nun kennst. Ich kann dich wirklich gut gebrauchen, um mit weiteren Kunden ins Gespräch zu kommen. Die beiden hier hätte ich ohne deine Hilfe nicht so schnell für meinen Plan gewonnen. Mr Fetcher und Mr Green liegen bereits im Garten – und diese hier werden wir heute vergraben.«

Rosa wurde übel. Sie fühlte sich verantwortlich für den Tod dieser jungen Männer. Wenn sie sich nicht für Rosa interessiert hätten, wären sie ihrem Vater nie in die Falle gegangen.

»Dann gibt es also auch keine Burg in Grönland?«, fragte sie.

»Ich sehe, du hast gelauscht?« Ihr Vater grinste, früher hätte sie es gemocht, es als verschmitzt bezeichnet, heute kam es ihr diabolisch vor. Er hob den Zeigefinger und drohte ihr schelmisch. »Nein, es gibt keine Burg, sondern nur viele Gräber – und zwar alle hier auf der Insel. Ich habe dieses Herrenhaus bauen lassen, um meine Unsterblichkeitsriten ungestört durchführen zu können. Das hat bisher reibungslos funktioniert, während Eilean-Taigh-Mòr-Fraser schnell wieder in Vergessenheit geraten ist.«

Rosa räusperte sich. Das kam ihr alles wie ein schrecklicher Albtraum vor, aus dem sie nie wieder erwachen würde. »Dann stammt all dein Geld von den reichen Männern, die du mit deinem Trank tötest?«

»Sie töten sich selbst, indem sie hierherkommen und mich darum bitten, sie zu konservieren«, entgegnete ihr Vater.

Rosa schüttelte entschieden den Kopf. Das war nur die

halbe Wahrheit. »Ich habe gesehen, wie du den Männern ein Getränk angeboten hast, an dem sie sofort gestorben sind. Sie wussten es nicht, es war nicht ihre Schuld.«

»Sie wussten, dass sie die Insel nicht mehr lebend verlassen würden.« Ihr Vater grinste noch immer.

Wie hatte sie ihn jemals bewundern können? Sie kannte diesen Mann nicht mehr und hatte Angst vor ihm. Er war ein Mörder!

»Aber das alles ist nicht von Belang«, fuhr er ungerührt fort. »Wir werden mein Unternehmen jetzt einfach zu dritt weiterführen. Molly und ihre verstorbene Schwester dienen mir als Beweis dafür, dass ich die Toten wiedererwecken kann. Und du wirst mir dabei helfen, die jungen Männer auf die Insel zu locken und sie bei Laune zu halten.«

Rosas Mund war trocken. Sie wollte ihm widersprechen, ihn anschreien und ihm versichern, dass sie nichts dergleichen tun würde. Sie hatte schon genug Schuld auf sich geladen, es sollten keine weiteren Männer durch sie zu Tode kommen.

»Wie viele deiner Opfer sind hier auf der Insel begraben?«, fragte sie mit schwacher Stimme, auch wenn sie die Antwort gar nicht hören wollte.

»Dreiundzwanzig«, sagte ihr Vater, und Stolz schwang in seinen Worten mit. »Aber heute kommen noch zwei weitere hinzu, und ich hoffe, dass wir das Geschäft in den nächsten Jahren ausbauen können.«

Rosa ließ den Kopf sinken. Was hatte ihr Vater getan? Und wie viele Männer würde er in Zukunft noch umbringen?

Aber sie wusste, dass sie zunächst mitspielen musste. In diesem Moment konnte sie nichts gegen ihren Vater ausrichten. Der Versuch, ihn zu zweit oder mit Archies Hilfe zu überwältigen, wäre viel zu gefährlich, die Klippen waren zu nah, und allzu schnell konnte einer von ihnen hinunterstürzen. Die beiden jungen Männer und Mable waren tot, ihnen konnte niemand mehr helfen. Es gab nur eine Möglichkeit: Sie musste vortäuschen, dass sie sich seinen Anweisungen fügte, und Molly in ihren Fluchtplan einweihen. Morgen früh würden die Fischer sie wieder abholen, bis dahin durfte ihr Vater Archies Anwesenheit auf der Insel nicht bemerken. Im Morgengrauen würden die drei sich dann zum Strand hinunterschleichen und mit dem Schiff fliehen.

ISLA

Schottland, Äußere Hebriden,
Eilean-Taigh-Mòr-Fraser

Juni 2023

Am Morgen ließ der Sturm endlich nach. Isla hatte stundenlang dem Tosen der Wellen gelauscht. Sie hatte die Blitze gezählt und die Sekunden, die vergingen, bis der Donner krachend die Scheiben erzittern ließ. Eine Weile hatte sie geglaubt, dieses Unwetter würde nie enden. Sie hatte auf die geschlossene Zimmertür gestarrt, aber die unheimlichen Schritte waren nicht noch einmal zu hören gewesen.

Gegen vier Uhr morgens begann es zu dämmern, und auch wenn der Wind noch immer stark blies, hatte der Regen aufgehört, und die Wolkendecke riss auf. Das Ergebnis war ein atemberaubender Sonnenaufgang, der den Himmel rosarot färbte und die Insel in einen warmen, goldenen Schimmer tauchte. Isla ging leise zum Fenster. Ben schlief noch, er hatte sich die ganze Nacht kaum gerührt. Eine Weile blickte sie gedankenverloren auf die Landschaft draußen, bis sie irgendwann das Fenster öffnete, sodass das Geschrei der Basstölpel und das Rauschen der Wellen lauter wurde. Eine Gruppe Papageientaucher hatte sich auf den Felsen hinter dem Haus in der Sonne niedergelassen, und Isla beobachtete staunend die putzigen

Tiere. Diese Morgenidylle, die Ruhe nach dem Sturm, ließ sie ihre missliche Lage beinahe vergessen. Die Luft war frisch und klar und tat Isla gut, auch wenn sie die durchwachte Nacht immer noch deutlich spürte. Was hätte sie jetzt für einen Kaffee oder starken Tee gegeben!

Sie lehnte sich so weit aus dem Fenster, dass sie nach rechts und links sehen konnte. Das Zimmer ging nach hinten hinaus, und sie suchte mit den Augen den Bereich der Insel ab, den sie von hier aus sehen konnte. Dafür, dass auf Eilean-Taigh-Mòr-Fraser kein einziger Baum wuchs, war die Landschaft erstaunlich unübersichtlich. Die Ginstersträucher und anderen Büsche, aber auch die Felsen und Geröllhaufen versperrten den Blick.

Isla konnte wieder die niedrige, an mehreren Stellen eingestürzte Mauer erkennen, die sie gestern schon wahrgenommen hatte, sie verlief ganz in der Nähe des Hauses. Ob hier früher einmal ein Garten gewesen war? Vielleicht sollten sie mit ihrer Suche nach einem Brunnen dort beginnen. Erst jetzt bemerkte Isla, wie durstig sie war. Die Flasche, die sie gestern Abend mit Regenwasser gefüllt hatte, war längst ausgetrunken. Wenn sie nicht die Schritte heute Nacht gehört hätte, würde sie jetzt allein hinuntergehen. Aber sie traute sich nicht, aus Angst, dem Fremden zu begegnen. Stattdessen holte sie die beiden Dosen Cola aus dem Rucksack und öffnete eine davon.

»Guten Morgen«, hörte sie in diesem Moment Bens verschlafene Stimme. »Wie spät ist es?«

»Gleich fünf«, sagte Isla mit einem Blick auf ihre Armbanduhr. »Hat dich das Zischen der Dose geweckt? Ich habe entsetzlichen Durst.«

»Nein, schon gut.« Ben setzte sich auf die Bettkante.

»Aber wir sollten gleich zum Strand gehen. Nicht dass wir verpassen, wenn jemand nach uns sucht.«

Isla trank einen großen Schluck und reichte Ben die andere Dose. Sie schloss das Fenster und suchte ihre Sachen zusammen. Die Kleidung war noch immer feucht, aber das ließ sich jetzt nicht ändern. Isla war skeptisch, ob wirklich jemand zur Insel kommen würde, um sie zu retten.

»Vor allem brauchen wir Wasser«, erklärte sie Ben. »Ich habe einen Garten gesehen, gleich hinter dem Haus, vielleicht steht da ein Brunnen.«

»Sehr gut.« Ben gähnte und streckte sich. Er öffnete die Coladose und trank in gierigen Zügen. Dann stand er auf. »Ich habe ziemlich tief geschlafen. Hast du noch mal Geräusche gehört?«

Isla schüttelte den Kopf.

Ben betrachtete sie nachdenklich, ehe er nickte. »Gut, dann lass uns jetzt gehen.«

Isla schulterte ihren Rucksack. Sie wollte ihn nicht hierlassen, solange sie nicht wusste, wer sonst noch auf dieser Insel war.

Als sie Ben auf den Flur hinausfolgte, sah sie sich nervös um.

»Hier ist niemand«, sagte Ben, der den Gang ebenfalls genau überprüft hatte. »Glaubst du immer noch, dass gestern jemand hier war?«

Isla nickte. »Auf jeden Fall, die Spuren waren nicht deine.«

Während sie den Flur entlanggingen, stieß Ben jede Tür auf, um in die Räume dahinter zu schauen – die jedoch alle leer waren. Bei jedem Knarren der Dielen hielt Isla erschrocken inne, die das vage Gefühl hatte, verfolgt zu werden. Wenig später stiegen sie die schmale Treppe zur Eingangshalle hinunter. Einen Moment lang verharrten sie und lauschten. Aber außer dem inzwischen vertrauten Rauschen der Wellen, dem Wind und den Schreien der Möwen war nichts zu hören.

Sie verließen das Gebäude durch die Eingangstür und gingen hinters Haus. Isla führte Ben zu dem Garten, den sie vom Fenster aus gesehen hatte. Als sie an dem Stein mit der Inschrift »Shelley« vorbeikamen, fröstelte sie.

Nachdenklich sagte sie: »Das ist ein merkwürdiger Stein. Auch meine Tante, nach der ich suche, heißt Shelley. Was für ein Zufall, nicht wahr? Shelley lebt angeblich seit über zwanzig Jahren in Australien, aber niemand kennt ihre Adresse. Kurz vor ihrer Abreise war sie wohl hier auf der Insel.«

»Und jetzt denkst du darüber nach, ob das hier vielleicht ihr Grabstein ist und ob ihre Überreste darunter begraben sind?«

Isla blieb erschrocken stehen. »Nein, das habe ich nicht gedacht«, widersprach sie reflexartig. Obwohl er natürlich recht hatte – genau das war ihre Befürchtung. Aber warum sollte Shelley hier auf der Insel gestorben sein? Außerdem gehörte Eilean-Taigh-Mòr-Fraser ihrer Familie, und die müssten es doch wissen, wenn eine ihrer Verwandten hier begraben worden wäre. Nein, das war kein Grabstein, auch wenn er so wirkte. Isla schüttelte vehement den Kopf, ehe sie weiterging. Vermutlich hatte ihre Tante diesen Namen selbst in den Stein gemeißelt, um sich in ihrer alten Heimat zu verewigen, bevor sie in ein neues Leben aufgebrochen war.

Während Isla über die niedrige, halb eingestürzte Mauer stieg, überlegte sie, dass es grundsätzlich natürlich möglich war, dass ihre Tante nicht mehr lebte. Das würde erklären, weshalb niemand mehr Kontakt zu ihr hatte. Doch dafür gab es ja vielleicht noch andere plausible Gründe, und Isla wollte nicht vom Schlimmsten ausgehen. Außerdem hätte darüber bestimmt jemand etwas wissen müssen, und niemand in ihrer Familie hatte erwähnt, dass Shelley gestorben war.

Als sie in dem von Dornenranken überwucherten Garten stand, stützte sie die Hände in die Hüften und sah sich um.

»Da vorn.« Ben deutete auf einen Trampelpfad gleich hinter der Mauer. »Der scheint zum Strand hinunterzuführen. Er sieht ganz ordentlich aus, als ob er regelmäßig benutzt würde.«

»Ja, auch um dieses Haus kümmert sich irgendjemand. Sonst wäre es längst eingefallen.«

Ben ging vorsichtig weiter und hielt dann inne. »Schau mal, da ist der Brunnen.«

Isla betrachtete das viereckige Gemäuer, das mit einem Holzdeckel verschlossen war. Gemeinsam schoben sie das Brett zur Seite. Etwa fünf Meter unter ihnen schimmerte Wasser, sodass sie ihre Flaschen problemlos auffüllen konnten.

»Meinst du, wir müssen es abkochen?«

Ben schüttelte den Kopf. »Ich glaube, nicht.« Er hielt seine Flasche prüfend ins Licht. »Es sieht ziemlich klar aus.« Und nachdem er vorsichtig einen Schluck getrunken hatte, stellte er fest: »Schmeckt ganz gut.«

Isla beschloss, es ebenfalls zu riskieren, und trank ihr

Fläschchen in einem Zug leer. Dann schöpfte sie noch einmal Wasser und steckte die volle Flasche in ihren Rucksack.

»Was ist das dahinten?«, fragte Ben, während er auf einen Punkt am Ende des Gartens deutete.

»Sieht wie ein Gewächshaus aus«, erwiderte Isla. »Erstaunlich, dass es den Sturm gestern überlebt hat.«

Langsam bahnten sie sich einen Weg bis zu dem Gebäude, das tatsächlich ein altes viktorianisches Gewächshaus war. Die Holzleisten waren verwittert und einige Fensterscheiben durch Bretter ersetzt worden. Im Dach klafften mehrere große Löcher, durch die es vermutlich hineinregnete. In seinem Inneren war die einst kultivierte Pflanzenwelt zu einer Wildnis geworden. Himbeeren, Johannisbeeren und Erdbeeren wucherten in dem warmen Nest, viele der Früchte waren reif.

»Das nenne ich Glück«, sagte Ben. »Wir haben nicht mehr viel Proviant, nicht wahr?«

Isla nickte. Zwei der vier Sandwiches hatten sie gestern Abend vor dem Schlafengehen gegessen, sodass in ihrem Rucksack nur noch die beiden restlichen Brote und ein paar Kekse lagen.

»Dann gibt es Beeren und Brunnenwasser zum Frühstück.« Ben rieb sich voller Vorfreude die Hände.

Die nächste halbe Stunde verbrachten sie mit dem Pflücken und Verspeisen der saftigen und wohlschmeckenden Beeren. Isla konnte sich nicht erinnern, schon einmal so leckeres Obst gegessen zu haben.

»Okay«, sagte sie, als sie das Gewächshaus wieder verließen. »Hast du einen Plan?«

Ben zuckte mit den Schultern. »Lass uns noch mal die

Insel und die Klippen absuchen. Vielleicht finden wir unser Boot ja doch noch.«

Rasch machten sie sich auf den Weg hinunter zum Strand. Das gelbe Schlauchboot lag noch genau dort, wo Ben es gestern mit Steinen beschwert hatte. Isla atmete erleichtert auf. Es schien unversehrt zu sein, wenigstens das.

Ben zog sein Handy aus der Tasche. »Mist, noch immer kein Netz, und mein Akku ist auch bald leer.«

»Meins hat schon längst den Geist aufgegeben«, sagte Isla und seufzte. »Es tut mir leid, dass wir durch mich in diese Situation geraten sind.«

Ben machte eine abwehrende Handbewegung und sah aufs Meer hinaus. »Ist nicht deine Schuld. Das Unwetter war nicht vorauszusehen, und dafür, dass das Boot verschwunden ist, kannst du nun wirklich nichts.«

Die Bucht mit ihrem Schlauchboot war sehr schmal und zu beiden Seiten von Felsen eingeschlossen, sodass man von hier aus die Insel nicht weiter erkunden konnte. Also kletterten sie wieder zum Klippenpfad hinauf und suchten nach weiteren Stellen, wo sie ans Wasser hinunterkamen, um dort vielleicht ihr Boot entdecken zu können. Nach einiger Zeit, in der sie immer wieder an undurchdringlichen Dornen oder steil abfallenden Klippen umkehren mussten, fanden sie endlich einen schmalen Pfad hinunter zu einem Strand, an dem sie bislang noch nicht gewesen waren. Er war verhältnismäßig lang, und hier gab es große, glatte Steine, über die man klettern konnte. Das Unwetter der vergangenen Nacht hatte allerlei Treibholz und Schlick angespült, das überall herumlag.

Isla blieb abrupt stehen und griff nach Bens Unterarm,

als sie eine Feuerstelle erkannte. Die Kohlen glühten noch, das Feuer konnte erst vor Kurzem gelöscht worden sein.

Islas Beine wurden weich. Ihr Herzschlag beschleunigte sich.

Ben atmete hörbar ein und sah sich wachsam um. »Verdammt! Du hattest recht, es ist wirklich noch jemand auf der Insel.«

Jetzt bestand kein Zweifel mehr. Ein Fremder schien sich ganz in ihrer Nähe aufzuhalten. Hatte er sie etwa kommen sehen und das Feuer in aller Eile gelöscht? Beobachtete er sie jetzt gerade?

»Wir müssen hier weg«, sagte Ben leise, während er vorsichtig über die Steine balancierte. Er deutete auf mehrere Höhlen in den Klippen. »Vielleicht können wir uns da verstecken.«

Isla nickte. Ihre Haut kribbelte, als spürte sie die Blicke des Fremden, während sie hinter Ben über die Steine kraxelte. Immer wieder rutschte sie auf dem Schlick aus. Es roch nach Fisch, Algen und Schlamm.

Irgendwann blieb Ben stehen, die Hände in die Hüften gestützt. Er kniff die Augen zusammen.

»Hast du das gesehen?«, fragte er. »Da ist jemand in den Höhlen verschwunden.«

Langsam ging er weiter und setzte einen Fuß behutsam vor den anderen, um jeglichen Lärm zu vermeiden. Doch das Tosen des Meeres überdeckte sowieso fast alle Geräusche.

Islas Gefühl, beobachtet zu werden, verstärkte sich. Mit den Augen suchte sie die Felsen am anderen Ende des Strandes ab. Die drei nebeneinanderliegenden Höhlen waren durch den breiten, leicht abfallenden Strand vom

Meer getrennt. Selbst bei Flut würde das Wasser nicht bis dorthin hinaufsteigen. Schritt für Schritt näherten sie sich den Felsennischen. Als sie die erste erreicht hatten, sah Ben vorsichtig hinein. Kurz darauf fanden sich die beiden in der etwa einhundert Quadratmeter großen Höhle wieder. Der Raum war übersichtlich, und es schien keine Felsengänge zu geben, die von ihm abzweigten. Die Steine am Boden waren feucht von der Gischt und dem Sturm der letzten Nacht, der hier hereingeweht sein musste.

Isla sah sich prüfend um, aber hier schien nichts vorhanden zu sein, das durch Menschen herbeigeschafft worden war. Also gingen sie in die zweite Höhle, die nur wenige Meter entfernt lag. Als sie sie betraten, hielt Isla überrascht inne. Hier lag ein anderer Geruch in der Luft.

»Es riecht nach Rauch«, sagte sie leise. »Da drin könnte er sein.«

Ben nickte und schob sie wieder zum Ausgang. »Bleib hier stehen, mit dem Rücken zum Felsen.«

Dann kletterte er rasch noch einmal hinunter zum Wasser und bückte sich nach einem dicken Ast, den der Sturm angespült hatte.

»Okay«, flüsterte er, als er zurück war. »Bleib hinter mir.«

Isla nickte.

Die zweite Höhle war lang, schmal und gerade so hoch, dass sie aufrecht stehen konnten. Isla folgte Ben durch den Felsengang, der streckenweise nicht breiter als einen Meter war. Die Höhle schien aus einem System von Gängen zu bestehen. Schon nach wenigen Schritten herrschte Dunkelheit um die beiden herum. Jetzt ärgerte Isla sich, dass sie keine Kerzen und Streichhölzer aus dem Haus mitgenommen hatten. Aber sie hatten ja nicht damit gerechnet, auf eine Höhlenerkundung zu gehen. Ben bewegte sich ganz langsam, er tastete mit dem Stock in seinen Händen die Wände ab. Isla hielt sich an seiner Jacke fest und folgte mit kleinen Schritten.

Ein Geräusch zerriss die Stille.

Erschrocken hielten sie inne.

Isla konnte Schritte vernehmen, jemand musste ein Stück vor ihnen sein. Er entfernte sich. Islas Herz hämmerte gegen ihre Rippen. So leise wie möglich setzten sie ihren Weg fort und folgten dem Fremden. Sie kamen an einigen Stellen vorbei, wo der Gang sich gabelte und in verschiedene Richtungen führte. Isla hatte ein mulmiges Gefühl, wenn sie an den Rückweg dachte. Hoffentlich verirrten sie sich nicht. Sie versuchte, sich die Abzweigungen genau einzuprägen, verlor aber schon bald die Orientierung, weil in der Dunkelheit ein Gang genauso aussah wie alle anderen.

Als plötzlich ein schwacher Lichtschein vor ihnen auftauchte, blieb Ben stehen. Islas Herz schlug schneller. Ihr war übel, und sie hatte das dumpfe Gefühl, dass sie gerade in eine Falle tappten.

»Lass uns umkehren«, flüsterte sie Ben zu.

»Und dann?«, antwortete er ebenso leise. »Irgendjemand ist hier auf der Insel, und er war in der Nacht im Haus. Ich will wissen, wer es ist und warum er vor uns davonschleicht.«

Isla blieb nichts anderes übrig, als Ben weiter zu folgen, auch wenn alles in ihr danach schrie, umzukehren. Diese Insel bewahrte irgendein böses Geheimnis, dem sie zu nahe gekommen waren. Das war auch der Grund, warum ihr Boot verschwunden war und sie beobachtet wurden.

Isla war fest überzeugt davon, nur hatte sie keine genaue Vorstellung, um welches Geheimnis es sich handelte. Es schien mit ihrer Familie zusammenzuhängen, und das beunruhigte sie.

Inzwischen hatten sie sich dem Lichtschein genähert, sodass sie Einzelheiten erkennen konnten. Der Gang endete an einer Eisentür, die weit geöffnet war, und dahinter standen einige Kisten.

»Das ist der Keller des Herrenhauses«, wisperte Isla. »Das sind die großen Metallkisten, die wir dort unten gefunden haben.«

Ben nickte. »Stimmt. Der Felsengang scheint direkt unter das Haus zu führen.«

»Ich habe Angst«, sagte Isla und zupfte nervös an Bens Ärmel. »Es könnte eine Falle sein.«

»Wir sitzen doch sowieso auf dieser Insel fest. Wenn meine Kollegen das Schlauchboot finden, werden sie nach uns suchen und uns retten. Komm, lass uns herausfinden, was hier vor sich geht und wer dieses üble Spiel mit uns treibt.«

Isla konnte Bens Zuversicht nicht teilen. Die Insel war nicht einmal auf allen Online-Karten eingezeichnet. Und wie sollten Bens Kollegen sie beide aufspüren, wenn sie sich in einer unterirdischen Felsenhöhle befanden? Aber obwohl Isla alles andere als wohl dabei war, folgte sie Ben durch die eiserne Tür in den Kellerraum. Sie war ihnen bei ihrem gestrigen Besuch gar nicht aufgefallen. Doch es bestand kein Zweifel daran, dass es sich bei diesem Raum um den Keller des Anwesens handelte. Eine brennende Öllampe stand auf einem Felsvorsprung, die den zuckenden Lichtschein verursachte.

»Wenigstens wissen wir jetzt, wie wir wieder hier herauskommen«, murmelte Ben.

Isla musste ihm recht geben. Sie konnten einfach die Treppe hinaufsteigen, die in den Saal des Hauses führte, und somit das unübersichtliche Felsenlabyrinth vermeiden.

Ben nahm vorsichtig die Lampe, als könnte sie jeden Moment explodieren. Aber auch Isla war, was diese Lampe betraf, skeptisch. Wieso verschaffte ihnen jemand Licht in diesem Keller, wo er sie doch in der Dunkelheit hätte weiterstolpern lassen können?

Schritt für Schritt wagten sie sich vorwärts und blickten aufmerksam nach rechts und links, hielten sich aber nicht damit auf, jeden Winkel des Kellers zu untersuchen. Stattdessen gingen sie schnurstracks zu der Steintreppe, die in das Herrenhaus hinaufführte. Wieder hatte Isla den Eindruck, beobachtet zu werden. Erst als sie die Stufen erreicht hatten, atmete sie erleichtert auf.

Ben stieg vor ihr die steile Treppe hinauf, doch kurz darauf blieb er plötzlich stehen und fluchte. »Hier kommen wir nicht weiter.« Vor ihm blockierte eine Eisenplatte den Aufstieg. Ben drückte mit aller Kraft dagegen.

»Können wir die nicht beiseiteschaffen?« Isla sah sich in dem engen Felsengang um. Vielleicht fand sich ja irgendetwas, das sie zum Aufhebeln benutzen konnten.

»Ich glaube nicht, dass wir das ohne Werkzeug hinbekommen. Die kriegen wir nie im Leben weg.« Ben drehte sich um. »Schnell, lass uns zurückgehen. Nicht dass er die Tür unten auch noch verriegelt …«

Ben hatte seinen Satz noch nicht beendet, als sie ein lautes Scharren hörten.

Isla presste die Lippen aufeinander und rannte die Treppe

hinunter, zurück zu der Tür, die in das Höhlensystem führte. Ben folgte ihr mit der Lampe. Das Licht hüpfte im Takt seiner Schritte auf und ab.

Doch sie kamen zu spät. Schon von Weitem konnte Isla sehen, dass die Tür verschlossen war, und sie zweifelte nicht daran, dass jemand auch diesen Ausweg von außen blockiert hatte. Sie drückte die Klinke herunter, aber die Tür bewegte sich keinen Millimeter.

»Wir sitzen fest«, sagte Isla. Es war offensichtlich.

»Verdammt!« Ben verzog ärgerlich das Gesicht.

»Wir sollten versuchen, diese Kisten hier zu öffnen. Vielleicht ist da Werkzeug drin.« Isla deutete auf die großen Truhen.

Ben grinste schief. »Probier mal, ob man mit deinem magischen Schlüsselbund nicht auch dieses Schloss hier knacken kann. Sonst können wir die Kisten nämlich genauso wenig öffnen wie die verdammte Tür.«

Isla zog die Schlüssel aus der Tasche, die Mrs McDonald ihr für die Eingangstür von Taigh-Mòr-Fraser gegeben hatte. Sie hatte keine große Hoffnung, als sie einen davon in das Vorhängeschloss der Metallkiste schob. Doch gleich der erste Schlüssel passte. Isla hielt den Atem an.

»Ich glaube, das ist der richtige«, flüsterte sie aufgeregt. »Aber das Schloss scheint ziemlich verrostet zu sein.« Sie rüttelte verzweifelt daran.

»Lass mich mal«, sagte Ben und versuchte nun seinerseits, den Schlüssel zu drehen. »Wir bräuchten ein bisschen Öl.«

»Das habe ich leider nicht eingepackt«, sagte Isla sarkastisch. »Aber vielleicht geht es mit dem Speck von den Sandwiches.«

Ben zögerte. »Ich würde unseren Proviant nur ungern für den Schlüssel verwenden.«

Isla ignorierte seine Bedenken. Sie holte eins der Sandwiches aus ihrem Rucksack und reichte Ben das fettige Butterbrotpapier.

»Okay, das könnte funktionieren.« Ben rieb mit dem Papier den Schlüssel sauber, bis er glänzte. Dann probierte er es ein weiteres Mal, und tatsächlich ließ sich das Schloss jetzt öffnen.

Isla klappte den schweren Deckel hoch und keuchte entsetzt auf.

In der Kiste lag eine lebensecht aussehende Puppe. Nein, keine Puppe, eine …

»O mein Gott!«, presste Ben hervor und wandte sich angeekelt ab.

»Eine Leiche«, sagte Isla mit dünner Stimme, »ein Mädchen.«

Die Tote wirkte, als sei sie erst gestern hierhergebracht worden. Und doch war Isla klar, dass die junge Frau schon sehr lange hier liegen musste. Ihre Kleidung stammte aus der viktorianischen Zeit, außerdem war die Kiste von außen staubig, und die Scharniere schienen total verrostet zu sein. Isla musste sich zwingen, den mumifizierten, erschreckend gut erhaltenen Leichnam genauer anzusehen. Das rote Haar der Frau glänzte im Kerzenlicht, die Haut wirkte rosig, als schliefe sie nur. Das dunkle Kleid, das sie trug, war vollkommen unbeschädigt, Isla konnte sogar die schwarze Spitze daran erkennen. Sie überlegte, wie alt die Frau bei ihrem Tod wohl gewesen sein mochte, und schätzte sie auf fünfzehn, höchstens zwanzig. Isla, die noch nie eine Mumie gesehen hatte, fühlte sich unbehaglich.

Auch Ben sah blass aus und kämpfte mit der Übelkeit, wie sie an seinen tiefen Atemzügen erkennen konnte.

»Ist die Frau vielleicht in dem Fotoalbum, das wir gestern mitgenommen haben?«, fragte er und presste die Lippen fest aufeinander.

Daran hatte Isla noch gar nicht gedacht. Sie nahm den Rucksack ab und zog das alte Album hervor. Trotz des schwachen Lichts konnte sie die Fotografien darin gut erkennen. »Nein, hier sind nur Männer abgebildet.«

Ben nickte mühsam, ihm schien noch immer schlecht zu sein. »Was meinst du? Sind die Mumien der Männer in den anderen Kisten?«

Isla zählte die Metallboxen in dem Keller. »In dem Album sind viel mehr Tote, als hier Kisten stehen.«

Ben stützte sich an der Felswand ab, während er um Atem rang.

Isla steckte das Album wieder ein. »Hilf mir, die Kiste zuzumachen«, sagte sie. »Es ist besser, wenn wir die Frau nicht die ganze Zeit anschauen müssen, oder?«

Ben nickte verbissen und bemühte sich, nicht in den Sarg zu schauen, während sie den Deckel wieder zuklappten.

Isla sah noch einmal zu der verschlossenen Tür, als ihr Blick auf das Schlüsselloch fiel. Sie hatten mit der Eingangstür und der Metallkiste schon zweimal Glück gehabt – warum sollte es nicht auch ein drittes Mal funktionieren? Wenn ihre Familie an dem Schlüsselbund alle Schlüssel aufbewahrte, die zu diesem Haus gehörten, standen die Chancen nicht schlecht, dass auch einer für die Kellertür dabei war.

Das Öl in der Lampe war bereits beängstigend weniger

geworden, sodass Isla beschloss, sich zu beeilen. Sie machte sich an der Tür zu schaffen, die in die Felsenhöhle führte, und nach wenigen Sekunden hatte sie tatsächlich einen Schlüssel gefunden, der dafür passte. Erleichtert atmete sie auf.

»Los, komm mit, Ben!«, sagte sie ganz leise, denn sie befürchtete, dass die Person, die sie hier eingeschlossen hatte, vor der Tür auf sie lauerte.

Ben griff nach der Lampe, und gemeinsam huschten sie zurück in das Labyrinth aus Felsengängen.

Es dauerte nicht lange, bis sie zur ersten Abzweigung gelangten.

»Ich glaube, hier sind wir von rechts gekommen«, sagte Isla hastig, war sich aber nicht mehr sicher.

Dennoch schlugen sie den rechten Pfad ein. Dieses Mal war es deutlich angenehmer, durch die Gänge zu laufen, denn das Licht der Lampe verhinderte, dass sie an spitze Steine stießen.

»Und jetzt?« Ben war stehen geblieben. An dieser Kreuzung zweigten drei Höhlengänge ab. »Ich kann mich nicht daran erinnern, dass wir hier vorbeigekommen sind.«

»Hörst du das Meer?«, fragte Isla.

Eine Weile lauschten sie. Aber obwohl das Tosen der Wellen deutlich zu vernehmen war, konnte keiner von ihnen sagen, aus welchem der drei Gänge es am lautesten ertönte.

Sie entschieden sich für den mittleren Gang, auch wenn es reine Willkür war. Insgeheim hoffte Isla, dass alle Wege in die Freiheit führten.

Fast eine halbe Stunde lang irrten sie durch das Felsenlabyrinth, bis sie endlich den Ausgang fanden.

»Da vorn!« Ben deutete auf eine Öffnung, die zum Meer hinausging. »Wir haben es geschafft!«

Isla atmete tief durch, als sie ins Freie traten.

Im gleichen Moment ertönte ein lauter Schlag, und Ben stürzte sich auf sie.

Sie fielen hart auf den Felsen, als gleich neben ihnen ein Geröllbrocken landete. Ein scharfer Schmerz durchfuhr Isla, der einen Moment lang die Luft wegblieb.

Dann war alles still.

Ben lag auf Isla und stöhnte.

Isla kroch unter ihm hervor und starrte auf den Felsbrocken, der sie beide nur um Haaresbreite verfehlt hatte. Unwillkürlich sah sie hinauf und zuckte zusammen.

»Wir müssen sofort weg von hier«, sagte sie mit gepresster Stimme. »Da oben ist jemand.«

Ein dunkler Schatten bewegte sich etwa zwanzig Meter über ihnen an der Felskante, und Isla konnte sehen, wie er einen schweren Stein hochstemmte. Er hatte den Brocken heruntergeworfen, der ihnen fast auf den Kopf gefallen war, und würde es noch ein zweites Mal versuchen.

Ben ächzte, während er sich mühsam aufrichtete. Auch Isla durchfuhr ein Schmerz, als sie aufstand. Ihr rechter Knöchel schien verletzt zu sein, doch sie hatte jetzt keine Zeit, sich darum zu kümmern. Sie mussten rasch fort von dieser Stelle, irgendwohin, wo ihnen kein Felsbrocken auf den Kopf fallen konnte. So schnell wie möglich humpelten sie in Richtung des Wassers. Allerdings gab es hier keine Deckung. Wenn ihr Verfolger eine Schusswaffe bei sich hatte, waren sie verloren.

ROSA

Schottland, Äußere Hebriden,
Eilean-Taigh-Mòr-Fraser

Oktober 1884

Rosa beobachtete mit Entsetzen ihren Vater. In Taigh-Mòr-Fraser, dem Haus in den Highlands, hatte er niemals auch nur einen Handgriff getan. Dort hatte er seine Dienstboten, die alle Aufträge umgehend ausführten. Doch hier draußen, auf der Insel, die verwirrenderweise denselben Namen trug wie das Haus, in dem sie sich immer geborgen gefühlt hatte, gab es keine Angestellten. Ihr Vater und Molly waren gerade dabei, im Garten hinter dem Haus ein tiefes Loch zu graben. Dass er das nicht zum ersten Mal tat, zeigten seine geübten Handgriffe. In erstaunlich kurzer Zeit hatte er das steinige Erdreich so weit ausgehoben, dass eine metertiefe, längliche Grube entstanden war. Und währenddessen lagen die Leichen von Mr Wood und Mr Irving neben ihnen. Rosa war übel. Sie vermied den Blick auf die beiden Männer, die sie als so lebhaft und galant in Erinnerung hatte. Die ganze Szenerie kam ihr unwirklich vor, und es schien, als würde eine andere das alles hier verfolgen, nicht sie selbst.

Rosa sah sich verstohlen nach Archie um, konnte ihn aber nicht entdecken, worüber sie froh und verzweifelt zugleich war. Denn so war er sicher vor Rosas Vater. Allerdings war sie so durcheinander, dass sie sich nach ihrem Freund sehnte, der sie in den Arm nehmen und ihr sagen sollte, dass doch alles gut werden würde.

Rosa warf einen kurzen Blick auf die Gesichter der beiden toten Männer, die allmählich ihre Farbe verloren. Am unfassbarsten von all den schrecklichen Ereignissen war, dass ihr Vater das alles als alltäglich anzusehen schien. Er rechtfertigte sich mit keinem einzigen Wort dafür, die jungen Männer umgebracht zu haben. Kommentarlos entsorgte er die beiden Leichen, während Rosa ihn starr vor Entsetzen beobachtete. Seit sie vor einigen Monaten zum ersten Mal in den Aufzeichnungen ihres Vaters gelesen hatte, war ihr bewusst geworden, dass sie sich in ihm getäuscht hatte. Und doch kam es ihr heute wie ein Albtraum vor, in dem sie gelandet war. Denn alles war noch viel schlimmer, als sie es sich jemals hatte vorstellen können. Ihr Vater war nie der liebevolle Mensch gewesen, nach dem sie sich gesehnt hatte, wenn er nicht zu Hause gewesen war. Den sie bewundert und verehrt hatte, der aufregende Abenteuer erlebte. Nein, jetzt wusste sie, was er tat, wenn er nicht in Taigh-Mòr-Fraser war, und dieses Wissen ließ sie in ein tiefes Loch stürzen. Ihre gesamte Kindheit war eine Lüge gewesen. Ihr Vater war ein Lügner, er war nicht der, den sie in ihm gesehen hatte.

Isla konnte sein Verhalten nicht begreifen, es kam ihr menschenverachtend und verrückt vor. Ja, ihr Vater war geisteskrank, das schien die einzige sinnvolle Erklärung zu sein.

»Das genügt.« George Fraser richtete sich auf und wischte sich mit dem Handrücken über die schweißnasse Stirn. Er wandte sich an Molly. »Hilf mir, bitte.«

Wieder fasste er dem bedauernswerten Mr Irving unter die Arme, und Molly nahm seine Füße. Gemeinsam zerrten sie den Leichnam die wenigen Meter zum Grab und ließen ihn dann in die Grube fallen. Als Nächstes wandten sie sich dem toten Mr Wood zu, den sie einfach auf Mr Irvings Leiche warfen. Molly zeigte keinerlei emotionale Regung. Mit starrem Gesichtsausdruck führte sie die Anweisungen von Rosas Vater aus.

Rosa drehte sich weg von der gefühlskalten Szene. Tränen liefen ihr über die Wagen, als sie an die beiden freundlichen Männer dachte, die sie im letzten Jahr in Wales kennengelernt hatte. Sie hatte beide gemocht, auch wenn sie sie nicht geliebt hatte, so wie sie Archie liebte. Aber jetzt mit ansehen zu müssen, wie ihr Vater ihre leblosen Körper in eine Grube auf dieser einsamen Insel mitten im Ozean warf, ließ Rosa verzweifeln.

Entschlossen wischte sie die Tränen fort und trat zu ihrem Vater. »Was ist mit den Familien? Werden diese Männer nicht vermisst?«

»Dafür habe ich gesorgt.« Ihr Vater hatte schon wieder nach der Schaufel gegriffen und begann nun damit, Erde auf die beiden Toten zu schippen. »Die Männer, die hierherkommen, um an meinem Programm teilzunehmen, haben sich von ihren Familien verabschiedet. Sie haben ihnen erzählt, dass sie sich auf eine Grand Tour begeben oder auf eine Forschungsreise nach Amerika.«

Rosa atmete tief durch, um die Tränen zurückzudrängen, die ihr hinter den Lidern brannten. »Aber irgendwann wird man doch trotzdem nach ihnen suchen.«

»Nicht, wenn sie es so geschickt anstellen, wie ich es ihnen erklärt habe«, rief ihr Vater in einem spielerischen

Singsang und grinste dabei verschmitzt. Er zwinkerte ihr vergnügt zu. »Ich rate ihnen, möglichst vage zu bleiben. Niemand verrät den Namen des Schiffes, mit dem sie auf Entdeckerreise gehen, oder ihre genaue Route. Die Verwandten glauben also für eine lange Zeit, dass die Männer noch unterwegs sind, und irgendwann geraten sie in Vergessenheit. Unser Mr Wood hat sogar einen Brief an seinen Vater geschrieben, in dem er ihm mitteilt, dass er in den nächsten Jahren in der Südsee bleiben wolle, wo er ein himmlisches Leben führe. Ich werde den Brief in ein paar Jahren auf der anderen Seite der Welt abschicken lassen.«

Inzwischen hatte ihr Vater das Loch mit Erde gefüllt und drückte mit dem Spaten den Boden platt, um dann noch ein paar weitere Schippen darauf zu schütten. Er geriet leicht außer Atem, als er weitersprach: »Im Vorfeld haben die Männer Vollmachten ausgestellt, damit der Betrieb ihrer Ländereien weiterlaufen kann. Sie haben ihr gesamtes Vermögen, das sie ins Jenseits mitnehmen wollten, in Geld, Schmuck oder Juwelen hinterlegt. Ich werde das Gold einschmelzen und die Edelsteine aus den Fassungen lösen. Keine Spur führt zu mir.« Er warf Rosa einen mit Stolz erfüllten Blick zu.

Rosas Mund war trocken. Wie wohldurchdacht der teuflische Plan ihres Vaters war und wie skrupellos er ihn ausführte! Er konnte sich hundertprozentig auf die Männer verlassen, denn es war ja in ihrem Interesse, dass niemand die Wahrheit erfuhr. Schließlich glaubten sie an ein ewiges Leben, das sie nur durch George Fraser erlangen konnten. Schon aus diesem Grund hielten sie sich genau an seine Vorgaben.

»Wie kommen die Männer auf die Insel?«, fragte Rosa

ihren Vater. »Es scheint kaum jemand den Weg hierher zu kennen.«

»Und das ist auch gut so.« Ihr Vater schnaufte, als er eine besonders volle Schippe Erde auf das Doppelgrab warf. »Ich habe das Haus hier vor zwei Jahren errichten lassen, und damit die Arbeiter sich nicht an die Lage der Insel erinnern, habe ich Männer aus dem fernen Süden mit dem Bau beauftragt. Danach habe ich sie wieder zurück in ihre Heimat geschickt und werde sie nie wiedersehen. Nur selten musste ich auf ansässige Fischer zurückgreifen, um dringende Lieferungen zu erhalten. Aber ich habe sie alle davon überzeugen können, nicht über die Insel zu sprechen.«

Rosa nickte und musste an den Seemann denken, der sie hierhergebracht hatte. Auch er hatte zunächst nicht reden wollen und erst zugegeben, die Insel zu kennen, als Rosa erklärt hatte, dass sie schon davon gehört habe.

»Ich verrate niemandem, wo die Insel liegt. Ich treffe mich mit den Männern auf einer der Nachbarinseln oder an der Küste des Festlands. Dann bringe ich sie persönlich hierher, damit niemand sonst von der Sache erfährt.«

»Was ist mit Molly?«, fragte Rosa und sah zu ihrer Freundin hinüber. Molly wirkte verstört und eingeschüchtert, was Rosa gut nachvollziehen konnte.

Ihr Vater folgte ihrem Blick. »Was soll mit ihr sein? Sie und Mable helfen mir, den Männern zu beweisen, dass meine Theorie funktioniert.«

»Das tut sie aber gar nicht«, stellte Rosa fest. Ihre Stimme war ruhig, sie hatte keine Kraft mehr, sich aufzuregen. Ihr Entsetzen überschwemmte sie wie eine Welle. Ja, sie hatte den Eindruck, als sänke sie hilflos in die Tiefe und käme nicht an die Gefühle heran, die an der Oberfläche trieben.

»Natürlich nicht, und es wird auch nie so weit kommen, dass Menschen ewig leben können. Aber sie werden sich immer danach sehnen. Es ist verdammt schwer, die eigene Sterblichkeit zu akzeptieren und wie unbedeutend man ist. Daher funktioniert jede Religion, jeder Aberglaube und heidnische Kult ja auch so gut. Ich habe meine eigene Religion. Nur gaukle ich niemandem vor, göttlich zu sein. Stattdessen nehme ich die Wissenschaft zu Hilfe. Und für mein Geschäftsmodell brauche ich die Hilfe der Zwillinge. Sie können die Zweifel der Männer zerstreuen. Dann wehren sich meine Opfer nicht, sondern gehen freiwillig in den Tod.«

»Nicht freiwillig«, widersprach ihm Rosa. »Sie wissen nicht, dass das Getränk, das du ihnen einflößt, sie töten wird.«

»Nein, das wissen sie nicht.« Ihr Vater lächelte in sich hinein. »Ich bin sehr geschickt, nicht wahr? Es ist so viel Zyankali darin enthalten, dass ein einziger Schluck sie zum Einschlafen bringt. Ein sauberer, beinahe schmerzfreier Tod – was kann man sich Besseres wünschen?«

Rosa antwortete nicht. Sie war sicher, dass die beiden Männer nicht schmerzfrei gestorben waren. Sie hatten verzweifelt nach Luft gerungen, niemals würde Rosa die blauen Gesichter, das Röcheln und die Angst in ihren Augen vergessen. Doch ihren Vater schien das nicht zu berühren. Er wirkte rundum zufrieden, während er noch einige Schaufeln Erde auf das Grab warf.

»Darf Molly wieder mit mir nach Hause kommen?«, fragte Rosa möglichst unbedarft. Wenn sie das böse Spiel ihres Vaters jetzt mitspielte und so tat, als sei das, was er hier trieb, vollkommen in Ordnung, würde er sie vielleicht gehen lassen. Vermutlich würde ihr niemand glauben, wenn sie dann von den ungeheuren Ereignissen auf der Insel berichten würde. Er musste wirklich verrückt sein. Und dieser Gedanke kam ihr irgendwie tröstlicher vor als die Vorstellung, dass er all das nur aus Berechnung tat, um zu Geld zu kommen.

»Nein, mein Darling«, antwortete ihr Vater. »Ich fürchte, Molly muss hierbleiben. Es würde nur unangenehme Fragen aufwerfen, wenn sie ohne Mable nach Hause zurückkäme. Außerdem brauche ich sie doch für meinen kleinen Trick.«

Rosa dachte verzweifelt nach. »Aber wovon soll sie hier leben? Die Insel ist karg und unfruchtbar. Es gibt nichts zum Heizen. Im Winter wird es bestimmt kalt und ungemütlich, und sie wird auch sehr einsam sein.« Rosa wollte gar nicht daran denken, wie schlimm es sein musste, Monate allein auf der Insel zu verbringen. Und sie kannte die schottischen Winter allzu gut. Sie konnten grau und deprimierend sein.

»Ich werde ihr genügend Vorrat hierherbringen, von dem sie leben kann. Auch Feuerholz und Kohlen zum Heizen.« Ihr Vater lehnte den Spaten an die Mauer und trat dann einen Schritt zurück, um sein Werk kritisch zu betrachten. »Wenn du möchtest, kannst du ihr gern Gesellschaft leisten. Ich hatte eigentlich vor, mit dir in den Süden zu fahren, nach London und in die Seebäder, damit wir uns nach geeigneten jungen Männern umsehen können. Aber du hast recht, es ist eine gute Idee, wenn du hier bei Molly bleibst und mir dabei hilfst, die Männer für den Übergang vorzubereiten.«

Rosa schluckte. Sie sollte diese Leute vergiften? Und den Winter hier verbringen? Das würde sie niemals aushalten. Genauso wenig wie Molly. Noch dazu auf dieser Insel voller vergrabener Leichen. Panik stieg in ihr auf. Doch schon im nächsten Moment beruhigte sie sich wieder. Sie und Archie hatten ja einen Plan, und an den musste sie sich halten. Sie lächelte tapfer und nickte.

»Gut, den Rest mache ich, wenn ich wiederkomme.« Ihr Vater, der anscheinend mit Rosas Einverständnis gerechnet hatte, schulterte zufrieden den Spaten. »Das Grab wird sich in den nächsten Wochen ein Stück senken, wenn die Körper allmählich zerfallen. Ich werde es also noch einmal auffüllen müssen.«

Rosa war noch schlechter geworden als ohnehin schon. Sie atmete tief die frische Seeluft ein. Dabei fielen ihr die dunklen Wolken auf. Es würde bald regnen, vielleicht kam sogar ein Unwetter auf. Und der arme Archie musste hier draußen in seinem Versteck bleiben. Ob sie ihn später unbemerkt ins Haus lassen konnte? Nein, das Risiko war zu groß. Er musste sich um sich selbst kümmern, denn wenn ihr Vater herausfand, dass sie nicht allein auf die Insel gekommen war, würde er Archie mit Sicherheit aufspüren und sie beide einsperren. Dann hatten sie keine Möglichkeit mehr, das Schiff morgen früh zu erreichen. Hoffentlich fand Archie Unterschlupf in dem Bootshaus, oder vielleicht gab es eine Höhle, in der er sich während des Gewitters verstecken konnte.

Rosas Vater machte sich auf den Rückweg zum Haus, und während sie ihm folgte, suchte Rosa den Blick ihrer Freundin Molly. Sie erkannte die Angst in ihren Augen. Was hatte ihr Vater getan? Womit hatte er Molly unter

Druck gesetzt? Aber dann fiel Rosa die tote Mable ein, und ihr wurde klar, dass der Verlust ihrer geliebten Zwillingsschwester sicher genügt hatte, um Molly innerlich zu zerbrechen und sie gefügig zu machen.

Ihr Vater führte die beiden Mädchen um das Gebäude herum. Er stellte den Spaten ab und öffnete die Eingangstür. Rosa betrat zum ersten Mal das Haus auf Eilean-Taigh-Mòr-Fraser. Es roch nach frisch gesägtem Holz und Farbe. Die große Eingangshalle war schmucklos, eine Treppe führte auf der rechten Seite nach oben. Von der Halle gingen drei Türen ab.

»Molly, bereite uns etwas zum Mittagessen vor, während ich Rosa in ihr Zimmer bringe.« Ihr Vater legte Molly eine Hand auf die Schulter, und Rosa bemerkte verstört, wie ihre Freundin die Berührung genoss. Ein glückliches Lächeln hatte sich auf ihre Züge gelegt, sie beugte sich George Fraser entgegen. Als er die Hand wieder wegnahm, um sich Rosa zuzuwenden, erlosch die Glückseligkeit auf Mollys Gesicht.

»Komm«, er deutete nach oben, »bitte.«

Rosa stieg die kurze Treppe hinauf und fand sich in einem langen, schmalen Gang wieder.

»Such dir ein Zimmer aus«, forderte ihr Vater sie auf. »Molly schläft gleich hier vorn, im zweiten Zimmer rechts, und ich selbst wohne am Ende des Ganges.«

Rosa stieß eine der Türen auf. Die Kammer dahinter war winzig. Außer einem schmalen Bett gab es nur eine Waschschüssel auf der Fensterbank.

»Irgendwo muss noch das Gepäck der beiden Männer sein«, sagte ihr Vater, während er in einen anderen Raum hineinsah. »Ah, hier hinten.«

Rosa strich sich fröstelnd über die Arme. Dieses Haus war eine Falle für reiche Männer. Wer einmal hergekommen war, verließ die Insel nie wieder.

»Ich weiß, die Zimmer sind klein«, sagte ihr Vater, der Rosas Zurückhaltung anscheinend missverstand. »Aber sie sind ja auch nur als Kulisse gedacht, damit die Männer denken, dass sie für eine längere Zeit hier wohnen werden. Manchmal, wenn ich sie besonders gernhabe, lasse ich sie noch ein paar Tage am Leben. Dann reden wir viel und schmieden Pläne, und am Ende muss ich aufpassen, dass ich nicht selbst an meine Theorie glaube.« Er zwinkerte Rosa zu. »Genauso war es bei Mr Wood und Mr Irving. Ich mochte sie, aber ich musste mich beeilen, weil ich nicht wollte, dass sie Molly begegnen. Ich wollte das Risiko nicht eingehen, dass sie meinen Trick durchschauen.« Er zuckte mit den Schultern

Rosa musste sich zusammenreißen, um nicht hysterisch zu werden. Stattdessen versuchte sie sich auf ihre Freundin zu konzentrieren, der sie unbedingt helfen wollte.

»Und Molly soll den ganzen Winter in dieser kleinen Kammer leben? Gibt es unten denn Aufenthaltsräume für sie?« Rosa dachte an den Saal, der den Großteil des Erdgeschosses einzunehmen schien. Da gab es wohl keinen Platz mehr für einen Salon.

»Nein, unten ist nur der Saal. Ich habe als Attrappe für meine Kunden eine Küche einrichten lassen, die aber zu klein ist, um sich lang darin aufzuhalten, geschweige denn, um für viele Menschen darin zu kochen. Ansonsten gibt es noch mein Arbeitszimmer, das für Molly natürlich tabu ist, und eine Kammer, in der ich verschiedene Dinge aufbewahre.«

»Wie soll sie denn die Zeit hier verbringen? Besonders im Winter, wenn es kalt ist?«

»Du wirst ihr Gesellschaft leisten«, erinnerte ihr Vater sie mit einem Lächeln.

Rosa nickte zögernd. Sie musste sich fügen, auch wenn es ihr unendlich schwerfiel, ihm nicht zu widersprechen. Sie und Archie würden morgen mit Molly fliehen. Hoffentlich würde sie nicht darauf bestehen, auch ihre tote Schwester von der Insel wegzuschaffen, sonst würde der Fischer ihnen die Überfahrt vermutlich verweigern.

Rosa entschied sich für das Zimmer gleich neben Mollys, nicht zuletzt, weil es an der Treppe lag und sie auf diesem Weg morgen früh sicher ohne viel Aufhebens verschwinden konnte. Ihr Vater schien keinen Verdacht zu schöpfen, sondern pfiff vergnügt vor sich hin.

Rosas Gehirn arbeitete fieberhaft. Sie musste mit Molly sprechen, ohne dass er es mitbekam. Noch schien er Rosa zu vertrauen, wenn er aber herausfand, dass sie ihre Flucht plante, würde sich das rasch ändern.

Ihr Vater ging in sein Schlafzimmer und schloss die Tür hinter sich. Jetzt oder nie! Rosa huschte zur Treppe und eilte in die Eingangshalle hinunter. Dort sah sie sich um. Wo war Molly? Rosa öffnete eine der Türen, die von der Halle abgingen, und fand sich in einem dunklen Flur wieder, an dessen Ende der große Saal lag, den sie von draußen gesehen hatte. Hinter einer anderen Tür befand sich eine Kammer, in der auf einigen Tischen seltsame Kolben und Gläser standen. Von dort aus gelangte Rosa in ein Arbeitszimmer. Auf dem Schreibtisch lag das rote Album, das ihr Vater heute den beiden Männern gezeigt hatte. Nun würde er auch ihre Bilder darin aufbewahren. Rosa schauderte, als sie das Buch betrachtete. Schnell verließ sie den Raum wieder und ging zurück in die Eingangshalle.

Molly war einfach nicht zu finden. Jetzt blieb nur noch eine letzte Tür hier unten, die Rosa nach einem kurzen Blick zur Treppe nun vorsichtig öffnete. Alles schien ruhig, ihr Vater war noch oben in seinem Zimmer.

Hinter der Tür war ein schmaler Gang, von dem zwei Vorratskammern abgingen. Sie schienen mit einer überschaubaren Menge an Kartoffeln, Mehl, Zucker und anderen Lebensmitteln gefüllt zu sein, von denen man vermutlich nicht lange leben konnte. Am Ende des Flures befand sich die kleine Küche, die ihr Vater vorhin erwähnt hatte. Ein Herd, ein Schrank und ein Tisch mit zwei Stühlen füllten den gesamten Raum aus. Eine Hintertür führte in den Garten, die Rosa von außen gar nicht wahrgenommen hatte.

»Molly«, sagte sie leise, als sie ihre Freundin in der Küche stehen sah.

Molly fuhr zusammen, wandte sich aber nach einem kurzen Blick über die Schulter wieder zum Herd.

»Was kochst du da?«, sagte Rosa, obwohl es so viele wichtigere Fragen gab. Sie wusste einfach nicht, wie sie sie ansprechen sollte. Rosa konnte nur erahnen, wie schrecklich der Tod ihrer Schwester für Molly gewesen sein musste.

Molly antwortete nicht, sondern schnitt weiter Gemüse. Ob es hier vielleicht einen Nutzgarten gab? Oder hatten Molly und ihr Vater die frischen Zutaten gestern mit auf die Insel gebracht?

»Was ist passiert?«, fragte Rosa und fasste ihre Freundin sanft am Arm.

Molly wich vor Rosa zurück.

»Es tut mir unendlich leid«, sagte Rosa leise und schaute nervös zur Tür. Aber alles war ruhig, ihr Vater war offenbar nicht in der Nähe. »Ich bin entsetzt, was hier vor sich geht, und erschrocken darüber, was du mit ansehen musstest. Mein Vater ist verrückt, er muss krank sein, anders ist es nicht zu erklären.«

Molly schnitt ungerührt weiter die Bohnen und Rüben.

»Bitte, Molly!« Rosa sah sie eindringlich an, aber ihre Freundin wich ihrem Blick wieder aus. »Rede mit mir. Ich weiß, dass du Schlimmes erlebt hast, und ich will dir helfen. Wir müssen unbedingt zusammenhalten, nur so können wir es mit meinem Vater aufnehmen. Du willst doch auch wieder nach Hause, oder nicht? Du möchtest den Winter sicher nicht hier auf der Insel verbringen.«

Endlich ließ Molly das Messer sinken und wandte sich Rosa zu. In ihren Augen lagen Resignation und Gleichgültigkeit. Die Unbeschwertheit, die Abenteuerlust, Neugierde und Tatkraft, die Rosa einst an ihrer Freundin geliebt hatte, schienen verschwunden zu sein.

»Wozu?«, sagte Molly jetzt. »Mir ist es vollkommen egal, was mit mir geschieht. Ich habe kein Zuhause mehr. Ich bleibe lieber hier, als nach Taigh-Mòr-Fraser zurückzukehren. Nein, das könnte ich einfach nicht. Ich bin froh, dass ich auf dieser Insel meine Ruhe habe.«

»Ich weiß, dass du Mable vermisst, und …«

»Ach ja?«, unterbrach Molly sie. »Du weißt doch gar nicht, was geschehen ist. Du kennst nur einen winzigen Bruchteil der Wahrheit. Und dieser kleine Teil ist schlimm, aber die ganze Geschichte ist noch viel schlimmer.«

»Dann erzähl es mir«, forderte Rosa sie auf, froh darüber, dass Molly überhaupt wieder mit ihr sprach. »Was gibt es, das schlimmer ist, als dass mein Vater ein vielfacher Mörder ist?«

»Er ist auch unser Vater«, sagte Molly. »Wir sind Schwestern.«

Rosa nickte. »Das habe ich seit einiger Zeit schon geahnt. Ich habe im Nordturm Aufzeichnungen von ihm gefunden, in denen er es erwähnt hat. Er meint, ein Recht auf euch zu haben, da er euch das Leben geschenkt hat. Nur aus diesem Grund bin ich hierhergekommen. Ich habe gelesen, dass er eine von euch töten wollte, und hatte die Hoffnung, noch rechtzeitig zu kommen.«

»Das ist dir leider nicht gelungen«, stellte Molly nüchtern fest. »Und selbst wenn, hättest du ihn nicht aufhalten können. Er ist von seiner Sache absolut überzeugt, da gibt es keinerlei Zweifel, keine Gewissensbisse. Und ich stehe hinter ihm.«

»Was?« Rosa konnte nicht glauben, was Molly da sagte. Doch ihre Freundin schnitt nur weiter stumm das Gemüse. Rosa wurde eiskalt. Immer deutlicher wurde ihr bewusst, wie kaltblütig ihr Vater war.

»Lass mich dir helfen«, sagte sie und sah sich suchend um. »Was kann ich tun?«

»Nein, ich mach das schon.« Molly drehte sich demonstrativ wieder zu ihrem Schneidebrett um, sodass Rosa ihr nicht mehr ins Gesicht schauen konnte.

Eine Weile beobachtete Rosa ihre Freundin. Verzweiflung packte sie, als ihr klar wurde, dass sich alles zwischen ihnen geändert hatte. Molly schien auch Rosa die Schuld für das zu geben, was ihr Vater ihrer Schwester angetan hatte. Und Rosa konnte Molly gut verstehen. All die Jahre hatte Rosa ihren Vater bewundert, sie hatte von ihm geschwärmt und war stolz auf ihn gewesen. Für Molly gehörten Rosa und ihr Vater eng zusammen. Aber diese Beziehung war nun für immer zerbrochen. Rosa fühlte sich entwurzelt, sie war nicht mehr das Mädchen, das sie im vergangenen Jahr noch gewesen war, bevor sie von den dunklen Geheimnissen erfahren hatte.

»Wenn ich von der Insel fliehen würde«, sagte Rosa nach einer Weile leise, ohne die Küchentür aus dem Blick zu lassen, »kämst du dann mit?«

Ihre Freundin hielt einen Moment inne. Dann antwortete sie: »Du kannst nicht fliehen. Von hier kommt man nicht weg, und es kommt auch nie jemand hierher. Niemand kennt Eilean-Taigh-Mòr-Fraser.«

»Morgen früh kommen die Fischer, die uns hergebracht haben, um uns wieder abzuholen. Fahr mit uns, bitte!«, sagte Rosa eindringlich.

»Uns? Wer sonst noch?«

»Archie«, flüsterte Rosa.

»Er ist auch hier?«, fragte Molly überrascht.

Rosa nickte und sah zu dem kleinen Fenster neben der Hintertür. Die ersten Regentropfen fielen vom Himmel. »Ich hoffe, er findet einen Ort, an dem er sich unterstellen kann.«

»Warum seid ihr auf die Insel gekommen?«

»Wegen dir und Mable«, antwortete Rosa, erstaunt darüber, dass ihre Freundin das überhaupt fragen musste. »Wir wussten nicht, wo ihr seid. Aber ihr seid an dem Tag verschwunden, an dem auch mein Vater abgereist ist – und ich hatte doch diese schrecklichen Dinge gelesen ... Erst dachte ich, es wäre eine erfundene Abenteuergeschichte für mich, alles reine Fantasie. Aber als ihr dann nicht mehr aufgetaucht seid, genau wie es in seinen Aufzeichnungen stand, habe ich Angst bekommen. Und als er nach Hause kam, hat er euch nicht mitgebracht. Ganz im Gegenteil, er sagte, er wüsste nicht, wo ihr seid. Mir war sofort klar, dass er lügt. Mir war einfach klar, dass ihr in ernster Gefahr schwebt.«

Molly hatte das Messer aus der Hand gelegt, und ganz plötzlich, völlig unerwartet, stürzte sie auf Rosa zu und schlang fest ihre Arme um sie. Molly weinte, erst leise, dann immer heftiger, sodass Rosa die Schluchzer spüren konnte. Sie hielt ihre Freundin fest und konzentrierte sich darauf, nicht ebenfalls in Tränen auszubrechen. Denn wenn sie einmal angefangen hätte, um Mable zu trauern und um ihren Vater, den sie all die Jahre so geliebt hatte, bevor sie wusste, was für ein Monster er in Wahrheit war, dann hätte sie so schnell nicht mehr damit aufhören können. Die Trauer hätte jeden vernünftigen Gedanken erstickt, und sie brauchte jetzt ihren Verstand, um eine Lösung zu finden. Sie mussten dringend diese Insel verlassen und dann sehen, wie sie weiter vorgingen.

»Ihr habt den Weg hierher nur wegen mir gemacht?«, fragte Molly, nachdem sie sich wieder beruhigt und von Rosa gelöst hatte.

»Was gäbe es denn für einen besseren Grund, als nach unseren beiden liebsten Freundinnen zu suchen? Immerhin mussten wir annehmen, dass euch etwas zustoßen könnte, was sich leider bewahrheitet hat.«

Molly wischte sich die Tränen von den Wangen und wandte sich dann wieder ihrem Schneidebrett zu. »Ich kann aber nicht mit euch kommen.«

»Warum nicht?« Rosa wollte sie am liebsten schütteln,

um sie zur Vernunft zu bringen. Die Verzweiflung ihrer Freundin war deutlich zu spüren. Aber wie konnte sie auch nur im Entferntesten darüber nachdenken, auf dieser Insel zu bleiben?

»Hör zu.« Molly griff nach einer Kartoffel, um sie zu schälen. »Ich weiß, dass alles, was unser Vater tut, kriminell ist. Er hat sich grausame Dinge ausgedacht. Aber Mable ist tot, und wenn ich die Insel verlasse, ist sie umsonst gestorben. Außerdem habe ich endlich herausgefunden, wer mein leiblicher Vater ist. Und ich liebe ihn. Er ist ein guter Mensch, trotz allem.«

Rosa versuchte zu verstehen, was Molly ihr sagen wollte, aber sie konnte keinen Sinn in ihren Worten erkennen. »Ein guter Mensch?« Sie sah ihre Freundin verwirrt an. »Wie kann er das sein, wenn er unschuldige Männer heimtückisch ermordet? Wenn er sich an ihrem Vermögen bereichert und keinerlei Rücksicht auf ihre Gefühle oder die ihrer Angehörigen nimmt?«

»Ja, er ist ein guter Mensch«, beharrte Molly und hielt mit dem Gemüsemesser in der Hand inne, »weil er immer gut für seine Familie gesorgt hat. Er tut alles für uns, er liebt uns aufrichtig und steht zu uns. Alles, was er hier auf der Insel macht, ist zweifelhaft. Ja, das sehe ich auch. Aber er tut es für seine Kinder!«

Rosa schüttelte fassungslos den Kopf. Das war unglaublich. Wie konnte Molly so denken? Hilflos sagte sie: »Er ist ein Mörder. Es gibt nichts, was den Tod deiner Schwester rechtfertigen kann. Und auch nichts, was die Morde an diesen Männern rechtfertigt.«

»Doch«, widersprach Molly. »Das Vermögen eurer, Verzeihung, *unserer* Familie beruht auf dieser Idee. Unser

Vater sagt, dass er die Fabrik, die er geerbt hat, auf keinen Fall weiterführen konnte. Es wäre zu viel Arbeit nötig gewesen, um ein vernünftiges Vermögen daraus zu gewinnen. Darum hat er sie verkauft, weshalb alle glaubten, dass er reich wäre – obwohl er das in Wahrheit schon lange nicht mehr war. Er hatte das Geld seines Vaters und das, was er für die Fabrik bekommen hat, für seine Forschungen und Reisen ausgegeben. Vor vielen Jahren hatte ihm nämlich ein Mann von der Möglichkeit ewigen Lebens erzählt, was ihn sofort fasziniert hat. Es ist ja bekannt, dass die meisten Menschen sich Unsterblichkeit wünschen und dass vielen ein Sinn im Leben fehlt. Also forschte unser Vater zu diesem Thema und konnte schon bald glaubhaft erklären, dass ewiges Leben in Reichweite sei. Den Rest kennst du.« Molly wandte sich wieder dem Gemüse zu. »Es hat sich ein sehr erfolgreiches Geschäft daraus entwickelt. Die Familie Fraser war finanziell gerettet, und unser Vater hat dieses Haus hier errichten lassen. Und auch wenn ich durchaus weiß, dass es nicht rechtens ist, die Männer zu belügen, erkenne ich, dass er ihnen Hoffnung schenkt. Jeder einzelne von ihnen stirbt glücklich und in dem Wissen – nein, in der Zuversicht –, bald wiederaufzuerstehen und dann für immer und ewig in seinem Körper weiterleben zu können, der konserviert wurde.«

»Glücklich sahen Mr Wood und Mr Irving in ihrem Todeskampf nicht gerade aus«, murmelte Rosa.

Molly winkte ab und warf die geschnittenen Gemüsestücke in den Topf.

Rosa sah sich verzweifelt in der Küche um. Am liebsten wäre sie aufgeregt hin und her gelaufen, aber dazu war der Raum zu klein. »Das sind doch alles Lügen. Er bringt die Menschen dazu, ihm ihr Vermögen anzuvertrauen, und bestiehlt die Toten.«

»Ich weiß.« Molly rührte mit einem Löffel im Topf, in dem inzwischen eine Suppe vor sich hin köchelte. »Und glaube mir, ich war zutiefst entsetzt, traurig und wütend, als unser Vater Mable getötet hat. Ich bin es noch immer, und manchmal vermisse ich sie so sehr, dass ich meine, selbst auch nicht mehr weiterleben zu können. Das werde ich ihm nie verzeihen. Und doch sehe ich ein, warum er es getan hat. Er musste es tun. Für uns. Um sein Unternehmen zu retten. Und wenn ich jetzt die Insel verlasse, wäre alles umsonst gewesen. Dann könnte er diese Täuschung nicht mehr durchführen, er könnte nicht mehr beweisen, dass er die Schlafenden wiederbeleben kann.«

Rosa schloss einen Moment lang die Augen, während sich die Düfte der Gemüsesuppe allmählich in der Küche ausbreiteten und mit dem Geruch des Kohlenfeuers vermischten. Ihr Vater hatte es geschafft. Er hatte auch Molly mit seiner Überzeugungskraft für sich eingenommen und dazu gebracht, seine grausamen Taten zu unterstützen. Obwohl er ihr den allerliebsten Menschen auf der Welt genommen hatte. Unglaublich, wie ihm das gelungen war und dass Molly seine Verbrechen sogar rechtfertigte. Dabei war sie sein Opfer, er hatte ihre Zwillingsschwester ermordet.

»Keine Sorge«, Molly fasste nach Rosas Hand, »ich verrate unserem Vater nicht, dass du von der Insel fliehen willst und dass Archie ebenfalls hier ist. Aber ich werde euch nicht begleiten, nein, das kann ich nicht.«

Ein Donner zerriss die Stille, und Rosa sah besorgt in den immer dichter werdenden Regen hinaus. Hoffentlich war Archie sicher in einer Höhle oder im Bootshaus untergekommen.

Als ihr Vater zu einem späten Mittagessen in die Küche kam, zwängten sie sich zu dritt an den kleinen Küchentisch.

»Ich werde morgen früh abreisen«, sagte er, nachdem er seinen Teller geleert hatte. »Eigentlich wollte ich nach dem Lunch los, aber bei dem Wetter …« Er machte eine Kopfbewegung zum Fenster.

Rosa hätte vor Verzweiflung beinahe laut aufgeschrien. Für ihre Pläne war es ausgesprochen gefährlich, dass ihr Vater am Morgen aufbrechen würde. Hoffentlich begegnete er nicht den Fischern, die sie dort abholen wollten. Wäre das Wetter besser gewesen, dann wäre er vermutlich schon heute Nachmittag losgefahren, und Rosa und Archie hätten sich keine Sorgen machen müssen.

Während des Essens betrachtete Rosa ihren Vater und ihre Freundin mit anderen Augen. Und plötzlich deutete sie auch Mollys Verhalten neu. Ihre Zurückhaltung war nicht nur der Angst geschuldet, sondern es lag auch Bewunderung und der Wunsch nach Anerkennung in ihrem Blick. Die enge Bindung zu ihrer Schwester Mable schien sie nun auf ihren gemeinsamen Vater zu übertragen. Und der nahm ihre Zuneigung als vollkommen natürlich an. Er war es gewohnt, Menschen für sich einzunehmen, und anscheinend kam es ihm überhaupt nicht in den Sinn, dass es bei irgendjemandem anders sein könnte. Selbst die Ermordung von Mollys Zwillingsschwester schien ihm kein möglicher Grund dafür zu sein, dass Molly sich gegen ihn wenden könnte.

»War Mrs Jones die Mutter von Molly und Mable?«, fragte Rosa, nachdem auch sie ihre Suppe ausgelöffelt hatte.

Molly sah ängstlich zu ihrem Vater, der jedoch lächelte.

»Nein, natürlich nicht. Es war die Tochter des Lehrers aus Ullapool. Sie ist bei der Geburt gestorben. Und natürlich habe ich mich um die Mädchen gekümmert, schließlich waren sie meine Töchter. Ich habe Mrs Jones angestellt, die die Mutterrolle für die beiden übernahm.«

Rosa wandte sich an Molly. »Wann habt ihr davon erfahren?«

Wieder sah Molly erst zu ihrem Vater und wartete, bis er nickte, ehe sie antwortete.

»Erst vor Kurzem«, sagte Molly zögernd. »Wenige Wochen bevor wir zur Insel gekommen sind.«

Rosa zog die Augenbrauen zusammen und dachte angestrengt nach. Die Geburt der Zwillinge war für ihren Vater wirklich ein Glücksfall gewesen. Mit ihrer Hilfe konnte er sein Geschäft nun geschickt ausbauen. Aber dass niemand jemals über die Herkunft der beiden Mädchen Fragen gestellt hatte, kam ihr merkwürdig vor.

»Habt ihr denn Kontakt zur Familie eurer Mutter?«, fragte Rosa. »Und gibt es vielleicht noch andere Verwandte?«

Molly schüttelte den Kopf.

»Ich weiß nicht, was du mit diesen Fragen bezwecken möchtest«, mischte sich ihr Vater wieder ein. »Immerhin liegt ihre Geburt inzwischen viele Jahre zurück. Die Großeltern sind gestorben, soweit ich weiß. Ich bin nicht einmal sicher, ob überhaupt noch jemand von der Familie in Ullapool lebt.«

Den Nachmittag verbrachten sie im Haus, weil das Unwetter draußen wütete und man kaum einen Schritt vor die Tür setzen konnte. Rosa hätte gern nach Archie gesehen, aber ihr Vater saß in der Eingangshalle am Feuer und gab vor zu lesen, während Rosa sich fragte, ob er sie in Wirklichkeit nur im Auge behalten wollte. Andererseits war das Feuer in der Halle das einzige im ganzen Haus, nachdem auch der Herd in der Küche gelöscht worden war, um Kohlen zu sparen.

Beinahe war Rosa froh, als sie sich am Abend in das leicht feuchte Bett legen konnte und die Zeit bis zum Morgen überschaubar wurde. Endlich würde sie Archie wiedersehen, mit ihm zusammen war alles erträglicher.

Trotz all der Sorgen und schrecklichen Erkenntnisse des Tages schlief Rosa sofort ein. Es war bereits hell, als sie die Augen aufschlug und erschrocken aus dem Bett sprang. Sie wusste nicht, wie spät es war, da es auf der Insel natürlich keine Kirchturmuhr gab. Der Fischer hatte angekündigt, dass er zur selben Zeit wie am Vortag kommen würde. Aber wann genau war das? Rosa zog ihr Kleid an, das sie zum Schlafen abgelegt hatte, nahm ihre Tasche und schlich sich dann nach unten. Weder ihr Vater noch Molly waren zu sehen. Sie huschte in die Küche, in der Hoffnung, dort auf ihre Freundin zu treffen. Sie musste wenigstens noch einmal versuchen, sie davon zu überzeugen, mit ihr und Archie zu fliehen.

Doch als sie in die Küche kam, war der Raum leer. Kein Feuer brannte im Ofen, und es schien heute noch niemand hier gewesen zu sein. Rosa nahm den halben Laib Brot, der, in ein Leinentuch eingeschlagen, auf dem Tisch lag, und steckte ihn in ihre Tasche. Archie würde Hunger haben, er hatte vermutlich kaum etwas gegessen, seit sie getrennt worden waren.

Rosa ging zurück in die Eingangshalle, hielt dort einen Moment inne und lauschte. Als alles ruhig blieb, schlüpfte sie durch die Haustür nach draußen.

Sonnenschein empfing sie. Es musste noch sehr früh sein, denn es war trotz des wolkenlosen Himmels kühl. Der Wind wehte sanft, und auf dem unbefestigten Weg zum Haus hatten sich Pfützen gebildet. Sie sah sich nach Archie um, konnte ihn aber nicht entdecken. Natürlich blieb er weiterhin vorsichtig, schließlich durfte Rosas Vater ihn nicht bemerken. Sie beschloss, zu der Bucht zu gehen, wo sie die Fischer treffen wollten, bestimmt würde Archie dort auf sie warten. Rosa achtete darauf, keine Fußspuren zu hinterlassen, während sie hinunter zum Meer lief. Dabei ging sie eher auf den Rasenflächen, die sich immer wieder neben der Auffahrt erstreckten, und setzte jeden Schritt mit Bedacht.

Bald tauchte das Dach des Bootshauses vor ihr auf. Rosa sah sich aufmerksam um. War ihr Vater schon in See gestochen? Oder lag er noch im Bett? Schlimmstenfalls war er schon lange vor ihr zum Hafen hinuntergelaufen und machte sich gerade an seinem Segelboot zu schaffen. Rosa hoffte, dass die Fischer nicht ausgerechnet dann kamen, um sie abzuholen, wenn er sich dort aufhielt.

Vorsichtig stieg sie den Abhang hinunter und hielt Ausschau nach Archie. Wie hatte er das Unwetter überstanden?

Kurz bevor sie das steinerne Bootshaus erreicht hatte, blieb sie erschrocken stehen. Daneben stand tatsächlich Archie, in ein Gespräch mit ihrem Vater vertieft. An seinem unruhigen Blick konnte sie erkennen, dass er sehr nervös war. Und noch ehe sie sich verstecken konnte, hatte ihr Vater sie auch schon entdeckt.

»Rosa, Darling!«, rief er beschwingt. »Hast du gut geschlafen? Warum hast du denn nicht erwähnt, dass Archie dich zur Insel begleitet hat?«

Rosa blieb vor den beiden Männern stehen. Dann entschied sie sich, zunächst die leichtere der beiden Fragen zu beantworten.

»Ich habe sehr gut geschlafen«, sagte sie.

»Ja, das macht die Seeluft hier draußen! Ich schlafe auch immer tief und fest. Das Klima der Insel ist der Gesundheit wahrhaft zuträglich.« Ihr Vater blinzelte zufrieden in die Sonne.

Den Männern, die du hierherbringst, ist es weniger zuträglich, dachte Rosa.

»Warum hast du den armen Jungen denn bei dem Regen heute Nacht nicht ins Haus geholt?«, fragte ihr Vater vorwurfsvoll. »Wir hätten ihm doch ein Zimmer anbieten können.«

Rosa versuchte einzuschätzen, ob er diese Frage ernst meinte. Er konnte sich doch denken, dass sie nicht entdeckt werden wollten. Oder steckte er so sehr in seiner eigenen Welt, dass er glaubte, sie stünden auf seiner Seite? Aber dann hätte er diese Insel und das, was darauf geschah, ja nicht vor ihr geheim halten müssen.

»Wir wollten nicht, dass Sie Anstoß nehmen«, sagte Archie, als Rosa schwieg. »Immerhin bin ich nur ein Diener, und Ihre Tochter verdient einen besseren Mann als mich.«

Rosa hielt überrascht die Luft an. Warum hatte Archie

auch ihre Beziehung verraten? Wie würde ihr Vater reagieren?

»Du bist der Liebhaber meiner Tochter?«, sagte Rosas Vater überrascht.

Archie warf Rosa einen betretenen Blick zu. Anscheinend war es ihm jetzt selbst unangenehm, dass er sich zu dieser Bemerkung hatte hinreißen lassen.

Einen Moment lang überlegte George Fraser, dann schlug er Archie lachend auf den Oberarm. »Das gefällt mir. Ja, das ist gut. Ich hätte es selbst nicht besser einfädeln können. Aber«, er hob warnend einen Zeigefinger, »sie darf nicht … schwanger werden.« Ihr Vater hatte die Stimme gesenkt, als sei dieses Thema das heikelste auf dieser einsamen Insel.

»Vater!«, rief Rosa empört. »Natürlich werden wir kein Kind bekommen, solange wir nicht verheiratet sind.«

»Wenn du Rosa glücklich machst, werde ich euch nicht im Wege stehen«, fuhr ihr Vater unbeirrt fort, an seinen unverhofften möglichen Schwiegersohn gewandt. »Das Wohl meiner Tochter steht an erster Stelle für mich. Außerdem beruhigt mich der Gedanke, während meiner Abwesenheit einen Mann hier auf der Insel zu wissen. Aber wenn ich nach dem Winter hierher zurückkomme, brauche ich Rosas Hilfe. Sie muss sich um die reichen Herren kümmern, die ich mitbringe. Wenn sie dann jedoch schwanger ist, wird sie meine Kunden eher abschrecken. Pass also auf, verstanden?« Ihr Vater zwinkerte Archie vertraulich zu und grinste.

Archie errötete. Er wirkte genauso verwirrt, wie Rosa sich fühlte.

»Daddy«, der Kosename, den Rosa als Kind verwendet hatte, kam ihr jetzt nur noch schwer über die Lippen, »Archie und ich müssen die Insel jetzt verlassen, sonst werden wir in Taigh-Mòr-Fraser vermisst. Gleich kommt ein Fischerboot, um uns abzuholen.«

»Nein, das ist nicht nötig. Ich werde Bescheid geben, dass es euch gut geht und dass ihr eine Weile bei mir bleiben wollt. Das Boot schicken wir einfach wieder fort.«

Rosa schluckte. Sie sah Hilfe suchend zu Archie, der ratlos wirkte.

In diesem Moment tauchte ein Schiff hinter dem vorgelagerten Felsen auf, und Rosa erkannte an den grauen Segeln, dass es die Fischer waren, die sie hergebracht hatten. Ein Ruderboot wurde zu Wasser gelassen, das wenig später den Strand erreichte.

Rosa dachte fieberhaft nach. Sie mussten irgendwie auf dieses Schiff gelangen.

»Aye!«, rief der Seemann ihnen zu. »Steigen Sie ein, wir fahren gleich los.«

»Nicht nötig«, mischte ihr Vater sich nun ein. »Ich bin selbst gerade im Aufbruch begriffen und nehme die beiden hier gerne mit. Danke für Ihr Angebot, wie kann ich mich bei Ihrem Kapitän erkenntlich zeigen?« Er reichte dem jungen Mann eine Münze.

»Vielen Dank, Sir.« Der Matrose tippte sich an die schmutzige Mütze, steckte den Taler ein und schob das Boot wieder in die Wellen.

»Warten Sie!«, rief Rosa, die fieberhaft nach einer Ausrede suchte. »Daddy, wir wollen doch nicht, dass die Fischer diesen Umweg ganz umsonst gemacht haben. Wir fahren besser mit ihnen mit, dann kannst du ungestört deinen Geschäften nachgehen.«

Ihr Vater winkte ab, und der junge Mann sprang ins Boot und legte sich wieder in die Riemen.

Rosa starrte dem Fischer verzweifelt hinterher – er war ihre letzte Hoffnung gewesen, von dieser Insel wegzukommen. Plötzlich fühlte sie sich kraftlos. Aber sie musste kämpfen, das Schiff durfte nicht ohne sie abfahren.

»Warten Sie!« Rosa lief ein paar Schritte ins Wasser, hinter dem Boot her.

Doch ihr Vater war sofort bei ihr und hielt sie mit scherzhaftem Griff fest. Dem Fischer, der sich noch einmal zu ihnen umsah, winkte er fröhlich zu, sodass der junge Mann weiterfuhr.

Rosa sackte in sich zusammen. Sie waren auf der Insel gefangen, ihr Vater würde sie nie wieder fortlassen.

Sobald der Mann außer Hörweite war, wandte sich ihr Vater an Archie und Rosa. »Ich fahre allein, ihr zwei bleibt bei Molly.«

»Aber …«, begann Rosa, doch er fiel ihr sofort ins Wort.

»Ihr geht jetzt zum Haus zurück. Wenn ich wiederkomme, sehen wir weiter.«

»Aber wovon sollen wir denn leben?« Rosa sah zu dem Fischerboot, das in wenigen Minuten für immer von hier verschwunden sein würde. »Unsere Vorräte werden niemals einen ganzen Winter lang genügen. Fahr mit uns in die Highlands, dort haben wir es viel bequemer. Und wenn das Wetter besser wird, kehren wir alle hierher zurück.«

Ihr Vater musterte sie skeptisch. »Nein, Darling, das ist keine gute Idee. Mein Geschäft kann nur erfolgreich bleiben, wenn niemand von dieser Insel erfährt. Ich bin stolz auf das, was ich bisher erreicht habe. Ich hatte weder Geld noch einen Adelstitel und habe mich von ganz unten hochgearbeitet. Heute bin ich einer der reichsten Männer Schottlands, und unsere Familie wird von der Gesellschaft akzeptiert. Schau, wie weit wir es schon gebracht haben! Das darf ich nicht aufs Spiel setzen. Und ich trage die Verantwortung für uns alle, für die Dienerschaft, die Pächter und unsere Familie.«

»Dann lass uns den Winter in den Highlands verbringen«, wiederholte Rosa, und sie hörte den flehenden Ton in ihrer Stimme. »Ich weiß nicht, wie ich es auf dieser kleinen Insel mitten im Ozean aushalten soll. Hier gibt es ja nicht einmal einen Arzt, wenn jemand von uns krank wird.«

Ihr Vater lachte. »Ihr seid alle jung und werdet den Winter sicher gut überstehen.« Er stieß sein Boot vom Steg ab und sprang hinein. »Sobald das Wetter es zulässt, komme ich zurück und bringe euch noch etwas Proviant. Dann beginnt meine große Reise.«

Wenig später war sein Schiff am Horizont verschwunden.

Rosa sah fragend zu Archie. »Und jetzt?«

Er zuckte mit den Schultern. »Lass uns schauen, ob es im Bootshaus vielleicht ein Ruderboot gibt.«

Das kleine Haus, das aus Felssteinen erbaut war, besaß ein hölzernes Tor, das zum Meer hin geöffnet war. Obwohl es erst wenige Jahre alt sein konnte, war das Holz bereits stark verwittert.

Muffig riechende Luft empfing sie, als Archie die schwere Tür öffnete. Das dunkle Wasser im Inneren plätscherte leise gegen die Felsen.

»Schau mal!« Rosa zeigte auf ein Boot, das an der Mauer des Hauses hing. »Es ist allerdings sehr klein.«

Archie legte den Kopf in den Nacken und ging auf den

Holzplanken darauf zu. »Selbst wenn wir erfahrene Seeleute wären, würde ich mich damit nicht aufs Meer hinauswagen.«

»Lass uns im oberen Stock nachsehen«, schlug Rosa vor. »Vielleicht gibt es dort ja noch ein größeres Boot.«

Archie warf ihr einen zweifelnden Blick zu. »Das glaube ich kaum. Wie sollte es denn da hochgekommen sein?«

Sie stiegen die steile, schmale Treppe an der Außenwand hinauf und fanden die Tür zur oberen Etage unverschlossen vor. Der Raum dahinter war erstaunlich groß und trocken, und es gab sogar einen Kamin. Rosa bückte sich und sah durch den Schornstein.

»Ich kann den Himmel sehen!«, rief sie. »Der Abzug scheint frei zu sein. In diesem Raum könnten wir Feuer machen.«

Archie sah sie skeptisch an.

»Wenn wir hier unser Lager aufschlagen, sehen wir alle Schiffe, die vorüberfahren.« Rosa trat an das kleine Fenster, das zum Meer hinausging. »Wir können versuchen, sie auf uns aufmerksam zu machen.«

Den restlichen Vormittag verbrachten sie damit, das Bootshaus einzurichten. Sie holten zwei Strohmatratzen, Decken und Kissen aus dem Herrenhaus und das wenige Hab und Gut, das sie auf ihre Reise mitgenommen hatten. Dann gingen sie zu Molly in die Küche, die gerade dabei war, die Suppe vom Vortag aufzuwärmen.

»Gibt es irgendwo auf der Insel frisches Gemüse?«, fragte Rosa ihre Freundin.

Molly nickte. »Ja, aber nicht viel. Im Garten steht ein Gewächshaus mit einigen Beeten. Auch ein paar Beeren wachsen dort. Aber der Boden gibt nicht viel her, und die

Erntezeit ist fast vorbei. Es sind noch ein paar Tomaten da, die gepflückt werden können, Bohnen und Salat. Und natürlich Kartoffeln, davon haben wir erstaunlich viele.«

»Wer hat das alles angepflanzt?«, fragte Archie.

Molly zuckte mit den Schultern. »Wahrscheinlich unser Vater.«

Rosa sah ihre Freundin überrascht an. Es war nach wie vor ungewohnt, dass sie Rosas Vater auch so nannte. Und wie leicht Molly dieses Wort über die Lippen kam – immerhin war dieser Mann der Mörder ihrer geliebten Schwester. Aber er schien Molly genauso um den Finger gewickelt zu haben, wie er es auch bei vielen anderen Menschen geschafft hatte.

Rosa ließ sich auf einen der Küchenstühle fallen. In diesem Moment wurde ihr die schreckliche Wahrheit bewusst, dass sie gefangen waren. Würden sie die Highlands je wiedersehen? Tränen stiegen in ihr auf, als sie an Jameson und ihre Mutter, an Vera und Archies Eltern dachte. All diese Menschen würden sich bestimmt schon schreckliche Sorgen um sie machen. Ob sie nach ihnen suchen würden? Aber keiner von ihnen wusste, wo sie zu finden waren. Archie und sie saßen auf einer Insel mitten im Ozean fest, die kaum jemand kannte. Und im Garten befanden sich unzählige Leichen. Was hatte ihr Vater mit ihnen vor, wenn er von seiner Reise zurückkam? Und wie sollten sie diesen eiskalten Winter überstehen?

ISLA

Schottland, Äußere Hebriden,
Eilean-Taigh-Mòr-Fraser

2023

Isla entfernte sich rasch von dem Felsen, wo sie vor wenigen Sekunden fast von einem Gesteinsbrocken erschlagen worden wären. Ben war dicht neben ihr. Sie rechnete beinahe damit, im nächsten Moment in einen Kugelhagel zu geraten, aber alles blieb ruhig. Vorsichtig spähte sie zur Bergspitze hinauf. Doch dort war niemand zu sehen. Erleichtert löste sie die Hände, die sie sich schützend über den Kopf gelegt hatte. Auch Ben suchte die Gegend mit seinem Blick wachsam ab.

»Alles okay?«, fragte er, noch immer etwas atemlos von ihrem Sprint.

Isla nickte. »Ich glaube, schon.«

»Wir müssen uns verstecken. Wer weiß, was dem Typen als Nächstes einfällt.« Ben griff nach Islas Arm und zog sie wieder in Richtung der Klippen.

»Warte!« Isla sträubte sich. »Meinst du, wir sollten wirklich dort hingehen? Nicht dass uns wieder ein Stein auf den Kopf fällt.«

»Da oben scheint keiner mehr zu sein, und wir sollten möglichst schnell eine Deckung suchen. Wir wissen ja nicht mal, ob er Waffen besitzt.«

Isla musste ihm recht geben. Hier unten am Strand waren sie fremden Blicken schutzlos ausgeliefert. Sie atmete tief durch, ehe sie Ben folgte. Schweigend stiegen sie einen schmalen Felsenpfad hinauf zu der Stelle, wo eben noch ihr Verfolger gewesen sein musste. Dort hockten sie sich hinter einen Ginsterstrauch.

Isla spähte immer wieder vorsichtig durch die dichten Zweige, aber weit und breit war niemand zu sehen. Sie fing unkontrolliert an zu zittern, als ihr bewusst wurde, dass sie eben nur knapp einem Attentat entgangen waren.

Schon wieder!

Und jetzt kauerten sie, mehr schlecht als recht verborgen, zwischen Ginstersträuchern und Felsen.

»Ich bin hierhergekommen, weil ich in London genau solche Überfälle erlebt habe«, sagte Isla leise zu Ben. »Habe ich dir das schon erzählt?«

Er schüttelte den Kopf und verzog schmerzhaft das Gesicht, als er vorsichtig sein Gewicht verlagerte. »Was meinst du damit?«

Isla ballte ihre zitternden Finger, um sich zu beruhigen. Die Knöchel traten weiß hervor. Ihr fiel auf, dass der Brand ihres Mini-Cooper erst eine Woche her war. Seitdem war so viel geschehen, dass es ihr wie Monate vorkam.

»Alles hat damit angefangen, dass irgendjemand Löcher in den Benzinschlauch meines Minis gestochen hat«, begann sie leise zu erzählen. »Und als ich nach Hause kam, fiel ein voller Farbeimer vom Dach und hat mich nur knapp verfehlt. Genau wie jetzt der Felsbrocken. Es war reines Glück, dass ich nicht getroffen wurde.«

»War das ein Unfall?« Ben stellte dieselbe Frage, die auch Isla beschäftigte.

Sie schüttelte den Kopf. »Das hätte ich geglaubt, wenn sonst nichts vorgefallen wäre. Aber als ich am nächsten Tag mit der U-Bahn fahren wollte, wurde ich fast von der Bahnsteigkante gestoßen. Ich konnte mich im letzten Moment noch retten.«

Ben nickte schweigend.

»Daraufhin war mir klar, dass mehr dahinterstecken muss. Ich verstehe zwar nicht, was das sein könnte, aber die Person hier auf der Insel wird es mit Sicherheit wissen.«

Ben schloss einen Moment lang die Augen. Dann sah er sie wieder an.

»Ich hätte es dir schon früher sagen sollen«, begann er zögernd. »Aber vorgestern, als wir uns am Hafen treffen wollten und ich nicht gekommen bin ... Ich war nicht krank.«

Isla schnaubte wütend. Das hatte sie schon vermutet.

Ben stocherte mit einem Finger in der feuchten Erde. »An dem Tag, als wir uns zum ersten Mal am Hafen getroffen haben, kam ein Mann zu mir und fragte mich, worüber wir gesprochen haben. Ich habe mir nichts dabei gedacht und hab ihm erzählt, dass du dich nach Eilean-Taigh-Mòr-Fraser erkundigt hast. Er hat mich gebeten, ihm Bescheid zu geben, falls du dorthin fahren möchtest. Er sagte, dass er dich überraschen will und dass er sogar bereit wäre, mich für diese Information zu bezahlen. Das habe ich natürlich abgelehnt.«

»Was?«, sagte Isla fassungslos. »Hast du ihn denn nicht gefragt, warum ihn das interessiert?« Isla fühlte sich von Ben verraten, obwohl sie sich ja eigentlich kaum kannten. Sie war enttäuscht, dass er ihr nicht längst davon erzählt hatte.

»Er hat behauptet, er wäre dein Vater. Und das habe ich nicht infrage gestellt.«

»Mein Vater?« Isla schüttelte ungläubig den Kopf. Warum sollte er ihr heimlich nachspionieren? »Das kann nicht sein.«

»Jedenfalls«, fuhr Ben leise fort, »habe ich ihn angerufen, als klar war, dass wir zur Insel fahren. Er hat mir fünfhundert Pfund dafür angeboten, dass ich die Fahrt verhindere.«

»Und dieses Geld hast du angenommen?«, fragte Isla entsetzt.

»Er sagte, dass er dich selbst auf die Insel bringen will«, erwiderte Ben jetzt etwas lauter.

Isla blickte sich erschrocken um. Aber es schien niemand in ihrer Nähe zu sein. Trotzdem durften sie nicht vergessen, dass ihr Leben in Gefahr war. Isla dachte einen Moment lang angestrengt nach. Das alles ergab keinen Sinn. Wieso wollte ihr Vater verhindern, dass sie auf diese Insel fuhr? Allerdings schien er ihr etwas zu verheimlichen. Schließlich hatte Isla in dem Herrenhaus auf der Klippe den Stoffbeutel gefunden, den sie ihm als Kind geschenkt hatte. Warum hatte er ihr nie von dieser geheimnisvollen Insel erzählt, obwohl er ganz offensichtlich selbst schon dort gewesen sein musste? Und warum wollte er Ben davon abhalten, sie hierherzubringen? War er ihnen vielleicht gefolgt? Und war am Ende er es gewesen, der diesen Felsbrocken auf sie geworfen hatte? Dieser Gedanke war ungeheuerlich. Nein, Isla war sicher, dass ihr Vater nicht für dieses Attentat verantwortlich sein konnte.

»Wie sah der Mann aus, der dir das Geld gegeben hat?«, fragte sie nun Ben, der mit den Schultern zuckte.

»Er war ziemlich schlank und trug eine Seemannsmütze. Ein ganz normaler Typ, würde ich sagen. Eher vornehm, auch wenn er versucht hat, das zu überspielen. Aber so ganz können diese Typen das nicht kaschieren.«

Isla nickte. »Wie alt war er?«

Ben überlegte. »Mitte fünfzig?«

Isla biss sich auf die Unterlippe. Das war alles zu vage. Die Beschreibung traf auch auf Tausende anderer Schotten zu.

»Ich muss dir noch etwas beichten.« Ben zögerte.

Isla stöhnte auf.

»Das Boot«, sagte er.

»Was ist damit?« Sie lachte bitter auf. »Du hast es nicht richtig festgemacht, nicht wahr? Das war doch von Anfang an klar.«

»Nein.« Ben griff nach ihrer Hand, um sie zum Schweigen zu bringen. »Ich habe es woanders hingebracht, als du zum Haus hinaufgegangen bist. Das war mit dem Typen so abgemacht. Ich wollte mich in Wahrheit gar nicht ausruhen.«

Islas Hals war plötzlich so trocken, dass sie kein Wort mehr herausbrachte.

»Als du bei mir zu Hause warst und mich gedrängt hast, dich nach Eilean-Taigh-Mòr-Fraser zu fahren, musst du beschattet worden sein.«

Isla verschluckte sich. Wie in Trance zog sie ihre Wasserflasche hervor und trank einen Schluck.

»Du warst kaum weg, als dieser Mann schon wieder vor meiner Tür stand. Er wollte wissen, was wir besprochen haben, und ich fühlte mich dazu verpflichtet, es ihm zu sagen.«

»Warum?« Isla sah ihn fassungslos an. Nie hätte sie Ben für einen solchen Verräter gehalten.

»Er hat mir fünfhundert Pfund gegeben – darum!«, rief Ben, sah sich rasch um und senkte die Stimme wieder. »Nicht jeder ist so reich wie du. Für mich ist das verdammt viel Geld.«

»Ich bin nicht reich«, erklärte Isla. »Mein Vater ist der mit dem Geld. Und dieser Typ hat dir gesagt, dass du das Boot verstecken sollst, wenn wir hier ankommen?«

»Ich sollte sagen, es sei abgetrieben.« Ben wich ihrem Blick aus. »Isla, es tut mir so leid, ich hätte mich nie darauf einlassen dürfen.«

»Ich verstehe das nicht.« Sie starrte auf den felsigen Boden. »Was wollte dieser Mann? Warum wollte er, dass wir hier auf der Insel festsitzen?«

»Nicht wir«, korrigierte Ben und wirkte noch schuldbewusster. Er stocherte mit der Schuhspitze im Geröll herum. »Nur du. Der Plan war, dass ich das Boot verstecke und mich in der Nacht von hier fortschleiche, um in der ersten Morgendämmerung wieder in See zu stechen.«

Isla stieß einen erstickten Laut aus. Sie sah Ben angewidert an. »Und wenn ich wach geworden wäre, hätte ich ganz allein hier gesessen? Ich wäre auf dieser Insel verhungert, weil ja nicht einmal deine Kollegen nach mir gesucht hätten. Schließlich wärst du ja wohlbehalten wieder in Ullapool zurück gewesen.«

»Ich dachte, dass sich dein Vater um dich kümmern würde …«, verteidigte sich Ben kläglich.

»Und es hat dich gar nicht stutzig gemacht, dass er mir hinterherspioniert hat und dass alles heimlich ablaufen sollte?«

»Doch, deshalb bin ich ja hiergeblieben.«

»Oh, vielen Dank!«, rief Isla mit vor Sarkasmus triefender Stimme und stand auf. Plötzlich war es ihr egal, ob sie gesehen wurden oder nicht. Bens Verrat schmerzte. Sie kannte diesen jungen Mann kaum und war dennoch maßlos enttäuscht von ihm. »Du hast deinen Plan nur deshalb geändert, weil es ein Unwetter gab, das du nicht vorhergesehen hast. Du konntest nicht abhauen.«

»Unsinn, heute Morgen war es ja vorbei.«

»Ha!« Isla dachte an die Nacht, an die Geräusche vor der Tür. »Nein, du konntest nicht abhauen, weil ich dich mehr oder weniger gezwungen habe, mit mir im gleichen Zimmer zu übernachten. Ich war die ganze Nacht wach, du wärst gar nicht unbemerkt nach draußen gekommen.«

Ben war ebenfalls aufgestanden und trat nun dicht vor sie, sodass sie ihn ansehen musste. Er griff nach ihren Händen und hielt sie fest. »Bitte, verzeih mir. Ja, es war ein Fehler von mir, mich auf diesen Mann einzulassen, und es tut mir entsetzlich leid. Ich schwöre, dass du mir vertrauen kannst. Ich werde dich nie wieder anlügen. Und der Grund, warum ich heute Nacht nicht weggefahren bin, liegt bei dir. Denn als du mir erzählt hast, dass jemand im Haus war, war mir klar, dass es jemand sein musste, der es nicht gut mit dir meinte. Ich wusste, dass ich dich hier nicht allein lassen konnte. Die Fußabdrücke vor der Tür stammten natürlich nicht von mir. Aber ich hatte Angst, dir die Wahrheit zu sagen, weil ich dann alles hätte erzählen müssen.«

Isla starrte ihn an, unentschlossen, was sie von seinen Worten halten sollte. Dann löste sie ihre Hände aus seinem

Griff. »Warum sollte ich dir vertrauen, wir kennen uns gar nicht. Alles, was ich von dir weiß, ist, dass du mich belogen hast. Und zwar schon zweimal.«

»Stimmt«, sagte Ben leise. »Es tut mir leid, wirklich.«

Isla atmete verzweifelt ein und aus. Dieser Albtraum wurde immer schlimmer. Jetzt saß sie auf dieser Insel mitten im Nirgendwo fest, zusammen mit einem Fremden, der sie töten wollte, und einem Mann, den sie irgendwie mochte, dem sie aber nicht vertrauen konnte. Und ihr Ziel, diese Insel lebend zu verlassen, schien nicht die größten Erfolgsaussichten zu haben.

»Isla, was ist los? Wer ist dieser Mann?«, fragte Ben sie eindringlich und sah sich aufmerksam um. Ihm war offenbar wieder eingefallen, dass sie verfolgt wurden. »Es muss doch einen Grund dafür geben, dass er hinter uns her ist und uns umbringen will.«

»*Mich* wohl eher, du scheinst nur ein Kollateralschaden zu sein«, sagte Isla bitter. »Warum hast du mir nicht schon viel früher erzählt, dass du das Boot versteckt hast? Wir hätten längst von hier verschwinden können.«

»Es ist nicht mehr da«, sagte Ben leise. »Es lag hinter dem Felsen, wo du es gestern tatsächlich gesehen hast. Erinnerst du dich? Du hast geglaubt, etwas Weißes zu erkennen. Das war das Boot.«

Isla stöhnte laut auf. Ben hatte ihr eingeredet, dass sie sich getäuscht habe. Sie ließ ihren Blick über die unendliche Weite des Meeres schweifen. Das in der Sonne glitzernde Wasser um sie herum war ihr Gefängnis.

»Aber jetzt ist es weg, glaub mir.«

Das tat Isla, obwohl er sie belogen hatte. Es kam ihr erschreckend einleuchtend vor, dass derjenige, der es auf sie abgesehen hatte, natürlich das Boot vernichtet hatte, mit dem sie und Ben von hier wegkommen konnten.

Sie richtete sich auf. »Stellt sich nur die Frage, wie dieser Unbekannte hier gelandet ist. Er muss doch ebenfalls mit einem Boot gekommen sein, oder?«

Ben nickte und sah sie prüfend an. »Verzeihst du mir?«

»Nein«, sagte Isla und wandte sich ab. »Aber wir sollten jetzt dringend nach dem Boot suchen, mit dem er hergefahren ist. Es kann ja nur in einer der Höhlen am Wasser liegen.«

Sie konnte Ben nicht verzeihen, doch sie musste ihm wohl oder übel vertrauen, weil sie allein keine Chance hatte.

»Also gut, lass uns überlegen, wie wir jetzt vorgehen.« Ben stützte die Hände in die Hüften. »Möglichkeit eins wäre, wir verstecken uns und warten ab, in der Hoffnung, dass meine Kollegen bald kommen und uns finden.«

Isla fühlte sich hilflos und ausgeliefert. Nicht zu wissen, gegen wen man kämpfte, machte alles noch aussichtsloser.

»Wie wahrscheinlich ist es, dass deine Kollegen wirklich hierherkommen?«, fragte sie und sah auf ihre Armbanduhr. Es war inzwischen zehn Uhr.

»Sie werden definitiv nach uns suchen, wenn sie bemerken, dass wir nicht zurückgekommen sind. Aber ich weiß nicht, ob sie Eilean-Taigh-Mòr-Fraser so schnell finden.«

»Und während wir hier warten, sind wir die ganze Zeit dem Typen ausgeliefert, der uns umbringen will«, gab Isla zu bedenken. »Lass uns nach seinem Boot suchen. Es muss schließlich irgendwo sein.«

»Wir kennen die Insel nicht, hier ist überall unwegsames Gelände«, erwiderte Ben skeptisch.

»Es ist besser, aktiv zu werden, statt nur abzuwarten«, sagte Isla und hörte selbst, wie trotzig sie klang.

Ben atmete tief durch. »Also gut, aber wir müssen vorsichtig sein. Der Typ kennt sich anscheinend gut aus, und damit ist er uns gegenüber klar im Vorteil.«

Isla verzog den Mund. »Wir müssen einfach aufpassen.«

Ben nickte verbissen, sie konnte ihm ansehen, dass ihm die Situation nicht gefiel.

Schweigend kletterten sie weiter den Felsenpfad entlang. Sie befanden sich einige Meter oberhalb des Meeresspiegels.

Während Isla konzentriert einen Fuß vor den anderen setzte, stieß sie zwischen den Zähnen hervor: »Ich frage mich, ob die gruselige Leiche, die wir in der Metallkiste gefunden haben, und die Bilder in dem alten Fotoalbum irgendetwas mit diesen Attentaten zu tun haben.«

»Aber die haben doch schon in London angefangen«, sagte Ben, der ebenso angespannt klang wie Isla. »Wie soll das mit der Insel zusammenhängen?«

»Meine Tante ...!« Isla hielt inne und setzte sich auf einen mit Gras bewachsenen Felsen. Ihr Herzschlag beschleunigte sich, als sie den Gedanken zu fassen bekam, der schon länger in ihrem Kopf herumspukte.

War es möglich, dass ihre Tante Shelley der Grund für diese schrecklichen Ereignisse war?

Sie dachte angestrengt nach. »Alles fing damit an, dass ich nach Shelley gesucht habe.« Sie berichtete Ben noch einmal ausführlich von ihrer geplanten Reportage über das Auswanderungsthema.

Er runzelte die Stirn. »Und du hast nur mit deiner Familie darüber gesprochen?«

Isla nickte. »Und mit der Chefredakteurin, für die der Artikel gedacht war.«

»Die wird die ganze Sache nicht geheim halten wollen. Sie hat wohl eher ein Interesse daran, dass die Geschichte deiner Tante ans Licht kommt, nehme ich an.«

»Ja.« Isla seufzte leise. »Aber warum will meine Familie verhindern, dass ich mit meiner Tante rede?« Isla musste an den Stein denken, den sie hinter dem Herrenhaus gefunden hatte. »Vielleicht ist sie ja nie nach Australien gegangen, weil sie hier auf der Insel war und aus irgendeinem Grund nicht mehr weggekommen ist.«

Isla presste die Lippen fest zusammen. Das klang erschreckend plausibel, es passte zu all ihren bisherigen Erkenntnissen. Ihre Tante hatte sich von einem Tag auf den anderen bei niemandem mehr gemeldet, nicht einmal bei ihren besten Freundinnen. Sie hatte sich nicht von ihnen verabschiedet, und ihre letzte Spur führte auf die Insel.

Gleichzeitig war es vollkommen absurd. Das würde ja bedeuten, dass irgendein Mitglied ihrer Familie Shelley getötet oder zumindest hier begraben hatte.

Und dass es jemand aus ihrer Familie war, der es jetzt auf Isla abgesehen hatte.

»Was steht sonst noch in den Aufzeichnungen, die du in dem Haus gefunden hast?«

Isla öffnete ihren Rucksack, den sie kurz abgenommen hatte, um ihre schmerzenden Schultern zu entlasten. Sie holte das gespenstische Fotoalbum, die Notizbücher, Briefe und Listen heraus und breitete sie in mehreren Stapeln auf dem Boden vor sich aus.

»Vielleicht steht da drin, welches Geheimnis dieses Haus verbirgt. Deine Tante muss irgendwas hier auf der Insel gefunden haben, was dazu geführt hat, dass sie diesen Ort nicht mehr verlassen sollte.«

»Falls sie nicht doch irgendwo in Australien lebt und das alles nur Hirngespinste sind«, warf Isla leise ein. Noch war sie nicht bereit zu glauben, dass ihre Familie zu einem solchen Verbrechen imstande war.

Bens skeptischer Blick verriet, dass er nicht an diese Möglichkeit glaubte.

Sie teilten die Unterlagen untereinander auf und arbeiteten sich dann der Reihe nach durch die alten Dokumente. Viele waren schwer zu lesen, weil die Tinte darauf verblasst war und der Text ohne Zusammenhang keinen Sinn ergab. Da gab es beispielsweise Listen, in die Zahlen eingetragen worden waren, die Isla nicht einordnen konnte. Doch dann stieß sie auf eine Nachricht von einer gewissen Rosa. Sie war in derselben Handschrift niedergeschrieben worden wie der Text, den sie gestern Abend gelesen hatte. Dieses Mal schrieb Rosa:

Alles, was in den Aufzeichnungen stand, die ich im Nordturm von Taigh-Mòr-Fraser gefunden habe, stimmt. Und es ist noch viel schlimmer, als ich gedacht habe. Das Vermögen unserer Familie basiert auf der gemeinsten Täuschung, die man sich vorstellen kann. Mein Vater spielt mit den Ängsten junger Männer. Ich kenne ihn nicht mehr. Er ist ein Monster!

Isla stieß Ben an, der gerade am Ende seines Stapels angekommen war. »Lies das mal.«

Mit gerunzelter Stirn überflog er die Zeilen. Dann gab er Isla das Schreiben zurück. »Hier gibt es keinen Turm.«

»Rosa meint den Turm bei uns zu Hause. Unser Anwesen in den Highlands heißt ebenfalls Taigh-Mòr-Fraser, und dort gibt es verschiedene Türme. Im Nordturm liegt das Arbeitszimmer meines Großvaters, und die Räume darüber sind schon, seit ich denken kann, verschlossen.«

»Ich nehme an, du hast die Schlüssel an deinem magischen Schlüsselbund schon alle ausprobiert?«, fragte Ben und grinste.

Isla stutzte. Dann schüttelte sie den Kopf. »Nein. Es hieß immer, dass die richtigen Schlüssel irgendwann verloren gegangen sind.«

»Es würde mich nicht wundern, wenn einer von deinen Schlüsseln passt. Und vielleicht finden wir dort ja die Aufzeichnungen, von denen diese Rosa hier schreibt.«

»Das wäre schön, aber leider sitzen wir hier fest.«

»Du hast recht.« Ben gab ihr die Unterlagen zurück. »Wir müssen unbedingt das Boot finden.«

Isla verstaute alles wieder in ihrem Rucksack. Als sie ihn sich auf den Rücken schwang, stöhnte sie schmerzhaft auf. Schweren Herzens nahm sie den Rucksack wieder ab und versteckte ihn in einem Ginsterstrauch am Wegrand. Blieb nur zu hoffen, dass sie die Stelle hinterher wiederfand und ihr Verfolger den Rucksack nicht zufällig entdeckte.

Isla atmete tief durch. So kam sie deutlich besser voran.

»Hier geht es hinunter zum Meer«, sagte sie leise zu Ben, als sie nach einigen Schritten auf eine Abzweigung stießen. Auf diesem Teil der Insel waren sie bislang noch nie gewesen. »Der Weg scheint gut ausgetreten zu sein.«

»Also los!« Auch Ben flüsterte wieder.

Der Pfad war steil, aber einigermaßen bequem, und bald darauf hatten sie einen Felsenvorsprung wenige Meter über dem Meer erreicht.

»Hier geht es nicht weiter.« Isla sah nach unten, wo die Wellen gegen die Klippen schlugen.

»Es ist Flut«, sagte Ben, der Islas Blick gefolgt war. »Bei Ebbe führt der Weg bestimmt bis zum Strand hinunter.«

Isla betrachtete die Felsen genauer. Teilweise waren sie schwer einsehbar, weil es Steinformationen gab, die ihr die Sicht versperrten.

»Schnell, duck dich!« Ben zog sie hinter einen Ginsterstrauch.

»Was ist los?«, flüsterte Isla. Ihr Herz raste.

»Da drüben.« Er deutete zwischen den Zweigen hindurch auf eine etwas höher gelegene Stelle rechts von ihnen. »Da ist jemand.«

Isla kniff die Augen gegen die Sonne zusammen, die von einem beinahe wolkenlosen Himmel schien. Tatsächlich! Ein großer und kräftiger Mann stand auf einem Felsvorsprung. Er drehte ihnen den Rücken zu und wickelte gerade ein Seil auf. Er schien sie noch nicht gesehen zu haben.

»Und da ist auch sein Boot, gleich auf der anderen Seite des Felsens«, flüsterte Ben.

Nun konnte auch Isla den Bug des weißen Bootes erkennen, das hinter den Klippen versteckt war.

»Was sollen wir jetzt machen?«, fragte sie leise.

Ben war offenbar unschlüssig. »Lass uns abwarten, vielleicht geht er gleich weg. Er wird bestimmt weiter nach uns suchen.«

Isla schluckte. Aber Ben hatte recht, sie mussten nicht lange warten. Schon wenige Augenblicke später legte der Mann das Ende des Seils zu Boden und zog sein Hemd aus. Dann sprang er mit einem eleganten Satz ins Wasser und kraulte aufs offene Meer hinaus.

»Jetzt oder nie«, sagte Ben leise und setzte vorsichtig einen Fuß auf den Felsen neben sich. »Wir müssen da rüberklettern und uns das Boot genauer anschauen.«

»Das gefällt mir nicht.« Isla betrachtete prüfend die Steinwand, die allenfalls mit einer Kletterausrüstung zu erklimmen war. »Der Mann ist irgendwo da unten im Wasser, und der Weg über den Felsen scheint mir gefährlich zu sein.«

»Es ist unsere einzige Chance. Wenn der Typ nach seinem Bad im Meer mit dem Boot verschwindet, sitzen wir endgültig hier fest.« Ben fasste an einen Vorsprung und zog sich daran hoch. Vorsichtig suchte er sich einen Weg über den steilen Felsen. »Vertrau mir, es ist nicht weit.«

Isla nickte.

Ben kletterte weiter, und wenig später hatte er die Stelle erreicht, von der aus ihr Verfolger ins Wasser gesprungen war.

Isla folgte ihm, ohne noch länger zu zögern. Konzentriert hangelte sie sich von einer Felskante zur nächsten, bis sie schließlich mit vor Erschöpfung zitternden Beinen neben Ben auf dem kleinen Felsplateau landete. Hier hatte eben noch der unbekannte Mann gestanden, sein Hemd, das er ausgezogen hatte, lag am Rand des Felsvorsprungs. Vorsichtig spähte Isla hinunter aufs Meer.

Der Mann war verschwunden.

Das Boot, das sie meinte, eben erkannt zu haben, ebenfalls.

»Es ist weg«, stellte nun auch Ben fest. »Verdammt!«

»Hier führt ein Weg hinunter, zu den Höhlen da drüben. Ob sie mit den Höhlen verbunden sind, die zum Keller des Hauses führen?« Isla deutete auf den schmalen Pfad, der oberhalb der Bucht entlangführte und vor zwei tiefen Felsenlöchern endete. Sie schienen mit Wasser gefüllt zu sein, das mit der Flut immer stärker hineindrückte. »Sie liegen nah am Meer und scheinen schon halb überspült zu sein. Wenn ich ein Boot verstecken müsste, würde ich es dort tun.«

»Lass uns nachsehen.« Ben nahm Isla bei der Hand und eilte mit ihr den schmalen Weg entlang, bis sie die erste der Höhlen erreicht hatten.

»Du hast recht! Da liegt ein Schlauchboot mit Motor. Damit kommen wir auf jeden Fall von hier weg.« Ben reckte den Hals, um besser sehen zu können. »Die Flut wird die Höhle bald komplett überschwemmt haben. Wir müssen uns beeilen, sonst wird es zu gefährlich, hineinzuschwimmen.«

»Dann schnell!« Isla sprang entschlossen ins Wasser. Einen Moment lang nahm ihr die Kälte den Atem, aber dann schwamm sie mit kräftigen Zügen zum Höhleneingang.

Ben war ebenfalls in die Fluten gesprungen, doch kurz vor dem Ziel mussten sie erkennen, dass das Boot tiefer in der Höhle lag, als sie zunächst angenommen hatten. Und fast schien es so, als triebe es immer weiter hinein.

»Verdammt, das Ding bewegt sich!«, stieß Ben hervor, während er seine Schwimmzüge beschleunigte.

Doch je schneller er schwamm, umso schneller schien sich das Boot wegzubewegen. Der Eingang war ziemlich groß, sodass viel Licht in die Höhle hineinfiel. Isla, die eine gute Schwimmerin war, beschloss zu kraulen. Das Boot war inzwischen tief im Inneren der Höhle verschwunden. Und je weiter sie hineinschwammen, umso dunkler wurde es um sie herum.

Irgendwann hielt Isla erschöpft inne.

»Lass es gut sein.« Ben holte sie ein. »Das war wieder irgendein krankes Spiel.«

»Das Seil …«, keuchte Isla. »Er könnte uns das Boot vor der Nase weggezogen haben, direkt in die Höhle hinein.«

»Aber er ist doch ein ganzes Stück von hier entfernt ins Wasser gesprungen. So schnell kann er nicht ans Ende der Höhle gelangt sein …« Ben sog scharf die Luft ein, als ihm die Bedeutung seiner Worte klar wurde. »Es sind zwei! Es waren von Anfang an zwei Männer mit uns auf der Insel.«

Etwas in Islas Kopf begann laut zu schrillen. Dieses Gefühl hatte sie heute schon einmal gehabt. »Schnell, wir müssen hier raus! Das ist wieder eine Falle.«

Isla drehte sich um, paddelte eine Weile auf der Stelle, um sich zu orientieren. Sie war so sehr auf das Boot konzentriert gewesen, dass sie nicht wahrgenommen hatte, wie sehr der Wasserpegel bereits gestiegen war. Plötzlich fiel ihr auf, dass sie der Höhlendecke schon beängstigend nah war. Wenn sie den Arm ausstreckte, konnte sie den Felsen über sich berühren. Nicht mehr lange, und ihnen bliebe nicht mehr genug Luft zum Atmen.

»Los, wir müssen es versuchen!« Ben schwamm tiefer in die Höhle hinein. »Dieses Boot ist unsere einzige Chance, von der Insel wegzukommen.«

»Aber die Flut steigt wahnsinnig schnell. Wenn wir dahinten nicht weiterkommen, sitzen wir in der Falle. Dann kommen wir nicht mehr raus.«

»Da muss irgendwo noch ein zweiter Ausgang sein. Denn wer immer das Boot in die Höhle gezogen hat, muss dort entkommen sein.« Während Ben sich von Isla entfernte, wurde seine Stimme leiser. Es war stockfinster, in diesen Winkel drang kein Licht mehr.

»Ich weiß gar nicht, in welche Richtung ich schwimmen soll«, rief Isla, und ihre Stimme klang seltsam schrill.

»Warte«, hörte sie Ben plötzlich wieder dicht neben sich. »Wir dürfen jetzt nicht in Panik geraten.«

»Ist gut«, presste Isla hervor, die längst panisch war.

Trotzdem zwang sie sich zur Ruhe, atmete tief durch und orientierte sich an den Geräuschen, die Bens Schwimmzüge verursachten.

Wenig später berührte sie mit den Füßen harte Felsen, und das Wasser wurde seichter. Isla zitterte vor Kälte und Erschöpfung.

Und dann, endlich, sickerte etwas Licht in die Dunkelheit. Isla kam es vor, als wären sie eine gefühlte Ewigkeit im Dunkeln geschwommen, auch wenn es nur wenige Minuten gewesen sein konnten.

Hier musste es tatsächlich einen zweiten Ausgang geben. Dort, wo das Licht herkam, konnte man vermutlich aus dieser Höhle entkommen.

Kurz darauf stieß Isla sich das Knie an einem spitzen Felsen, es tat höllisch weh, zeigte ihr aber, dass sie eine Art unterirdischen Steinstrand erreicht hatten. Im Dämmerlicht konnte sie gewaltige Felsformationen erkennen, die sich seit Jahrmillionen hier gebildet haben mussten. Isla kroch auf allen vieren aus dem Wasser, als ihr Blick auf einen länglichen Schatten fiel.

Sie fasste nach Bens Arm und zeigte nach vorn. »Da liegt das Boot!«

»Und aus dieser Richtung kommt auch das Licht«, erwiderte Ben. »Lass uns rasch von hier verschwinden. Ich schätze, die Höhle wird bald unter Wasser stehen.«

So schnell sie konnten, tasteten sie sich auf die Lichtquelle zu.

Der Schlag traf Isla unerwartet.

Er nahm ihr eine Sekunde lang den Atem.

Ihr wurde schwarz vor Augen, und sie sank zu Boden.

Sie durfte jetzt nicht ohnmächtig werden, sie musste durchhalten.

Noch bevor ihr bewusst wurde, was geschehen war, hörte sie ein zweites, krachendes Geräusch. Erschrocken riss sie die Augen auf und versuchte, in dem Dämmerlicht etwas zu erkennen.

Über ihr kämpften zwei Schatten miteinander, unmöglich zu sagen, wer Ben und wer der unbekannte Angreifer war.

»Ben?«, rief sie mit gellender Stimme.

Statt einer Antwort ertönte nur ein Ächzen, das Geräusch spritzenden Wassers und splitternder Knochen – ehe jemand ganz in ihrer Nähe zu Boden ging.

»Ben!«, schrie Isla nun panisch.

»Es ist alles gut.«

Seine Stimme dicht neben sich zu hören, nahm ihr erneut den Atem. Tränen brannten in ihren Augen, und sie spürte, wie er seinen Arm um ihre Taille schlang.

»Ich bin hier, Isla. Mir geht es gut«, sagte Ben sanft und strich mit einer Hand über ihr nasses Haar.

Isla drückte sich eng an ihn, und eine Welle der Erleichterung überrollte sie. Aber dieser Moment währte nur kurz.

»Wir müssen hier raus, es bleibt nicht mehr viel Zeit«, rief Ben aufgeregt und löste sich von ihr.

»Was ist mit dem ... Mann?« Isla tastete mit einem Fuß nach dem Angreifer, der schwer atmend auf dem Boden lag. »Wenn wir ihn hier liegen lassen, wird er ertrinken.«

Ben bückte sich, und Isla konnte im Dunkeln erkennen, wie er sich den schweren Körper des Mannes mühsam über die Schulter warf. Das Wasser umspülte schon ihre Füße. Isla hechtete auf den Lichtschein zu, der durch einen schmalen Durchschlupf hereindrang. Sie kroch vorsichtig ins Freie.

Wenig später fand sie sich auf einem schmalen Felsenpfad wieder, der an den Klippen entlangführte. Neben ihr ging es etwa fünf Meter steil zum Meer hinunter.

Jetzt schlüpfte auch Ben durch das schmale Felsenloch und wuchtete den schlaffen Körper des halb ohnmächtigen Angreifers auf den Boden.

Isla schrie auf.

Unmöglich!

»Was ist?« Ben drehte sich zu ihr um.

Sie stand über den Mann gebeugt, der jetzt träge ins Sonnenlicht blinzelte. Ein Auge war blutunterlaufen, an dieser Stelle musste Ben ihn hart getroffen haben. Außerdem hatte er eine Platzwunde auf der Stirn.

»Kennst du ihn?«, fragte Ben, der ihn nun seinerseits prüfend betrachtete. »Das ist jedenfalls nicht der Kerl, der mir das Geld gegeben hat.«

»O mein Gott!«, flüsterte Isla und schlug die Hand vor den Mund. »Es ist mein Großvater.«

Isla trank den letzten Schluck Wasser aus ihrer Flasche. Seit zehn Minuten saß sie nun auf dem schmalen Klippenpfad zitternd in der Sonne, während ihr Großvater stöhnend neben ihr lag und vor sich hin dämmerte. Ben beobachtete ihn wachsam.

»Wo ist das Boot, mit dem du hergekommen bist?«, fragte Isla ihren Großvater mit kalter Stimme. Sie konnte den Gedanken, dass er sie tatsächlich in diese Höhle gelockt hatte, um sie umzubringen, noch nicht zulassen.

Statt ihr zu antworten, stieß der alte Mann nur ein erneutes lautes Stöhnen aus. Isla musste zugeben, dass er für sein fortgeschrittenes Alter erstaunlich gut in Form war. Nicht jeder Dreiundsiebzigjährige hätte ihnen derart zusetzen können. Ben hatte einige Prellungen im Gesicht, war jedoch nicht ganz so übel zugerichtet worden wie Islas Großvater. Und Isla selbst hatte eine schmerzhafte Beule am Hinterkopf. Dort hatte sie das Brett getroffen, mit dem der alte Mann sie niedergeschlagen hatte.

»Wer ist sonst noch auf der Insel?«, versuchte sie es noch einmal. »Du kannst das nicht allein gewesen sein.«

»Da hast du recht«, erklang plötzlich hinter ihr eine Stimme.

Sie fuhr herum.

Onkel Donald!

»Ich dachte, ich hätte mich deutlich genug ausgedrückt. Ich wollte Isla nicht auf der Insel haben«, sagte er zu Ben und zog einen kleinen, im Sonnenlicht funkelnden Gegenstand aus seinem Hosenbund.

Isla biss sich erschrocken auf die Unterlippe, als sie die Pistole erkannte. »Du warst es also. Du warst es von

Anfang an, nicht wahr? Die Anschläge in London. Warum hast du das getan?«

»O bitte«, ihr Onkel lächelte amüsiert, »so etwas habe ich doch nicht nötig. Dafür kann man Leute engagieren, die keine Fragen stellen.«

»Warum seid ihr dann auf die Insel gekommen? Habt ihr etwa niemanden gefunden, der dieses schmutzige Geschäft für euch erledigt?« Isla sah auf den Lauf der Pistole, der auf Bens Brust gerichtet war.

»Diese Insel soll möglichst unbekannt bleiben. Deshalb waren wir gezwungen, die Sache selbst in die Hand zu nehmen. Wirklich ärgerlich, dass die Profis in London versagt haben.« Donald lächelte Ben mitleidig zu. »Und jetzt muss ich euch beide leider töten.« Er hob den Arm, sodass die Pistole nun auf Bens Kopf zielte, und Isla konnte sehen, wie sich die Muskeln an seinem Unterarm anspannten. »Eigentlich wollte ich auf einen tödlichen Schuss verzichten, falls doch einmal jemand herkommt und eure Leichen findet. Ein Unfall wäre mir lieber gewesen.«

Noch immer kauerte Isla auf dem Felsen. Doch im nächsten Moment schnellte sie in einer blitzartigen Bewegung nach vorn und zog ihrem Onkel die Beine weg. Mit einem lauten Knall löste sich die Kugel und schlug über ihren Köpfen in einen Felsen ein. Islas Onkel ging durch ihren überraschenden Angriff zu Boden.

Doch noch bevor er auf dem harten Stein aufprallte, stieß Isla ihn über die Felsenkante, und er stürzte kopfüber in die Fluten.

Isla war einen Moment lang wie erstarrt. Sie sah auf die Stelle, an der ihr Onkel abgetaucht war. Ein roter Schimmer breitete sich auf der Wasseroberfläche aus.

»O mein Gott!« Isla schluckte schwer. »Das ist Blut! Er muss sich den Kopf angeschlagen haben.«

»Pass auf deinen Großvater auf!«, befahl Ben und sprang Donald hinterher.

Isla zitterte am ganzen Körper, während sie beobachtete, wie Ben tief unten im Wasser landete. Wenig später tauchte er wieder auf und holte prustend Luft, ehe er erneut in den Fluten verschwand. Isla bekam Angst. Sie hätte nicht zulassen dürfen, dass er nach ihrem Onkel suchte. Die Strömung schien stark zu sein, und die spitzen Felsen waren gefährlich. Hoffentlich wurde Ben nicht gegen einen von ihnen geschmettert.

Sekunden wurden zu Minuten. Wo blieb Ben nur? Hätte Isla ihn bloß nicht gehen lassen! Sollte ihm etwas zugestoßen sein, würde sie sich das nie verzeihen.

In diesem Moment bildeten sich Luftblasen an einer Stelle unter ihr, und endlich tauchte jemand auf. Als Isla den hellblonden Haarschopf erkannte, schluchzte sie vor Erleichterung auf.

Ben!

Er schnappte nach Luft und schüttelte sich, und Isla wollte ihm gerade zurufen, dass er sofort aus dem Wasser kommen solle, als sie sah, dass er nicht allein war. Ben hielt ihren Onkel im Arm und kämpfte sich mit ihm durch die tosende Brandung. Offenbar suchte er nach einer geeigneten Stelle, um ihn an Land zu bringen.

»Dahinten«, schrie Isla und deutete auf eine Art Steg auf der anderen Seite der Bucht, den sie bisher nicht wahrgenommen hatte. »Und da ist auch ein größeres Boot. Mit dem können wir die beiden von hier wegschaffen.«

Das war also die Anlegestelle, die ihr Onkel und ihr Großvater benutzt hatten. Sie waren ihr, ohne es zu bemerken, ganz nah gekommen. Das Motorboot war am Steg festgebunden.

Isla hätte Ben gern geholfen, doch sie wagte es nicht, ihren Großvater alleinzulassen. Er wirkte zwar noch schwach, aber eine Gelegenheit zur Flucht würde er sich sicher nicht entgehen lassen.

Isla musste ihn irgendwie zu dem Anlegesteg hinüberschaffen. Ben konnte ihr nicht helfen, denn er war mit ihrem Onkel Donald beschäftigt.

Sie holte tief Luft und zwang sich aufzustehen. Ihr Kopf schmerzte, ihre Knie waren weich, aber sie musste durchhalten. Sie fasste ihren Großvater unter den Achseln und hievte ihn hoch. Er war wacklig auf den Beinen und wirkte um Jahre gealtert. Isla zerrte ihn den Weg hinunter zu dem Steg, der größtenteils unter Wasser stand.

Ben hatte Donald inzwischen ebenfalls zu der Anlegestelle gebracht.

Als Isla die beiden Männer erreichte, hatte sie kaum noch Kraft. Aber sie musste unbedingt wissen, ob ihr Onkel noch am Leben war. Ben atmete schwer, während Isla sich über Donald beugte, der nun ausgestreckt auf den nassen Planken lag. Sie tastete nach seinem Puls, und ein schwaches Pochen war zu spüren. »Er lebt!«

»Wir sollten ihn wärmen.« Ben sah sich um.

Isla ging zu dem Boot hinüber, das dem Motorboot ähnlich sah, mit dem sie und Ben nach Eilean-Taigh-Mòr-Fraser gekommen waren. Ein Frotteetuch lag auf einer der Ruderbänke. Damit rieb sie ihren Onkel trocken, ehe sie sich um ihren Großvater kümmerte.

»Was hast du vor?«, fragte Isla, als sich Ben an dem Funkgerät im Boot zu schaffen machte.

»Ich muss Hilfe anfordern. Wir können nicht mit zwei Schwerverbrechern die ganze Strecke nach Ullapool zurückfahren«, erklärte Ben. »Zumal wir keine Handschellen haben, mit denen wir sie fesseln könnten. Sie werden versuchen, uns zu überwältigen.«

Isla nickte zustimmend.

Ben drehte ein paar Knöpfe, als ein Rauschen und undeutliche Stimmen zu hören waren. Schnell wurden die Stimmen klarer, bis er schließlich eine gute Verbindung aufgebaut hatte.

»Küstenwache – bitten nennen Sie uns Ihre Position«, ertönte eine helle Stimme.

Ben schilderte der Frau am anderen Ende die Situation. Sie versprach, ihnen so schnell wie möglich einen Hubschrauber zu schicken und die Polizei und den Rettungsdienst zu informieren.

Isla ließ sich auf den Steg sinken. Vor ihr lagen ihr verletzter Großvater und ihr bewusstloser Onkel.

»Was haben sie nur getan!«, sagte sie fassungslos, und Gänsehaut breitete sich auf ihren Armen aus.

Ben legte das Funkgerät beiseite und durchsuchte die Stauräume unter den Bootsbänken, während er immer wieder zu Donald und Islas Großvater hinübersah.

Isla erhob sich mühsam. »Was suchst du?«

»Decken für die beiden.«

Trotz der Kälte, die sie eben noch verspürt hatte, breitete sich nun Wärme in ihr aus. Wortlos kletterte sie zu Ben aufs Boot, um ihm bei seiner Suche zu helfen.

Wenig später hatten sie die Männer zugedeckt und setzten sich auf einen nahe gelegenen Felsen. Dicht aneinandergedrängt sahen sie aufs Wasser hinaus und warteten.

Etwa zwei Stunden später ließ sie ein lautes Dröhnen zusammenfahren. Beide sahen zum Himmel, wo ein kleiner schwarzer Punkt auftauchte, der schnell größer wurde.

»Das ist die Küstenwache. Wie gut, dass sie uns so schnell gefunden haben.« Ben schirmte mit der Hand die Sonne ab, um besser sehen zu können.

Isla war es nicht besonders schnell vorgekommen, aber wenn man bedachte, dass diese Insel seit einhundertvierzig Jahren sorgfältig vor der Öffentlichkeit versteckt worden war, hatte er vermutlich recht.

Isla und Ben sprangen auf und winkten den Rettungsleuten. Der Hubschrauber flog direkt auf sie zu und blieb über ihnen in der Luft stehen.

»Wir sind gerettet«, sagte Ben und fasste nach Islas Hand.

Eineinhalb Stunden später hielten sich Isla und Ben immer noch an den Händen, während sie von Bord des Rettungsschiffes gingen, das kurz nach dem Hubschrauber eingetroffen war. Schweigend hatten sie nebeneinander auf der Bank gesessen, während sich die Crew um Donald und George Fraser kümmerte. Islas Onkel war immer noch bewusstlos. Nachdem sich die Notärztin vergewissert hatte, dass Isla und Ben unversehrt waren, brachte man sie zum Hafen von Stornoway, wo sie von einem Streifenwagen abgeholt und zur Polizeistation gefahren wurden. Islas Onkel wurde ins Universitätskrankenhaus von Glasgow eingeliefert.

Isla und Ben erhielten heißen Tee und Wolldecken, während sie in einem schmucklosen Raum warteten. Isla sah auf ihre und Bens Hand, die immer noch ineinander verschlungen waren. Sie saßen da wie ein Liebespaar, obwohl sie sich kaum kannten. Aber dieses Erlebnis hatte sie so eng miteinander verbunden, wie Isla es noch nie zuvor mit einem anderen Menschen erlebt hatte. Sie waren beide knapp dem Tod entkommen, und wenn sie Ben nicht rückhaltlos vertraut hätte, hätten sie die Angriffe ihres Onkels und Großvaters niemals abwehren können. Isla konnte es immer noch nicht fassen, dass ihre eigenen Angehörigen, die sie ein Leben lang kannte und mochte und denen sie Vertrauen geschenkt hatte, sie tatsächlich hatten töten wollen. Noch ungeheuerlicher war, dass ihr Onkel, der seit vielen Jahren ein angesehenes Mitglied des Unterhauses war, an diesem verbrecherischen Plan beteiligt gewesen war. Dabei hatte man ihm doch das Schicksal Englands anvertraut!

»Hallo!«, sagte eine der beiden jungen Frauen, die in diesem Moment den Raum betraten. »Ich bin Detective Constable Leon, und das ist DC Smythe. Wir untersuchen die Vorfälle auf der Insel. Sie sind sicher müde und erschöpft, aber Sie müssen uns einige Fragen beantworten, dann können Sie nach Hause.«

Isla nickte.

»Natürlich«, sagte Ben.

»Haben Sie Ihren Personalausweis dabei?«, fragte jetzt DC Smythe und strich sich eine blonde Haarsträhne aus dem Gesicht.

Isla ließ widerstrebend Bens Hand los, um nach dem Portemonnaie in ihrem Rucksack zu suchen. Einer der Polizisten hatte ihn aus dem Ginsterstrauch geholt, wo Isla ihn zurückgelassen hatte. Erleichtert stellte sie fest, dass der Inhalt noch vollständig war. Sie schob den Polizistinnen ihren Ausweis hin und griff wieder nach Bens Hand.

»Würden Sie bitte mit mir kommen, Ben«, sagte DC Smythe und stand auf.

Ben sah Isla an und küsste ihre Hand. »Ich bin gleich wieder bei dir.«

Isla nickte. Sie befürchtete, in Tränen auszubrechen, wenn sie auch nur ein Wort sagte. Irrealerweise schien es ihr in diesem Moment das Schlimmste der Welt zu sein, von Ben getrennt zu werden.

Nachdem er und DC Smythe den Raum verlassen hatten, wandte sich DC Leon an Isla. »Dann erzählen Sie mir doch bitte, was genau geschehen ist.«

Isla atmete tief durch. »Mein Großvater und mein Onkel Donald Fraser wollten mich anscheinend umbringen.«

»Donald Fraser?«, wiederholte DC Leon und konnte ihre Verwunderung nicht verbergen.

Isla nickte. Natürlich kannte die Beamtin den Namen ihres Onkels. »Ja, er ist Mitglied des Parlaments. Ich hatte seit einigen Wochen immer wieder seltsame Unfälle, weshalb ich überhaupt nach Schottland gekommen bin. Ich lebe normalerweise in London. Dass mein Großvater und mein Onkel hinter diesen Anschlägen stecken, habe ich erst herausgefunden, als sie uns auf der Insel bedroht haben.«

»Was für Anschläge meinen Sie?«, fragte DC Leon.

Isla berichtete ein weiteres Mal von den Geschehnissen in London und von ihrer Reise in die Highlands. »Ich habe nach meiner Tante gesucht. Und als ich von Eilean-Taigh-Mòr-Fraser erfuhr, habe ich Ben gebeten, mich auf diese Insel zu bringen.«

Ihr liefen die ganze Zeit Tränen übers Gesicht.

Die Polizistin sah sie äußerst interessiert an, als verfolge sie eine spannende Krimiserie.

Isla fragte sich, ob die Frau sie überhaupt ernst nahm. Das alles klang so fantastisch, dass sie es selbst kaum glauben würde, wenn sie es nicht miterlebt hätte. Sie erzählte von ihrem Onkel und ihrem Großvater, die Ben dazu gebracht hatten, das Boot zu verstecken, wie sie einen Felsbrocken auf sie geworfen und zweimal versucht hatten, Isla und Ben in eine tödliche Falle zu locken. Nachdem Isla von dem Showdown in der Höhle berichtet hatte, brach sie erschöpft zusammen.

Sie schloss die Augen und hörte, wie sich die Polizistin entschuldigte und dann den Raum verließ. Isla schlief im Sitzen ein und wurde kurze Zeit später von DC Leon geweckt, die sanft an ihrem Oberarm rüttelte. Erschrocken sah Isla auf die Uhr. Sie musste mindestens zwanzig Minuten geschlafen haben.

DC Leon ließ sich die Kontaktdaten von Islas Vater und ihrer Londoner Nachbarin geben, außerdem die Adresse der Londoner Werkstatt, die den Mini-Cooper untersucht hatte. Dann brachte ein Polizist Isla und Ben zum Hafen, von wo aus sie mit einem Polizeiboot nach Ullapool gefahren wurden.

Es war halb acht, als sie den kleinen Küstenort erreichten. Bens Kollegen stürmten ihnen entgegen.

»Wir haben uns Sorgen gemacht. Wir wollten morgen früh losfahren, um nach dir zu suchen«, erklärte der Mann, den Isla an ihrem ersten Tag in dem Tickethäuschen angesprochen hatte.

Isla runzelte die Stirn. Morgen früh war es sechsunddreißig Stunden her, dass sie aufgebrochen waren. Sie fand das reichlich spät, um mit einer Suche zu beginnen. Aber sie war zu erschöpft, um sich zu beschweren. Nachdem sie sich bei den Männern bedankt hatten, legte Ben seinen Arm um Islas Schultern, und sie gingen gemeinsam zu seinem Cottage. Sobald die Haustür hinter ihnen zugefallen war, fielen sie sich in die Arme und klammerten sich aneinander fest. Lange blieben sie so stehen.

»Ich bin froh, dass dir nichts passiert ist«, flüsterte Isla. »Ich hätte niemals zulassen dürfen, dass du ins Meer springst, um meinen Onkel zu retten.«

Ben seufzte. »Warum haben sie das getan? Dein eigener Großvater und dein Onkel wollten dich umbringen!«

Isla bezweifelte, dass die beiden Männer vor der Polizei Geständnisse ablegen würden. Nein, vermutlich musste sie selbst herausfinden, was hinter der ganzen Sache steckte. »Ich weiß es nicht, aber ich werde dafür sorgen, dass die Wahrheit ans Licht kommt. Vielleicht befinden sich die Unterlagen, die Rosa damals entdeckt hat, ja tatsächlich noch irgendwo bei uns im Nordturm. Darüber könnten wir erfahren, was auf Eilean-Taigh-Mòr-Fraser wirklich vorgefallen ist.«

»Sei vorsichtig«, sagte Ben. Er küsste sie auf die Stirn, und Isla bekam eine Gänsehaut. Dann fasste er ihre Hände und sah sie eindringlich an. »Du solltest heute nicht mehr nach Hause gehen. Solange wir nicht wissen, warum das alles passiert ist, könnte das gefährlich sein.«

»Meinst du, dass die Polizei die beiden wieder laufen lässt?«, fragte Isla erstaunt.

Ben zuckte mit den Schultern. »Dein Onkel liegt meilenweit entfernt im Krankenhaus. Aber deinen Großvater können sie ohne Beweise nicht lange festhalten.« Er zögerte. »Außerdem könnte auch dein Vater in die Sache verwickelt sein.«

Isla musste wieder an den bestickten Stoffbeutel denken, den sie im Schrank von Taigh-Mòr-Fraser gefunden hatte. Ihr Vater tauchte verdammt oft in ihren Überlegungen auf. Aber der Gedanke war so ungeheuerlich, dass sie ihn nicht zu Ende denken wollte. Ihr Vater war immer liebevoll gewesen, vielleicht ein bisschen distanziert und ehrgeizig, aber er würde niemals das Leben seiner Tochter in Gefahr bringen. Isla fiel kein einziger Grund dafür ein, warum er sie umbringen sollte.

»Komm.« Ben küsste sie noch einmal sanft auf die Stirn. »Ich bereite uns ein paar Sandwiches zu. Und du setzt dich hier aufs Sofa und ruhst dich aus, einverstanden?«

Ben lächelte, und Isla sah, wie erschöpft auch er war.

Schon während sie aßen, fielen ihnen die Augen zu. Sie schafften es nicht einmal, sich zu waschen, sondern ließen sich einfach auf Bens Bett fallen, ehe sie nebeneinander einschliefen.

ROSA

Schottland, Äußere Hebriden,
Eilean-Taigh-Mòr-Fraser

Oktober bis November 1884

Der Abend auf der Insel war bitterkalt, obwohl es erst Oktober war. Rosa fragte sich, wie wohl der Winter werden würde, wenn Schnee fiel und Stürme über die Insel peitschten. Rosa und Archie hatten den ganzen Tag damit verbracht, das Bootshaus einzurichten, ohne dass auch nur ein einziges Schiff in die Nähe des kleinen Hafens gekommen war. Am Abend saßen sie mit Molly in der engen Küche im Herrenhaus, im Ofen brannte ein Kohlenfeuer, aber Rosa fror dennoch. Die Kälte saß so tief in ihren Knochen, dass sie bezweifelte, dass es ihr je wieder warm werden würde. Sie hatten Kartoffeln gekocht, die sie nun mit etwas Butter aßen.

»Zieh doch zu uns ins Bootshaus, dort können wir ein Kaminfeuer machen, wenn es nicht mehr auszuhalten ist. Ein bisschen Holz haben wir doch, oder nicht?«, fragte Rosa ihre Freundin, die aber den Kopf schüttelte.

»Ich bleibe hier im Haus, bei Mable.«

»Wo ist sie?«, fragte Archie. »Im Keller?«

Molly nickte.

»Sind da noch mehr Leichen?«, fragte Archie vorsichtig nach.

»Nein«, sagte Molly. »Die anderen sind alle im Garten vergraben. Aber es stehen noch einige Metallkisten dort unten – wenn jemand sehen möchte, wie die konservierten Körper angeblich nach Grönland transportiert werden.«

Rosa schluckte und schob ihren halb vollen Teller von sich. »Mein Gott! Ist das schon einmal vorgekommen? Dass jemand seinen eigenen Sarg sehen wollte?«

»Die Männer betrachten es nicht als Sarg, sondern als vorübergehende Ruhestätte. Aber meist kommen sie gar nicht mehr dazu, Vater danach zu fragen.«

Wieder fiel Rosa auf, mit welcher Selbstverständlichkeit sie das Wort Vater benutzte.

»Weil er sie so schnell tötet?«, fragte sie nach.

Molly nickte.

Rosa atmete tief durch. »Findest du das denn nicht beängstigend?«

Molly ließ die Gabel sinken und zögerte einen Moment.

»Doch«, sagte sie dann, »sehr sogar. Und ich vermisse Mable jede Sekunde. Aber es ist zu spät, ich kann nichts mehr daran ändern. Außerdem ist er unser Vater. Er hat das Recht zu tun, was er für richtig hält. Und er versorgt uns alle gut, das hat er schon immer getan.« Es wirkte beinahe so, als wiederholte Molly diese Worte nur, um sich selbst davon zu überzeugen.

»Aber er vermehrt sein Vermögen, indem er andere Menschen tötet und ihnen ihr Geld abnimmt«, erwiderte Rosa.

»Nein, er nimmt gar nichts. Die Männer geben es ihm. Ihr Leben und auch ihr Vermögen.« Molly stach mit ihrer Gabel in eine Kartoffel.

»Wie kannst du so etwas sagen?«, rief Rosa.

Auch Archie sah die Freundin fassungslos an.

»Ich habe all die Jahre nicht gewusst, wer meine Eltern sind«, sagte Molly, nachdem sie ihren Bissen hinuntergeschluckt hatte. »Als Mr Fraser kam und uns die Wahrheit gesagt hat, waren Mable und ich überrascht, aber alles hat auf einmal einen Sinn ergeben. Immerhin hat er uns eine Erziehung zuteilwerden lassen, er hat Mrs Jones bezahlt, die sich um uns gekümmert hat, und uns auf seinem Anwesen wohnen lassen. Nach all den Jahren hatten wir plötzlich einen Vater, wir wussten endlich Bescheid, woher wir kamen. Anscheinend wurden wir in Ullapool geboren. Es ist also unsere Heimat.«

Plötzlich verstand Rosa das Verhalten ihrer Freundinnen. Wie war ihnen wohl zumute gewesen, als sie erfuhren, dass sie Rosas Schwestern waren? Waren sie eifersüchtig gewesen, weil Rosa im Herrenhaus aufgewachsen war anstatt in dem kleinen, zugigen Cottage? Weil sie feinere Kleider, besseres Spielzeug, eine Hauslehrerin und köstliche Speisen gehabt hatte?

Archie zog die Augenbrauen zusammen, sagte aber weiterhin nichts.

»Ich verstehe sehr gut, dass das für euch eine wichtige Nachricht war«, sagte Rosa und legte eine Hand auf Mollys Unterarm. »Aber das rechtfertigt noch lange nicht, dass er willkürlich über euch verfügt. Er hat Mable getötet und hält dich hier auf der Insel gefangen.«

»Doch, es ist sein Recht. Wir sind sein Besitz«, widersprach Molly. »Er hat uns das Leben geschenkt, und er darf es uns auch wieder nehmen.«

»Er ist nicht Gott«, sagte Rosa, und dabei fiel ihr auf, dass ihr Vater sich im Grunde ja ganz ähnlich inszenierte: Er versprach der Menschheit ewiges Leben und scharte Jünger um sich, die seinen Glauben teilten. Ihr Vater konnte Menschen mit seinem Charme beeindrucken und von seinen wahnwitzigen Plänen überzeugen. Rosa hatte ihn immer dafür bewundert, dass er auf jeden seiner Gesprächspartner so überzeugend eingehen konnte. Er hatte ein umfangreiches Wissen und wusste zu jedem Thema etwas beizusteuern. Er war charismatisch und faszinierte die Dienstboten auf Taigh-Mòr-Fraser genauso wie Rosa selbst oder eventuell anwesende Gäste.

»Nein«, sagte Molly, »er ist kein Gott, aber er ist das Oberhaupt unserer Familie. Und er hat väterlich für uns alle gesorgt.«

»Ich kann es nicht mehr hören!« Rosa sah ihre Freundin verzweifelt an. »Warum beharrst du so sehr darauf, dass er sich um euch kümmert? Das tut er doch gar nicht!«

George Fraser war die meiste Zeit des Jahres nicht auf Taigh-Mòr-Fraser gewesen, nicht einmal Rosas Mutter hatte ihn in dringenden Fällen erreichen können. Sich um seine Familie zu kümmern, bedeutete mehr, als sie mit Geld zu versorgen.

Molly antwortete auf Rosas Fragen nicht, sondern starrte nur stumm auf ihren Teller.

»Was hast du jetzt vor?«, fragte nun Archie, der anscheinend erkannt hatte, wie sinnlos es war, mit Molly zu diskutieren. Sie war verblendet und hatte sich von Rosas Vater beeinflussen lassen.

Molly zuckte mit den Schultern und musterte Archie misstrauisch.

»Willst du hier auf der Insel bleiben? Dein Leben lang? Und die ganze Zeit diesen schmutzigen Trick mit der toten Mable vorführen?«, fragte Archie weiter.

Molly nickte. »Wenn Vater es so haben möchte, werde ich ihm gehorchen. Es ist einsam auf dieser Insel, und das wird im Winter bestimmt noch schlimmer werden – aber was kann ich schon tun? Wenn Vater meint, dass das hier meine Aufgabe ist, dann muss ich sie erfüllen.«

Rosa schloss verzweifelt die Augen. Für ihren Vater war Molly sicher eine vorbildliche Tochter, aber Rosa wollte dieses Los nicht teilen. Sie fühlte sich nicht verpflichtet, einem Mörder zu helfen, weitere Menschen einzufangen, die er berauben konnte. Molly schien davon überzeugt zu sein, dass sie ihm loyal zur Seite stehen müsse. Es war aussichtslos, auf ihre Freundin einzureden und sie dazu überreden zu wollen, mit ihnen zu fliehen. Rosa und Archie sollten besser vorsichtig sein und nicht mehr mit ihr über ihre Pläne sprechen. Am Ende würde sie ihre Freunde sogar verraten, und dieses Risiko durften sie nicht eingehen. Denn im Gegensatz zu Molly war Rosa nicht bereit, sich ihrem Schicksal zu fügen. Sie musste einsehen, dass es ihr nicht gelungen war, Molly auf ihre Seite zu ziehen.

Als Rosa und Archie später am Abend, dicht aneinandergekuschelt, um sich zu wärmen und einander Trost zu spenden, im Bootshaus lagen, unterhielten sie sich leise über ihr Gespräch mit Molly.

»Meine Mutter hat immer erzählt, dass die Zwillinge zwei Jahre alt waren, als sie ins Cottage nebenan gezogen sind.« Archie streichelte sanft über Rosas Arm.

Rosa nickte. »Ja, mein Vater hat ihnen eine Lügengeschichte aufgetischt. Es ist äußerst zweifelhaft, dass er wirklich der Vater von Molly und Mable ist. Er brauchte für sein Täuschungsmanöver einfach Zwillinge und hat ihnen gegenüber etwas Falsches behauptet. Ich glaube, er hat seinen Plan von langer Hand vorbereitet und die beiden Mädchen einfach bei sich aufgenommen, als sich die Gelegenheit ergab.«

»Das glaube ich auch«, sagte Archie leise. »Dein Vater ist ein Verbrecher. Und ich habe noch nie davon gehört, dass er ein uneheliches Kind haben könnte. Aber du weißt ja, wie es ist, solche Gerüchte verbreiten sich schnell.«

Rosa nickte. Diese Behauptung erschien auch ihr äußerst fragwürdig. Eine Weile schwiegen sie, während die Kälte immer tiefer in Rosas Glieder kroch.

Schließlich sagte sie: »Was können wir jetzt tun? Was, wenn auch in den nächsten Monaten kein Schiff nahe an Eilean-Taigh-Mòr-Fraser vorbeifährt? Wie machen wir auf uns aufmerksam? Wir können ja nicht einmal ein Signalfeuer zünden, weil es kaum Holz hier gibt.«

Archie brummte zustimmend. Dann gähnte er und sagte: »Wenn dein Vater wiederkommt, sollten wir versuchen, mit seinem Boot zu fliehen.«

»Kannst du denn segeln?«

»Nein.«

»Dann wäre es vermutlich einfacher, mit dem kleinen Ruderboot fortzupaddeln, das hier an der Wand hängt«, sagte Rosa mutlos.

»Das wäre leichtsinnig. Die Wahrscheinlichkeit, dass wir dabei kentern, ist zu groß.«

»O Gott! Was sollen wir nur tun?«

»Vielleicht kannst du deinen Vater davon überzeugen, dass er dich mitnimmt. Er glaubt doch, dass du förderlich für sein Geschäft sein könntest, weil du Heiratskandidaten anlocken kannst.«

Rosa starrte in die Dunkelheit. Die Wellen klatschten

immer wieder gegen die Pfähle, auf denen das Bootshaus stand. »Er hat es sich aber anders überlegt. Ihm ist sicher bewusst geworden, wie gefährlich es wäre, mich mitzunehmen.«

»Versuch es trotzdem. Denk dir irgendein Argument aus, das dein Vater nicht entkräften kann. Dann könntest du jemandem von unserer Situation erzählen, der uns rettet.«

Rosa richtete sich auf und dachte einen Moment lang nach. »Selbst wenn es mir gelingt, ihn zu überzeugen, befürchte ich, dass mir niemand glauben würde. Mein Vater ist ein großartiger Lügner, wie du weißt. Und er wird mir kaum die Gelegenheit geben, allein mit einem der Männer zu sprechen.«

»Dann müssen wir dafür sorgen, dass man dir glaubt«, sagte Archie entschlossen. »Lass uns jetzt schlafen, vielleicht fällt uns morgen eine Lösung ein.«

Irgendwann gelang es Rosa, trotz der Kälte einzuschlafen. Als sie die Augen aufschlug, sickerte Tageslicht durch die salzverkrusteten Fensterscheiben. Ihr Kopf war genauso leer wie am Abend zuvor. Und die Zeit wurde allmählich knapp – Rosas Vater würde bald wiederkommen und sie dann für Monate allein auf dieser Insel zurücklassen. Danach gäbe es keine Gelegenheit mehr, zu entkommen.

Rosa und Archie gingen zum Herrenhaus hinauf. Molly war schon wach und knetete gerade einen Brotteig. Schweigend frühstückten sie die Kartoffeln, die noch von gestern Abend übrig geblieben waren, während sich der Duft des gebackenen Brotes in der Küche verbreitete. Sie boten

Molly ihre Hilfe bei der Hausarbeit an, die diese jedoch ablehnte, und Rosa und Archie waren beinahe erleichtert, als sie ihre Freundin wieder allein lassen konnten. Rosa schwankte zwischen der Trauer um die einstige Freundschaft und der Angst um ihrer aller Zukunft. Noch nie in ihrem Leben hatte sie so nah am Abgrund gestanden. Sie waren in Gefahr, und um überleben zu können, wurde von ihnen verlangt, über die Verbrechen zu schweigen, die auf Eilean-Taigh-Mòr-Fraser verübt wurden.

»Lass uns die Insel noch einmal gründlich erforschen«, schlug Archie vor. »Ich weiß zwar nicht, was ich mir davon verspreche, aber dann haben wir wenigstens etwas zu tun.«

Rosa stimmte ihm zu. Auch ihr fiel keine sinnvollere Beschäftigung ein. Also machten sie sich daran, das felsige und teilweise unzugängliche Gelände, so gut es ging, zu erkunden. Sie mieden den Friedhof, und Rosa schüttelte sich, als sie bemerkte, wie nah der Brunnen im Garten bei den Gräbern stand. Am Rande des Steinbruchs hielten sie inne und sahen in den Abbruch hinunter, wo die Steine für das Haus abgetragen worden waren. In der Senke hatten sich große Pfützen gebildet, ansonsten waren nur die Felswände zu erkennen, die den Steinbruch begrenzten. Dann kämpften sie sich weiter durch Ginstersträucher und über Klippen, bis sie eine Stelle gefunden hatten, an der sie hinunter zum Wasser gelangen konnten.

»Schau mal, sind das etwa Höhlen?«, fragte Rosa, die Mühe hatte, in ihren langen Röcken über die Steine zu klettern.

Archie nickte. »Sieht ganz danach aus. Komm, die schauen wir uns genauer an.«

Wenig später hatten sie einen Steinstrand erreicht und standen vor einigen Höhlen, die sich in die Klippen eingegraben hatten.

»Diese hier scheint sehr groß zu sein«, rief Rosa, nachdem sie sich ein Stück in das dunkle Felsenloch hineingewagt hatte. »Aber ohne eine Fackel ist es gefährlich. Man kann gar nichts sehen.«

Eine halbe Stunde später kehrten sie zum Bootshaus zurück. Sie hatten nichts gefunden, was ihnen in ihrer aussichtslosen Lage weitergeholfen hätte.

»Wenn es bloß nicht so kalt wäre!«, sagte Rosa und schlüpfte unter die Decke in ihrem Bett, obwohl es noch nicht einmal Mittag war.

Archie trat ans Fenster. »Ich frage mich, wie wir den Winter hier überstehen sollen.«

»Komm her, wir kuscheln uns aneinander, dann wird uns hoffentlich ein bisschen wärmer.«

Archie warf einen Blick auf das endlose Meer hinaus, ehe er zu ihr ging und sich neben sie legte.

»Ich finde, wir sollten sowieso wieder ein paar Übungsstunden in Küssen einlegen. Ich habe das Gefühl, dass wir unsere Studien schändlich vernachlässigen.« Rosa zwinkerte ihm zu.

Natürlich war es längst nicht mehr nötig, zu üben. Rosa war sicher, dass sie inzwischen jede Weltmeisterschaft in dieser Disziplin gewinnen würden. Aber sie machte gern Scherze darüber.

»Wir können ohnehin nicht viel anderes tun«, seufzte Archie und sah sie liebevoll an. »Wenigstens sind wir zu zweit hier. Obwohl ich dich lieber in Sicherheit wüsste.«

»Allein würde ich vollkommen verzweifeln«, sagte Rosa und küsste Archie dann sanft auf die Lippen. »Und ich wäre schrecklich in Sorge, wenn du ohne mich hier sein müsstest.«

»Ich hoffe, wir schaffen es beide, lebend von dieser Insel wegzukommen«, murmelte Archie, während er Rosas Küsse erwiderte.

Die vertraute Nähe zu ihrem Freund entspannte Rosa. Der Duft seiner Haut hüllte sie ein, und seine Wärme durchdrang sie. Rosa ließ sich in seine Küsse fallen und fühlte sich sofort getröstet. Sie vergaß die missliche Lage, in der sie sich befanden, und fühlte sich geborgen und sicher in Archies Armen. Bald hatte ihre Leidenschaft die Kälte vertrieben. Archie streichelte ihre Wangen, knöpfte langsam ihre Bluse auf und tastete sich behutsam vor. Rosa seufzte vor Wonne auf. Sie liebte Archies vorsichtige, immer respektvolle Berührungen. Ohne von den Lippen des anderen abzulassen, streichelten sie einander ihre nackte Haut und genossen es, sich zu berühren und zu spüren. Rosa zog Archie das Hemd aus und versank in seiner Nähe. Dann schob Archie die vielen Schichten von Rosas Kleid hoch und ließ seine Finger an ihren Oberschenkeln entlangwandern. Gänsehaut breitete sich auf Rosas Körper aus, das brennende Verlangen schien sie fast zu zerreißen.

Unwillkürlich führte Rosa Archies Mitte zu sich, und zum ersten Mal in ihrem Leben verschmolzen sie miteinander. Es war das wunderschönste und gewaltigste Gefühl, das Rosa je erlebt hatte. Sie tauchten ein in einen Strudel, und als sie irgendwann wieder emporkamen, hatten sie beide Tränen in den Augen. Ihre liebevolle Beziehung, die Rosa als die engste und tiefste überhaupt empfunden hatte, war noch tiefer geworden, und sie fühlte sich so innig mit Archie verbunden, wie sie es sich nie zuvor mit einem anderen Menschen hatte vorstellen können.

In den nächsten Tagen verbrachten Rosa und Archie viele Stunden mit dieser neu gefundenen Beschäftigung. Hatte Rosa zuvor schon die Küsse und intimen Momente mit ihrem Freund genossen, so war sie nun geradezu süchtig nach der Leidenschaft geworden, der sie stundenlang freien Lauf ließen. Sie verbrachten beinahe den ganzen Tag auf den Strohsäcken im Bootshaus und gingen nur zu den Mahlzeiten zu Molly nach oben, wo sie immer wieder versuchten, mit ihr ins Gespräch zu kommen. Aber Molly wehrte sämtliche Bemühungen der beiden ab, und so gaben sie es irgendwann auf und aßen schweigend. Wieder und wieder zerbrachen sie sich die Köpfe über eine Möglichkeit, die Insel zu verlassen, aber da sie kein geeignetes Boot zur Verfügung hatten und der Seefahrt unkundig waren, drehten sich ihre Überlegungen im Kreis. Meist gelangten sie schnell zu der Einsicht, dass sie momentan nichts anderes unternehmen konnten, als sich gegenseitig zu wärmen, und das taten sie dann voller Hingabe.

Zehn Tage waren vergangen, als am Horizont zum ersten Mal Segel in Sicht kamen. Rosa und Archie waren gerade aus dem Bett gestiegen und standen nun, noch immer unbekleidet und in Decken gehüllt, am Fenster des Bootshauses.

»Ein Schiff!« Rosa ließ die Decke fallen und suchte hektisch nach ihrer Kleidung, die im ganzen Zimmer verstreut war.

»Ich glaube, es ist dein Vater«, sagte Archie, der Ruhe bewahrte.

Enttäuscht ließ Rosa die Hände sinken. Sie war gerade dabei gewesen, ihre Bluse zuzuknöpfen. Aber wenn es nur ihr Vater war, der zur Insel zurückkam, brauchte sie sich nicht zu beeilen.

Sie beobachtete das kleine Segelboot, das jetzt auf den Hafen zusteuerte. Bald darauf schien es zu ankern, und Rosa konnte einen Matrosen erkennen, der nun ein Beiboot zu Wasser ließ. Sie atmete tief durch. Wenn sie fliehen wollten, wäre jetzt der geeignete Moment gekommen. Aber es würde ihnen nicht gelingen, weil sie nicht wussten, wie man die Segel setzte.

»Was, wenn wir meinen Vater entführen und ihn zwingen, uns von hier wegzubringen?«, fragte Rosa, einer spontanen Eingebung folgend.

»Du willst ihn dazu bringen, das Schiff für uns zu steuern?« Archie nickte anerkennend. »Das wäre tatsächlich eine Lösung. Allerdings weiß ich nicht, wie wir es anstellen sollen, ihn in unsere Gewalt zu bringen.«

»Vielleicht besitzt er ja eine Waffe. Einen Revolver oder ein Messer, das wir verwenden können«, überlegte Rosa.

»Ich glaube nicht, dass er die hier herumliegen lassen würde. Und sein Zimmer schließt er immer ab.«

»Wir könnten ihn von hinten überwältigen und fesseln.«

»Wie kann er das Boot mit gefesselten Händen steuern?«, erwiderte Archie und schüttelte den Kopf. »Nein, wir sind einfach wachsam, vielleicht ergibt sich ja eine gute Gelegenheit.«

Sobald sie sich angezogen hatten, gingen sie ans Meer und warteten an dem Holzsteg des kleinen Hafens.

Wenige Minuten später legte Rosas Vater an. Er warf Archie das Seil zu, das dieser um einen Pfosten schlang.

»Ihr könnt mir helfen, die Lebensmittel zu entladen«, rief Rosas Vater und deutete auf die Kisten und Säcke in seinem Boot.

Die nächsten Stunden waren sie damit beschäftigt, die Vorräte in die beiden kleinen Kammern zu schaffen. Auch Brennholz und Kohlen hatte Rosas Vater mitgebracht, die sie zum Haus hinaufschleppten. Einen Teil der Holzscheite brachten Rosa und Archie in ihr Zimmer oben im Bootshaus.

»Was wollt ihr da drin mit dem Holz?«, fragte Rosas Vater, als er sie die Treppe herunterkommen sah.

»Wir haben uns hier eine Wohnung eingerichtet.«

»Ihr zwei? Warum?«

Rosa zuckte mit den Schultern. »Wir wollten zusammenbleiben, und im Bootshaus ist es warm. Oben im Herrenhaus gibt es nur winzige Kammern, und keine davon hat einen Kamin.«

»Das dürft ihr nicht! Es darf nichts passieren, was meinen Geschäften im Weg steht.« Ihr Vater wurde rot im Gesicht und baute sich drohend vor Archie auf. »Hast du meine Tochter etwa angerührt?«

»Wir lieben uns«, mischte Rosa sich nun ein. »Wir wollen heiraten.«

Ihr Vater schüttelte den Kopf. »Nein, das verbiete ich euch. Auch wenn ich meine Tochter glücklich sehen will, darf es nicht passieren, dass sie schwanger wird. Denn wie sollte ich das den feinen Herren erklären?« Mit diesen Worten drehte er sich um und stapfte zum Haus hinauf.

Rosa und Archie sahen sich ratlos an. Als ihr Vater verschwunden war, fragte Rosa: »Wie will er unsere Liebe verhindern, wenn er uns einen Winter lang hier allein lässt?«

»Wir müssen ihn unbedingt überwältigen und ihn dann zwingen, uns von dieser Insel wegzubringen. Ansonsten können wir nur darauf hoffen, dass er mich mit in den Süden nimmt, um junge Männer in die Falle zu locken. Dann könnte ich versuchen, dort Hilfe zu finden.«

»Die Geschichte ist so absurd, dass dir kaum jemand glauben wird.« Archies Blick wanderte zum Horizont.

»Ich weiß«, seufzte Rosa und wandte sich wieder dem Berg an Vorräten zu, der noch auf dem Landungssteg lag. »Sie klingt wie ein Schauermärchen.«

»Und dein Vater hat einen Charme, der besonders bei jungen Männern zu wirken scheint. Sie werden ihm eher Glauben schenken als uns.« Archie verzog das Gesicht, bevor er sich bückte, um einen Sack Mehl zu schultern.

Rosa nahm eine der Kisten mit Lampenöl, die eigentlich viel zu schwer für sie waren. Sie musste alle zehn Schritte eine Pause einlegen, da der Weg ziemlich steil war.

Von oben kam ihnen Molly entgegen, sie hatte gerade eine Kiste Kerzen hinaufgeschleppt und wirkte so fröhlich, wie Rosa sie seit Langem nicht mehr erlebt hatte. Ein neuer Glanz lag in ihren Augen, und ihre Wangen waren gerötet, was auch von der körperlichen Anstrengung herrühren mochte.

Rosa stellte die Kiste mit dem Öl ab und straffte ihren Rücken. Ihre Arme brannten von der Anstrengung, sie hatte noch nie in ihrem Leben so hart gearbeitet. Ihr Blick ging zum Himmel, der von einer dicken Wolkendecke überzogen war.

In diesem Moment ertönte ein ohrenbetäubender Knall. Rosa zuckte erschrocken zusammen und sah den Berg hinauf.

Wenige Schritte über ihr lag Archie auf dem felsigen Boden.

Rosa stürzte zu ihm und sah, wie sich eine rote Blutlache um seinen Kopf bildete. Ein großes Loch klaffte in seiner Stirn.

»Archie!«, schrie sie und bückte sich zu ihm.

Seine Augen starrten sie leer an. Rosa ergriff sein Handgelenk und versuchte vergebens, seinen Puls zu ertasten, während die Lache um seinen Kopf immer größer wurde.

Ein Schatten fiel über sie. Rosa sah auf und erkannte ihren Vater, der in einer Hand einen Revolver hielt. Als er Archie sah, nickte er zufrieden. »Das wäre also erledigt. Komm, Darling, wir sollten die Vorräte ins Haus bringen, bevor es anfängt, zu regnen. Um Archie kümmern wir uns später.«

Rosa starrte ihren Vater entsetzt an. Dann fasste sie wieder nach Archies Hand, konnte aber noch immer kein Lebenszeichen spüren.

Archie war tot. Ihr Vater hatte ihn erschossen.

Rosa sank neben ihrem toten Geliebten auf die Erde. Ein leiser Klagelaut brach aus ihr hervor, der immer lauter wurde. Ihr Bauch schmerzte, die Arme, der Rücken. Sie hatte keine Kraft mehr, sich aufrecht zu halten. Mühsam beugte sie sich zu Archie und küsste sein lebloses Gesicht. Dann legte sie ihren Kopf in seine Halsbeuge und schluchzte. Ihre Tränen vermischten sich mit seinem Blut. Lange lag sie so da, bis der Regen einsetzte und Blut und Tränen wegspülte. Irgendwann kam ihr Vater und griff sanft nach ihrem Arm, um ihr aufzuhelfen. Sie schlug wild nach ihm und widersetzte sich seinen Bemühungen, sie mit ins Haus zu nehmen.

Er war der Mörder ihres geliebten Archie.

»Geh weg!«, schrie sie mit einer Kraft, die sie sich gar nicht mehr zugetraut hatte.

Schließlich drehte sich ihr Vater um und ging mit hängenden Schultern zum Haus zurück.

Rosa blieb neben Archie liegen und wartete darauf, ebenfalls zu sterben. Doch der Tod kommt nicht so leicht, das musste sie an diesem Tag schmerzlich lernen. Nach Stunden, wie es Rosa schien, kamen Molly und ihr Vater, um sie ins Haus zu holen. Während ihre Freundin es endlich schaffte, Rosa zum Aufstehen zu bewegen, schulterte George Fraser Archies Leiche, um sie als neues Opfer seiner Verbrechen im Garten hinter dem Herrenhaus zu vergraben.

Das alles nahm Rosa wie durch einen Nebelschleier wahr. Sie hätte besser aufpassen und Archie beschützen müssen. Nie würde sie sich verzeihen, dass er gestorben war und dass sie sich nicht genügend um seine Sicherheit gekümmert hatte.

ISLA

Schottland, Highlands, Ullapool

Juni 2023

Als Isla wach wurde, wusste sie zuerst nicht, wo sie sich befand. Das kleine Zimmer mit den Dachschrägen, in dem sie lag, hatte sie noch nie zuvor gesehen, der Geruch nach Holz und Kräutern war neu für sie.

»Guten Morgen!«, hörte sie Bens Stimme, die sie immerhin sofort erkannte.

Verschlafen richtete sie sich in ihrem Bett auf. Er stand in einer Jogginghose und einem T-Shirt in der Tür und lächelte. Seine Haare waren noch nass vom Duschen, ein Handtuch hing ihm um die Schultern.

»Ich habe dir ein Bad eingelassen. Schmeiß deine Klamotten einfach in die Waschmaschine. Hier ist ein Bademantel, den kannst du anziehen, bis die Sachen trocken sind. Lass dir Zeit, ich mache uns Frühstück.«

Isla ließ sich in die Kissen zurückfallen. Ganz langsam kehrte die Erinnerung zurück. Sie hatte so tief geschlafen, dass alles ausgelöscht zu sein schien.

Ben setzte sich auf die Bettkante und sah sie besorgt an. »Ist alles in Ordnung?«

Isla überlegte einen Moment. »Nein«, sagte sie leise. »Gar nichts ist in Ordnung. Ich begreife einfach nicht, warum mein Onkel und mein Großvater das getan haben.«

Ben nickte stumm und griff nach Islas Hand. »Du willst heute in Taigh-Mòr-Fraser nachsehen, ob diese Aufzeichnungen noch in dem Turm sind, nicht wahr?«

»Ja, ich muss einfach Bescheid wissen.«

»Ich lasse dich auf keinen Fall allein da hingehen, ich komme mit«, sagte Ben entschlossen.

Isla atmete tief durch. Tatsächlich war sie ihm dankbar für sein Angebot. Hätte sie jemals gedacht, dass sie sich in dem Haus ihrer Familie irgendwann nicht mehr sicher fühlen würde?

»Danke«, sagte Isla und streichelte Ben sanft über die Wange. Die Bartstoppeln der letzten Tage waren verschwunden, und seine Haut fühlte sich weich und glatt an. Die blauen Augen sahen sie voller tiefer Gefühle an. Er war ihr in den letzten Tagen so vertraut geworden, als würden sie sich schon viel länger kennen.

Islas Stimme war rau, als sie sagte: »Ich sollte mich fertig machen, damit wir bald loskommen.«

Ben stand auf. »Nimm am besten das Zwanzig-Minuten-Programm bei der Waschmaschine. Dann können die Sachen trocknen, während wir frühstücken.«

Isla sah ihm nach, als er das Zimmer verließ. Es war albern, aber sie vermisste ihn jetzt schon. Was waren das für seltsame Empfindungen? Es musste mit der Gefahr zu tun haben, die sie gemeinsam überstanden hatten. Eigentlich war Ben nichts anderes für sie als der Bootskapitän, der sie zu der Insel gebracht hatte. Sie hatte keinerlei Interesse an ihm. Isla atmete tief durch, um ihre verwirrenden Gefühle loszuwerden. Dann stand sie auf und sah, dass es bereits nach elf Uhr war. So lange hatte sie schon ewig nicht mehr geschlafen. Nachdem sie und Ben sich, komplett angezogen, in sein Bett gelegt hatten, waren ihr sofort die Augen zugefallen. Isla musste lächeln, obwohl ihr gar nicht danach zumute war. Da hatte sie sich zum ersten Mal seit Monaten mit einem attraktiven und liebenswürdigen Mann das Bett geteilt – und ihr war nichts Besseres eingefallen, als einzuschlafen.

Als sie das kleine Badezimmer betrat, strömte ihr ein süßer Orangenduft aus der heißen Wanne entgegen. Während sie sich aus ihren Klamotten schälte, die sie in die Waschmaschine warf, wurde sie wieder ernst. Ben hatte recht: Auch wenn ihr Onkel verletzt im Krankenhaus lag, schwebten sie noch immer in größter Gefahr. Denn die verworrenen Aussagen, die ihr Großvater gestern Abend zu Protokoll gegeben hatte, würden niemals dafür ausreichen, ihn hinter Gitter zu bringen. Dabei hatte sie diese ganze Angelegenheit ja noch nicht einmal selbst richtig verstanden. Weshalb versuchten ihr Onkel und ihr Großvater, sie umzubringen?

Isla seufzte, als sie sich in das heiße Badewasser gleiten ließ. Erst jetzt bemerkte sie, wie verspannt ihr ganzer Körper war. Blaue Flecken und einige Kratzer zogen sich über ihre Oberschenkel und ihre Arme. Und an ihrem Hinterkopf konnte sie immer noch die schmerzhafte Beule ertasten.

Die Wärme des Wassers tat gut, und einen Moment lang genoss sie das erlösende Gefühl. Dann schloss sie die Augen und sah sich sofort wieder in der Höhle mit dem gefährlich steigenden Wasserpegel. Sie musste an das Gefühl der Bedrohung auf der Insel denken. Die Schritte, die sie in der Nacht in dem unheimlichen Haus gehört hatte, mussten von ihrem Onkel oder Großvater gewesen sein. Ihr fiel die schreckliche Mumie wieder ein, die sie in dem Felsenkeller gefunden hatten, der herabgestoßene Stein, der sie nur um Haaresbreite verfehlte, die Falle im Keller und der Kampf mit ihrem Großvater und ihrem Onkel. Einen Moment lang überlegte sie, das alles einfach auf sich beruhen zu lassen. Der Gedanke war verlockend. Sie könnte nach London zurückkehren und nicht weiter nachfragen.

Aber würden ihre Verfolger sie dann in Ruhe lassen? Die Anschläge auf sie hatten in London begonnen. Wer aus ihrer Familie war sonst noch in die Sache verwickelt? Wieder dachte sie an ihren Vater.

Isla öffnete die Augen. Das alles hatte angefangen, als sie nach ihrer Tante gefragt hatte. Ja, das war der Schlüssel: Ihre Familie wollte ein Geheimnis verbergen, das mit Shelley zu tun hatte. Isla musste dringend nach Taigh-Mòr-Fraser und im Nordturm nach Rosas Aufzeichnungen suchen. Sie genoss noch einen Moment die Wärme des Vollbads, das ihren Muskeln so guttat. Dann zwang sie sich, aufzustehen, trocknete sich ab und wickelte sich in den dicken, frisch duftenden Frotteemantel. Nachdem sie ihre Wäsche in den Trockner gesteckt hatte, ging sie zu Ben hinunter in die Küche.

»Hey.« Er lächelte, als er sie sah.

Isla blieb kurz auf der letzten Treppenstufe stehen. Ein wohliges Gefühl breitete sich in ihr aus. Sie hatte keine Ahnung, was in den letzten zwei Tagen mit ihnen geschehen war – sie hatte in Ben nie einen möglichen Partner, sondern immer nur den Mann gesehen, der sie zu dieser

Insel bringen konnte. Aber ihr gemeinsames Abenteuer hatte sie zusammengeschweißt, Ben hatte sich stark für sie eingesetzt, er hatte sie beschützt und sein Leben für ihres riskiert. Und auch wenn ihr sein hellblondes Haar, die leuchtend blauen Augen und die sonnengebräunte Haut sehr gefiel, war es nicht allein sein Aussehen, das sie zu ihm hinzog. Es war ein Gefühl der Sicherheit, das von ihm ausging. Daher trat sie nun, ohne zu zögern, ganz nah an ihn heran und nahm ihn einfach in ihre Arme. Sofort drückte er sie fest an sich.

»Hm, du riechst gut«, murmelte er und strich mit seinem Kinn über ihr nasses Haar, das sie zu einem lockeren Knoten gebunden hatte. Dann lehnte er sich ein Stück zurück, und seine Augen wanderten liebevoll über ihr Gesicht.

Isla reckte sich und fuhr mit ihren Fingern zärtlich durch seine Haare. Seine Lippen waren ganz nah und so einladend. Während sie noch darüber nachdachte, wie es sich wohl anfühlen würde, ihn jetzt zu küssen, näherte sich sein Mund bereits ihrem. Schon im nächsten Moment berührten sich ihre Lippen sanft und vorsichtig, beinahe forschend. Dann verschmolzen sie leidenschaftlich und dennoch zärtlich. Islas Bauch kitzelte, als sich ihre Zungen trafen und miteinander spielten. Ein heißer, kribbelnder Strom wanderte durch Islas Körper, als wäre sie an einem Ziel angekommen, auf das sie lange hingearbeitet hatte. Wenn sie nicht so erschöpft gewesen wäre, dann wäre sie sicher noch stundenlang so eng umschlungen mit ihm stehen geblieben, aber irgendwann wurden ihre Beine weich, und sie löste sich widerstrebend.

»Ich muss mich setzen«, flüsterte sie. »Ich würde dich am liebsten den ganzen Tag weiterküssen.«

Ben lachte leise an ihrem Ohr, und der weiche Klang dieses Lachens war das Schönste, was sie je gehört hatte.

Ben setzte sich dicht neben sie und schenkte ihr Kaffee ein. Nachdem Isla den ersten Schluck getrunken hatte, spürte sie, dass dieser Tag viel besser zu werden versprach, als sie zunächst geglaubt hatte. Ben nahm ihre Hände.

»Wir können heute auch hierbleiben und gar nichts tun, außer uns zu küssen.« Er lächelte. »Und uns ausruhen. Wir können ja morgen in den Nordturm gehen.«

Isla streichelte seinen Handrücken. Der Gedanke war verlockend. »Das würde ich wahnsinnig gern tun, aber die Sache eilt. Ich habe Angst, dass mein Großvater die Dokumente verstecken oder sogar vernichten könnte.«

Ben seufzte. »Ich fürchte, du hast recht. Wir sollten keine Zeit verlieren, auch wenn ich mir diesen Tag schöner vorstellen könnte.«

Isla nickte schweigend. Sie mussten sich in die Höhle des Löwen wagen. Und es kam ihr absurd vor, dass diese Höhle ausgerechnet das Haus ihrer Großeltern war, an das sie so viele schöne Kindheitserinnerungen knüpfte.

Ben küsste sie noch einmal voller Zärtlichkeit und stand dann auf, um das Frühstück zu holen. Nach dem gestrigen Tag voller Sandwiches und Beeren taten ihnen die Spiegeleier, der Speck und die Bohnen gut. Eine halbe Stunde später war Isla so satt, dass sie kaum noch einen Schluck Kaffee trinken konnte.

Wenig später hatte sie ihre frisch gewaschene Kleidung wieder angezogen, und sie machten sich auf den Weg nach Taigh-Mòr-Fraser. Ben hatte zwar kein Auto, dafür aber ein Motorrad, auf dem sie zum Loch Achall hinausfuhren. Sie stellten die Maschine unten bei den alten Cottages ab und gingen zu Fuß den Berg hinauf.

Wenig später tauchten die grauen, verwitterten Mauern des imposanten Anwesens vor ihnen auf. Vor der Eingangstür blieben sie stehen.

»Was für ein riesiger Kasten«, stellte Ben fest.

»Hast du ihn schon mal von innen gesehen?«, fragte Isla.

Ben schüttelte den Kopf. »Ich weiß natürlich, wem das Haus gehört, wie vermutlich jeder in der Gegend. Aber ich war noch nie in seinem Inneren. Ich bin sehr gespannt.«

Isla atmete tief durch. »Und ich habe Angst vor dem, was wir vielleicht gleich erfahren werden.«

Ben nahm sie bei der Hand. »Ich bin bei dir. Egal, was du herausfinden wirst, wir stehen das zusammen durch.«

Isla öffnete die Tür, die wie immer unverschlossen war.

»Mrs McDonald?«, rief sie laut, als sie die Eingangshalle betraten.

Alles war ruhig. Die alte Frau hielt sich vermutlich in der Küche auf und konnte sie nicht hören. Also wandten sie sich nach links und durchquerten den großen Saal im Erdgeschoss.

»Wow!«, sagte Ben und sah sich fasziniert um. »Von außen wirkt das Haus etwas heruntergekommen, aber innen ist es beeindruckend.«

»Es müsste dringend renoviert werden«, erwiderte Isla, die durchaus verstand, dass es bei einem ersten Besuch imposant wirkte. »Das Parkett ist schon mehrere Jahrhunderte alt. Aber sieh dir die Risse in den Wänden an.« Sie deutete nach oben zu der hohen Decke.

»Es ist bestimmt sehr teuer, ein solches Haus zu unterhalten. Ich wundere mich, dass es überhaupt noch im Besitz eurer Familie ist, obwohl ich natürlich weiß, dass die Frasers sehr wohlhabend sind. Wohnt noch jemand hier? Oder ist es nur noch eure Sommerresidenz?«

»Nein, es wird nicht mehr ganzjährig bewohnt.« Isla blieb stehen. Sie hatten den Nordturm erreicht, dessen Tür sie nun öffnete. »Seit meine Großeltern nach London gezogen sind, steht es die meiste Zeit leer. Es sind nur noch ein paar Angestellte hier. Früher hat mein Großvater sich um das Haus gekümmert, aber in den letzten Jahren ist das Gebäude immer mehr in Vergessenheit geraten.«

»Vielleicht ist das ja Absicht«, überlegte Ben.

Isla nickte. Wenn sich dieses Haus und die gleichnamige Insel ein dunkles Geheimnis teilten, das nie ans Licht kommen sollte, wäre es natürlich von Vorteil, wenn Taigh-Mòr-Fraser allmählich aus dem Gedächtnis aller verschwinden würde. Vielleicht war das auch der Grund dafür, dass die alte Haushälterin Mrs McDonald noch immer hier arbeitete, die dieses Geheimnis hütete. Mit ihrem Ausscheiden aus dem Dienst würde das Haus wahrscheinlich endgültig verschlossen und nicht mehr benutzt werden.

»Ist das der Nordturm?«, fragte Ben und ließ seinen Blick durch das dunkle Treppenhaus schweifen.

Isla nickte. »Da vorn ist das Arbeitszimmer meines Großvaters. Und hier«, sie deutete die Steinstufen hinauf, »geht es zu den verschlossenen Räumen. Angeblich gibt es keinen Schlüssel mehr dafür. Meine Großeltern behaupten schon seit Jahren, dass sie das Schloss austauschen lassen wollen.«

»Was sie aber bisher nicht getan haben?«

»Genau.« Isla griff nach dem dicken Seil, das als Handlauf an der Wand angebracht war. Da es hier keine Lampen gab, war das Licht, das durch die Tür zum großen Saal in diesen dunklen Flur fiel, die einzige Lichtquelle. »Falls einer der Schlüssel an meinem Schlüsselbund passt, haben sie die ganze Zeit gelogen.«

»Wenn nicht, müssen *wir* den Schlüsseldienst rufen.« Ben lächelte.

Isla blieb vor der dicken Holztür am Ende der Treppe stehen, die sie schon als Kind fasziniert hatte. Wie viele Geheimnisse und Abenteuer hatte sie sich dahinter vorgestellt! Von einem ganzen Ponyhof über ein Internat für Zauberinnen bis hin zu einer gefährlichen Achterbahn war wohl alles dabei gewesen.

Ben zog sein Handy aus der Tasche und leuchtete auf das Schlüsselloch. Isla betrachtete den Schlüsselbund in ihrer Hand und entschied sich für einen alten Messingschlüssel.

Sie hielt den Atem an, als sie ihn ins Loch steckte und versuchte, ihn zu drehen.

Vergeblich!

»Er passt nicht«, sagte sie leise. Eine Welle der Enttäuschung überrollte sie.

»Probier mal die anderen aus«, sagte Ben.

Isla biss sich auf die Lippen. Nacheinander versuchte sie jeden einzelnen Schlüssel, aber keiner schien der richtige zu sein.

»Okay, dann eben der Schlüsseldienst«, sagte Ben, doch Isla zögerte.

»Ich weiß nicht … Eigentlich will ich nicht, dass wir hier bemerkt werden.«

»Meinst du nicht, dass das schon längst der Fall ist?«

»Kann sein. Aber mein Großvater ist immer noch der rechtmäßige Besitzer dieses Anwesens. Wenn wir das Schloss hier aufbrechen lassen, ist das wie ein Einbruch.«

»Glaubst du, das spielt jetzt noch eine Rolle?«

Isla richtete sich auf. »Ich möchte wissen, was da drin ist. Und ich verspreche dir, dass wir die Tür irgendwie aufkriegen. Aber vielleicht sollten wir uns zuerst um die Sachen kümmern, die wir von der Insel mitgebracht haben. Wir haben uns die Bücher, die ganzen Unterlagen und das alte Album ja noch nicht einmal richtig angesehen.«

Ben lächelte und strich Isla eine Haarsträhne hinters Ohr. »Einverstanden. Weißt du, was? Wir fahren zu mir nach Hause und setzen uns vor dem Cottage in die Sonne. Ich bin sowieso der Meinung, dass wir uns heute noch ein bisschen ausruhen sollten.«

Isla küsste ihn liebevoll. »Das ist ein hervorragender Plan.«

Eine Stunde später hatten sie die Unterlagen aus Islas Rucksack auf dem Holztisch ausgebreitet und saßen auf den beiden Stühlen vor Bens Cottage. Hier war es ruhig, denn die Straße endete genau vor Bens Haus in einem Wendekreis, weshalb kein Durchgangsverkehr herrschte. Außerdem suchten den Küstenort Ullapool im Sommer nur wenige Touristen auf. Wer hierherkam, war normalerweise auf der Durchreise zu den besonders einsamen nördlichen Highlands. Deshalb spazierten nicht sehr viele Neugierige vor Bens Haus herum.

Sie begannen mit dem Fotoalbum. Als Isla es aufschlug, zuckte sie zusammen, obwohl sie ja schon wusste, was sie erwartete. Die Gesichter der Toten kamen ihr dennoch unheimlich vor, besonders in Verbindung mit den Bildern der lebenden Personen daneben.

»Es sind sogar die Namen der Toten vermerkt.« Ben deutete auf die Beschriftung, die mit einer feinen Feder darunter geschrieben worden war. »Das Album ist ganz voll. Auf jeder Seite sind zwei Männer abgebildet, insgesamt sechsunddreißig.«

»Sechsunddreißig Tote?« Isla schüttelte sich vor Abscheu. »Es ist unwahrscheinlich, dass die alle zufällig auf der Insel gestorben sind.«

»Ja«, bestätigte Ben. »Lass uns mal diese Hefte hier durchsehen.«

Isla legte das unheimliche Fotoalbum zur Seite und griff nach Rosas Aufzeichnungen. Sie schlug das Notizbuch auf und überflog die erste Seite, die sie bereits gelesen hatte. Dann hielt sie plötzlich inne. »Schau mal, was Rosa schreibt: *Ich wünschte, wir wären nie hierhergekommen. Ich wünschte, wir hätten nie den Schlüssel der verschlossenen Tür hinter dem Stein entdeckt.«*

»Ob damit die verschlossene Tür des Nordturms gemeint ist?« Isla sah von den Unterlagen auf. »Wir sollten unbedingt noch einmal dort nachsehen.«

»Du meinst, der Schlüssel könnte noch immer hinter einem Stein im Mauerwerk versteckt sein?«, fragte Ben.

Isla zuckte mit den Schultern. »Möglich wäre es.«

Ben seufzte. »Also gut, dann lass uns noch einmal zu Taigh-Mòr-Fraser hochfahren.«

Wenig später standen sie wieder im Nordturm des alten Herrenhauses und leuchteten die Steinwände der engen Treppe ab.

»Wann wurde hier wohl zum letzten Mal sauber gemacht?«, fragte Ben und hustete, als eine Staubwolke aufwirbelte. »Meine Hände sind schon ganz schwarz.«

»Ich glaube, das Personal kommt hier nicht sehr häufig hoch«, antwortete Isla. »Und in diesen Zimmern können sie sowieso nicht putzen, wenn die Tür verschlossen ist.«

Stein für Stein tasteten sie sich vorwärts, versuchten jeden einzelnen herauszuziehen oder drückten dagegen. Doch bisher vergebens. Isla bückte sich, um die unterste Reihe zu untersuchen. Ein Stein stand etwas vor, und sie rüttelte vorsichtig daran. Tatsächlich – er bewegte sich!

»Hier ist er!«, sagte sie atemlos, während sie ihn behutsam aus der Wand zog. Dann griff sie in das Loch und schrie leise auf, als sie auf etwas Kaltes stieß. Triumphierend zog sie einen Schlüssel heraus.

»Das muss er sein!«

Mit zitternden Fingern steckte sie den Schlüssel ins Schloss.

»Er passt!« Ihr Herz pochte so fest gegen ihre Brust, dass sie den Eindruck hatte, es müsse jeden Moment zerspringen.

Die alten Scharniere knarrten, als Isla die Tür aufstieß. Eine Staubwolke wirbelte auf, und sie musste niesen. Kurz darauf standen sie in einem erstaunlich hellen Zimmer, das noch größer als das Büro ihres Großvaters im Erdgeschoss zu sein schien. In der Mitte führte eine Treppe in die obere Etage. An jeder der vier Wände waren Fenster, denen der Raum seine Helligkeit verdankte, obwohl die Scheiben im Laufe der Jahre blind geworden waren. In den niedrigen Regalen standen zahlreiche Bücher und Mappen. Unter dem linken Fenster befand sich ein Schreibtisch, gegenüber der Tür ein Sekretär. Alles war mit einer dicken Staubschicht überzogen, große Spinnweben hingen quer durch den Raum.

Ben ging mit erhobenen Händen, um sie von seinem Gesicht fernzuhalten.

»Das hier sind alles handschriftliche Aufzeichnungen«, stellte er fest, nachdem er eins der Bücher aus dem Regal gezogen hatte. Er blätterte eine Weile darin, ehe er hinzufügte: »Es scheint sich um Forschungsberichte zu handeln.«

Isla sah ihm über die Schulter. »Ich wusste gar nicht, dass meine Vorfahren Wissenschaftler waren.«

»Diese Berichte stammen von einem George Fraser.« Ben stand über das Buch gebeugt. »Er hat die Aufzeichnungen 1883 verfasst und beschreibt auch das Haus auf Eilean-Taigh-Mòr-Fraser. Den Saal nennt er den Unsterblichkeitssaal.«

Isla überlief ein Schauer. »Die Leiche in der Metallkiste war definitiv nicht unsterblich.«

»Nein, sie war mumifiziert. Sie sollte für die Ewigkeit aufbewahrt werden.« Ben nahm noch zwei weitere Bücher aus dem Regal. »Auch die hier scheint George Fraser geschrieben zu haben. Sollen wir die Sachen einpacken und alles bei mir zu Hause lesen? Ehrlich gesagt, will ich nicht länger als nötig hierbleiben – solange wir nicht genau wissen, wer auf der Insel hinter uns her war.«

Isla ging zur Treppe zurück. »Ich bin ganz deiner Meinung. Aber lass uns noch kurz nachsehen, was da oben ist.«

Sie schüttelte sich, sie war direkt in ein Spinnennetz gelaufen. Während sie es sich aus dem Gesicht wischte, fiel ihr Blick auf einige Fußabdrücke am Boden.

»Der Raum scheint immer wieder genutzt worden zu sein«, stellte sie fest und stieg dann vorsichtig die knarzende Holztreppe hinauf. Wenig später fand sie sich im oberen Stock in einem geräumigen Zimmer wieder. Hier waren die Fenster etwas größer als im Raum darunter, was auf Kosten der Regalflächen ging. In der Mitte stand ein riesiger Arbeitstisch, auf dem merkwürdige Glaskolben, Schüsseln und Zylinder aufgebaut waren. Poröse Schläuche, vermutlich aus Tierdärmen, verliefen zwischen den Gefäßen.

»War das etwa ein Labor?«, fragte Ben, der Isla gefolgt war.

»Sieht ganz danach aus.« Sie bückte sich, um die Glaskolben genauer zu betrachten. Sie mussten seit Jahrzehnten hier stehen, ihr einstiger Inhalt war nicht mehr zu identifizieren. In den Regalen an den Wänden erkannte Isla verstaubte Apothekergläser und seltsame Gerätschaften.

»Die Forschungen hier könnten mit den Ereignissen auf der Insel zusammenhängen«, überlegte Ben.

»Wir müssen die Aufzeichnungen lesen«, sagte Isla und wandte sich ab. »Sonst sind das alles nur Spekulationen.«

»Du hast recht.« Ben drehte sich wieder zur Treppe um. »Zuerst nehmen wir uns Rosas Hefte vor und dann die Bücher von George Fraser.«

Isla folgte ihm die Treppe hinunter. Ben trug die drei handgeschriebenen Bücher in seinen Armen, da sie nicht daran gedacht hatten, eine Tasche mitzunehmen, und Isla Mrs McDonald nicht um einen Einkaufsbeutel bitten wollte. Sie war inzwischen der Meinung, dass es besser war, wenn die alte Frau gar nicht erfuhr, dass sie im Haus gewesen waren.

Wenig später standen sie wieder vor der alten Holztür. Isla wollte sie gerade öffnen, aber sie bewegte sich nicht.

»Hast du den Schlüssel?«, fragte Ben irritiert.

Isla versuchte, ihn ins Schloss zu stecken, doch es gelang ihr nicht. Sie bückte sich und spähte durch das kleine Loch.

»Da steckt ein zweiter Schlüssel von außen«, stellte sie fest.

Ben kniete sich neben sie. »Jemand hat uns eingesperrt.«

Isla starrte ungläubig auf die Tür. Wer hatte das getan? Außer Mrs McDonald war niemand hier. Oder doch? Sie musste unwillkürlich an ihren Großvater denken. Hatte er sie etwa eingeschlossen? Isla schüttelte den Gedanken ab. Sie mussten dringend überlegen, wie sie hier herauskamen.

Isla sah sich um. »Es dürfte nicht allzu schwer sein, den anderen Schlüssel zu entfernen.«

»Stimmt«, sagte Ben. »Wir bräuchten nur etwas Langes und Spitzes, am besten eine dünne Zange. Vielleicht reicht auch eine große Büroklammer oder Haarnadel.«

Sie machten sich sofort auf die Suche. Isla stieg noch einmal die Treppe zum Labor hinauf, kehrte aber schon wenig später mit leeren Händen zurück.

»Hast du etwas gefunden? Oben war nichts Brauchbares.«

Ben schüttelte den Kopf. »Leider nein.« Er zog sein Handy aus der Tasche. »Ich rufe jetzt die Polizei an.«

Isla nickte.

»Verdammt, ich habe kein Netz!« Er stöhnte auf.

Isla verzog das Gesicht. »Ja, hier ist der Empfang nicht besonders gut.«

»Kann man das Fenster öffnen?«, fragte er und stand auf, um es genauer in Augenschein zu nehmen.

»Selbst wenn, würde uns das nicht helfen, weil wir hier viel zu hoch über dem Erdboden sind. Und unter uns liegt ein steiler Hang. Es wäre zu gefährlich, da hinunterzuspringen.«

»Vielleicht finden wir ja ein Seil, an dem wir uns hinunterlassen können.« Ben sah sich suchend um. »Wir müssen doch irgendwie hier herauskommen.«

Isla nahm eines der Bücher in die Hand. Wenn sie die ganze Geschichte kannten, würden sie vermutlich auch ihren Verfolger besser durchschauen. Sie suchte nach dem ersten Band, den sie wenig später fand. Obwohl die Tinte erstaunlich gut erhalten war, konnte sie die Schrift nur mühsam entziffern.

Schottland, Highlands, Taigh-Mòr-Fraser,
Dezember 1865

Der Schnee fällt in dicken Flocken, und ich denke seit Tagen darüber nach, wie ich den strengen Vorgaben meines Schwiegervaters entkommen kann, dem ich vor der Ehe mit meiner wunderschönen Charlotte falsche Angaben gemacht habe. Ach was, reden wir nicht drum herum: Ich habe gelogen, um seine Zustimmung zu erhalten. Statt der jämmerlichen eintausend Pfund im Jahr, die ich durch Pachteinnahmen und die Fabrik meines Vaters erhalte, habe ich von jährlichen fünfundzwanzigtausend gesprochen. Er hat mir geglaubt, weil die Fabrik früher tatsächlich so viel eingebracht hat, nur ist das seit dem Tod meines Vaters leider nicht mehr der Fall. Mich langweilt die Produktion, mich langweilen die Gespräche der Geschäftsleute, mit denen ich mich abgeben muss. Ich will nicht über Materialien und Maschinen sprechen. Ich habe Naturwissenschaften studiert, was soll ich da in einer Fabrik, die Kunstblumen herstellt, sosehr sie auch bei meinen Mitbürgern beliebt sind?

Ich habe eine Idee, nur kann ich sie noch nicht ganz fassen. Aber ich habe schon sehr gute Erfolge mit meiner Konservationsforschung erzielt. Ich fahre zu Kongressen und wissenschaftlichen Tagungen, um mich mit anderen Gelehrten auszutauschen. In Glasgow hat man mir sogar eine Stelle zum Unterrichten von Studenten angeboten, die ich wohl annehmen werde. Nur darf mein Schwiegervater nichts davon erfahren. Er ist sowieso schon wütend auf mich, weil ich ihm gegenüber nicht ehrlich war. Um das Gesicht zu wahren und seiner geliebten Tochter nicht das Herz zu brechen, hat er mir eine großzügige Summe zukommen lassen, denn er will keinesfalls, dass irgendjemand von meiner misslichen finanziellen Lage erfährt. Und wie sähe es aus, wenn ich als Lehrer an einer Universität tätig wäre? Dabei würde mir das große Freude bereiten, ich kann Menschen gut von meinen Gedanken überzeugen.

Dezember 1866

Charlotte ist in guter Hoffnung. Ich freue mich auf den kleinen Jungen, dem ich alles beibringen will, was ich weiß. Und ich habe auch meine Geschäftsidee weiterentwickelt. Ich habe im Süden des Landes mit vielen Männern gesprochen, die der Meinung sind, dass die Medizin heute gravierende Fortschritte macht. Allein in den letzten einhundert Jahren ist die Lebenserwartung um beinahe zehn Jahre gestiegen, wie Wissenschaftler jüngst errechnet haben. Nun stelle man sich vor, es würde genauso schnell weitergehen, die Lebenserwartung würde vielleicht sogar exponentiell zunehmen. In einhundert Jahren würden die Menschen dann durchschnittlich schon einhundert oder sogar einhundertzwanzig Jahre alt werden – und in nicht allzu ferner Zukunft mehrere hundert.

Jetzt, da ich diese Worte aufschreibe, merke ich wieder einmal, wie wenig ich selbst daran glaube. Aber es ist nicht wichtig, was ich glaube, sondern was die Menschen allgemein zu glauben bereit sind. Seit beinahe eintausendneunhundert Jahren sind sie davon überzeugt, dass die Jungfrau Maria ohne Beischlaf ein Kind empfangen konnte und dass ein Mann namens Jesus nach drei Tagen von den Toten auferstanden ist, dass er Wasser zu Wein machen und Tote wieder zum Leben erwecken konnte – eine Vorstellung so absurd wie die andere –, und sie wollen gern glauben, dass auch sie ewig leben können. Und seien wir ehrlich, dieser Gedanke ist tatsächlich nicht ganz abwegig – zumindest deutlich weniger als die Geschichten in der Bibel. Ja, ich halte es sogar für wahrscheinlicher, dass die Wissenschaft es schaffen kann, das Leben ewig zu erhalten, als dass auch nur eines dieser Märchen aus der Bibel stimmt.

Ich habe die Hoffnungen der Menschen unterstützt, dass sie in wenigen Jahren ewiges Leben erlangen werden. Und mein Geschäft soll darin bestehen, möglichst vielen Männern diese goldene Zukunft zu ermöglichen, sobald die Wissenschaft den Weg dafür ebnet. Bis dieser Zeitpunkt gekommen ist, werde ich ihre Körper mit meiner Einbalsamierungsmethode sicher verwahren. Dabei zählt jeder Tag, denn in der Stunde der Wiedererweckung werden die Männer in genau dem Zustand in die Welt zurückkehren, in dem sie sie verlassen haben.

Was ist nun das Geschäft, das ich plane? Ich brauche wohl nicht zu erwähnen, dass mein Angebot nur für Menschen gilt, die vermögend sind, und zunächst auch nur für Männer. All die Reichtümer, über die sie später in ihrem ewigen Leben hier auf der Erde verfügen wollen, sollen sie mir zur sicheren Aufbewahrung anvertrauen. Ich weiß, dieser Schachzug ist ein wenig heikel, ich werde Überzeugungsarbeit leisten müssen, aber mein Charme und der Glaube der Menschen sollten mir dabei behilflich sein. Sie glauben, was sie glauben wollen, und auch wenn seit mehr als tausendachthundert Jahren kein sichtbares

Zeichen von ihrem Gott kam, beharren sie weiterhin auf seiner Existenz. Jetzt ist es an der Zeit, diesen Wahn auszunutzen.

Ich werde zunächst einen Ort suchen, den niemand anders erreichen kann. Ich brauche ein geeignetes Gelände, wo ich die Leichen vergraben kann und niemand jemals nach ihnen suchen wird. Einen Ort, der die Abenteuerlust junger Männer anspricht und befriedigen kann. Es darf keine Spur dorthin führen, und ich muss diesen Ort dennoch schnell erreichen können.

Mai 1867

Große Enttäuschung am Wochenbett von Charlotte! Es ist nur ein Mädchen geworden. Die Geburt war schwer, Charlotte wäre beinahe dabei gestorben. Nur dem sehr erfahrenen Arzt und einer guten Hebamme ist es zu verdanken, dass Mutter und Kind überlebt haben. Ich bin maßlos traurig. Was soll ich mit einer Tochter? Ich brauche einen Jungen, den ich später in mein Geschäft einführen kann. Gerade jetzt, da sich alles so gut anlässt.

Aber ich bin kein Mann, der schnell aufgibt und sein Schicksal akzeptiert. Das Risiko, dass ich eine Frau geheiratet habe, die nur Mädchen gebären kann, ist groß. Deshalb habe ich eine Beziehung mit einer jungen Frau aus dem Dorf angefangen und mich zu ihr gelegt. Sie ist die Tochter des Lehrers, also einigermaßen gebildet. Meine nächtlichen Besuche haben Früchte getragen. Ich habe schon eine Kinderfrau gefunden, die den Jungen aufziehen soll. Ich werde mich rechtzeitig darum kümmern, dass er eines Tages mein offizielles Erbe antreten kann. Seine Mutter Mary werde ich fortschicken, sobald er geboren ist, denn ich brauche sie dann nicht mehr.

Nun weiß ich auch, wohin ich die Männer bringen werde. Ich werde eine kleine Insel kaufen, es gibt unzählige vor der schottischen Küste. Dabei sollte es eine sein, die nicht leicht zu erreichen ist, denn auf keinen Fall dürfen Ausflügler dort hinkommen oder andere Besucher. Ich sollte aber innerhalb eines Tages bequem dorthin reisen können. Da ich als junger Mann einige Jahre auf einem Schiff verbracht habe, kann ich gut segeln und auch anspruchsvolle Häfen ansteuern.

Januar 1869

Ich habe lange nicht geschrieben, allein meine Enttäuschung hielt mich zurück. Mary hat mir wieder nur Mädchen geboren, gleich zwei. Ich habe sie zunächst in Inverness untergebracht, die Kinderfrau soll in ein paar Jahren mit ihnen hierherkommen und in das Cottage der alten McMalons ziehen, die sicher bald sterben werden.

Dann wird niemand herausfinden, dass die Zwillinge eigentlich meine Töchter sind.

Charlottes Tochter Rosa macht mir erstaunlich viel Freude. Sie ist ein Wildfang, obwohl sie gerade erst laufen gelernt hat. Und auch ihr Mündchen steht einfach nicht still. Ich hätte nie gedacht, dass ich ein Mädchen so sehr lieben kann, wie ich sie liebe.

Ich habe eine Insel gefunden, die mich zweihundert Pfund gekostet hat. Sie ist hervorragend geeignet, ich könnte mir keine bessere vorstellen. Ich nenne sie Eilean-Taigh-Mòr-Fraser. Allerdings habe ich jetzt kein Geld mehr, sodass ich das geplante Haus noch nicht darauf errichten kann. Aber ich will dennoch mit meinem Geschäft beginnen. Es gibt schon einige Männer, die sich für mein Angebot interessieren. Im Frühjahr starte ich einen ersten Versuch mit einem einzelnen Probanden. Er soll seinen Familienangehörigen und Freunden erzählen, dass er eine lange Reise durch Russland und Persien antreten wird. Das wird lästige Fragen zunächst vermeiden. Keine Spur darf zu mir führen.

»O mein Gott!« Isla ließ erschüttert das Buch sinken. Sie hatte fürs Erste genug und reichte es nun an Ben weiter. »Du musst es selbst lesen, ich kann das unmöglich wiedergeben.«

Ben runzelte die Stirn und beugte sich über den schmalen Band, während Isla unruhig im Zimmer auf und ab ging.

Wenig später hielt er bestürzt inne. »Es ist kaum zu ertragen, wie menschenverachtend er schreibt.«

»Jetzt weiß ich endlich, woher das Geld unserer Familie stammt. Ich habe mich schon immer gewundert, dass darum so ein Geheimnis gemacht wurde.« Isla schloss die Augen, als ihr die Tragweite dessen bewusst wurde, was sie gerade erfahren hatte. »Das war mein Vorfahr George Fraser. Die Verbrechen, die er begangen hat, sind also der Ursprung unseres Vermögens. Denn anders kann man seine *Geschäftsidee* ja nicht nennen.«

Ben fuhr sich mit beiden Händen über das Gesicht. »Fraser schreibt, dass er bettelarm war. Sein Vater war offenbar mit dieser Kunstblumen-Fabrik erfolgreich gewesen, aber er hatte kein Interesse daran und hat die Firma anscheinend heruntergewirtschaftet. Mit ihrem einstigen Erfolg hat er seinen Schwiegervater geblendet, der ihn mit seiner Tochter verheiratet hat. Um wieder zu Geld zu kommen, hat er sich dann diesen kranken Plan ausgedacht.«

»Ich glaube, es war für George mehr als nur eine Möglichkeit, Geld zu verdienen.« Isla starrte auf das geschlossene Buch. »Es scheint ihm Spaß gemacht zu haben, er war begeistert von seiner Idee.« Dieser Mangel an Mitgefühl war es, der Isla am meisten erschütterte. Ihr Vorfahr hatte keinerlei Schuld empfunden, sondern war nur stolz auf seinen Einfallsreichtum gewesen.

»Und Rosa scheint irgendwann dahintergekommen zu sein. Sie ist mit einem Mann namens Archie auf die Insel gefahren, wo George Fraser die beiden festgehalten hat.« Ben nickte nachdenklich. »Warum hat er die Insel genauso genannt wie das Haus hier? Er hat nur das gälische Wort für Insel ergänzt.«

»Vielleicht, weil er sie dann besser tarnen konnte?«, überlegte Isla. »Wenn er Aufträge vergeben hat, für das Haus zum Beispiel, dann stand auf den Rechnungen nur Taigh-Mòr-Fraser. Niemand fragte nach, jeder dachte, es handelt sich um das Haus auf dem Festland.«

»Das könnte sein«, sagte Ben. »Wollen wir weiterlesen?«

»Warte mal.« Isla stand auf. Ihr Blick war auf eine Lederschatulle gefallen, die ganz unten im Regal des Turmzimmers stand. Sie zog sie hervor und blies den Staub darauf fort. Auf dem Deckel war ein Schildchen angebracht, auf dem der Name »Eilean-Taigh-Mòr-Fraser« zu lesen war.

Isla nahm den Deckel ab, und modriger Geruch schlug ihr entgegen. In der Schatulle lagen einige von Hand geschriebene Bögen Papier. Mit angehaltenem Atem nahm Isla die Blätter aus der ledernen Schachtel. »Meine Geschichte« stand als Überschrift auf der ersten Seite.

Liebe Leserin, lieber Leser,
mein Name ist Rosa, ich bin die Tochter von George Fraser, dem Sohn des Mannes, der dieses Haus 1830 erbaut hat. Und du bist vermutlich mein Nachkomme, denn ich werde diese Aufzeichnungen im Nordturm unseres Anwesens verstecken. Ich werde meinen Erben deutlich machen, wie wichtig es ist, sorgsam mit diesem Familiengeheimnis umzugehen.
Ich wurde 1867 auf Taigh-Mòr-Fraser geboren, nachdem mein Großvater gestorben war und sein Vermögen, einschließlich dieses Hauses und seiner Fabrik, an meinen Vater George vererbt hatte.

Mein Vater hat sich nie für die Produktion von Seidenblumen interessiert, überhaupt war er kein guter Fabrikdirektor. Das geerbte Geld hatte er schnell ausgegeben, doch die geschickte Heirat mit meiner Mutter konnte ihm noch einige Jahre materielle Sicherheit verschaffen. Als seine Mittel dann knapp wurden, nutzte mein Vater seinen Charme und seine wissenschaftlichen Kenntnisse, die er in diversen Studien erworben hatte, um ein Geschäft der besonderen Art zu gründen. Ich war gerade achtzehn Jahre alt, als ich herausfand, welch große Schuld mein Vater auf sich lud. Im Folgenden will ich die Ereignisse seit dem Jahr 1883 beschreiben …

Isla blätterte um. Es folgten dicht beschriebene Seiten. »Ich glaube, in diesen Aufzeichnungen erfahren wir alles, was wir noch nicht wissen.«

Ben nickte. »Solange wir hier festsitzen, können wir uns in Ruhe damit beschäftigen.«

Isla nickte und setzte sich auf die Fensterbank. Nachdem Ben neben ihr Platz genommen hatte, begann sie laut zu lesen.

ROSA

Schottland, Äußere Hebriden,
Eilean-Taigh-Mòr-Fraser

März 1885

Rosa strich sich über ihren dicken Bauch. Die Sonne war gerade aufgegangen, und sie hatte sich eine Tasse Tee gekocht, mit der sie nun auf einem Felsen saß und auf das Meer hinaussah. Den ganzen Winter über war sie hierhergekommen, wann immer das Wetter es zuließ. Molly hatte sich gut um sie und ihr ungeborenes Kind gekümmert, in den ersten Wochen nach Archies Tod war Rosa nicht handlungsfähig gewesen. Sie hatte im Bett gelegen oder an Archies Grab gekauert. Molly hatte sie zum Essen zwingen müssen, und wenn Rosa nicht zu Bett gehen wollte, hatte ihre Freundin sie sanft ermahnt, wenn es Zeit war, sich zu waschen und die Kleidung zu wechseln. Rosas Vater war am Tag nachdem er Archie erschossen hatte, wieder weggefahren. Zuvor hatte er Archies Leichnam im Garten vergraben, wo auch Mr Wood, Mr Irving und noch viele andere Männer lagen.

Erst als Rosa merkte, wie sich ihr Körper veränderte, dass ihre Blutungen ausblieben und ihre Brüste schmerzten, fasste sie neuen Lebensmut. Inzwischen war es schon deutlich zu erkennen, dass sie Archies Kind in sich trug, und das gab ihr das Gefühl, dass ihr Geliebter sie nicht vollkommen verlassen hatte. Sie achtete wieder auf sich und ihre Gesundheit. Dabei war Molly ihre Rettung gewesen, ohne die geduldige, liebevolle Pflege ihrer Freundin hätte sie die ersten Wochen ohne Archie vermutlich nicht überstanden.

Die beiden Frauen redeten nicht allzu viel miteinander. Sie verbrachten viele Stunden beim Kochen oder bei der Pflege des Hauses zusammen. Jetzt hatten sie damit begonnen, den Garten für den Frühling vorzubereiten. Sie schnitten die Pflanzen zurück, die den Winter überstanden hatten, und brachten andere wieder nach draußen, die sie in den großen Saal gestellt hatten, damit der Frost sie nicht beschädigte.

Der Mörder ihres Geliebten war inzwischen nicht mehr auf der Insel gewesen, doch Rosa wusste, dass es nun nicht mehr lange dauern würde, bis sein Segelschiff am Horizont auftauchen würde. Hier auf Eilean-Taigh-Mòr-Fraser waren die Wintermonate hart gewesen, aber das hatte Rosa wenig gekümmert. Sie trauerte viel zu sehr, als dass ihr die Kälte, der Hunger oder die Einsamkeit etwas hätten anhaben können.

Seit einigen Tagen hielten sie und Molly regelmäßig nach dem Boot ihres Vaters Ausschau. Rosa war sich nicht sicher, wie sie ihn empfangen sollte. Er hatte ihr ihren besten Freund und Geliebten genommen, den wichtigsten Menschen in ihrem Leben. Rosa hatte ihre Zukunft immer an Archies Seite gesehen, und Archie hatte es nicht verdient, hinterrücks erschossen zu werden. Das würde sie ihrem Vater niemals verzeihen. Zuerst hatte sie gedacht, dass sie ihn ebenfalls umbringen würde, um Archie zu rächen. Doch jetzt hatte sich die Situation verändert, schließlich trug sie die Verantwortung für das Kind, das in ihr heranwuchs.

»Rosa!«, hörte sie ihre Freundin vom Haus her rufen. »Ich glaube, Vater kommt zurück!«

Molly eilte zu ihr und zog sie mit sich um die Hausecke.

Tatsächlich konnte Rosa das kleine Segelboot in der Ferne erkennen. In den letzten Monaten war kein einziges Schiff in der Nähe von Eilean-Taigh-Mòr-Fraser aufgetaucht. Inzwischen wusste Rosa, dass nur Seeleute hierherkamen, denen die Insel bekannt war und die sie besuchen wollten. Und außer ihrem Vater traf das auf keine andere Menschenseele zu. Sie hatte auf Fischer gehofft, die in den Gewässern rund um die Insel ihre Netze auswarfen, aber die lenkten ihre Kutter offenbar in andere Himmelsrichtungen.

Eine halbe Stunde später ankerte das Schiff ein ganzes Stück vor der Insel, und das Beiboot wurde zu Wasser gelassen.

»Komm!« Molly zog Rosa mit sich zur Bucht hinunter.

Rosa blickte mit zusammengekniffenen Augen dem Boot entgegen. Ihr Herz stolperte, als sie sah, dass ihr Vater nicht allein, sondern in Begleitung von zwei Herren war.

»Er bringt Besuch mit«, sagte Molly mit vor Aufregung bebender Stimme. Sie hakte sich bei Rosa unter. »Versprich mir, dass du dich artig benimmst. Vater muss Geschäfte machen, du darfst ihn dabei nicht stören.«

»Aber die Männer werden sterben«, sagte Rosa und spürte, wie die Angst ihr den Atem nahm.

»Natürlich. Eigentlich dürfen mich die Herren gar nicht sehen, aber jetzt ist es wohl zu spät.« Molly hatte die Stirn in Falten gelegt. Ein besorgter Ausdruck zeigte sich auf ihrem Gesicht.

»Du meinst, er will wieder den abscheulichen Trick mit der toten Mable vorführen?« In den Monaten hier auf der Insel hatte es Rosa einen Schauer nach dem anderen über den Körper gejagt, wenn sie daran dachte, dass die Mumie ihrer Freundin im Keller aufbewahrt wurde.

»Bestimmt.« Molly winkte den drei Männern unbekümmert zu.

»Das dürfen wir doch nicht zulassen.« Rosa schluckte. Verzweiflung stieg in ihr auf.

»Hallo, Mädchen!«, rief ihr Vater in diesem Moment. »Ich habe zwei Kollegen mitgebracht, wir wollen uns gemeinsam meinen Studien widmen.«

Rosa sah skeptisch auf die dicken Reisetaschen, die die beiden Männer bei sich hatten. Was befand sich wohl darin? Ihr gesamtes Vermögen? Denn darauf hatte ihr Vater es zweifellos abgesehen.

Einen Moment lang überlegte Rosa, ob sie den Männern zurufen sollte, dass sie rasch das Weite suchen sollten. Noch konnten sie fliehen, noch war es nicht zu spät.

Aber ihr Mund war staubtrocken, und kein Laut kam über ihre Lippen.

»Mr Hylla, Mr Fuller«, stellte ihr Vater die beiden jungen Männer vor. »Und das sind meine Töchter Rosa und Molly.«

Die Männer lüpften ihre Hüte.

»Bitte«, ihr Vater deutete den Weg hinauf, »gehen Sie doch schon vor, meine Herren. Molly wird Ihnen Ihre Zimmer in unserem Anwesen zeigen. Ich bin sofort bei Ihnen, damit wir alle Einzelheiten besprechen können.«

Die Herren nickten und folgten Molly zum Haus hinauf.

»Liebling! Du wirkst verändert«, stellte Rosas Vater fest und betrachtete sie mit einem liebevollen Lächeln. »Wieso bist du so ernst? Ist etwas passiert?«

»Du hast Archie getötet.« Rosa wunderte sich, wie er das auch nur einen Moment lang vergessen konnte. »Was hast du denn gedacht? Dass ich dir ein Willkommensfest gebe?«

»Ach so, das ...« Ihr Vater wirkte erleichtert. »Sag bloß, du wirfst mir diese Sache noch immer vor. Das ist doch inzwischen ein halbes Jahr her.«

Nein, es waren kaum fünf Monate vergangen, Rosa zählte jeden einzelnen Tag. Doch bevor sie ihn korrigieren konnte, fuhr ihr Vater fort: »Ich konnte nicht anders, er war ein Risiko für mein Geschäft.«

Rosa schüttelte entsetzt den Kopf. »Du findest anscheinend nichts Schlimmes dabei, Menschen zu ermorden – ich habe ihn geliebt. Er hat mich glücklich gemacht.«

»Das weiß ich. Glaube mir, ich habe mir die Entscheidung nicht leicht gemacht. Einerseits hat es mich beruhigt, ihn hier bei euch auf der Insel zu wissen. Andererseits hätte er vermutlich immer nach einer Möglichkeit zur Flucht gesucht und womöglich die Herren, die ich herbringe, auf seine Seite gezogen. Ich musste verantwortungsvoll handeln, auch wenn ich es nicht gern getan habe.«

Rosa wurde mit jedem Wort, das sie mit ihrem Vater wechselte, übler.

»Du bist mein Darling, das weißt du doch«, sagte er und streckte seine Hand nach ihr aus, um zärtlich über ihren Unterarm zu streicheln. »Auch wenn ich mir eigentlich einen Jungen gewünscht habe. Doch jetzt lass uns all das vergessen, denn ich muss mit dir über meine Pläne sprechen. Die beiden Männer kenne ich schon seit Längerem. Sie haben mich kontaktiert und mir mitgeteilt, dass sie nun für die Unsterblichkeitszeremonie bereit seien.«

Rosa schwieg.

»Ich möchte die Angelegenheit möglichst heute noch erledigen. Du kannst deiner Schwester helfen, falls meine Kunden auf eine Demonstration bestehen. Dann werden wir Molly zunächst in einen tiefen Schlaf versetzen.« Er warf ihr einen verschwörerischen Blick zu. »Sie muss sich tot stellen, und dann vertauschen wir sie gegen die arme Mable. Und wenn ich Molly wieder zum Leben erwecke, muss andersherum getauscht werden. Verstanden?«

Rosa starrte ihren Vater sprachlos an. Er redete über diese Prozedur, als würde er von der Zubereitung des Dinners sprechen.

»Na schön«, fuhr er fort, als Rosa nicht antwortete. »Morgen breche ich in den Süden auf. Ich habe noch einige Lebensmittel auf dem Schiff, allerdings nicht besonders viele. Wie viele Vorräte sind denn vom Winter übrig?«

Rosa war fassungslos, wie ungerührt ihr Vater zur Tagesordnung überging. Dabei sah er seine Tochter heute zum ersten Mal wieder, nachdem er Archie hinterhältig getötet hatte. Und nun wollte er nach einem weiteren schrecklichen Verbrechen gleich am nächsten Tag aufbrechen, um nach neuen Opfern zu suchen.

»Ich bin in guter Hoffnung«, sagte sie, während sie über ihren Bauch fuhr.

Ihr Vater stieß einen wütenden Schrei aus. »Dieser Bastard! Ich hatte ihm doch gesagt, dass ich das nicht dulden werde.«

»Du hast den Vater meines Kindes umgebracht.« Auch wenn Rosa Angst vor ihrem Vater hatte, war sie nicht bereit, sich ihm zu fügen. »Und jetzt soll ich dir dabei helfen, diese beiden Männer umzubringen?«

»Nein ... das brauchst du nicht.« Ihr Vater strich sich über den Bart, der frisch gestutzt war. Vermutlich war er in Taigh-Mòr-Fraser in den Highlands gewesen. Rosa vermisste ihre Heimat so sehr, dass schon wieder Tränen in ihr aufstiegen. Wie gern wäre sie dorthin zurückgekehrt. Aber Archie war nicht mehr am Leben, und dort würde sie alles nur an ihn erinnern. Und was sollte sie seiner Familie sagen? Sie mussten inzwischen ganz krank vor Sorge um ihren Sohn sein.

»Hast du Archies Eltern gesehen?«

Ohne auf Rosas Frage einzugehen, sagte ihr Vater: »Wenn es ein Junge wird, habe ich endlich den Erben, den ich mir schon so lange wünsche.«

Rosa zuckte hilflos mit den Schultern. Sie konnte ihren Vater immer weniger verstehen.

»Wir müssen uns um einen Ehemann für dich kümmern«, verkündete er, nachdem er eine Weile nachgedacht hatte. Er stützte die Hände in die Hüften und sah über das Meer. »Er wird dich heiraten, und danach brauchen wir ihn nicht mehr. Aber das soll meine Sorge sein, mach dir keine Gedanken, Darling. Du bleibst hier auf der Insel, und ich fahre allein auf meine Geschäftsreise. Ich werde dir einen passenden Mann besorgen.« Er zwinkerte ihr vergnügt zu.

Rosa war kalt geworden.

»Komm, mein Liebling«, sagte ihr Vater und legte seinen Arm um ihre Schultern. »Wir haben noch etwas Dringendes zu erledigen.«

Ja, dachte Rosa bitter, sie mussten zwei ahnungslose Männer vergiften.

ISLA

Schottland, Highlands, Taigh-Mòr-Fraser

Juni 2023

Inzwischen hatten Isla und Ben die Aufzeichnungen beinahe komplett gelesen, die sie in der Schatulle gefunden hatten. Isla entfaltete das letzte Dokument, und sie rückten nah zusammen, um gemeinsam die Schrift zu entziffern.

An diesem Abend wurde ich Zeugin des schrecklichen Mordes, den mein Vater an den beiden Männern verübte. Ich habe damals große Schuld auf mich geladen, indem ich nichts dagegen unternommen habe. Aber ich hatte Angst. Angst um das Leben meines Kindes und auch um mein eigenes. Es war aussichtslos, gegen meinen Vater zu argumentieren, zumal Molly vollkommen hinter ihm stand. Und die Männer wollten ihm glauben, sie wollten in diesen tödlichen Schlaf versetzt werden, um später das ewige Leben zu erlangen. Ich habe dabei zugesehen. Ich bin ein Feigling, es lässt sich nicht beschönigen.

Meine Söhne – ja, es wurden tatsächlich Zwillinge – kamen im Sommer auf die Welt, am zwölften Juli des

Jahres 1885. Es war eine schwere Geburt, die ich ohne ärztliche Hilfe bewältigen musste. Mein Vater und Molly brachten die beiden Jungen zur Welt, die die Namen Archie und George erhielten. Ich brauche wohl kaum zu erwähnen, dass mein Vater einen meiner Söhne nach sich selbst benannte. Wenigstens ließ er es zu, dass der zweite mich immer an meinen geliebten Archie erinnern wird. Zuerst hatte ich Angst, dass meine Liebe zu dem kleinen George geringer sein würde, aber er entwickelte sich prächtig – auch wenn er geistig ein wenig langsamer ist als der aufgeweckte Archie, der schnell zum Liebling meines Vaters wurde. George junior hingegen hängt sehr an mir, bis heute ist er mein bester Freund und wird immer mein kleiner Junge bleiben. Archie hingegen verbringt viele Stunden mit meinem Vater. Ich habe mir große Mühe gegeben, ihm gegenüber das Verhalten meines Vaters geradezurücken, aber er hat sich stets an seinem Großvater orientiert. Er ist sogar mit ihm zusammen auf Reisen gegangen, ein Zeichen allergrößten Vertrauens, was mich damals stark beunruhigte. Immerhin hat es uns allen auf der Insel das Leben gerettet, wie sich später herausstellen sollte.

Meine Söhne waren gerade neunzehn Jahre alt, als mein Vater starb. Er war mit Archie in London, als er einen Schlaganfall erlitt. Einen Tag später starb er im Krankenhaus. Archie junior erbte sein gesamtes Vermögen. Sobald alle Nachlassfragen geregelt waren, kam er, um Molly, mich und George junior von der Insel zu holen. Ich hatte Eilean-Taigh-Mòr-Fraser seit zwanzig Jahren nicht mehr verlassen. Wir haben das Haus abgesperrt, die Fenster mit Holzbrettern zugenagelt, und keiner von uns ist je dorthin zurückgekehrt. Zumindest dachte ich das mein Leben lang. Erst im letzten Jahr habe ich erfahren, dass Archie junior regelmäßig zur Insel fährt, um nach dem Anwesen zu sehen und es vor dem Verfall zu bewahren. Es ist sein Elternhaus, auch wenn die Vorstellung kaum zu ertragen ist, dass er an einem Ort aufwachsen musste, wo zahlreiche unschuldige junge Männer umgebracht wurden. Wir brauchen es nicht auszusprechen, denn jedem von uns ist klar, dass wir niemals ein Wort über das verlieren werden, was auf der Insel geschehen ist.

Lange Zeit hatte ich die Angst, dass Archie junior, der seinen Großvater vergöttert hat, in dessen Fußstapfen treten und das Geschäft weiterführen könnte. Wie groß ist meine Erleichterung, dass es nicht so gekommen ist. Aber er benutzt das schmutzige Vermögen, das auf den vielen Morden meines Vaters basiert, um Geschäfte damit zu finanzieren. Aus Archie junior ist ein geschickter Geschäftsmann geworden, der dafür sorgt, dass die Herkunft dieses illegal erwirtschafteten Geldes verborgen bleibt. Ich bin immer wieder entsetzt darüber, wie skrupellos Archie dieses Geld nutzt, um es zu investieren und uns alle zu versorgen.

Allein mein schlechtes Gewissen, die Morde jahrelang toleriert zu haben, bringt mich dazu, diese

Aufzeichnungen niederzuschreiben. Dabei bin ich nicht einmal davon überzeugt, dass ich das Richtige tue. Vielleicht sollte ich lieber schweigen und euch, liebe Leserin und lieber Leser, mit der Wahrheit verschonen. Denn auf diese Weise kann ich mein unentschuldbares Verhalten zwar beichten und mir ein wenig Linderung meiner Qualen erhoffen, aber ich lade dir eine schwere Last auf. Jetzt liegt es in deiner Verantwortung, was du mit diesem Wissen anfängst.

Ich werde diese Aufzeichnungen im Nordturm unseres Herrenhauses verstecken, wo auch mein Vater seine Geheimnisse verwahrt hat. Und die Existenz unserer Insel werden wir vor niemandem mehr erwähnen. Ich habe Archie junior alles erzählt, doch obwohl er die Taten seines Großvaters verurteilt, ist er nicht stark genug, zur Polizei zu gehen. Er will die Konsequenzen nicht tragen, durch die wir unser gesamtes Vermögen verlieren würden. Wir haben gemeinsam beschlossen, dieses Geheimnis unserer Familie für immer zu wahren.

Irgendwann wird niemand mehr zu Eilean-Taigh-Mòr-Fraser hinausfahren, dann kann das Haus verfallen und seine grausame Geschichte mit sich begraben. Dennoch schreibe ich sie hier auf, denn es erscheint mir ungerecht, dass das Schicksal dieser jungen Männer – allen voran natürlich meines lieben Archie – für immer in Vergessenheit geraten soll.

Ich habe versucht, mir alle Morde einzuprägen, aber mein Vater hat Buch darüber geführt. Vielleicht hat er, tief in seinem Inneren, ja eine Art Verantwortung dafür empfunden. Oder er war einfach stolz auf seine Taten und wollte sie deshalb in Erinnerung behalten. Wir werden es nie erfahren. Archie junior hat inzwischen geheiratet und einen eigenen Sohn bekommen, den wir George III. nennen. Er will ihn irgendwann in unser Geheimnis einweihen und ihm die Pflege der Insel übertragen. Archie ist nun das Oberhaupt unserer Familie, und ich muss mich seinen Wünschen beugen.

Zum Schluss will ich noch von den Ereignissen berichten, die sich nach unserer Rückkehr von Eilean-Taigh-Mòr-Fraser zugetragen haben. Als wir von der Insel in die Highlands zurückkamen, waren die Eltern meines geliebten Archie längst gestorben, und von unserem Personal kannte uns niemand mehr. Ich habe eine Weile darüber nachgedacht, die Polizei zu verständigen, denn all die ermordeten Männer werden vermutlich noch heute von ihren Angehörigen vermisst. Aber ich muss an das Schicksal meiner Kinder denken und lasse die Sache daher besser auf sich beruhen. Die Männer sind tot, daran lässt sich nichts mehr ändern. Aber das Vermögen, von dem unsere Familie heute lebt, stammt von ihnen. Archie hat mehrere Fabriken eröffnet und sich inzwischen ein kleines Imperium aufgebaut. Doch den Grundstein für diesen Erfolg bilden die schrecklichen Verbrechen meines Vaters. Ich kann diese Wahrheit nicht aufdecken, sonst wird Archie womöglich alles weggenommen. Also schweige ich.

Ich sitze gerade im Nordturm und schaue aus dem Fenster in die wunderschöne Landschaft der Highlands. Zu meinen Füßen liegt noch immer ein kleiner Schatz aus Edelsteinen und Gold. Archie junior will ihn dort liegen lassen für schlechte Zeiten.

Ich weiß nicht, liebe Leserin und lieber Leser, was du mit meinen Aufzeichnungen anfangen wirst. Ich habe zwanzig Jahre lang geschwiegen und nicht verhindert, dass Männer auf unserer Insel ermordet und begraben wurden. Und jetzt schweige ich seit mehr als sechzig Jahren darüber. Ja, ich bin jetzt achtzig, und mein Enkel George III. ist mittlerweile siebzehn Jahre alt. Da er noch nicht alt genug war, ist er knapp dem Krieg entkommen, der in Europa gewütet hat – der zweite große Krieg, den ich miterleben musste. Nun liegt eine glänzende Zukunft vor ihm, und ich hoffe, er macht das Beste daraus. Dann sind unsere Qualen, unser Schmerz und unser Schweigen über das große Geheimnis wenigstens nicht umsonst gewesen. Oh, wie gern möchte ich daran glauben, dass sich alles gelohnt hat, dass mein Enkel unbefleckt bleiben und ein guter Mensch und ehrbares Mitglied der Familie Fraser sein wird.

Liebe Leserin und lieber Leser – ich hoffe, dass du zu meinen Nachkommen gehörst. Entscheide jetzt, was zu tun ist. Fahre zur Insel hinaus, die Gräber der

Männer findest du auf dem Friedhof hinter dem Herrenhaus. Eine Landkarte mit der genauen Lage von Eilean-Taigh-Mòr-Fraser lege ich hier bei.

In Liebe und Verbundenheit
Rosa Fraser
September 1947

Isla ließ das letzte Blatt sinken und sah in die Schatulle. »Da ist keine Landkarte.«

»Meinst du, deine Tante Shelley hat diese Aufzeichnungen gefunden und gelesen? Vielleicht hat sie die Karte mitgenommen, um die Insel zu finden?«

Isla nickte. »Das könnte sein. Jedenfalls bin ich inzwischen fest davon überzeugt, dass sie auf Eilean-Taigh-Mòr-Fraser war und dort auch gestorben ist. Sie ist das jüngste Opfer der grausamen Taten von George Fraser.«

Ben nickte. »Rosa schreibt, dass sie diesen Bericht hier im Nordturm verfasst hat.«

Isla nickte. »Und zu ihren Füßen war der mit Blut befleckte Schatz versteckt.«

»Dann muss der Schatz irgendwo unter diesen Dielen liegen«, folgerte Ben.

»Wenn hier nicht längst renoviert wurde«, erwiderte Isla skeptisch. »Immerhin sind inzwischen weitere sechsundsiebzig Jahre vergangen. Wahrscheinlich hat Rosa an diesem Fenster hier gesessen.«

Sie ging zu seinem Sims und trat dabei vorsichtig auf jedes einzelne Dielenbrett. Dann hockte sie sich hin und versuchte, sie nacheinander anzuheben. Es dauerte nicht lange, bis sie eines fand, das wackelte.

»Das hier ist es!« Sie sah auf.

Ben kam zu ihr, und gemeinsam versuchten sie das Brett zu lösen. Mit einem schmalen Schlüssel aus seinem Schlüsselbund fuhr er in die Ritze zwischen zwei Dielen, und es gelang ihm, das lose Brett herauszuhebeln.

Isla musste husten und wedelte den Staub weg. Dann erst sah sie in das Loch hinein. Es war mit Gegenständen gefüllt, die sie zunächst nicht erkennen konnte. Vorsichtig griff sie hinein und holte ein Ledersäckchen hervor. Nachdem sie seine Bänder gelockert hatte, sah sie Edelsteine darin blitzen. Außerdem befanden sich noch viele weitere Beutel und Schatullen in dem Versteck, und dazwischen lagen Ringe, Armbänder, Goldmünzen und andere Schätze.

Isla wurde schwindelig, als sie daran dachte, wie viele Männer für dieses Vermögen sterben mussten. Dabei konnte es sich nur um einen kleinen Teil der Beute handeln, denn Archie junior hatte ja das meiste Geld investiert, das hier war nur sein Notgroschen.

Plötzlich hielt Isla überrascht inne.

»Schau mal!«, sie nahm eine große, mit funkelnden Saphiren und Rubinen besetzte Brosche heraus. »Die Nadel könnte uns mit dem Schlüssel helfen.«

Sie reichte Ben die Brosche, der sofort zu der verschlossenen Tür eilte.

Inzwischen verstaute Isla den Beutel wieder in seinem Versteck, neben den anderen Kostbarkeiten. Dann nahm sie die Lederschatulle mit Rosas Aufzeichnungen, die sie auf keinen Fall hier zurücklassen wollte.

Ben hatte die Nadel in das Schlüsselloch geschoben und stocherte nun konzentriert darin herum. Ein metallisches Klirren erklang auf der anderen Seite der Tür.

Er grinste und streckte eine Hand aus. »Gib mir deinen Schlüssel!«

Wenig später war die Tür offen, und Isla atmete erleichtert auf. Sie waren frei!

Langsam stiegen sie die dunkle Treppe hinunter. Von unten schimmerte etwas Licht zu ihnen herauf. Anscheinend stand die Tür zum Ballsaal offen. Als sie im Erdgeschoss angekommen waren, sah Isla, dass das Licht nicht aus dem großen Saal kam, sondern aus dem Arbeitszimmer ihres Großvaters.

Sie warf einen Blick in das mit schweren Möbeln ausgestattete Büro und zuckte erschrocken zurück.

»Kommt ruhig herein«, erklang eine fröhliche Stimme. »Ich habe auf euch gewartet. Ich war gespannt, wie lange ihr für die Tür brauchen würdet.«

Ben griff nach Islas kalten Fingern. Als sie das Zimmer betraten, sahen sie direkt in einen Gewehrlauf.

»Großvater!«, rief Isla, erschrocken darüber, den alten Mann so schnell wiederzusehen. Er hatte die Waffe direkt auf ihren Brustkorb gerichtet. »Sie haben dich also gehen lassen.«

»Ja«, erwiderte Islas Großvater. »Und ich habe hier auf euch gewartet.«

»Dann bist du also George IV.?«, fragte Isla.

Der alte Mann nickte. »Aber was mache ich jetzt mit euch? Ich hätte euch lieber schon auf der Insel erwischt. Jetzt muss ich es leider weniger elegant anstellen, es muss wie ein Unfall aussehen. Ich habe meine geliebte Enkelin, die hier unerwartet eingedrungen ist, einfach nicht erkannt und mich so erschrocken, dass mein Gewehr von selbst losgegangen ist. Zumal sie gestern schon einmal versucht hat, mich zu ermorden.«

Isla sah den Mann entsetzt an, den sie all die Jahre als liebevollen und zurückhaltenden Großvater wahrgenommen hatte. Wie passte dieses skrupellose Verhalten zu dem Menschen, den Isla so sehr geschätzt hatte?

»Aber vielleicht lasse ich euch auch einfach verschwinden. Ich könnte eure Leichen wieder auf die Insel schaffen, da findet euch niemand. Ursprünglich sollte Donald euch beide in der Nacht auf der Insel umbringen – idealerweise hätte es wie ein Unfall ausgesehen –, aber er hat sich ungeschickt angestellt, ihr habt ihn gehört.«

Also war es ihr Onkel gewesen, dessen Schritte sie geweckt hatten. Wie gut, dass Isla so einen leichten Schlaf hatte, der hatte ihnen offensichtlich das Leben gerettet. Isla atmete tief ein. »Und Donald war es wohl auch, der in meinem Zimmer gewesen ist, als ich hier in den Highlands angekommen bin. Gleich am ersten Tag stand mein Fenster auf, und jemand hat sich an meinem Computer zu schaffen gemacht.«

»Er sollte dir nur ein bisschen Angst einjagen und nachschauen, wie viel du schon über Shelley herausgefunden hattest.« Ihr Großvater schüttelte den Kopf. »Allerdings wird das anstrengend für mich, wenn ich euch beide allein zur Insel schaffen muss. Donald kann mir nicht helfen. Und dein Vater würde alles verraten, denn ihm ist die Familienehre weit weniger wichtig als seine geliebte Tochter.«

Isla keuchte auf. Sarkastisch sagte sie: »Das beruhigt mich. Ehrlich gesagt, hätte ich nicht damit gerechnet, dass irgendjemand in unserer Familie vernünftig handelt und wenigstens einen Anflug von Moral zeigt.«

»Wozu das alles?«, fragte Ben. »Warum haben Sie Isla verfolgt? Die Anschläge in London …«

»Die haben wir natürlich nicht selbst durchgeführt.« Islas Großvater seufzte. »Aber es ist schiefgegangen. So etwas sollte man nicht in fremde Hände geben.«

»Ihr habt es kein bisschen geschickter angestellt«, erwiderte Isla.

»Früher hätte ich eine solche Aufgabe mühelos erledigt.« Islas Großvater machte einen Schlenker mit dem Gewehr, das er noch immer auf sie gerichtet hatte. »Aber ich bin alt geworden. Mit dreiundsiebzig ist man nicht mehr so schnell wie mit dreiundzwanzig, nicht wahr? Obwohl ich eigentlich noch ganz fit bin. Aber den Felsbrocken über die Kante zu schieben, war nicht ganz leicht für mich. Ich habe mir den Rücken verrenkt, es tut immer noch weh.« Er verzog sein Gesicht.

»Oh, das tut mir aber leid«, sagte Isla. Aus dem Augenwinkel nahm sie wahr, wie Ben seinen Blick unauffällig durch das Zimmer wandern ließ. Der Schreibtisch stand in der Mitte, vor dem Kamin waren ein Tisch mit Spirituosen und zwei verschlissene Ledersessel.

»Und auch mit dem Boot hast du gute Arbeit geleistet«, fuhr Isla so emotionslos wie möglich fort. »Du hast uns in eine Falle gelockt, auch wenn es am Ende nicht geklappt hat. Was habt ihr mit dem Boot gemacht, mit dem Ben und ich zur Insel gekommen sind?«

»Versenkt.«

»Warum willst du uns töten? Mich, deine Enkelin?«

»Ich will es nicht, glaube mir. Es fällt mir verdammt schwer.«

Ein Pochen breitete sich hinter Islas Stirn aus. Es war unbegreiflich. Ihre Stimme war schwach. »Und Shelley? Hast du deine eigene Tochter umgebracht?«

Ihr Großvater antwortete, ohne das Gewehr zu senken: »Es war hart für mich, glaub mir. Aber meine Söhne waren damals noch zu jung, um ihre Schwester zu töten. Und ich wollte sie nicht auf dieser Insel verhungern lassen, das kam mir zu grausam vor. Also habe ich sie erschossen. Von hinten, sie hat nichts davon mitbekommen. Der Schuss war ein Risiko, denn wenn jemand die Leiche gefunden hätte, wäre es sehr schwer geworden, das zu erklären.«

»Deshalb hast du sie begraben. Und wie es scheint, hast du gründliche Arbeit geleistet.« Islas Beine schienen sie nicht mehr tragen zu wollen. Sie strauchelte und stützte sich auf der Tischkante ab. Vor Abscheu verzog sie das Gesicht. Nichts von alldem, was sie sich in den letzten Tagen vorgestellt hatte, was ihrer Tante zugestoßen sein könnte, kam auch nur annähernd an die Wahrheit heran.

Ihr Großvater richtete das Gewehr neu auf sie aus. »Aber du konntest die Sache ja einfach nicht auf sich beruhen lassen. Es war zu gefährlich, du hättest die Polizei rufen und das Grab öffnen können. Und dann wären unangenehme Fragen aufgekommen.«

»Entschuldige, wenn ich dir Unannehmlichkeiten bereitet habe.« Isla stieß einen erstickten Laut aus. »Ist etwa auch Dad in die ganze Sache verwickelt? Hat er die Anschläge mit euch geplant? Oder Shelleys Tod?«

Ihr Großvater seufzte und schüttelte den Kopf. »Nein, deinem Vater ist unsere Familienehre nicht wichtig genug. Ich war immer vorsichtig mit dem, was ich ihm erzählt habe. Nur dein Onkel Donald verhält sich loyal. Allerdings hätte er auch weit mehr zu verlieren als dein Vater, wenn die Wahrheit über unser Vermögen und Shelleys Tod ans Licht käme.« Ihr Großvater lehnte sich an die

Tischkante und ließ das Gewehr ein paar Zentimeter sinken, auch wenn seine Finger noch immer am Abzug lagen. »Wenigstens verrät uns dein Vater nicht. Donalds Karriere im Unterhaus könnte dadurch großen Schaden nehmen.«

»Du hast also deine eigene Tochter umgebracht«, stellte Isla mit tonloser Stimme fest, sie war noch immer erschüttert von der furchtbaren Aussage ihres Großvaters.

George Fraser nickte. »Es war leicht, sie hat mich nicht bemerkt. Sie ist mit einer alten Landkarte, die sie hier oben gefunden hat, losgefahren, um nachzusehen, ob Rosas Behauptungen stimmen. Ich habe sie auf Eilean-Taigh-Mòr-Fraser im Garten begraben.«

Isla schluckte gegen ihre aufkommende Übelkeit an. Shelleys Grabstein hatten sie gefunden.

»Es gibt einfach wichtigere Dinge im Leben. Es geht um den Ruf unserer Familie, der bisher unbeschadet geblieben ist. Und Shelley hat alle Aufzeichnungen gelesen. Sie wollte es öffentlich machen und sich bei den Angehörigen der toten Männer melden. Begreifst du denn nicht, was das bedeutet hätte? Wir hätten alles verlieren können! Unser Ansehen, das Geld, Donalds Sitz im Unterhaus, auf den er damals schon hingearbeitet hat … Alles wäre verloren gewesen!« Islas Großvater schüttelte wütend den Kopf, der rot angelaufen war. »Ich werde nicht zulassen, dass unsere Ehre beschmutzt wird. Die Familie steht an erster Stelle.« Er hob das Gewehr. »Es tut mir leid, Isla.«

Während Isla einen kleinen Schritt zurückwich, stießen ihre Finger in ihrer Hosentasche auf den alten, schweren Schlüsselbund.

Instinktiv riss sie ihn heraus und schleuderte ihn auf ihren Großvater. Genau in dem Moment drückte er ab. Der

Schuss ging nur um Haaresbreite über Islas Kopf hinweg. Sie konnte den Luftzug der Patrone spüren. Isla wusste, dass ihr nur wenige Sekunden blieben, bis ihr Großvater erneut auf sie zielen würde. Sie stürzte sich auf ihn und bekam das Gewehr zu fassen. Ben war hinter den Schreibtisch gesprungen und hechtete nun über die Tischplatte, um sich von hinten auf den alten Mann zu werfen. Der zweite Schuss löste sich mit einem lauten Knall. Aber auch der ging an ihr vorbei. Jetzt musste ihr Großvater nachladen, wenn er sie treffen wollte, und dazu würde es nicht mehr kommen. Ben hatte ihn in den Schwitzkasten genommen, und Isla stürzte atemlos zum Telefon, um die Polizei zu rufen.

EPILOG

Schottland, Äußere Hebriden,
Eilean-Taigh-Mòr-Fraser

Juni 2024

Isla war froh, Ben an ihrer Seite zu haben, als sie zum letzten Mal auf dem alten Friedhof von Eilean-Taigh-Mòr-Fraser stand. Sie hatten sich alle hinter dem Haus versammelt, wo auch der Findling mit der Inschrift »Shelley« lag, der inzwischen durch einen schönen Gedenkstein mit den entsprechenden Jahreszahlen ersetzt worden war. Die sterblichen Überreste von Islas Tante waren aufs Festland gebracht worden, wo sie forensisch untersucht worden waren und anschließend endlich eine offizielle Bestattung erhalten hatten.

Mit Isla und Ben waren auch Islas Eltern und zehn ausgesuchte Journalisten gekommen, die an den Feierlichkeiten zur Einweihung der Gedenktafel teilnehmen würden. Inzwischen hatte man die Namen von achtundsiebzig jungen Männern herausgefunden, die im Laufe der Jahre ihr Leben hier verloren hatten. Um die Totenruhe nicht zu stören, war beschlossen worden, keine Umbettung vorzunehmen, sondern den Männern ihre letzte Ruhestätte auf dieser Insel zu lassen.

Heute wurde schon die zweite Gedenkfeier auf Eilean-Taigh-Mòr-Fraser abgehalten. Die erste hatte vor einigen

Wochen für die Familien der Opfer stattgefunden, doch aus Rücksicht auf die Angehörigen waren Islas Eltern, sie selbst und Ben dieser Zeremonie ferngeblieben. Isla konnte die Bedenken der Familien gut verstehen, die den Nachfahren des Mörders nicht begegnen wollten – obwohl sie selbst ja nicht für George Frasers Taten verantwortlich war und sich sogar um die Aufklärung der Verbrechen gekümmert hatte. Sie und ihr Vater hatten vor Gericht ausgesagt, sodass das Urteil gegen ihren Großvater vor wenigen Tagen gefallen war, während der Prozess gegen ihren Onkel noch lief.

Die heutige Veranstaltung sollte diese erschütternde Episode in Islas und Bens Leben abschließen.

»Wir wissen, dass es keine Entschuldigung für das gibt, was unser Vorfahre George Fraser getan hat«, begann Isla nun ihre Rede. »Und es ist unverzeihlich, dass die schrecklichen Taten über alle Generationen hinweg bekannt waren und nie öffentlich gemacht wurden.«

Die Journalisten kamen ein Stück näher, denn Islas Worte waren im Tosen des Windes kaum zu verstehen. Eine Gruppe Haubentaucher hatte sich auf der niedrigen Mauer niedergelassen, die die Gräber der Männer umschloss.

Isla bemühte sich, etwas lauter zu sprechen. »Wir haben alle Besitztümer, die in unserem Haus Taigh-Mòr-Fraser in den Highlands noch zu finden waren, den Erben der Männer ausgehändigt. Außerdem wurden hohe Entschädigungen an die Nachfahren gezahlt. Diese Insel wurde den achtundsiebzig Familien der Opfer überschrieben, unser schottischer Stammsitz wird verkauft und der Erlös ebenfalls als Entschädigung ausgezahlt.«

Nun ergriff Islas Vater das Wort. »Wir übernehmen die Verantwortung für das, was geschehen ist.«

Isla wusste, wie schwer es ihm gefallen war, sie zu dieser Insel zu begleiten. Sie hatte, gleich nachdem ihr Großvater verhaftet worden war, mit ihm gesprochen. Er fühlte sich schuldig, auch wenn er nur einen Teil der furchtbaren Geschichte kannte. Als Islas Mini in Brand geraten war, hatte er schon geahnt, dass sein Vater und Donald hinter diesem Anschlag stecken mussten. Erst recht, als er erfahren hatte, dass Isla sich davor bei seinem Bruder nach Shelley erkundigt hatte. Auch wenn er nie in das Geheimnis der Insel eingeweiht worden war, war ihm immer klar gewesen, dass sein Vater und sein Bruder für Shelleys Verschwinden verantwortlich waren. Sie hatten der ganzen Familie Stillschweigen über die junge Frau auferlegt, ebenso über die Existenz der Insel, die den Frasers gehörte. Er selbst war nur wenige Male auf Eilean-Taigh-Mòr-Fraser gewesen, bei einer dieser Gelegenheiten hatte er den Stoffbeutel dort liegen lassen, den Isla ihm geschenkt hatte.

Islas Vater schämte sich dafür, dass er seine Tochter davon abgehalten hatte, nach der Sabotage an ihrem Wagen zur Polizei zu gehen. Damit hätte er sie vor einer noch viel größeren Gefahr bewahren können.

Isla stemmte sich gegen den Wind, der sie beinahe von den Beinen riss, während sie an die Zeit nach den schrecklichen Ereignissen dachte. Die Staatsanwaltschaft hatte zuerst auch gegen ihren Vater ermittelt, dieses Verfahren dann jedoch fallen lassen. Sie konnten ihm nicht nachweisen, dass er Kenntnis von den Geschehnissen auf der Insel gehabt hatte. Isla war sich sicher, dass er die Wahrheit sagte. Denn als sie ihn mit den Vorfällen konfrontierte, brach er zusammen und konnte tagelang kein Wort mehr sprechen. Inzwischen befanden sie sich alle in ärztlicher Behandlung, und obwohl sie die Vergangenheit noch lange nicht verarbeiten würden, lernten sie allmählich, damit umzugehen. Am schwierigsten empfand Isla den Vertrauensbruch, den ihr Großvater ihnen allen gegenüber begangen hatte. Sie wusste nicht, ob sie ihm jemals verzeihen konnte.

»Und auch wenn wir nicht selbst an den schrecklichen Morden beteiligt waren, ist es doch unser Vorfahr George Fraser, der direkt dafür verantwortlich war. Wir verurteilen sein Verhalten und sind in höchstem Maße entsetzt über seine Taten, auch wenn wir seine Verbrechen dadurch natürlich nicht ungeschehen machen können. Wir sind uns der Schuld unserer Familie gegenüber den Angehörigen der Verstorbenen bewusst und werden sie ein Leben lang in uns tragen.« Ihr Vater brach atemlos ab. Eine Träne lief ihm über die Wange.

Isla hätte ihn am liebsten sofort von der Insel weggebracht, aber zuerst mussten sie noch einige Fragen der Journalisten beantworten. Als sie endlich in die Boote stiegen, die sie zur Fähre brachten, war Isla vollkommen erschöpft.

»Geht es dir gut?« Ben sah sie besorgt an.

Isla lächelte. »Ja, aber die ganze Sache ist sehr anstrengend für mich …«

Sie strich sich über ihren leicht gerundeten Bauch. Es war nicht geplant gewesen, aber jetzt freuten sie sich auf ihr gemeinsames Kind, und sie hatten beschlossen, in zwei Wochen zu heiraten. Es würde keine große Hochzeit werden, denn Isla war nicht nach Feiern zumute. Sie war sich nicht sicher gewesen, ob sie wirklich ein Kind in die Welt setzen wollte, das in dieser Familie aufwachsen würde – und mit diesem schweren Erbe. Ihr Großvater war zu lebenslanger Haft verurteilt worden wegen des Mordes an seiner eigenen Tochter, wegen versuchten Mordes an seiner Enkelin und deren Freund und wegen Vertuschung von Straftaten. Und ihrem Onkel drohte eine ähnliche Strafe. Seinen Sitz im Unterhaus hatte er längst verloren und einen riesigen Skandal ausgelöst.

Doch Ben hatte Isla davon überzeugt, dass sie nach vorn blicken mussten. Dabei hätte sie niemals geglaubt, dass er zu ihr stehen und eine Beziehung mit ihr führen wollte, nach allem, was vorgefallen war. Schließlich hatte er direkt mitbekommen, zu welchen Verbrechen ihre Familienmitglieder imstande gewesen waren. Aber Ben beteuerte ihr seine Liebe, die Skrupellosigkeit ihrer Verwandten und Vorfahren schien ihn nicht abzuschrecken. Und was ihr gemeinsames Kind betraf, hatten sie es selbst in der Hand, es zu einem guten Menschen zu erziehen.

Als sie auf dem kleinen Motorboot saßen, das sie zur Fähre brachte, schlang er seinen Arm um ihre Schultern und sagte: »Jetzt musst du nie wieder hierherkommen. Du bist nicht verantwortlich für das, was deine Vorfahren getan haben. Aber du hast endlich die Wahrheit gesagt und herausgefunden, was mit all diesen Männern geschehen ist. Du hast gute Entscheidungen getroffen.«

Isla nickte. Ben hatte recht. Sie trug keine Schuld – aber die Verantwortung dafür, dass so etwas nie wieder geschah. Deshalb hatte sie die Geschichte öffentlich gemacht, und sie wollte Rosas Aufzeichnungen auch als Buch herausgeben, um darauf aufmerksam zu machen, wie gefährlich es sein konnte, charismatischen Menschen blind zu vertrauen. Doch zunächst musste sie sich auf ihr Kind konzentrieren und auf Ben, ihren geliebten Ben, ohne den sie diese Zeit niemals überstanden hätte. Er war ihr Fels in der Brandung, ihre Insel der Sicherheit, und sie war froh, dass sie ihn gefunden hatte.

Geradewegs in den Sommerhimmel

Jenny Colgan

Sommerhimmel über dir und mir

Roman

Aus dem Englischen von Sonja Hagemann

Piper Taschenbuch, 448 Seiten

ISBN 978-3-492-31911-9

Ein dramatisches Ereignis zwingt Pilotin Morag zu einer Auszeit. Als ihr Großvater, dem eine Fluglinie an der Küste Schottlands gehört, erkrankt, springt Morag zögernd ein. Wenig später muss sie auf einer Insel notlanden. Dort leben nur Vögel – und Gregor, ein missmutiger Ornithologe. Umgeben von Wind und Wellen müssen sie sich zusammenraufen. Schon bald sieht Morag einiges mit anderen Augen: ihre Heimat, ihren Beruf, ihre Familie – und Gregor, der unerwartete Traumprinzqualitäten beweist …

Leseproben, E-Books und mehr unter www.piper.de